내가,
너의
구원이 될게

내가, 너의 구원이 될게

1판 1쇄 찍음 2021년 3월 18일
1판 1쇄 펴냄 2021년 3월 25일

지은이 | 문수진
펴낸이 | 고운숙
펴낸곳 | 봄 미디어

기획·편집 | 박나영, 최수향, 임지윤

출판등록 | 2014년 08월 25일 (제387-2014-000040호)
주소 | 경기도 부천시 소향로13번길 14-11, 203호
영업부 | 070-5015-0818 **편집부** | 070-5015-0817 **팩스** | 032-712-2815
E-mail | bommedia@naver.com
소식창 | http://blog.naver.com/bommedia

값 12,000원

ISBN 979-11-6632-162-7 03810

※파본은 구입하신 서점에서 교환하여 드립니다.

내가,
너의
구원이 될게

문수진
장편 소설

목차

프롤로그

마음 치료

"다옴 씨는 지난주 어떻게 지냈어요?"

둥글게 모여 앉은 사람들을 슬쩍슬쩍 훔쳐보고 있을 때였다. 다옴은 가운데 앉아 괜찮다는 미소와 함께 저를 향해 손짓하는 여자를 보았다. 하얀 가운 차림의 여자가 웃었다. '마음을 다친 사람들'이 되어 궁지로 내몰린 이들을 치료하는 이의 미소였다.

다옴은 제게 집중된 시선을 의식하며 숨을 크게 들이켰다. 여러 사람들 앞에서 자기 얘기를 하게 된 것도 불과 얼마 되지 않았다.

"저는 요즘 잠을 잘 못 자요. 꿈을 꾸는 건 아닌데, 오래 자는 게 힘들어서 선생님이 약을 처방해 주셨어요."

천천히 시작된 얘기에 모두가 귀를 기울였다. 저만큼, 어쩌면 저보다 더 힘들 얘기에 공감하고 위로해 주기 위해.

"그래서 운동을 시작했어요. 몸을 피로하게 만들면 밤에 잠을 잘 자지 않을까 싶어서요. 아침에 일어나면 근처 공원 산책도 가고, 오픈한 빵집에서 따뜻한 빵도 사 오고."

중간중간 다음은 의사의 눈치를 보며 말했다. 의사가 괜찮다는 듯 고개를 끄덕거리며 웃자 더욱 용기가 났다.

"학교는 휴학을 했어요. 바쁘게 살면 더 괜찮지 않을까 했지만, 저 혼자 있는 시간에 적응하는 게 더 먼저일 것 같아서요."

처음에는 이런 일상 얘기를 늘어놓는 게 무슨 도움이 될까 싶었다. 자기 얘기를 마음껏 하라는 말에 무슨 얘기를 해야 할지도 모르겠고, 도통 우울한 말들뿐이었다.

그런데 모두가 자신과 같았다. 처음 만나 했던 얘기는 그저 죽고 싶다, 아침에 일어나고 싶지 않다는 말뿐이었다. 이제는 그녀 스스로도 뭔가 많이 바뀌었음을 체감했다.

"선생님이 부모님께 편지를 써 보라고 해서 매일 밤마다 일기처럼 편지를 써요. 답장은 안 오겠지만 마음은 조금 편해요. 부모님이 제 목소리를 꼭 들었으면 좋겠다는 생각을 하다가, 듣지 않아도 제 마음은 알 거라고 생각해요."

"……."

"저를 낳아 주셨으니까."

나는 이제 그 마음 하나로 남은 생을 살아갈 테니까.

"우리 다옴 씨가 처음과 다르게 이제 얘기를 잘하네요. 많이 웃기도 하고. 아주 보기 좋아요."

처음 치료 때는 울면서 엄마, 아빠 이름만 부르기를 반복했었다. 일부 사람들은 제 모습을 보며 함께 울었고, 어떤 사람들은 외면하며 치료실 밖으로 나가기도 했다.

심리 치료를 시작한 지 3개월. 적다면 적고 많다면 많을 시간 동안 그녀는 많이 변했다.

울지 않고 자기 얘기를 하게 됐으며, 남의 아픈 얘기에도 귀 기울이게 됐다.

"자, 그럼 다음은 이강준 씨. 지난주는 어떠셨어요?"

모두가 한 주 동안 어땠는지를 얘기하는 시간. 의사의 시선이 향한 쪽으로 다음이 눈을 옮겼다. 웃지도, 그렇다고 울지도 않는 남자는 원으로 둘러앉은 사람들 중 다음의 정면에 앉아 있었다.

이곳은 깊은 상처를 가진 사람들이 마음을 회복하지 못해 찾는 곳이었다.

불의의 사고로 사랑하는 이를 잃은 사람, 대인 기피증으로 사회 활동을 전혀 할 수 없는 사람, 가족과의 불화로 대화가 단절된 사람, 오래된 우울증으로 자살 시도를 경험한 사람.

환자들 중 대부분의 사람들은 병원의 권유, 지인의 추천 등으로 왔다. 자의로 정신과 병원에 방문해 치료를 받는 경우는 거의 없었다. 그녀 역시 병원의 권유가 있었다.

그리고 남자의 앞에서 눈물을 흘리며 치료를 권하던 그의 부모님을 보고 말았다.

다음은 함께 치료를 받는 사람들을 돌아봤다. 남자의 사연은 깊게 알지 못했다. 치료를 시작할 때부터 다른 사람들보다 더욱 심하게 선을 그었던 남자. 환자들 중에서도 제일 말이 없었다.

남자는 집중된 시선을 전혀 의식하지 않았다. 서늘한 표정 위로는 많은 상처가 드러나지도 않았다. 뭔가 이질적이었다. 이곳과는 어울리지 않았고, 섞이려 들 생각도 없어 보였다.

"잠도 자고, 밥도 먹고, 산책도 합니다."

남자는 잠깐 망설이다 입을 열었다. 낮은 중저음의 목소리에 모두가 집중하는데 남자는 마치 혼잣말을 하는 것처럼 시선을 들지 않았다. 최소한의 말, 최소한의 설명. 그는 모든 것을 말해야 하는 이 공간에서 모든 것을 아꼈다.

"회사에서는 해고 통보를 받았습니다. 모두가 정신과 치료를 받고,

우울증 약을 먹는 저를 정상적이지 않다고 수군거렸습니다."

나으려는 의지가 전혀 없는 사람. 다움은 그를 그렇게 생각했다.

"제가 나아지지 않아도 괜찮다고 생각했습니다. 어차피 죽을 생각은 없으니까, 이대로 사는 것도 저는 나쁘지 않았습니다."

자조적인 강준의 말에 사람들은 이해하고 공감했다. '저도 그랬어요, 저도 강준 씨랑 같은 상황이었어요'라고 동조해 주는 몇 사람들이 그를 위로했다.

과연 그에게 전해졌을까. 다움은 마치 전부를 포기한 사람과도 같은 강준을 바라봤다.

그녀는 알고 있었다. 그 어떠한 위로도 그에게는 닿지 못한다.

그는 낫고 싶은 마음도, 의지도 없다.

"제가 치료를 받으면 부모님이 조금은 덜 괴로우실 테니까."

부모님. 언제 들어도 애틋한 말.

"……방금 뭐라고."

"죄송합니다. 부모님께서는 이미."

"……."

"죄송합니다."

말을 잇지 못하는, 기억도 못 하는 이와의 통화가 떠올랐다. 지금 생각해 보면 현장에 있던 경찰이었던 듯하다.

부모님의 어처구니없고 잔인한 마지막을 맞이하는 순간, 그녀는 엄마 아빠를 부르며 울부짖었다.

뭔가를 적어 내려가던 의사는 강준을 보며 입가에 미소를 그렸다.

"강준 씨는 아직 잘 모르시나 봐요. 여기 온 것만으로도 강준 씨는 아주 큰 의지를 보여 주신 건데."

"······그렇습니까."

강준은 동조도 부정도 하지 않았다. 다음은 그 모습을 물끄러미 바라보다 대답을 마친 그와 눈이 마주쳤다.

서늘한 기운마저 감도는 눈동자에는 아무것도 담겨 있지 않았다.

나도 저랬을까.

그녀는 남자가 눈길을 피해도 고개를 돌리지 않았다. 남자의 상처받은 얼굴이 자꾸만 잔상처럼 남았다. 그 어느 날 남자를 처음 봤었던, 하늘도 푸르고 소풍을 가기 참 좋았던 그때처럼.

마음을 치유하는 건, 이렇게 어려운 일이었다.

✤　　　✦　　　✤

7년 후.

"자, 여기 도장 찍으시면 됩니다."

일생일대 첫 부동산 계약이라 떨리는 와중에 마음은 다른 것 때문에 또 떨리고 있었다.

중개사가 내미는 계약서를 받는 둥 마는 둥 다음은 정신이 없었다. 건물주라는 눈앞의 남자를 보고 긴가민가했을 때도, 남자가 내민 신분증을 확인하며 이름을 알았을 때도 마찬가지였다.

"아가씨, 도장 안 찍어요?"

"네?"

"뭐 특별히 추가할 특약 조건이라도? 아니면 어디 문제 있어요?"

성격 급한 중개사가 물어 왔다. 다음은 멍하니 있다가 고개를 저었다. 7년 만에 만난 남자를 단숨에 알아본 것도 또 놀라운데, 남자는 자신을 전혀 알아보지 못하고 있다는 사실에 상심까지 했다. 단 몇 분 만에 감정들이 널뛰었다.

"아니요. 문제없어요."

"그 자리가 원래 카페였는데 가구 공방 운영하기에 딱 좋아요. 또 여기 건물주가 깐깐하신 분이 아니라 인테리어는 맘 터놓고 얘기하면 도와주실 거고."

다음은 했던 얘기를 또 하는 중개사의 말에 웃기만 하다가 계약서를 다시 꼼꼼히 확인했다. 도장을 찍고 나머지 보증금을 이체하는 것까지 빠르게 진행됐다.

마음이 설레었다. 이상하게, 아까보다 더.

"보증금, 보냈는데요."

내내 태블릿 PC로 개인 업무를 보던 남자가 시선을 들었다. 눈을 똑바로 마주쳐 오는 다음을 보며 건성으로 휴대폰을 확인했다. 몇 주 내내 귀찮게 굴던 1층 문제가 해결되자 그는 가벼워진 마음으로 대답했다.

"예. 확인했습니다."

다음은 대답과 동시에 몸을 일으키는 남자를 보며 고민했다.

알은척을 해? 말아?

그 짧은 순간에 남자는 이미 부동산을 벗어났다. 남자의 모습이 아예 시야에서 사라질까, 다음은 뭐라 덧붙이는 중개사의 말도 무시하고 밖으로 나갔다. 앞에 세워 둔 차에 올라타려던 남자가 그녀를 발견하고 멈춰 섰다.

"어…… 뭐, 다름이 아니라."

중개사 모르게 나눌 얘기라도 있는 걸까. 살짝 열어 둔 운전석 문을 닫고 남자가 입을 열었다.

"편하게 얘기하세요."

"그게. 어. 그러니까."

뒤죽박죽 문장들이 머릿속에서 마구 섞였다. 다음은 저를 이상하게 보는 시선을 느끼고서는 결국 질끈 눈을 감고 허리를 숙였다. 환히 웃는 것도 잊지 않으며.

"앞으로 잘 부탁드립니다."

아, 이게 아닌데. 얼마나 없어 보일까.

비웃기라도 하면 어쩌나 싶은 그녀의 걱정과 다르게 남자는 가볍게 대답했다.

"잘 부탁합니다."

남자가 떠나고 혼자 남겨진 다음은 긴장이 풀린 듯 한숨을 내쉬었다.

"맞는데."

그녀는 꿈에도 몰랐다. 공방 자리를 알아볼 때부터 얼굴 보기 힘들다던 그 건물주가 저 사람일 줄은.

1화

잘 웃는 여자

—이사는 잘 했니?

"그럼. 잘 했어."

—포장 이사였어? 트럭은 한 대로 충분했어? 너 어리다고 돈 더 부르고 그런 건 아니지?

책장에 꽂을 책을 정리하던 다음이 소리 없이 한숨을 내뱉었다. 스물여덟이나 먹은 조카 이사 보낸다고 걱정하는 이모는 대한민국에 우리 이모가 유일할 것이다.

"걱정 마. 이모는 일 안 해? 지금 나한테 전화해도 돼?"

—그러게 집은 왜 나가. 그냥 같이 살면 되지.

"이모도 연애 좀 하라고. 언제까지 다 큰 조카 끼고 살래?"

책이 이렇게 많았나. 다음은 공방에도 몇 권 가져다 놓을 생각으로 박스에 옮겨 담았다. 아무리 가깝다지만 들고 가기에는 한계가 있었다.

—걱정되는 걸 어떡해. 그럼 이모 일하러 갈게. 편집 기사 엉망이라

19

또 밤샘이야.

"밥 챙겨 먹고, 히스테리 부리지 말고. 윗사람이 자꾸 사무실에 있으면 사람들이 욕해."

—아, 너 진짜!

"바빠요. 끊을게."

고작 여덟 살 차이 나는 이모 윤주와는 어릴 때부터 같이 살았고, 부모님도 두 사람을 한집에서 자매처럼 키웠다. 둘만 남게 된 건 다옴의 부모님이 돌아가신 이후부터였다.

독립을 해야지 마음만 먹었던 터라 공방을 구하고 원룸을 알아보는 동안 설레는 게 더 컸다. 이사를 마치고 나니 정말 혼자라는 걸 비로소 몸으로 느끼고 있었다.

"밥은 잘 먹고 다닐지 모르겠네."

잡지사 편집장인 윤주는 매일이 야근이고 밤샘이었다. 냉장고에 채워 놓은 반찬은 제때 비울지 걱정이 됐다.

다옴은 윤주가 제게서 좀 자유로워지길 바랐다. 다 큰 조카와 사느라 받았을 스트레스에서 벗어나, 이제는 스스로에게 조금 더 신경 쓰고 스스로에게 보다 더 애틋하기를 바랐다.

"이왕이면 연애도 좀 하시고."

작게 웃어 보인 다옴은 간단하게 짐을 챙기고, 얼추 정리가 끝난 원룸을 둘러봤다. 소파 둘 자리도 없는 좁은 원룸이지만 혼자서 이 정도면 꽤 나쁘지 않았다.

집에서 걸어서 5분 거리인 공방까지 가는 길은 유독 골목이 예뻤다.

매일 아침, 이 길을 걸을 생각을 하니 벌써 기분이 좋았다. 커피 한 잔을 들고 공방에 도착한 다옴은 아직 정리 중인 내부를 둘러보다가 청소를 시작했다.

나무를 공부하면서 가구 공방을 차리겠다는 꿈은 아주 머나먼 일이라고만 생각했었다.

선배가 운영하던 공방에서 잠시 일을 익히며, 학원에서 보다 전문적으로 목공업을 배우고 원생들을 가르치기도 했다.

손은 늘 상처에 부르트기 일쑤였고, 옷은 지저분해졌지만 그래도 다듬은 나무가 좋았다.

본연의 냄새를 흩뿌리고 숲의 느낌을 주는 나무가 좋았다. 태어난 그대로의 모습을 지키다가, 제 손에서 가구로 다시 태어났다.

나무는 거짓말을 하지 않았다. 그녀가 만드는 대로, 생각하고 상상한 대로 완성되어 누군가에게 만족감을 준다는 뿌듯함은 그녀의 일상을 만족스럽게 만들었다.

세상 어디에도 없는 나만의 가구가 만들어져 좋았고, 그걸 좋아해 주는 사람들의 웃음이 좋았다.

이제는 약을 먹지 않아도 여섯 시간 이상 잠을 자고, 밥을 먹고 웃을 수 있다. 모두 이모와 나무 덕분이라고 그녀는 생각했다.

청소를 마친 다옴이 크게 기지개를 켰다. 공방 정면에는 큰 통창이 있어 바깥 풍경이 훤히 보였다.

안에서도, 밖에서도 보기 좋게 창가에는 화분들이 꽤 즐비했다. 공방을 오픈한 뒤 낮은 테라스에도 화분을 두면 예쁠 듯싶었다.

한낮이라 오고 가는 사람들은 많지 않았다. 강아지를 산책시키는 할머니, 유모차를 끄는 여자와 팔짱을 낀 채 걸어가는 커플. 한가롭게 커피를 마시며 창밖을 보는데 공방 건물 옆으로 외제차 한 대가 들어왔다.

계단을 오르는 남자는 저를 발견하지 못한 듯 보였다.

"건물주는 2층을 무슨 작업실로 쓴다고 하는데 잘은 모르고. 뭐, 사람이 워낙 말수가 적어서 크게 신경 쓸 건 없어요."

"작업실이라."

중개사가 넌지시 했던 말을 떠올리며 그녀가 종이컵을 입에 물었다.

그래도 이사 잘 했는지, 무슨 문제는 없는지 물어볼 수 있는 거 아닌가.

"기억, 못 하는 것 같은데."

사람들 속에 섞여 든 그의 얘기를 들은 기억이 있다. 일주일에 한 번, 2주에 한 번은 그를 봤었다.

그것도 무려 7년 전의 일. 그는 도중에 무슨 이유에서인지 치료를 그만뒀고, 얼마 지나지 않아 그녀도 조금씩 치료 주기가 줄어들었다.

기억을 못 하는 게 어쩌면 당연한데도 그녀는 그의 신분증을 받아 든 순간을 또렷하게 기억했다.

"제가 나아지지 않아도 괜찮다고 생각했습니다. 어차피 죽을 생각은 없으니까, 이대로 사는 것도 저는 나쁘지 않았습니다."

이강준.

한 남자의 이름과 그의 상처를.

✢　　✢　　✢

—미안. 갑자기 회의가 잡혀서.

미안할 것도 많지. 다음은 비가 내린 후 맑게 갠 하늘을 올려다봤다. 이런 날 윤주는 회사, 자신은 병원에 왔다는 사실이 유독 안타까웠다.

"날이 참 예쁘다, 이모."

—그래? 오늘 하늘 파랗다더라. 내일 우리 드라이브라도 갈까?

"나야 좋지."

─좋아. 장소는 내가 물색할게. 기분은 어때?

"조금 떨리는데, 괜찮아. 여유 있어."

정말이다. 처음 정신과 상담을 받겠다고 병원을 찾았을 때보다 기분이 훨씬 더 괜찮았으니까. 모르는 이들과 함께한다는 게 조금 떨려서 그렇지, 나쁘게 생각하지 않기로 했다.

모두가 아픈 사람들. 그 속에서 자신은 조금도 특별할 것 없다.

─도움이 될 거야, 분명. 꼭 괜찮아져야겠다는 생각 말고 가볍게 사람들 만나는 자리라고 생각해. 힘들면 얘기하고. 내일 드라이브 꼭 가자.

윤주가 밝은 목소리로 약속했다. 다음은 그러자 대답하고 전화를 끊었다.

하루아침에 고아가 된 스무 살 조카를 챙기느라 스물여덟의 윤주는 자신을 돌보지 않고 있었다.

다음은 그런 그녀에게 차마 묻지 못했다. 이모는 괜찮은 거냐고. 그렇게 어른도 아닌 윤주는 어른이 될 수밖에 없었다.

그 이유는 오직 하나. 자신 때문이었다.

응석 부리지 말아야지, 이제 울지 말아야지, 이모 앞에서 더는 민폐 끼치지 말아야지.

그 생각 하나로 오늘 병원에 왔다. 늘 일대일로 의사와 만나던 자리가 아닌, 여러 사람들과의 상호 작용을 통해 나를 돌아보고 스스로 삶을 영위하는 데 있어 나의 존재가 얼마나 중요한지를 깨닫는 자리.

그녀는 의사의 설명을 듣는 내내 고개만 끄덕였다. 윤주를 위해서라면 무엇이든 하고자 했으니 치료의 필요성을 읊는 의사의 목소리는 필요치 않았다.

버스에서 내려 한참을 걸어가던 다음은 병원 주변을 맴돌다 뒤쪽에 한적한 벤치를 찾았다. 여유 시간이 살짝 있었다.

여기 잠깐 앉아서 하늘 좀 보다가 갈까.

내리쬐는 햇빛에 다옴이 눈을 감았다. 세상이 이렇게 깨끗한데, 세상은 이렇게 잔잔한데, 왜 내 마음은 그러지 못해 여기 있을까. 사람들은 얼마나 마음을 크게 다쳤으면 여기를 찾을까.

문득 눈을 뜬 다옴이 고개를 돌렸다. 한 남자가 멀찍이 떨어진 벤치에 앉아 있고, 그 앞에 시선을 맞추기 위해 한쪽 무릎을 꿇은 중년의 여자가 보였다.

누가 봐도 모자 사이처럼 보이지만 어느 간극이 있었다. 여자는 매달리고, 남자는 체념 중이었다.

"강준아. 엄마가 이렇게 빌게. 엄마가, 이렇게 빌어. 응? 별거 아니야. 그냥 들어가서 얘기 나누고 그러는 게 전부야. 정말 별것 아니야. 한번 해 보고 불편하면 하지 않아도 좋아. 그저 엄마는 네가 뭐든 해 봤으면 해서 그래."

"……."

"너는 살아야지. 너만은 살아 줘야지, 강준아."

"……."

"엄마는 매일 밤 불안해. 이러다 네가 너를 놓을까 봐. 엄마 한 번만 살려 줘, 강준아. 응? 엄마랑 아빠, 한 번만 살려 줘."

죽지 못해 사는 얼굴을 한 남자를 향해 여자가 매달렸다. 가까이 다가오는 중년의 남자 또한 다옴의 눈에 띄었다. 저 남자의 부모인 듯싶었다.

아들에게 살아 달라, 또한 당신들을 살려 달라 매달리는 부부의 심정은 대체 어떤 걸까.

그녀의 시선이 남자를 향했다. 메마른 표정 때문인지, 미동도 없는 움직임 때문인지. 울지도 않고 대답도 없는 남자에게서 꽤 오래 시선이 머물렀다.

그러다 남자의 아버지와 눈이 마주쳤다. 무례한 시선을 계속 던지고 있었다는 생각에 다음이 고개를 돌렸다. 그리고 자리에서 일어나려던 때였다.

"할게요."

덧없는 희망도 그리지 않는 목소리가, 상쾌한 미소조차 그려지지 않는 얼굴이 바로 저런 걸까.

"해요, 치료."

다음은 남자에게서 자신을, 남자의 부모에게서 이모를 봤다.

상처받은 이와 그로 인해 또 다른 상처를 얻은 이. 함께 받은 상처를 극복하지 못한 채 끝도 없는 위로와 안부만 전해지는 사이.

"고맙다, 고마워."

눈물을 흘리던 여자가 남편의 손을 잡고 어디론가 향했다.

병원 건물 쪽으로 향하는 부부의 뒷모습을 이모와 겹쳐 보던 시선이 다시 그를 향했다. 혼자 남겨진 그는 자신의 존재를 여전히 모르는 듯했다.

알 수 없겠지. 세상 끝까지 떠밀려 있는 사람이 뭔들 보일까.

그녀의 눈이 다시 하늘을 향했다. 높고, 푸르고, 또한 맑았다.

부모님이 계신 저 언저리. 저쪽쯤일까, 이쪽쯤일까.

감히 상상할 수도 없는 것들을 머릿속에 그려 보는데 문득 남자의 상처가 궁금해졌다. 부모의 애원을 모른 척하지 못하는 상처는 얼마나 깊을지.

조용히 흐느끼는 소리가 났다. 다음이 천천히 고개를 돌렸다.

남자는 울고 있었다. 손바닥으로 눈을 가린 채 고개를 숙여 눈물을 쏟았다.

다 큰 성인 남자가, 길 잃은 어린아이처럼, 흐느껴 운다. 오열한다.

가슴이 서걱 베이고, 심장이 쿵 진동을 했다. 부모가 떠나고 나서야 겨우 눈물을 토하는 그의 쓸쓸함은 대체 뭔지 형용할 수 없었다.

살아 달라, 살려 달라는 부모 앞에서 터뜨리지 못한 눈물이 솟구치듯이 터져 나온다.

얼마나 참았으면. 얼마나 고통스러우면.

남자는 주먹 쥔 손으로 입술을 꾹 가린 채 소리를 참았다. 멀리서 보면 우는 것조차 모를 정도로 덤덤해 보이는 얼굴 위로 눈물이 끝도 없이 흘러내렸다.

분명 모르는 남자인데도 다음은 눈물이 날 것 같았다. 묘한 동질감, 이상한 기시감, 또는 내 상처를 되돌아보게 만드는 무언가.

다음은 자리를 피해야 하나 한참을 고민하다가 그대로 자리에 머물렀다.

남의 상처에 위로를 받겠다는 심산도 아니다. 저 남자를 지켜보겠다는 것도 아니다.

혼자 울면, 쓸쓸할 테니까.

혼자 울면, 외로울 테니까.

홀로 남겨진 그 순간을 기다려 감정을 터뜨려 내는 그 마음이 애틋하고, 또 측은해서.

한참을 울었을까, 남자의 흐느낌이 조용해질 즈음 소리 없이 조용히 자리에서 일어났다.

마음에서 맴돌고, 머릿속을 떠돌고, 가슴속을 울리는 남자의 눈물이 계속해서 떠올랐다.

다음이 코를 훌쩍이며 눈물을 닦았다. 언제부터 울고 있었는지 알 수도 없었다.

상담 치료실에 들어섰다. 더 어린 여학생도 있었고, 나이 든 할머니와 함께 온 부녀도 있었다. 시간에 맞춰 모인 사람들이 의사의 진행으로 자신을 소개했다.

제 차례가 되어갈 무렵 똑똑, 낮은 울림이 있는 노크 소리가 들렸다.

"네, 들어오세요."

문이 열렸다. 다음은 시선을 뺏겼다. 방금 전까지 저를 울게 했던 남자가 걸어 들어왔다.

이강준, 그였다.

✦　　✦　　✦

"1층에 카페 빠지고 공방 들어왔다며. 무슨 공방이야?"

마침 커피를 내리던 강준은 명우의 몫을 한 잔 더 내렸다. 며칠 전부터 이사를 하는 것 같긴 하던데, 다 됐을까. 머리로만 궁금해한 뒤 명우에게 커피를 건넸다.

"가구라고 했었나."

"가구 공방? 어린 여자라 그러지 않았어?"

"어려 보이긴 하더라."

강준은 책상 앞에 앉으며 여자의 나이를 셈하다 말았다. 외주로 받은 칼럼 마감이 코앞이었다.

명우는 창가에 기대선 채 무섭도록 일에 집중하는 강준을 빤히 보았다. 잠은 제대로 자고 나와서 일하는 건지. 밥은 안 먹었을 게 뻔해 묻지도 않았다.

얼마 전까지만 해도 작업실을 집처럼 쓰는 강준에게 한 바가지 욕을 퍼부어서 따로 집을 얻게 했다.

일은 직장에서, 잠은 집에서. 마침 2층에 강준이 세를 주던 작은 사무실이 계약 만료된 터라 타이밍도 좋았다.

그 간단한 규칙을 지키면 좀 나아지지 않을까 싶었는데 말을 듣지 않았다.

　수면 장애가 와도 모를 정도로 밤낮을 구분하지 않고 일에 매달리기 부지기수. 명우는 오늘따라 더 쓰게 느껴지는 커피를 마시며 슬쩍 입을 열었다.

　"북 칼럼 마감은? 언제야?"

　"모레."

　"다음 일은 뭔데."

　"사보 칼럼이랑 출판사 교정 봐줄 거 있어."

　"아하."

　"바빠. 네 용건 뭔데."

　명우는 싱긋 웃으며 그의 옆까지 의자를 끌어와 앉았다. 훌쩍 거리를 좁혀 온 명우를 보며 강준이 미간을 찡그렸다.

　"징그러워."

　낮은 타박에도 명우는 굴하지 않았다.

　"우리도 일 좀 맡기자. 우리 대표가 너 꼭 잡아 오래. 알지? 얼마 전에 우리 잡지사 출판사에 인수된 거. 출판사 대표가 떡하니 자리 차지하더니 너 잡아 오라는 말부터 했다니까?"

　"바빠. 그럴 시간 없어."

　"페이 높아, 현장 취재도 필요 없고. 너 칼럼 마감 치는 것처럼 우리 것도 그렇게 해 주면 돼. 심플하잖아?"

　넘치는 일도 벅찬데 또 일을 주겠다는 친구를 흘겨보며 그가 물었다.

　"주제가 뭔데."

　관심은 없지만 들어 보겠다는 태도. 명우는 그럴 줄 알았다는 듯 씨익 웃었다.

　"없어. 이제 정하면 돼. 그러고 보니 편집 팀 회의 중간에 얘기가 나온 게 있긴 한데."

음흉한 미소 뒤로 명우가 한마디를 더 보탰다.

"섹스 칼럼."

"미친."

진심에서 우러나오는 욕에 명우는 태연히 변명했다.

"나도 말했지. 싱글인 내 친구가 쓸 칼럼은 아니다. 연애 전문 칼럼니스트를 찾아 오겠다."

"그럼 찾아."

"심지어 내가 내 친구는 섹스 안 한 지 백만 년은 됐을 거다……, 라고는 말 못 했고."

커피 한 잔 값이 아까워질 지경에 이르렀을 때 명우는 사정하듯이 그의 앞에 고개를 조아렸다.

프리랜서로 글 쓰는 일을 시작했을 때만 해도 직접 일을 따러 다니던 친구는 어느새 외주에서 일을 못 맡겨 안달인 작가로 성장해 건물주 타이틀까지 달았다.

"근데 우리 새로 오신 대표님이 네 글이 좋다잖냐. 재밌대, 재밌어 죽겠대. 대표가 까라면 우리는 까야 하는 거 알지? 야, 나를 못 잡아먹어서 안달이던 편집장은 네가 내 친구라고 하니까 보던 시선이 달라졌어."

그러거나 말거나 강준은 미간을 찌푸린 채 대답을 말았다. 욕하는 것도 아까워 바쁘게 손가락만 움직였다.

대답은커녕 욕도 않는 친구를 보며 명우는 고개를 끄덕거렸다. 안 될 줄 알았다.

쌓여 있는 일도 처리하기 바쁜 녀석한테 일 하나를 더 얹어 주는 건 확실히 무리였다.

"그나저나 이제 아래층에서 나무 냄새가 나겠네."

빠르게 키보드를 두드리던 강준은 며칠 전부터 1층에서 올라올 때, 테라스에 나가 커피를 마실 때 은은하게 콧속을 간지럽히던 나무 냄새를 떠올렸다.

자극적이지 않으면서 편안한, 작은 숲 하나를 옮겨 놓은 듯한 나무 냄새는 아무래도 1층 덕분이었던 모양이다.

"……어쩐지 좋더라."

"뭐라고? 계약하자고?"

"꺼져."

틈을 놓치지 않고 비집는 명우를 노려보며 강준은 다시 일에 집중했다. 그의 휴대폰 알람이 울렸다. 명우는 모른 척 책장에 놓인 책을 꺼냈다가 다시 집어넣었다.

서랍을 연 강준은 손바닥만 한 약통을 꺼내 알약 두 개를 입안에 털어 넣었다.

✤   ✚   ✤

하루를 악몽으로 시작하는 건 옛날에나 있던 일이었다. 3, 4년 전부터는 계절마다 한 번 찾아올까 말까 한 꿈.

이모 없이 혼자 살기 시작한 지 이제 겨우 일주일. 그때의 꿈을 꿨다.

잔인하고, 무도하고, 잔혹하고, 끔찍한 그때의 악몽.

"뭐야, 갑자기."

지난 가을쯤 꿨던 꿈을 마지막으로 잠잠했던 악몽이 다시 찾아오자 찝찝했다.

벌써 봄. 내가 너무 잊고 살았나. 공방 오픈에, 독립에 잠깐 들떠 있던 마음을 하늘이 벌주려는 걸까.

너는 아직 슬퍼할 시간이 남았노라고.

아니, 그럴 리가 없다. 우리 부모님은 그곳에서조차 제 행복을 바라는 사람들이니.

부모님이 죽어 갔을 그 순간, 그 현장에 있던 것도 아닌데 꿈은 왜 이리 선명한지.

수십 번 듣고 읽었던 뉴스의 제목, 내용. 그녀는 늘 그 현장에 함께였던 것처럼 꿈을 꿨다.

땀에 젖은 몸을 일으켜 침대 위에 앉은 다음이 한숨을 내쉬었다. 이마에서부터 식은땀이 줄줄 흐르고 있었다. 턱 밑에 흐르는 땀을 닦아 내고 시간을 확인했다.

새벽 6시 반.

확실히 이른 시간이긴 했지만 또 잘 수 있을 것 같진 않았다. 악몽이 찾아올 때면 늘 그래 왔다.

침대에서 일어난 그녀는 곧장 욕실로 향했다. 간단하게 씻은 다음 편한 복장으로 갈아입고 머리를 올려 묶었다.

봄이라지만 아직 새벽이라 쌀쌀할 때였다. 뛰면 좀 괜찮아지지 않을까 하는 마음에 집을 나섰다.

잠은 오지 않을 거고, 작은 방에서 맞닥뜨린 악몽은 쉽게 지워지지 않을 테니 이렇게라도 지워 보겠다는 심산으로.

원룸이 있는 주택가를 지나니 큰 공원은 금방 나왔다. 산이라고 하기에는 민망한 동네 뒷산까지 돌고 나면 한 시간 정도가 훌쩍 지나 있었다.

예전에 병원을 다닐 적부터 잠을 자지 못하는 그녀에게 의사는 몸을 피곤하게 만들라고 조언했다. 그녀가 아는 한, 몸을 피곤하게 하는 건 운동이 제일이었다.

얼마나 그렇게 뛰었을까, 작은 산 정상에 올라 크게 숨을 내쉰 그녀가 허리에 두 손을 올렸다. 작은 산이라 무시했는데 그래도 동네가 훤히 내려다보이기는 했다.

"나쁘지 않네."

숨을 헐떡거리며 그녀가 중얼거렸다. 탁 트인 전경도, 맑은 공기도, 한적한 분위기도.

"잘 왔다, 이사."

아침 산책이 즐거울 정도로 동네가 좋았다. 시끄럽지도 않고 소란스럽지도 않다. 사람들도 나쁘지 않다.

직접 만든 타르트를 이사 떡 대신 돌리니 다들 좋아해 주며 잘 지내보자며 덕담을 건네 왔다. 답례로 반찬에 과일까지 받았다. 넉넉하고 인심까지 좋으니 이 동네가 좋지 않을 리 없다.

그런데.

"왜 통 안 보여."

2층에서 일하는 건물주 남자는 벌써 일주일째 모습을 보이지 않았다.

집에 있는 걸까. 분명 작업실에서는 인기척도 없었다. 시도 때도 없이 계단 쪽을 힐긋거리고, 옆에 들어오는 차라도 보이면 괜스레 눈길이 갔다.

공인 중개사에 타르트를 갖다줄 겸 들렀을 때 혹시 어디 갔는지 아냐 물어보고 싶은 것도 꾹 참았다.

"아직 타르트도 못 줬는데."

쌀쌀한 기운도 잠시, 해가 뜨고 있었다. 다음은 조금 전보다 붉게 밝아지는 하늘을 올려다봤다. 악몽을 잊게 할 한때의 여유가 지나가는 중이었다.

❖　　✦　　❖

가구 공방 다옴 우드
수강생 모집
남녀 불문. 나이 불문
작은 가구부터 함께 만들어 가요

서점 오픈 시간에 맞춰 책을 사러 다녀오는 길이었다. 지방에 취재를 다녀오느라 일주일 정도 작업실을 비웠는데, 그새 공방은 오픈을 한 듯했다.

강준은 책 꾸러미를 든 채 가만히 공방 유리창에 붙은 전단지를 바라봤다.

요즘도 손 글씨로 이런 걸 쓰는 사람이 있나.

서 있기만 해도 코끝에 닿는 나무 향기 때문일까. 그의 발걸음이 잠시 움직임을 멈췄다. 동글동글한 모양의 손 글씨가 그녀의 앳된 얼굴과 묘하게 어울렸다.

앞면이 전부 유리창인 구조라 밖에서는 공방 안이 쉽게 보였다. 기존 카페와는 분위기가 사뭇 달랐다. 쌓여 있는 각종 나무 자재들, 벽에 걸린 앞치마, 장식된 나무 소품들.

공방 창업주가 임대를 원한다고 했을 때 반겼던 이유는 드나드는 사람들이 확실히 적을 것이라 판단했기 때문이다.

목공 수업이라. 소음에 민감한 강준의 미간이 미세하게 구겨졌다.

그때 뒤에서 밝은 목소리가 튀어나왔다. 예상대로 아래층 세입자였다.

"안녕하세요."

"……예."

"아침부터 서점 다녀오셨나 봐요."

다옴이 한꺼번에 많은 책을 들고 있는 손을 가리켰다. 강준은 대답 없이 고개를 살짝 숙였다가 뒤를 돌았다.

막 계단을 오르려던 그가 걸음을 멈추고 다시 그녀를 돌아봤다. 그 자리에 서 있던 다옴은 기분 좋은 일이라도 있는지 환히 웃고 있었다.

왜 저렇게 웃을까. 왜, 또 웃을까.

잘 웃는 여자가 거슬리는 것도 아니고 그저 눈에 띨 뿐인데 강준은 불편했다.

"목공 수업 말입니다."

"아, 네."

"최대 인원을 몇 명까지 받습니까."

"반별로 5명이요. 설마 들으시게요?"

그럴 리가. 강준은 바로 고개를 가로저었다.

"아니요."

"……아. 아니시구나."

실망한 티를 감추지 못한 다옴이 어색하게 웃었다. 이래도 웃고, 저래도 웃고. 그녀는 어떤 상황이 닥쳐도 미소를 잃지 않을 것 같았다.

강준은 작은 몸으로 저를 올곧게 올려다보는 다옴을 의식하며 한걸음 뒤로 물러섰다. 저를 피한다고 오해할 수 있는 행동인데도 그녀는 싱글벙글 웃기 바빴다.

"수업 말입니다."

그녀가 눈빛을 반짝거렸다. 자신이 목공 수업에 관심을 보인다 착각할 수도 있겠다고 그는 잠깐 생각했다.

"소음이 발생할 수도 있습니까?"

"아, 소음이요."

건물주가 걱정하는 게 무엇인지 이제야 알아챈 다옴이 쓰게 웃다가 고개를 저었다.

"인원도 적고, 아직은 기초반 위주의 수업만 진행할 거라 소음 걱정
은 안 하셔도 돼요."

"……그렇습니까."

"네. 그리고 아직 신청한 사람도 없고."

씁쓸한 얘기를 하며 어깨를 으쓱이던 다옴이 또다시 웃었다.

웃는 얼굴에 침 뱉지 말라는 의도인지 자꾸만 웃어 대는 여자가 이
상했다. 빨리 자리를 떠나는 게 좋겠다는 판단에 그가 다시 계단을 오
르려는데 그녀가 '잠깐만요!'를 외치며 그를 붙잡았다.

"잠깐만 계세요. 잠깐만요. 가시면 안 돼요."

계단 앞에 그를 세워 두고 다옴은 공방 안으로 들어가더니 몇 분이
지나도록 나오지 않았다.

시간을 확인한 강준이 미간을 찌푸렸다. 건물에 무슨 문제가 생겨
그런 걸까 생각하는 사이 그녀가 나왔다. 작은 나무 도마를 손에 든 채.

"제가 만든 사과 타르트예요. 냉동시켜 놨는데 데워 오느라 조금 시
간이 걸렸어요."

직접 만든 건지 작은 이니셜이 새겨진 플레이팅 도마에는 사과 타르
트와 따뜻한 커피가 있었다. 강준의 시선이 뜨거운 커피에서 그녀를 향
했다.

"아. 인테리어 공사하면서 주방을 작게 됐어요. 그때 말씀드렸는데."

"알고 있습니다."

"옆 가게들은 전부 드렸는데 며칠 계속 안 계시는 것 같더라고요."

"출장이 있었습니다."

"그러셨구나. 그런 줄도 모르고 문 계속 두드렸어요."

누가 그러라고 했나. 강준은 웃지 않으면 두드러기라도 나는 병에
걸린 사람처럼 미소 짓는 그녀를 보다가 마지못해 타르트와 커피를 받
아 들었다.

별 뜻은 없었다. 어차피 마실 커피이기도 했고.

"잘 먹겠습니다."

"네. 저도 앞으로 잘 부탁드리겠습니다."

그 인사는 전에 받았던 걸로 기억하는데.

강준은 살짝 고개만 숙여 인사를 대신하고 계단을 올랐다. 며칠 비 워 놓느라 찬 기운이 감도는 작업실 안에 들어서자마자 그는 책을 내려 놓고 노트북을 켰다.

메일을 확인하면서 다음이 타 준 커피를 입으로 가져갔다. 뜨겁지도, 미지근하지도 않은 커피는 적정한 따뜻함을 가지고 있었다.

의외라는 듯 그의 눈썹이 위를 향했다가 손에 든 커피로 시선이 옮 겨졌다. 향긋하면서도 쌉싸름한 원두가 꽤 마음에 들었다.

얼마 전까지 아래층에서 영업하던 카페의 근본 없는 아메리카노보다 훨씬 맛이 좋았다. 단골 카페의 원두를 배신할 만큼.

그의 눈길이 자연스레 타르트로 향했다. 먹을 생각은 없었다.

뭘 알아서 먹어야겠다, 배가 고프다 생각을 해 본 지가 오래됐기에 저대로 쓰레기통으로 향하지 않을까 싶었다. 만약 직접 굽지 않았다면 정말 그랬을지도 모른다.

타르트를 집어 든 강준은 살짝 입을 열어 한 조각을 베어 먹었다. 달 지도 않고 식감도 부드러워 커피랑 꽤 잘 어울렸다.

메일을 읽는 그의 표정이 평온했다. 하루의 시작이 썩 나쁘지 않았 다.

✢   ✦   ✢

"다 먹었으려나."

주문받은 가구를 제작하느라 오후 시간을 전부 썼을 때 새삼 위층을 올려다본 다음이 중얼거렸다. 사포질 때문에 엉망이 된 앞치마를 푸르고 장갑과 마스크를 벗었다. 안에서 무얼 하는지 인기척도 없었다.

저 사람은 밥도 안 먹나. 배달하는 분이 왔다 간 것 같지도 않은데.

생각에 잠긴 사이 젊은 여자 손님들이 들어왔다. 작은 장식장 하나를 주문하고 싶다는 말에 이것저것 샘플을 소개하는 사이 유리창 너머로 그의 형체가 보였다.

날짜에 맞춰 찾으러 오겠다는 손님들을 배웅한 다음 다시 들어가려는데, 공방 문 앞에는 아까 남자에게 간 플레이팅 도마와 커피 잔이 가지런히 놓여 있었다. 심지어 깨끗하게 설거지가 된 상태로.

다옴은 커피 잔 속에 들어 있는 메모지 한 장을 꺼내 들었다.

잘 먹었습니다.

"와, 글씨 되게 멋있어."

고작 여섯 글자가 적힌 메모지를 빤히 들여다보며 그녀가 감탄했다. 남자와 미묘하게 어울리면서도 어딘가 어울리지 않는 섬세함과 정직함이 묻어난 글씨체였다.

주방에서 커피를 내려 얼음까지 탄 다옴은 유리창 앞에 서서 계단 쪽을 자꾸만 힐끗거렸다. 저녁 시간이 지나가는데도 그는 내려올 생각이 없는 듯했다.

작업실이라고 하더니 무슨 일을 하는 걸까. 지방 출장까지 다녀야 하는 일이고, 출근하는 직원들은 없는 것 같은데.

다옴은 그의 손에 들렸던 책 꾸러미를 떠올렸다. 한꺼번에 그렇게 책을 많이 살 정도면 책을 꽤 가까이 하는 직업이라는 얘기다.

다옴은 작업대 앞에 섰다. 간단하게 도안을 작성한 후 사이즈에 맞춰 톱질을 시작했다. 목재를 재단하고 각도를 조절할 수 있는 지지대까지 만드는 데는 오래 걸리지 않았다.

독서대 앞쪽에 책을 받쳐 놓을 목재를 조립하고, 뒤쪽에는 각도를 조절할 경첩을 달았다. 지지대에 홈을 파서 여러 각도로 볼 수 있도록 만들자 꽤 그럴듯해졌다.

원목 독서대를 처음 만드는 건 아니지만 그 어느 때보다 신경을 많이 쓰고 있었다.

"좋아할까."

중간에 작은 수납장을 문의하러 온 손님을 응대하느라 쓴 시간을 빼면 독서대 완성까지 그리 오래 걸린 건 아니었다. 사포질까지 마무리한 그녀는 오른쪽 하단에 그의 영문 이름으로 각인까지 새겼다.

완성된 독서대를 내려다보니 몇 개 더 만들어 공방 한쪽에 전시를 해도 좋을 듯싶었다. 다음은 곰곰이 생각했다. 완성은 했는데 어떻게 갖다줘야 하지. 그 순간 뒤늦은 궁금증이 쏟아지기 시작했다.

"그런데 내가 이걸 왜 만들었지."

그것도 신이 나서.

쉽게 답을 내릴 수 없었다.

✤   ✤   ✤

동이 틀 때까지 마감 원고를 쓰느라 밤을 새운 강준은 늦은 점심쯤 일어나 작업실로 향했다.

작업실과 아파트는 그리 멀지 않았다. 차로 가기에는 가깝고, 걷기에는 조금 멀고. 일주일의 반쯤은 차를 가지고 다니기도 했고, 또 반쯤은 걸어 다니기도 했다. 오늘처럼 날이 좋고 하늘이 맑으면 걷는 걸 선택했다.

주택가가 밀집한 이 동네는 서울에서 인구가 가장 적고 평균 연령이

제일 높았다. 그만큼 공원도 넓고 조용하면서 한적했다.

아침과 점심 사이 동네를 걸으면 하루 중 가장 고요한 시간을 만끽할 수 있었다. 미세 먼지가 없는 날이면 머릿속이 맑아지면서도 기분도 나름 괜찮았다.

강준은 단골 카페로 향했다. 얼마 전 세를 주던 곳에 작업실을 차렸다. 출퇴근을 시작하면서 그는 꽤 새로운 일상을 맞았다. 날씨가 좋으면 차를 놓고 늘 이 시간에 나와 작업실까지 걸었다.

구석구석 골목을 거닐며 잠시간의 여유를 즐기다가 한적한 공원에 살짝 시선을 두기도 했다. 때때로 떠오르는 구절을 메모하다 보면 그의 발길은 이곳 카페로 향하고 있었다.

살아갈 수 있을 거라 생각 못 했는데, 그는 어느새 제 일상에 녹아들고 있었다. 그것도 꽤 편안한 방법으로.

작은 카페에 들어서니 중년의 사장이 알은체를 해 왔다. 오랜만에 왔다고. 어제 출장을 다녀왔으니 며칠 만이기는 했다.

"아이스아메리카노 맞으시죠? 샷 추가해서."

"예."

"항상 이렇게 텀블러를 챙겨 오시더라. 그것도 아주 깔끔하게."

일관성 있게 무뚝뚝한데도 사장은 꾸준히 말을 걸어왔다. 그게 불편할 건 없었다. 선을 넘는 법은 또 없었고, 무엇보다 커피 맛이 좋았다.

직접 혼합한 원두로 내린 드립 커피는 집중이 안되거나 머릿속이 산만해질 때 마시면 흐트러진 집중력을 모아 주는 느낌이었다. 아래층에 세를 주던 카페 커피 대신 늘 이곳을 찾는 것도 그 이유였다.

"아래층에 공방 들어왔다면서요. 사장님이 아주 예쁘던데."

진하게 내려지는 원두 향이 좋아 가만히 서 있을 때였다. 텀블러를 내밀던 사장의 목소리에 강준은 어젯밤, 작업실을 나설 때 본 독서대를 떠올렸다. 상자 포장이 된 독서대는 누가 봐도 아래층 공방 주인의 솜

씨였다.

거기 새겨진 이니셜은 제 것이었지만, 카드의 내용이 그랬다.

책 많이 읽으시는 것 같아서요. 앞으로 잘 부탁합니다.

뭐가 그렇게 부탁할 게 많은 건지. 똑같은 인사만 몇 번째인지 모르겠다.

"같은 걸로 한 잔 더 주십시오."

"아, 샷 추가까지요?"

카드를 내민 강준이 고개를 바로 저었다.

"아니, 연하게요."

문을 열었는지는 모르겠지만 강준은 커피를 들고 작업실로 향했다.

오전 10시. 시간을 확인한 강준이 공방 앞에 도착했다. 아침부터 부지런한 여자가 밖으로 화분을 옮기다가 그를 발견하고 옅게 웃었다.

그는 대뜸 커피부터 내밀었다. 워낙 잘 웃는 여자라 이제는 궁금할 것도 없었다.

"저 주시는 거예요?"

"독서대 잘 받았습니다."

"아. 보셨구나. 써 보셨어요? 높낮이 조절도 되게 만들었는데."

손짓까지 하며 설명하는 그녀를 보는 둥 마는 둥 하며 그의 시선이 공방 안쪽을 향했다. 장식장에 어제 받은 독서대와 같은 것이 놓여 있었다.

강준은 대답 없이 지갑을 꺼내 5만 원짜리 지폐 두 장을 내밀었다. 10만 원. 얼떨결에 돈을 받아 든 그녀의 얼굴에서 순식간에 웃음기가 사라졌다.

"요즘 원목 독서대 같은 건 얼마쯤 하냐?"

"내가 검색창이냐. 그런 걸 물어보게."

"그럼 검색해서 알려 주든가."

"뭐 5만 원은 가뿐하게 넘지 않나? 한 7, 8만 원이면 좋은 거 살걸?"

너무 저렴하게 책정한 걸까. 그는 혹시나 해서 물었다.

"부족합니까?"

지금 그걸 질문이라고 하는 거야? 이렇게 묻고 싶은 얼굴로 그녀가 고개를 저었다.

"……파는 거, 아닌데요."

"압니다."

다옴은 떨떠름한 표정으로 되물었다.

"그런데 왜 주세요?"

뭐 그런 질문이 있냐는 얼굴로 강준이 대답했다.

"그래도 파는 게 낫지 않습니까?"

악의도, 비아냥도 없이 그저 정직하고 진실된 물음. 다옴은 강준의 얼굴을 물끄러미 올려다보다 그가 내민 빳빳한 지폐로 시선을 내렸다.

괜찮았던 기분이 바닥을 친다.

이유도 모르게.

하루의 시작은 썩 괜찮았다. 꿈도 꾸지 않았고 늦잠도 자지 않았다. 날씨가 좋은 오늘, 유난히 밝은 햇살 아래에서 일어났고 아침에 먹은 토스트도 맛있었다.

공방으로 걸어오는 내내 아침 산책을 하게 만드는 여유가 기뻤다. 뭔가 좋은 날이 될 것이라 믿어 의심치 않았던 그녀였다.

"안 나은 것 같은데요."

그러니 제발 도로 넣어. 사람 선의를 뭐 이렇게 받아들여?

눈으로 애타게 말했지만 강준은 알아듣지 못했다. 애초에 낯선 여자가 눈으로 하는 말을 헤아릴 수 있는 남자가 아니었다.

"……그럼 개업 선물이라 치죠."

강준은 그게 뭐 문제냐는 식의 대답과 돈을 건네고 2층 계단을 올랐다. 뒤통수에 들러붙는 시선이 영 따가웠지만 대수롭지 않게 여겼다.

작업실에 도착하자마자 그는 노트북 옆에 텀블러를 내려놓고 블라인드를 걷었다. 눈부신 햇살 덕분에 작업실 불을 켜지 않아도 될 정도였다.

썰렁한 작업실에 잠시나마 온기가 도는 걸 확인한 강준이 자리를 잡고 앉았다. 가방에서 어젯밤 읽었던 책을 꺼낸 그는 독서대에 책을 꽂았다.

따스한 햇살, 평화롭고 조용한 아침. 색깔도 모양도 마음에 드는 독서대, 책 한 권의 여유, 쌉싸름한 원두의 향기.

그는 도통 문제를 직감하지 못했다.

❖   ❖   ❖

"이 독서대 얼마예요?"

자녀가 수험생이라던 손님은 진열된 독서대를 구매했다. 레이저 각인을 새기고 포장을 해서 드리니 만족스러운 듯 다음에 또 오겠다고, 공방이 너무 예쁘다는 손님의 덕담에도 기분이 풀리지 못했다.

아침의 그 10만 원 때문에.

"하루 종일 뭐야, 이게."

어제 작업실에서 내내 디자인한 서랍장을 만들 때도, 완성된 4단 서랍장을 공방 SNS에 업로드할 때도, 공방에 직접 찾아와 수강 신청을 한 어린 대학생을 만났을 때도. 이유 없이 울적했고 영문도 모르게 우울했다.

하지만 착각이었다. 이유도 있었고, 영문도 당연히 있었다.

저놈의 10만 원 때문에.

호의를 그저 선의로 받아들이지 못하는 사람, 똑같이 대하면 그만이다. 이제 만나면 웃기는커녕 무시를 해 줄 테다. 그렇게 작정하고 실천하면 그만인 것을 하루 종일 신경 쓰느라 일상을 망치고 있다.

10만 원이나 값을 치렀으면 옳다구나 횡재했다, 그러면 되는 건데.

"나 왜 이래 진짜."

도마 트레이로 만들 캄포 나무를 사이즈에 맞게 자르다 말고 그녀는 한숨을 내쉬었다.

"미쳤어, 한다옴."

받고 떨어져라, 나는 부담스럽다, 그러니 돈 받아라, 나는 너한테 선을 그었다. 그렇게 말하는 남자를 자꾸 생각할 필요가 없다.

"건물주 어디가 예쁘다고 그걸 해 바쳐서는."

마음 같아서는 빳빳한 10만 원을 도로 돌려주고 독서대를 다시 찾아오고 싶은 심정이었다. 한 명이라도 더 수강 신청 받아서 공방 발전에 이바지는 못할망정 쓸데없는 데 미련을 두고 있다.

그냥 이대로 미적지근하게 건물주와 세입자, 그 이상도 이하도 아닌 사이로 지내면 될 것을.

"뭘 잘 지내보겠다고."

톱질을 하는 내내 나무를 자르는 건지 오전의 그 독서대 사건을 머릿속에서 자르는 건지 알 수가 없었다.

손목이 저려 온다 싶을 즈음 톱질을 멈춘 다옴이 천장을 쏘아보았다. 이렇게 노려보면 위층 건물주에게 조금 영향이라도 갈까 싶어서.

다옴은 작업을 마무리하다 말고 거울 속에 비친 자신을 발견했다. 자꾸만 혼잣말을 하고, 입술을 삐죽거리며 투덜대고, 위층을 죽일 듯이 노려본다.

대체 왜? 너 왜 자꾸 혼잣말하는 거야, 한다움?

알 수가 없다. 선의를 거절당해서 기분이 나쁜 건지. 10만 원에 값이 매겨져 버린 호의가 속상한 건지.

그녀는 고개를 저었다. 어쩌면 쉬운 문제였다. 기분이 나쁘고 속도 상했다. 잘 모르는 남자가 준 10만 원의 영향력은 꽤 지대했다.

✤　　✦　　✤

여느 때와 같은 날이었다. 새벽에 마감을 치고 늦은 점심에야 일어나 몸을 움직였다. 간단하게 운동을 한 뒤 땀에 젖은 몸을 씻어 냈다. 서점에 들러 신간을 구매하고 텀블러를 챙겨 단골 카페를 찾았다.

평소와 하나 다른 점이 있다면.

"안녕하세요."

지나치게 잘 웃던 여자가, 조금도 웃지 않는다는 것.

공방 앞에서 청소를 하던 여자가 쌩하니 빗자루를 들고 안으로 들어갔다. 방금 뭐가 지나간 거지. 데면데면한 정도도 아니었다. 차갑고 무심하게, 그저 쌩.

영문도 모르게 무시당한 그는 창 너머의 그녀를 바라봤다. 자신을 의식하고 일부러 뒤를 돈 채 바쁘게 뭔가를 하려는 것처럼 보였다.

아무래도 무시가 맞는 것 같다.

찝찝했지만 생각하다 말았다. 깊게 고민할 주제는 아니라고 여겼기에. 그가 뒤돌아 계단을 올랐다.

그의 루틴은 늘 비슷했다. 작업실에 도착하자마자 노트북 옆에 진한 커피를 내려놓고 바로 작업을 시작했다.

집중하는 데 필요한 시간도, 환경도 없었다. 일에 전념하는 것도 매달리는 것도 쉬웠다.

그런데 왜인지 오늘은 그 어떤 것도 쉽지 않았다.

책상 뒤 창문의 블라인드를 걷어 내니 밝은 햇살이 그대로 쏟아졌다. 불편하리만큼 반짝거리고, 거슬릴 만큼 눈부셨다.

아래층 여자의 웃음만큼.

그는 보이지도 않는 1층을 괜히 한번 살피다가 책상으로 시선을 돌렸다. 어쩌다 생긴 원목 독서대는 요즘 들어 그가 애용하는 것 중의 하나였다. 쓰던 것보다 편했고 책을 고정하기도 쉬웠다. 별 이유 없이 그게 다였는데.

"모자랐나."

10만 원이.

그가 짧은 생각에 잠겼다가 말았다.

"그랬으면 분명 얘기를 했겠지."

고민할 가치는 크지 않다고 생각했다. 하지만 그는 때때로, 몇 번이나 웃지 않는 그녀의 낯을 떠올렸다. 한 번도 겪어 본 적 없는 일이었다.

❖   ❖   ❖

—배고프지? 초밥이나 사 갈까?

"날생선 별로."

—그럼 햄버거? 피자?

"아니. 별로."

—그럼 나올래? 소고기 사 줄까?

"너랑 먹는 건 더 별로."

—아, 진짜. 이 작가님이 밥 한번 먹으려고 했더니 그냥 확 별로 보

내 버릴까 보다.

백스페이스키를 반복해서 누르며 방금 쓴 문장 전체를 지운 강준이 귀에 꽂은 블루투스 이어폰을 빼고 휴대폰을 손에 들었다.

함께 일했던 잡지사에서 해고당한 다음 날이었다. 마감 때문에 이틀 꼬박 밤을 새우고 출근했더니 강준의 해고 통보를 알게 된 명우는 개인을 멸시하고 무시하는 회사에서는 도저히 글이 써지지 않는다며 사직서를 던졌다.

농사짓는 집에 줄줄이 동생 둘이나 딸린 장남 주제에 잡지사에서 뛰쳐나온 명우를 말리지 않은 자신을 원망하고 싶었다. 하필 지금의 잡지사에 취직을 시켜 준 게 자신이라는 사실 또한 후회가 됐다.

"용건이 뭔데."

—우리 대표가 너 사랑한다니까. 내가 살다 살다 이런 애정은 처음 봤어, 정말.

"안 해."

—섹스 칼럼은 당연히 취소. 우리 디지털 콘텐츠 팀 새로 생기는데 온라인에서 연재하는 코너 중에 오픈 예정인 거 하나 있어. 코너 제목이 '대국민 에디터'라고.

그가 눈썹을 희미하게 찌푸렸다.

"제목부터 마음에 안 드는데."

—암요, 작가님. 그러셔야죠, 코너 이름부터 우리 작가님 마음에 쏙 들어야죠.

"끊어, 바빠."

—바쁘셔도 식사는 하셔야 할 텐데. 우리 어떻게 식사 자리를 한 번 만들까요. 계약서에 계약금은 공란으로 처리해서 가져가겠습니다. 원하는 페이를 말씀해 주시면 제가 편집장한테 얻어맞는 한이 있어도⋯⋯.

더 들을 필요도 없어 전화를 끊었다. 끈질기게도 다시 전화가 걸려왔지만 무시는 쉬웠다. 늘 해 왔고, 또 간단했으니까.

오후까지 주기적으로 광고 회사 사보에 실릴 원고 마감을 마쳐야 했다. 6개월 전 의뢰받은 원고는 어느새 한 달마다 찾아오는 정기적인 업무가 됐다.

마감 전 원고를 수정한 강준은 읽고 또 읽었다. 글은 수정할수록 좋아진다. 에디터로, 작가로 살면서 깨달은 게 있다면 바로 그 점이었다.

마지막으로 다시 한번 원고를 훑은 강준은 메일을 보내고 휴대폰을 손에 들었다. 담당자가 곧 반가운 듯 전화를 받았다.

"메일 보냈습니다."

—이번 주도 고생 많으셨어요. 작가님, 저희 팀 오늘 회식하는데 안 오실래요? 그래도 이렇게 달마다 원고 써 주시는데 뵙고 식사는 해야 할 것 같아서요.

처음 계약할 때를 제외하고는 얼굴을 맞댈 이유가 없었다. 꾸준한 식사 제안에 거절을 한 것도 그 때문이었다.

"괜찮습니다. 끊겠습니다."

강준은 기지개를 켠 다음 몸을 일으켰다. 생각보다 빨리 떨어진 커피를 보충하러 갈 계획이었다.

작업실 문을 여는데 뭔가가 툭, 하고 발밑으로 떨어졌다. 5만 원 지폐 한 장이 들어 있는 흰색 봉투였다.

"……파는 거, 아닌데요."

순간 1층 여자의 목소리가 떠올랐다.

거스름 돈인가? 계단을 내려가 공방 앞으로 다가가는데 다옴은 혼자가 아니었다. 그녀 말고도 사람들이 더 있었는데 다옴이 뭔가를 나눠 주고, 또 설명하고 있었다.

수업을 시작한 걸까. 완성된 도마 트레이를 먼저 보여 주고 뭐라 말하다가 웃는 그녀를 보며 그는 우두커니 서 있었다.

아침에는 쌩하니 자신을 외면하던 얼굴이 웃고 있었다. 그것도 아주 밝게. 처음 보는 것 같은 사람들 앞에서.

"뭐가 저렇게 즐거울까."

그는 뭐에 사로잡힌 사람처럼 가만히 서서 그녀의 웃는 낯을 물끄러미 바라봤다.

저런 사람을 본 적이 없다. 입가가 경련하도록 억지로 웃는 것도 아니다. 마음에서, 진심에서 우러나온 웃음은 같이 있는 사람들을 즐겁게 했다.

함께 있는 이들마저 웃게 하는 능력을 가진 사람은 많지 않다. 뭐, 웃는 얼굴이 예쁜 것도 같고.

그는 새삼 궁금해졌다. 그렇게 열심히도 웃는 이유.

강준은 꽤 오랜 시간을 그 앞에 머물다가 걸음을 돌렸다. 이내 도착한 단골 카페에 가서는 커피를 주문했다.

햇살이 좋아 조금은 앉아 있다 갈 생각이었다. 구석진 자리에 앉아 뜨거운 커피를 앞에 두고 챙겨 온 책을 펼쳤다.

어제부터 읽기 시작한 신인 작가의 소설인데 꽤 집중이 잘됐다. 다음번 칼럼 주제로도 괜찮을 것 같단 생각을 하고 있는데, 카페에 꽤 오래 있었음을 깨달았다.

그는 다시 작업실로 향했다. 머릿속으로 마무리할 일들을 정리하는데 또 작업실 앞에서 다음을 맞닥뜨렸다. 수업이 끝난 건지 그녀는 제 어깨만큼 오는 빗자루를 들고 골목을 쓸고 있었다.

가는 길이라 걷고 있는 건데, 마치 그녀에게 용건이 있는 모양새가 됐다. 강준은 머쓱한 얼굴로 앞에 서서 책 사이에 끼워 놨던 봉투를 꺼내 내밀었다.

"……왜요?"

아까만 해도 잘 웃던 여자는 다시 미소를 잃고 되물었다. 차갑게.

"본인 거 아닙니까?"

"제가 드린 거니까 본인 건 아니죠."

어투나 표정이 심상치 않았다.

그러니까 내가 뭘 놓치고 있는 거지. 기다렸다는 듯 그녀가 설명을 덧붙였다.

"재료값만 받고 거슬러 드린 건데 뭐 문제가 될까요."

연기를 잘하는 건지, 아니면 지금 내가 혼나고 있는 건지.

강준은 건조한 여자의 얼굴을 내려다보다 혼자 멍해져서는 되물었다.

"……그게, 그렇게 됩니까."

"네. 그게 그렇게 되네요."

여자가 뭐 더 전할 말 있냐는 얼굴로 저를 올려다보자 그는 말문이 막혔다. 예상치 못한 상황에 순간 할 말을 잃었다고 할까.

"그래도 이건."

"이만 들어가 보겠습니다."

대화는 일방적으로 끝났다. 여자가 다시 쌩하니 공방 안으로 들어가 버렸기 때문에.

깨끗해진 골목, 손에 든 처연한 흰 봉투, 혼자 남겨진 지금.

편한 사이를 만들 생각도 없었지만 불편한 사이를 만들 생각은 더욱이 없었다.

건물주와 세입자. 고작 그 정도 관계가 편한 건데, 그 사이에 미세한 균열이 생긴 듯했다.

반갑지 않고, 더욱이 불편한.

강준이 쓰게 웃었다.

"화난 거 맞네."

✤　　✤　　✤

"하수. 완전 하수."

밖에서 볼 수 없게 안쪽 개수대까지 들어온 다음은 그대로 주저앉아 머리를 붙잡았다. 쥐어뜯어도 뜯기지 않은 머리카락은 그저 아프기만 했고, 얼굴은 탈 듯이 뜨거웠다.

"친해? 너 저 남자랑 친하니? 왜 그걸 티 내고 그래."

입술은 왜 내밀어. 삐진 것 같잖아.

눈은 왜 안 쳐다봐. 화난 것 같잖아.

말은 왜 또 그렇게 해. 뭐라고 생각하겠어!

홧김에 빳빳한 돈을 챙겨 작업실 문 아래에 내려놓고 온 게 아까 전. 몸이 제멋대로 움직인 것 같았다.

머리로는 하지 말라 그랬는데 몸은 이미 계단을 오르고 있었다.

"너무 티 냈어."

쥐구멍이 있다면 누구보다 먼저 들어갈 것이다. 며칠 전에 오픈한 공방을 폐업해야 할까, 그런 고민까지 흘렸을 때 그녀가 슬쩍 고개를 들어 밖을 확인했다.

그는 보이지 않았다. 개수대 밖으로 나온 다음은 길게 한숨을 내쉬었다.

"잘 지내고 싶었는데."

개뿔. 어색해도 이렇게 어색할 수가 있냐고.

그녀는 앞치마 주머니에서 반으로 접힌 5만 원 지폐 한 장을 꺼내 들었다. 거슬러 주고 남은 절반.

"이게 다 너 때문이야."

5만 원으로 얼굴을 가린 채 그녀가 칭얼거렸다. 시간을 돌릴 수 있다면 돌리고 싶은 심정이었다.

2화

잘해 주고 싶은 남자

SNS에 자세한 수업 커리큘럼과 공방 내부 사진, 첫 수업 성과들을 올린 덕분인지 문의가 꽤 많았다. 초보자 중심으로 운영되는 수업 인원이 금방 차자 그녀는 얼른 다음 수업 자료를 만들었다.

독서대 사건이 있은 지 일주일.

2층 건물주와는 하루에 두어 번 얼굴을 마주칠 때 데면데면한 인사를 하는 것 말고는 오고 가는 말이 없었다.

평소와 같았다면 실실 웃으면서 덕담이나 안부 인사 정도는 건넬 만한데도 그녀는 그러지 않았다. 무려 월세와 관리비를 보내야 하는 건물주에게.

자신이 화난 것을 분명히 인지했으면서도 그 역시 아무렇지 않아 보였기에 오히려 오기가 생겼다. 서로 오기를 부릴 사이도 아닌데, 더군다나 '나 삐졌어요' 티를 낼 사이도 아니다.

제대로 된 대화 한번 나눠본 적 없고, 나눌 대화가 있는 것도 아니었다. 자신은 그를 기억했지만 그는 아니었다. 기억을 한다 해도 7년 전에 모르는 사이였던 게 지금에 와서 특별한 사이로 바뀌는 것도 아니다.

노트북으로 도안을 만들던 다옴이 슬쩍 위로 시선을 들었다. 아무리 천장을 노려봐도 그는 알아채지 못할 테지만 하루에 몇 번은 이렇게 좀 노려도 보고 쏘아봐야 정신 건강에 이로웠다.

그때 그녀의 휴대폰이 울렸다. 이모 윤주였다.

"응, 나."

─뭐 해. 밥 먹을래?

다옴이 시간을 확인했다. 장식장에는 그녀가 직접 만든 원목 시계가 있었다.

"이모 아직 밥 안 먹었어? 나 도안 만드는 중이라 그냥 삼각김밥 먹으려고 했는데."

─애는, 일하는 애가 밥을 챙겨 먹어야지. 수업 다 찼다며? 잘나가나 보다?

일하느라 바쁘면서도 틈틈이 SNS를 확인하는 건지 윤주는 같이 살지 않는데도 모르는 게 없었다. 다옴이 작은 한숨과 함께 대답했다.

"월세 내고 생활비는 챙길 수 있는 정도."

─그래도 밥은 먹지.

"이모 잡지사 멀잖아. 아무나 붙잡고 먹자 해."

─요즘 세상에 후배 붙잡고 저녁 먹자 그러면 꼰대 소리 들어. 무튼 알겠다, 고생해.

전화를 끊은 다옴이 '우리 이모'라 저장된 이름이 반짝이는 화면을 보다가 중얼거렸다.

"그러게 연애를 하라니까."

도안 작업이 끝날 때까지는 시간이 꽤 걸릴 듯싶었다. 도마 트레이에 이어 두 번째 수업은 난도를 조금 높여 2단 선반을 만들 생각이었다. 책도 놓고, 화분도 놓고, 거실에 둬도 어울리고 주방에 둬도 조화가 되게.

보통은 초급반과 중급반을 함께 운영하지만 작은 공방인 만큼 처음부터 욕심을 부리고 싶지는 않았다. 초급자 수업이 끝나면 중급자 수업으로 다 함께 넘어가는 게 그녀의 목표였다. 그러기 위해선 제 수업이 재미있고 수강생들에게 만족을 줘야 했다.

다옴은 작은 냉장고 안에서 미리 사다 놓은 바나나우유와 삼각김밥을 꺼내 다시 자리로 돌아왔다. 넓은 원목 책상은 보통 작업대로 쓰였는데, 작업이 없을 때는 이렇게 노트북을 하곤 했다.

"1번을 뜯고, 2번을 뜯고."

몇 년 전까지 삼각김밥 하나도 제대로 못 뜯던 그녀였다. 차근차근 순서대로 포장지를 뜯는데 띠링 소리를 내며 공방 문이 열렸다.

"어……, 식사 중이세요?"

"아! 아니요. 들어오세요."

급하게 삼각김밥을 내려놓은 그녀가 몸을 일으켰다. 남자는 어색하게 공방 안으로 들어왔다. 수업 신청을 하려는 걸까? 생각하는데 남자가 대뜸 위층을 가리켰다.

"위층에 이강준이라고 아시죠? 친구예요. 이 자식이 어디를 갔는지 전화도 안 받고, 작업실에도 없어서."

남자라면 해가 지기 전 늦은 오후에 작업실을 나섰다. 아무리 보기 싫다 해도 통으로 된 유리창 때문에 어쩔 수 없이 그의 뒷모습을 쫓는 일이 많았다. 요즘 그녀의 일상이었다.

"괜찮으시면 구경하면서 기다려도 될까요? 예전에는 여기가 카페여서 종종 기다리곤 했거든요."

조용하고 한적한 동네라 작은 카페들은 전부 저녁이면 문을 닫았다. 거절할 명분이 딱히 없어 그녀는 어색하게 고개를 끄덕거렸다. 키가 큰 남자는 곧장 쇼룸처럼 진열된 물건들을 돌아봤다.

"뭐 마실 거라도 드릴까요?"

"아. 카페도 같이 운영하세요?"

"공방 손님들 드리려고 배웠어요."

"그러시구나. 괜찮습니다. 제가 커피를 달고 사는 직업이라."

명우가 하얀 이를 드러내며 웃었다. 친구라면서 이렇게 다를 수가 있나 싶을 정도로 웃음이 환했다. 다음은 저도 모르게 강준의 차분하면서도 무표정한 얼굴을 떠올리며 눈앞의 남자와 비교했다.

"다 직접 만드신 건가 봐요."

"네, 뭐."

"이 박스도 직접 만드신 거예요?"

명우가 작업대 아래에 진열된 직사각형의 공구 박스를 가리키며 물었다.

"공구 박스요? 네."

"와. 진짜 예쁘다. 이런 건 주문하면 얼마나 해요?"

"견적은 나무나 크기에 따라 다 달라요. 그건 제가 파는 게 아니라 잘 모르겠네요."

칸별로 색칠을 다르게 한 공구 박스를 턱으로 가리키며 말했다. 명우는 자세히도, 꽤 관심 있어 하는 얼굴로 진열장을 살폈다. 그녀의 시선이 힐긋 유리창 밖을 향했다. 이미 하늘은 어둑해졌고 강준은 도통 올 기미가 안 보였다.

"저거 하나 주세요."

명우가 진열된 협탁을 가리켰다.

"안 사 주셔도 돼요."

"아닙니다. 마침 작은 협탁이 필요해서요."

그가 지갑을 꺼냈다. 그녀는 재차 거절했지만 그는 침대 옆에 놓기 딱 좋을 것 같다며 설명을 덧붙였다. 저렇게까지 하는데 굳이 거절할 이유가 없었다. 신용 카드를 받아 든 다옴이 옅게 웃었다.

"그럼 할인해 드릴게요."

"정말요?"

"네. 건물주님 친구 되시니까."

"그렇게 부르세요? 건물주님이라고?"

아니요. 실은 이렇게도 불러 본 적은 없어요. 늘 저기, 저기요, 이랬었지.

어색하게 웃은 다옴이 대답 없이 계산을 마치고 협탁을 포장했다. 바로 어제 만든 협탁인데 운이 좋았다. 비워진 자리에 오늘 도안까지 완성된 선반을 만들어 놔야겠다 머릿속으로 계획을 세우니 포장은 금방 끝났다.

"여기 있습니다."

"감사합니다. 그런데 강준이랑은 잘 아세요?"

협탁을 받아 든 명우가 대뜸 물었다. 문 닫을 시간 끝자락에 매출을 올린 기쁨을 만끽하던 그녀의 얼굴이 어색하게 굳어졌다. 명우가 알겠다는 듯이 턱 밑을 긁적였다.

"어, 불편한 사이구나."

"……티 나요?"

"조금요. 친해지기 힘든 타입이긴 하죠. 애가 나쁜 놈은 아닌데 성격이 조금 칼같다고 해야 하나. 정도 없고, 융통성도 없고."

고작 10분 전에 처음 만난 사람의 말에 격하게 공감하는 날이 오리라고는, 정말 상상도 못 했다.

"……벌써 그 정도까지 파악됐어요?"

그녀는 얼떨결에 명우의 말을 따라 내내 고개를 끄덕거렸다는 것을 깨달았다. 앗. 실수를 깨달은 다옴이 두 손으로 입을 가렸다. 순간 맞장구를 칠 뻔했다.

"대체 무슨 일이 있었길래."

"뭐 해, 여기서."

해명을 할까 해도 이상하지 않나? 그냥 이렇게 자연스럽게 넘어가 봐? 고민하느라 공방 문이 열린 것도 몰랐다. 둘의 시선이 동시에 문 앞에 선 강준에게 향했다. 찰나에 그녀와 강준의 눈길이 맞물렸다. 일 주일 만이었다. 이렇게 똑바로 얼굴을 마주 본 건. 다옴은 누구보다 부자연스럽게 시선을 피했다.

"넌 왜 전화를 안 받냐. 내가 몇 번을 했는데."

"일부러 안 받았다는 생각은 안 해?"

"그래서 제가 모시러 왔죠, 작가님. 식사 대접을 꼭 하고 싶어서."

명우가 두 손을 꼭 맞잡으며 말했다. 작가님이라. 글을 쓰는 사람인 가? 작업실과 책. 자유로운 근무 시간. 다옴은 몰래 엿듣는 것도 아닌 데 속으로 혼자 수긍했다.

"나와."

"응? 아, 식사 같이할래요?"

대뜸 명우가 물었다. 강준에게 상의도 않고 그가 마저 설명을 이어 나갔다.

"저 때문에 식사도 제대로 못 하셨잖아요."

노트북 옆, 포장을 뜯다 만 삼각김밥에 시선이 모였다. 삼각김밥이 뭐 어때서. 혼자 사는 사람이 한 끼 해결하기에는 최고인데. 뭔가 의도 치 않게 짠한 눈빛을 받는 것 같아 그녀는 이 상황을 벗어나고 싶었다.

당연히 거절을.

"괜찮지? 어차피 밥값은 제가 내는 거니까요, 작가님."

해야 하는데.

"그러든가."

의외의 곳에서 승낙의 대답이 떨어지자 그녀는 당황했다.

방금 전 처음 본 남자와 제 선의에 10만 원이란 값을 매긴 남자.

절대 환영할 수 없는 식사 자리였다.

✦   ✦   ✦

주택가로 이루어진 동네라 마땅히 선택지가 많지 않았다. 둥근 테이블에 모여 앉을 수밖에 없는 삼겹살집.

좋아하는 메뉴였지만 함께인 구성원과는 어울리지 않았다. 하지만 강준이 맞은편이 아니라 살짝 떨어진 옆에 앉아 있다는 건 반가운 일이었다.

마주 앉게 되면 소화제를 사 갈까 싶었는데.

"저는 이런 사람입니다."

어색한 식사 자리는 마치 명우의 의도대로, 그가 뜻하는 대로 흘러가는 것 같았다. 앞에 앉은 명우가 명함을 내밀었다. 세련된 디자인의 명함은 어디선가 본 듯 디자인이 익숙했다.

'퍼스트'라는 잡지사의 콘텐츠 편집 팀 팀장.

명우는 자신을 그렇게 소개했다. 동시에 강준과 어릴 때부터 절친한 사이에, 초등학교부터 첫 직장까지 함께 다녔다는 말까지 덧붙였다.

"저는 포장 박스에 명함 넣었어요."

"네. 고이 간직하겠습니다."

원래 사람이 좋은 건지 명우는 잘 웃었다. 주문을 할 때도 처음 보는 사장님한테 '이모님' 소리를 하며 너스레를 떨기 바빴고, 대화를 나눌 때도 이상하게 막힘이 없었다.

불판 위 삼겹살을 뒤집던 명우는 빤히 닿는 시선을 느끼고 고개를 돌렸다. 둘 사이에 앉아 있는 강준이 팔짱을 낀 채 곱지 않은 눈초리를 보냈다. 그 속에 담긴 의미를 알아차린 명우가 집게로 천장 쪽을 가리켰다.

"협탁 하나 샀어. 침대 옆에 놓으면 딱이겠더라고. 디자인도 훌륭하고, 가볍고."

"……왜 길게 설명하는데?"

"넌 왜 그렇게 보는데?"

"그냥 봤어."

"나도 그냥 설명했어."

"그냥이 아닌데."

"내가 묻고 싶은 말일걸."

이어지는 게 신기할 정도로 알아들을 수 없는 대화가 계속됐다. 불판 위를 지그시 바라보던 다옴은 끼어들 수밖에 없었다.

"저기."

무려 삼겹살이.

"제가 구울게요."

타고 있기 때문에.

말릴 새도 없이 집게를 뺏어 든 다옴은 핏물이 살짝 올라와 뒷면이 노릇노릇해진 삼겹살을 한 번 뒤집은 다음 가위를 손에 들었다. 반쯤 익은 고기를 한입 크기로 잘라 일렬로 정리하고, 빈 공간에 버섯과 양파를 가지런히 구웠다.

다옴이 삼겹살에 진지하게 임하는 동안 명우는 의외라는 얼굴로, 강준은 무표정하게 그녀를 바라봤다.

"와. 나 방금 되게 설레었어."

명우가 오른쪽 가슴 위에 손을 올리며 말했다. 강준의 눈썹이 삐죽였다.

"삼겹살을 아주 기가 막히게 구우시네. 우리 팀 막내도 이런 걸 본받아야 하는데."

다옴이 다 익은 고기를 다른 쪽에 정리하며 부끄러운 듯 어깨를 으쓱였다.

"아. 제가 고기 타는 걸 싫어해서."

"요리 잘하시죠? 딱 포스가 느껴지는데."

다옴은 대답 없이 웃었다. 고기 하나 잘 굽는다고 요리 실력까지 소환당할 줄 몰랐지만 그녀는 정말 요리를 잘했으니까. 생각해 보니 강준에게 사과 타르트가 맛있었다는 말은 듣지 못했다.

잘 먹었다는 말만 들었지. 내가 바라는 게 많은 건가, 바랄 것도 없는 아무것도 아닌 사이에. 그녀가 속으로 툴툴거리며 집게를 내려놨다.

"드세요. 다 익었어요."

"네, 감사합니다."

강준이 앉은 쪽을 살짝 흘겨본 다옴은 아삭이 고추를 쌈장에 푹 찍었다. 잘 먹든가, 못 먹든가 내 알 바인가. 그녀는 고추를 아삭아삭 씹었다. 맛이 아주 좋았다. 매콤하고 풋풋했다.

"작가님, 많이 드세요. 그래야 힘내서 글 쓰지."

"너희 거 안 써."

"에이, 또 왜 이러실까. 내가 계약서도 다 챙겨 왔는데."

잡지사에서 원고를 의뢰하고, 또 원고를 주는 그런 계약을 하는 건가. 작가라면 무슨 글을 쓰는 거지. 아니야, 내가 알아서 뭐 해.

다옴은 둘의 대화를 눈앞에서 엿들으며 손바닥 위에 상추를 올렸다. 그 위에 쌈무 한 장, 두툼한 삼겹살 한 점, 쌈장과 마늘까지 올려 높이 쌓았다. 그녀 혼자서는 아주 조용한 식사였다.

"도로 가져가. 그 계약서."

"네 사인 못 받아 가면 나 대표한테 죽는다. 나 여기 취업시킨 게 너야. 책임져야 하지 않겠냐?"

그러거나 말거나 다음은 곱게 싼 쌈을 입에 넣었다. 씹으면서도 다시 상추 한 장을 손에 올렸다.

"야, 무슨 내 눈만 마주치면 너랑 계약은 어떻게 됐냐고 묻는다. 대표 눈치에, 편집장 눈치에…… 살다 살다가 실무에 그렇게 관심 많은 대표는 또 처음 봤어. 성격은 또 얼마나 까칠한데. 너 때문에 내가 제명에 못 죽는다니까?"

저를 빼먹은 대화는 불편하지 않았다. 앞에서 엿듣는 재미도 쏠쏠했으니까.

으흠, 이쪽이 회사를 그만둬서 지금 다니는 잡지사를 건물주님이 소개를 해 준 건가. 그럼 꽤 유명한가 보네. 에이, 그게 네 알 바야, 한다 옴? 넌 삼겹살에나 전념해.

까먹을 뻔한 고추까지 얹은 다음 두 번째 쌈을 곱게 쌌다. 한입에 들어갈까 염려는 없었다. 어려운 일은 아니었기에. 입을 크게 벌린 그녀가 쌈을 넣고 꼭꼭 씹었다. 흘리는 것 하나 없이 깨끗하고 꼼꼼하게. 입안의 음식물이 보이지도 않았다. 입술을 오므린 채 잘 구워진 삼겹살을 음미하는데 그때 알았다. 뭔가 대화가 조용해졌음을.

"잘 드신다. 괜히 뿌듯하게."

아, 이런.

그녀가 손으로 빵빵해진 입을 가렸다.

"……고기가 식는 것 같아서."

"그렇죠. 육즙이 빠져나갈 틈을 주면 안 되죠."

명우가 감탄하면서 그녀를 따라 쌈을 싸기 시작했다. 가만히 있던 강준도 젓가락을 들었다. 그 순간 명우가 눈을 빛냈다.

"소주 좋아하세요?"

✢　　　✦　　　✢

"뭐야."

눈을 뜨니 익숙한 천장이 보인다는 건 안심해야 하는 일이다. 그것도 술 마신 다음 날이라면.

그런데.

"왜 기억이 안 나."

번쩍 눈을 뜬 그녀가 몸을 일으켰다. 자신의 침대, 익숙한 원룸, 분명 여기는 자신의 집이 맞는데.

"나 왜 여기 있어?"

머릿속이 굉장히 맑았다. 선명한 기억 하나 없는데 뭔가 깨끗하게 정리된 느낌. 몸에 피곤이란 피곤은 다 빠져나가 마치 최적의 컨디션을 찾은 기분. 개운하지만 왜인지 그래서는 안 될 것 같은 예감.

찜찜해도 이토록 찜찜할 수가 없었다. 뭔가가 뭉텅 잘려 나간 느낌이었다.

"아아."

순간 이마에서 쓰라림을 느낀 다음이 손을 들어 이마 위를 문질렀다. 뭔가 볼록한 것이 뜨겁기까지 했다. 화장대 앞으로 간 다음이 제 얼굴을 확인하고 작게 신음했다. 화장도 못 지우고 잔 얼굴은 얼룩덜룩하고 이마는 어디에 세게 박은 것처럼 가운데가 빨갛게 부어올랐다.

"어디에 박은 거야, 대체."

그녀는 휴대폰부터 찾았다. 침대 위의 이불을 다 뒤집어엎고, 선반을 다 열어 보고, 침대 매트리스까지 뒤집어 확인했는데도 없었다. 설상가상 가방도 보이지 않았다.

작은 원룸을 이 잡듯이 뒤진 다음에 찾은 가방은 화장실 변기 위에 있었다. 얘가 대체 여기 왜 있어. 다음은 서둘러 가방을 열어 휴대폰을 찾았다. 다행히 이상한 흔적 같은 건 없었다. 하긴, 전화 돌릴 전 남친

이 있는 것도 아니고.

"그런데 뭐 이렇게 찜찜해."

침대 위에 주저앉은 그녀가 중얼거렸다. 잘 구워진 삼겹살을 앞에 두고 술을 마시기 시작한 어젯밤. 불안하게도 기억은 뜨문뜨문했다.

"이야, 술을 잘하시나 봐요."

"아니요. 조금밖에 못 해요."

"술도 맛있게 잘 드시는데요?"

"그러게요. 오늘은 좀 다네요."

분명 많이 마실 생각은 아니었다. 적당히 마시다가 자리에서 일어날 작정이었다. 자리 자체가 어색할 수밖에 없었다. 처음 본 남자에 불편한 건물주까지. 이왕 얻어먹기로 한 삼겹살, 술도 조금만 마시다가 돌아가야지 마음먹었다.

예상치 못했던 게 있다면 생각보다 술이 조금 달았고 삼겹살이 맛있었다. 다디단 술을 그렇게 야금야금 조금씩 마시다가…….

"어떻게 왔지."

중간에 뚝, 기억이 끊겼다.

정말 드라마처럼.

"저 기억 안 나세요?"

다옴이 순간 멈칫하다가 고개를 번쩍 들었다. 머릿속을 스치는 익숙한 목소리. 분명 내 목소리인데.

"저 진짜 기억 안 나요?"

이것도 내 목소리. 그런데 누구한테 말하는 거야?

그녀가 두 손으로 입술을 가렸다.

"아무리 기억이 안 나도 그렇지."

"……."

"돈은 왜 줘요. 내가 장사하려고 그거 만들었나."

바닥에 주저앉은 다음이 그대로 머리카락을 쥐어 잡았다. 난생처음 술주정이라는 걸 했는데 무려 그 상대가, 그 상대가.

"미쳤어."

그녀는 다시 한번 진지하게 폐업을 고민했다.

✢   ✢   ✢

어젯밤.

꾸벅꾸벅. 하도 테이블에 이마를 박아 대길래 사장님께 부탁한 마른 수건을 깔았더니 이제는 박을 때마다 푹푹 소리가 났다.

팔짱을 낀 채 그 모습을 바라보던 강준은 한숨을, 명우는 웃음을 지었다.

"집 알아?"

"알겠냐."

"그럼 어떡해?"

"술 먹인 네가 책임져야지."

대답을 마친 강준이 빈 잔에 소주를 따랐다.

"방금까지 멀쩡하지 않았어? 한 방에 훅 가는 타입인가?"

"모르지."

"네 세입자잖아. 알아야지, 당연히."

"그러게 잘 모르는 여자한테 술을 왜 먹여."

"너랑 풀라고."

강준이 눈썹을 삐죽였다. 비운 잔에 명우가 다시 소주를 채웠다. 다음은 여전히 새근새근 잠든 그대로였다.

"뭔가 너랑 감정이 있는 것 같았는데."

"오지랖도 적당히 부려."

"부정은 안 하네."

명우가 작게 웃으며 강준이 따라 주는 술을 받았다. 자세가 불편할 텐데 미동도 없이 잠든 다음이 신기한지 강준의 시선이 자꾸만 그녀를 향했다. 누가 보면 관심 있는 여자라 충분히 오해할 만큼. 그리고 당연히 그 오해는 함께 있는 당사자의 몫이었다.

"이건 그냥 내 추측인데."

명우가 턱을 쓸었다. 강준은 곧장 고개를 저었다.

"하지 마."

"추측도?"

"아무것도."

"넌 왜 나만 보면 구박하냐?"

"일 가져오지 마. 그럼 구박 안 해."

"그럼 계약하지 말고 그냥 추측할까?"

강준이 거절할 틈도 없이 명우가 밀어붙였다.

"이 아가씨 너 좋아하는 것 같은데?"

예상 가능한 뻔한 말이었다. 뭐 그런 걸 추측이라고. 강준은 제 잔에 다시 소주를 따라 입에 털었다. 쓴 소주를 넘기자마자 그가 대답했다.

"오히려 그 반대일걸."

"반대? 미워한다고?"

"어."

"왜?"

뭐라 대답하려는 순간 거짓말처럼 순하게 자고 있던 다옴이 벌떡 몸을 일으켰다. 명우는 놀라 뒤로 몸을 빼며 다옴을 올려다봤고, 강준의 시선 역시 그녀를 따라 움직였다.

다옴은 눈가를 비비더니 고개를 돌려 제 위치를 확인했다. 누가 봐도 취한 사람의 얼굴이었다. 이마 한가운데가 볼록했다. 아프겠다, 명우가 혼잣말로 중얼거리다 되물었다.

"괜찮아요?"

그녀는 대답 없이 가방에서 지갑을 꺼냈다. 그녀가 꺼낸 건 5만 원짜리 노란색 지폐 한 장. 다옴은 인자하게 웃는 신사임당 얼굴을 한번 바라보고서는 명우가 아닌 강준의 앞에 딱 5만 원을 내려놨다.

마치 보란 듯이.

"계산할 때 보태세요."

뭔가 정확한 듯하지만 확실히 끝은 어눌한 말투. 취하긴 취했다는 건데.

다옴이 돈을 내려놓고 볼일을 끝냈다는 듯 가방을 들었다.

"설마 제가 전에 거스름돈 드렸다고 이번에도 거슬러 주고 그러실 건 아니죠?"

"……이봐요."

"그럼 잘 먹었습니다."

꾸벅. 테이블에 또 이마를 박을 듯이 허리를 숙여 인사한 다옴이 뒤를 돌았다. 터벅터벅. 불안 불안한 걸음이 이어지기를 열 발자국. 그녀가 대뜸 다시 등을 돌려 앞으로 다가왔다. 명우는 꾹 웃음을 참았고, 강준의 눈썹이 위쪽으로 휘어졌다.

"여기 있었는데, 어디 있지."

비틀거리며 가방을 뒤지기 시작한 그녀가 대뜸 또 지갑을 꺼내 들었다. 이번에도 역시 5만 원짜리를 꺼내 강준의 앞에 턱, 노란색 지폐 위에 또 노란색 지폐를 올렸다. 손바닥이 부어오를 만큼 찰싹 소리도 났다. 설마 방금 전을 기억 못 하는 건가.

"자. 네가 좋아하는 10만 원. 아까 5만 원은 고깃값, 지금 5만 원은 네가 준 거. 더해서 10만 원!"

대뜸 튀어나온 반말에 명우는 입술을 꽉 깨물었고 강준은 표정을 굳혔다. 돈에 계속 집착하는 여자는 두 번째 계산을 치르고 있음을 분명 아는 듯했다.

"좋겠다. 너 돈 많아서."

"……저기."

"너 내가 왜 맨날 공방 앞을 쓸고 닦는 줄 알아?"

그녀가 똑바로 강준을 내려다보며 물었다. 당황한 강준은 아무 말도 못 했고, 명우는 웃겨 죽을 지경이었다.

"우리 건물주님 자. 빠. 지. 라. 고."

한 글자씩 끊어서 말하니 마치 욕처럼 들렸다.

"……한다옴 씨."

"이미 부자시겠지만, 더 부자 되세요."

이번에는 아까보다 더 허리를 숙이더니 다옴은 다시 등을 돌렸다. 혹시나 또 오면 어쩌나, 강준이 팔짱을 낀 채 주시했지만 그녀는 비틀거리면서 그대로 식당을 빠져나갔다.

시야에서 다옴이 완전히 사라지자 명우가 박장대소했다. 강준의 표정이 굳어지는 것도 모르고.

"와, 신박하게 너를 엿 먹이네. 배꼽 빠지는 줄. 둘이 무슨 일 있었어?"

눈앞에 놓인 지폐 두 장을 내려다보다 강준이 다시 소주를 마셨다. 굳이 이럴 일인가 싶어 설명하고 싶은 의욕도 없었다. 웃음을 멈춘 명우가 문 쪽을 가리켰다.

"안 따라가냐?"

"내가 왜."

"왜긴. 너한테 자빠지라고 저주도 퍼부었는데. 가서 풀어 줘야지."

풀어 주고 하고 말 사이도 아닌데, 무슨.

잘 부탁한다는 인사와 선물에 그저 답례를 한 건데 오해가 쌓였을 뿐이다.

이래서 사람은 안 하던 짓을 하면 안 된다니까. 그가 다시 입안에 소주를 털었다. 썼다. 방금 받은 저주만큼이나.

강준은 비틀거리던 뒷모습을 떠올리다가 돈을 챙겨 몸을 일으켰다.

"간다."

"멀리 안 나갑니다, 작가님."

마치 그럴 줄 알았다는 듯 명우가 손을 흔들었다. 둘이 뭔가 일이 있는 것 같기는 했지만 이런 예상은 또 못 했는데. 혼자 남겨진 명우는 빈 잔에 남은 소주를 따랐다.

이상하게 기분이 좋았다. 괜스레 마음이 들뜨고 설레었다.

조금은 감정적으로 굴고 있는 강준의 모습을 오랜만에 봤기 때문일까.

명우는 예감했다. 삼겹살도 잘 굽고, 주사도 귀여운 1층 세입자는 이제부터 강준에게 지대한 영향력을 끼칠지 모르겠다고.

"계약은 못 했네."

그가 쓰게 웃었다. 내일 주간 회의 때 분명 대표는 저를 노려볼 것이 뻔했고, 편집장은 정강이를 걷어찰 게 확실했다. 명우가 소주 한 잔을 쭉 들이켠 다음 아직 멀쩡한 정강이를 쓰다듬었다.

"벌써 아프다."

✛　　✛　　✛

"이봐요, 한다옴 씨."

"……."

"집으로 가는 거 맞습니까?"

넘어질 듯하면서도 중심을 잡으면서 걷고 있는 게 신기할 정도였다. 차라리 넘어지면 부축이라도 하겠는데.

강준은 눈앞에서 가는 여자의 뒷모습을 보며 물었다. 몇 번이고, 계속해서. 하지만 고개를 푹 숙인 채 땅을 보고 걷는 여자는 뒤돌아보는 법이 없었다. 아까와는 다르게.

두고 간 지폐 쥐여 주고 그냥 작업실로 돌아갈까, 생각 중인데 문득 여자가 걸음을 멈췄다.

설마 토하는 건 아니겠지.

그가 잠시 멈칫했다.

다옴은 멈춰 선 채 한참을 있다가 주변을 두리번거렸다. 가까운 편의점으로 발길이 닿았다.

"참 나. 별짓을 다 하네."

술 취한 세입자 뒤꽁무니나 따라다니게 될 줄은 정말 몰랐는데. 강준이 속으로 중얼거리고서는 팔짱을 낀 채 편의점 앞에 섰다. 여자는 금방 나왔다. 까만 봉투 안에 뭔가를 잔뜩 담고서.

원래 주사가 이런 건지, 아니면 나를 엿 먹이려는 건지.

의심스러워 쳐다보는데 다옴은 그러거나 말거나 강준의 존재를 눈치채지 못하고 봉투 안에서 핫바를 꺼냈다.

그새 전자레인지까지 이용하고 나온 건지 김까지 나는 핫바를 베어 먹는 걸 보며 할 말을 잃었다. 오늘 여러 번 그녀 덕분에 말문이 막힌다.

"역시. 해장은 발암 물질."

고작 세 입에 핫바 하나를 먹어치운 다음이 쓰레기를 정리해 버리며 중얼거렸다. 생전 처음 듣는 주장에 헛웃음을 내뱉는데 그녀는 다시 발길을 재촉했다. 한적한 주변을 돌아보던 그는 어쩔 수 없이 다음을 따라갔다.

무사히 집에 들어간 것만 확인하고 돌아갈 생각이었다. 뜨거운 물에 씻어 술기운을 없애고 읽어야 할 책도 해치울 참이었다.

그녀만 무사히 집에 도착하면.

다음은 비틀거리면서도 절대 넘어지는 법이 없었다. 뒤따라 걷던 강준이 피곤함에 작은 한숨을 내뱉었다. 하루가 꽤 길었다. 취재를 다녀왔고, 뜻하지 않게 1층 여자와 저녁을 먹고, 술을 마셨다.

그동안 제게 화풀이하듯 웃는 법 없던 여자는 명우를 보며 내내 웃었다.

둘이 뭔 사이라도 됐나, 그는 잠시 생각했지만 이내 관뒀다. 어차피 그와는 무관한 일이니까.

여자는 술을 빌미 삼아 적극적으로 감정을 드러냈다. 문제의 5만 원 두 장을 그의 앞에 내려놓으며.

강준은 제 실수를 인정했다. 기분 나빴을 수도 있겠다 싶었다. 이해는 안 되지만 그녀가 그렇게 느꼈다면 그건 제 잘못이 맞았다.

하지만 꼭 사과를 해야겠다 느낀 건 아니었다. 이미 그녀는 감정이 상했고, 굳이 풀어야 할 이유가 없다 생각했다.

그런데 지금 보니.

"내가 왜 맨날 공방 앞을 쓸고 닦는 줄 알아?"

사과가 필요했네.

어둡고 한적한 골목 쪽으로 향한 그녀는 곧 신축 빌라 안으로 들어갔다. 그녀를 따라 안으로 들어선 강준은 엘리베이터에서 꾸벅꾸벅 졸고 있는 그녀의 옆에 올라탔다. 다옴은 여전히 제 존재를 깨닫지 못했다.

터덜터덜, 방향성을 잃은 걸음으로 엘리베이터에서 내린 그녀는 복도 끝 쪽으로 향했다. 비밀번호를 누르고 안에 들어가는 것만 확인하면 끝난다는 생각에 안도의 한숨을 내쉬는데, 그녀는 비밀번호를 누를 생각은 안 하고 현관문 손잡이에 봉투를 걸어 매달았다.

"다녀왔습니다."

그는 빤히 그녀를 관찰했다. 웃는 것도 취미, 인사하는 것도 취미. 현관문 앞에서 허리는 왜 숙이는데.

드디어 다옴이 비밀번호를 삑삑 누르기 시작했다. 그것도 소리를 내며.

"공, 오, 공, 칠, 별."

……주사 한번 기가 막히네.

덜컥 소리와 함께 문이 열렸다. 이제 끝이다 싶어 그가 등을 돌리려는데 대뜸 다옴이 방향을 바꿨다. 그가 서 있는 쪽으로. 이대로 집에 들어갈 줄 알았던 다옴은 느리게 눈을 깜빡거렸다.

"저기요."

따라온 걸 알고 있었나? 강준은 대답 없이 그녀를 내려다봤다. 하도 부딪혀서 붉어진 이마와 취기 때문에 달아오른 얼굴. 그녀는 흐릿한 눈을 크게 떴다.

"저 기억 안 나세요?"

반쯤 풀린 눈이 올곧게 저를 올려다봐도 강준은 입을 열지 않았다.

"진짜 기억 안 나요?"

아무런 표정 변화 없이 그녀를 볼 뿐. 그의 침묵을 긍정이라 멋대로 받아들인 다옴이 휴, 소리를 내며 숨을 내뱉었다.

"아무리 기억을 못 해도 그렇지."

"……."

"돈은 왜 줘요. 내가 장사하려고 그거 만들었나."

기만할 의도는 없었다고 대답해 봤자 어차피 기억을 못 할 게 뻔했다. 서 있는 것도 힘에 부친 듯 그녀가 다시 비틀거렸다. 이번에는 진짜 넘어질 것 같아 팔을 뻗어 강준이 부축하는데, 다옴이 다시 몸을 똑바로 세우며 뒤로 물러섰다.

"반가워서, 그냥 잘해 주고 싶어서 그런 거지."

다물어진 강준의 입술 사이로 작은 숨이 새어 나왔다.

당신이, 왜, 날.

마음으로만 묻고 소리 내어 묻지 않았다.

여자는 좋은 사람이었다. 친절했으며, 인사성이 밝았고, 지나치게 잘 웃었다.

아무도 신경 쓰지 않는 골목길을 아침저녁으로 쓸고, 공방을 잠시 들러 구경하는 이에게도 마실 차를 주고, 그렇게 누구에게나 배려심 넘치는 사람이.

당신 같은 사람이 왜?

다옴의 딸꾹질 소리가 그의 상념에 끼어들었다.

"실례가, 많았습니다."

그녀는 머리카락이 바닥에 닿을 만큼 허리를 숙였다가 폈다. 손잡이의 봉투는 그대로 두고 집 안으로 사라진 그녀가 금방이라도 튀어나올 것 같았다.

그는 한참을 그 자리에 있었다.

"저 기억 안 나세요?"

그녀의 질문이 뇌리를 떠나지 않았다.

✤　　✤　　✤

집으로 돌아온 강준은 옷도 벗지 않고 바로 냉장고에서 맥주를 찾았다. 거실로 간 다음 소파 위에 주저앉아 캔 맥주를 땄다. 경쾌한 소리가 울려 퍼진 거실은 커튼을 친 덕분인지 달빛이 그대로 쏟아졌다.

혼자라 편했다. 이제는 익숙했고 평생 이렇게 사는 것도 나쁘지 않았다. 부모님은 가여워하고 친구들은 애틋해하지만 나름 괜찮았다.

평생 약에 의존하며 살다가 그렇게 한 번쯤 나쁜 유혹을 이겨 내고 또 그런대로 살아가는 건 나름 편안했다.

살아갈 수 없을 거라 생각했는데, 또 살아 내는 중이었다. 어쩌면 괜찮아지는 중일지도 모른다.

잊고 살았다. 부모님의 애절함으로, 병원의 권유로 의사가 주도하는 심리 치료에 갔었다. 많은 사람들을 만났고 동시에 저보다 더 아픈 사람들도 많다는 걸 깨달았다. 그중에 저 하나쯤은 아파도 티가 안 날 듯싶었다.

그는 치료가 아닌, 애써 합리화를 선택했다.

늘 맞은편 자리에 앉는 여자가 있었다. 지금은 여자고 그때는 학생에 가까운 나이. 아마도 반년쯤. 기간만 겨우 생각난다. 그 치료를 받을 때 함께였던 여자의 상처도 목소리도 사연도 흐릿했다.

어디선가 봤던 얼굴이라는 생각 또한 하지 않았다. 매주 마주했던 의사의 얼굴도 흐릿한데, 함께 치료받았던 사람의 얼굴을 기억할 리 만

무했다.

그런데 다옴의 물음을 듣는 순간 바로 기억이 났다. 그래서 더 이상했다. 7년이나 된 일을 이렇게 쉽게 기억하다니. 마치 언젠가 꺼냈어야 하는 기억이라는 양, 기다렸다는 듯이.

"그 여자네."

"저는 요즘 잠을 잘 못 자요. 꿈을 꾸는 건 아닌데, 오래 자는 게 힘들어서 선생님이 약을 처방해 주셨어요."

"부모님이 제 목소리를 꼭 들었으면 좋겠다는 생각을 하다가, 듣지 않아도 제 마음은 알 거라고 생각해요."

작게 중얼거린 강준이 맥주를 입으로 가져갔다. 그새 미지근해진 맥주에서는 쓴맛만 났다. 그가 창밖으로 고개를 돌렸다. 밤하늘도 유난히 밝은 날이었다. 하필, 오늘따라.

"확실히 달진 않지."

"반가워서, 그냥 잘해 주고 싶어서 그런 거지."

제게 잘해 주고 싶다는 여자를 만난 날.

그는 잠을 이루지 못했다.

들춰진 옛 기억에, 소환당한 옛 상처에, 유독 길게 느껴지는 밤이었다.

✢   ✢   ✢

단색 스카프로 온 얼굴을 칭칭 감은 다옴은 눈만 간신히 보이게 만든 채 가로등 뒤에 섰다. 공방 오픈 시간이 다가와 마음은 쫄리는데 혹시라도 그와 마주칠 상황은 피하고 싶어 자꾸만 골목을 살폈다.

아침에 일어나 제발 꿈이라 해 달라며 외쳤지만, 더욱 선명해진 기억들은 끔찍했다.

다옴은 늘 한적했던 골목을 바라보며 조금씩 걸음을 떼다 서둘러 공방 앞으로 뛰어갔다.

옆 주차장이 비었음을 확인한 다음 가방에서 열쇠를 꺼냈다. 문 아래 구멍에 열쇠를 넣고, 또 발끝을 한참은 들어야 닿는 문 위쪽 구멍에 열쇠를 넣는 순간.

"출근했네요."

"꺅!"

그녀는 또 후회했다.

아, 소리는 지르지 말걸.

천천히 뒤돌아선 다옴은 가까이 다가오는 강준을 생각보다 일찍이 마주했다. 그러면서 또 남자의 깨끗한 얼굴을 확인하고 안심했다. 그의 얼굴은 어제보다 더 잘생겨 보였다.

이마로 때리지는 않았구나 싶어 다행이었다.

"좀 벗어 보죠?"

강준이 고개를 기울이며 물었다. 뭘? 뭘 벗어, 우리가 이런 말을 나눌 정도의 관계는 아니지 않나? 다옴이 눈을 동그랗게 뜨며 몸을 뒤로 물리자 그는 손으로 얼굴을 가렸다.

아. 그녀가 정신없이 스카프를 벗었다. 그의 시선이 제 얼굴 어딘가에 빡히 닿았다. 그녀는 커다란 밴드를 붙여 빨간 자국을 숨긴 이마를 가렸다.

"이거."

남자는 곧장 속은 괜찮냐, 해장은 했냐 안부 인사는 생략하고 바로 본론으로 들어갔다. 다옴은 눈앞에 내밀어진, 이제는 꼴 보기도 싫은 흰 봉투를 응시하다 그를 올려봤다.

그녀가 기억하는 건 극히 일부였다. 원룸 앞 복도에서 일어난, 기억을 어쩌고 물었던 일. 이건 또 예상에 없던 일이다.

설마 내가 이 남자 얼굴에 이 돈을 던진 건가? 대체 어제 무슨 일들이 어디부터 어디까지 일어난 거지?

"독서대값은 돌려받죠. 사과하겠습니다. 제가 무례했습니다."

차마 그렇다는 대답을 들을까 그녀는 무슨 일이 있었느냐고 묻지 못하고 어색하게 웃었다. 남자의 정직한 사과와 내밀어진 돈. 도무지 기억은 안 났다.

"돌려받으신다면서 저한테 왜 주시는지."

"저녁값입니다. 그건 명우가 계산해서."

"……아, 맞다. 그러신다 했죠."

그는 대답 없이 손을 내밀었다. 돈부터 받으라는 뜻이었다. 어쩐지, 지갑 안에 현금이 없더라니. 사과를 위해 그녀의 입술이 오밀조밀 움직였다. 그때 강준이 먼저 입을 열었다.

"그럼 수고해요."

적의도 없고, 그렇다고 또 선의도 없이 확실히 선을 긋는 말.

다옴은 얼떨떨한 얼굴로 사과를 하지도 못했는데 그가 뒤돌아섰다. 그는 정확히 세 걸음 만에 다시 그녀를 돌아봤다. 어제 제가 실수는 안 했나요. 그렇게 조심스럽게 물어보려던 말문이 또 막혔다.

"아, 그리고."

"네?"

"현관 비밀번호 바꿔요."

강준은 그대로 위층으로 향했다. 다옴은 순간 벙쩌 있다가 곧장 남자의 말을 이해했다.

"너는 술 먹고 꼭 모든 걸 입으로 말하더라. 입에 필터가 없어져. 메뉴판을 줄줄이 읊거나, 하고 싶은 말 다 하거나. 심지어 ATM기에서 돈 뽑을 때도 비밀번호를 크게 부르더라니까."

아, 내가 또 무슨 짓을 한 거지.

다옴이 매끈한 이마를 어루만졌다. 아침부터 머리가 아팠다. 어제 마신 술 때문인지, 불현듯 찾아온 쪽팔림 때문인지. 그녀가 행동을 멈췄다. 보지 말아야 할 것을 봐 버린 기분이었다.

그러니까 이게.

"너 내가 왜 맨날 공방 앞을 쓸고 닦는 줄 알아?"
"우리 건물주님 자빠지라고."

"와 미쳤다. 나가 죽을까."

한꺼번에 기억하면 차라리 충격이라도 덜 받지, 순서대로 떠오르는 어젯밤의 일들에 그녀는 몇 번이고 이불을 찼다. 제발 더 이상 떠오르는 게 없기를 바라고 또 바라며 강준이 올라간 자리를 내심 아쉬운 듯 건너봤다.

"그래서 한다는 거야, 만다는 거야."

기억을.

다옴이 입술을 깨물었다. 공방 문을 열고 안으로 들어서니 나무 향이 제일 먼저 맡아졌다. 그녀가 눈썹을 구부리며 휴대폰을 꺼냈다. 배달 앱을 켜는 한숨이 짙어졌다.

모르겠다. 그냥 해장이나 하련다.

다옴은 손에 든 햄버거를 멍한 얼굴로 앙, 한 입 베어 물고 또 멍한
얼굴로 한참을 씹었다. 해장에는 탄수화물 덩어리가 최고였다. 그녀는
반으로 줄어든 햄버거를 아쉬운 듯 내려다봤다.

"이 집 잘하네."

남은 햄버거 조각을 한입에 털어 넣고, 그녀는 짭짤한 감자튀김을
주워 먹었다. 창밖에 둔 시선은 꼼짝도 안 했다. 건너편은 빌라 건물이
었는데, 의미 없이 빌라 주차장만 빤히 바라봤다.

그 순간 그녀의 휴대폰이 울렸다. 모르는 번호였다. 목공 수업 문의
일까 싶어 그녀는 탁탁 손을 털고 전화를 받았다.

의외의 인물이었다. 정말 생각지도 못한.

—속 괜찮아요?

강준에게도 듣지 못한 다정한 물음을 어제 처음 본 남자에게 듣고
있었다. 하긴, 저와 친한 것도 아니니 고작 이런 걸 묻지 않았다고 해서
서운할 일은 아니었다. 그런데 왜 자꾸 뭔가 서운하고 섭섭한지.

다옴은 눈앞에 명우가 없는데도 고개를 숙여 사과했다.

"어제는 죄송했습니다. 제가 실수 많이 했죠."

—실수요? 별일 없었는데?

이 상황을 그냥 넘어갈 생각인지 목소리가 너그러웠다. 다옴은 어제
의 상황을 자세히 물어보려다가 다시 입을 다물었다. 굳이 무덤을 파지
는 말자 싶었다.

—오랜만에 즐거웠어요. 삼겹살을, 어우, 너무 기막히게 구워 주셔
서.

"하하, 네."

—속 괜찮은 것 같아서 다행입니다. 강준이는 만났어요? 우리 작가

님이 전화를 또 안 받네요.

"오전에 잠깐요. 바로 올라가셨어요."

—아, 뭐 생사 확인했으면 됐죠. 강준이 좀 잘 부탁드려요. 그냥 뭐, 때마다 밥 먹었냐 물어보는 정도?

뭔가 앞뒤가 맞지 않았다. 저도 어제 본인을 처음 본 거 아닌가?

다옴이 찜찜한 얼굴로 콜라를 집어 들었다. 감자튀김 때문인지 목이 말랐다.

"저한테요?"

—아, 말이 조금 이상했나. 난 왜 자꾸 다옴 씨한테 우리 작가님을 부탁하고 싶지.

이상해. 많이. 그것도 아주 많이.

명우는 협탁이 예쁘더라, 나중에 사진을 보여 주겠다, 둘이 해장이라도 같이하지 그러냐, 시답잖은 말을 내뱉었다. 직장인들의 점심시간이 끝나 갈 무렵, 5분 정도 이어졌던 통화가 마무리되는 듯싶었다.

그것도 이상하게.

—우리 작가님 계약하러 갈 때 제가 커피 사겠습니다.

"……왜요?"

—모르겠어요. 왠지 제가 은혜를 입을 것 같은 기분이라.

아리송한 말을 끝으로 전화가 끊겼다. 다옴은 탐탁지 않은 얼굴로 명우의 번호를 '건물주님 친구'라고 저장했다.

장난 같았던 어제, 거짓말이었으면 하는 지난밤을 통째로 날리고 싶은 마음에 또 긴 한숨이 터졌다.

"이상한 남자들이야."

✛   ✛   ✛

강준은 종일 작업실에서 꼼짝도 하지 않았다. 거기서 점심을 먹는 건지, 배달을 시켜 먹지도 않는 것 같은데. 배까지 곯아 가며 해야 하는 일이 뭔가 괜히 창밖을 기웃거리다가 나무에 손을 베였다. 밴드를 칭칭 감고 작업할 때마다 입는 앞치마를 벗어 옷걸이에 걸었다. 벌써 오후 7시. 퇴근할 시간이었다. 오전에 잠깐 마주친 그는 여전히 작업실에서 두문불출했다.

"그냥 뭐, 때마다 밥 먹었냐 물어보는 정도?"

"이러니 친구가 걱정을 하지."

하지만 그 걱정에 제 몫은 없었다. 그러니 퇴근이 늦어질 이유도 없는데, 그녀는 느릿느릿 가방을 챙겨 놓은 다음 수업이 끝나고 깨끗하게 정리한 공방을 또다시 청소했다. 그래 봤자 20분을 더 까먹은 게 다였다.

나갈 준비를 마친 다옴이 공방 밖으로 나왔다. 단단히 문을 잠그고 불이 다 꺼진 것을 확인한 다음 그녀는 슬쩍 위를 올려다봤다. 여전히 불이 켜진 곳에서는 인기척이 드물었다. 사람 하나 들어가 있으니 그게 당연한데도 괜히 궁금해졌다.

"뭘 그렇게 봐?"

쏘아보면 얼굴이라도 보여 줄까 싶어 계속 보고 있는데 불현듯 뒤에서 윤주 목소리가 들렸다. 뒤를 돌아보니 역시나 차에서 막 내린 그녀가 다옴을 보고 있었다.

"언제 왔어?"

"방금. 이제 문 닫는 거야?"

"아, 좀 늦어졌어. 전화라도 하고 오지."

다옴이 서둘러 윤주의 앞으로 다가가 말했다. 팔짱을 끼고 있던 윤주는 조카가 보고 있던 2층을 턱으로 가리켰다.

"위층은 뭐야. 사람 사는 데야?"

"아, 이 건물 주인 작업실이래."

"건물에 한 층이 자기 작업실? 인생 편하겠네."

나는 17년 넘게 직장 생활해도 건물도 하나 안 생기는데. 그녀가 투덜거리며 운전석에 올라타자 다음 역시 조수석에 올랐다. 뒷자리에 가방을 놓으려고 보니 쇼핑백이며 상자며 이것저것 짐이 상당했다.

"뭐 하는 사람인데 작업실이 있어?"

"글 쓴다나 봐. 이건 다 뭐야?"

행여나 강준에 대해 더 물을까 싶어 다음은 서둘러 뒤쪽을 가리키며 물었다. 시동을 건 윤주가 핸들을 가볍게 돌리며 대답했다.

"협찬 들어온 거. 조명이랑 구두, 화장품 몇 개."

"나 괜찮은데."

"팀원들 다 나눠 가지고 남은 것 중에서 쓸 만한 거 가져온 거야. 뒀다가 써. 어디 선물해도 되고."

잡지사 편집장인 윤주는 종종 이렇게 광고 제품을 가져와 던져 주고는 했다. 가방에 옷, 신발에 심지어 그녀가 지금 쓰는 휴대폰도 협찬품이라며 공짜로 얻은 것이었다. 역시 좋은 직장이라니까. 그렇게 생각하며 그녀가 앞을 똑바로 보고 앉았다.

어라, 그러고 보니 건물주 친구도 잡지사를 다닌다고 했는데. 명함을 어디에 뒀지.

"그런데 무슨 글 쓰는 사람인데? 소설? 여자야?"

직업적인 관심 때문인지 윤주가 다시 강준에 대해 물었다. 굳이 예전에 치료받을 때 알았던 사람이라고는 설명하고 싶지 않았다.

자신이 아플 때 이모가 얼마나 힘들어했는지 그녀는 전부 다 기억했다. 그때의 일 때문인지 윤주는 다음이 조금이라도 아프거나 잠을 설치면 과하게 걱정했고, 지나치게 불안해했다.

"남자. 무슨 글 쓰는지는 내가 모르지."

"하긴. 그것도 그렇네."

"저녁 안 먹었지? 뭐 먹을래? 집에 재료가 있나."

"그냥 시켜 먹어. 늦었는데 뭘 또 해."

"식당 밥 안 지겨워? 집에서도 매일 배달 음식 먹지?"

"밥 먹을 시간도 없었어. 얼마 전에 출판사에 인수되면서 죽다 살아 났다, 야. 새로 온 대표가 출판사를 같이하는데, 업무 스타일이 좀 깐깐해야지."

"이모보다 더? 그 대표 결혼은 했어?"

주위에 남자 얘기만 들렸다 하면 갖다 붙이지 못해서 안달인 조카를 홱, 째려보자 다음은 배시시 웃었다.

"연애를 하라니까."

"그건 너나 하세요. 수강생 중에 괜찮은 남자 없어?"

듣는 둥 마는 둥 다음은 배달 앱을 켰다. 윤주에게 의견을 물으니 그녀는 또 아무거나를 골랐다. 어제 거기 삼겹살 참 맛있었는데. 어제 먹은 그 삼겹살집이 배달을 하는지 인기 순위에 떡하니 자리를 차지하고 있었다.

"삼겹살에 소주?"

"좋지."

들뜬 다음은 순식간에 결제까지 마쳤다. 그러면서도 내심 종일 아무 것도 안 먹었을 강준의 생각을 떨칠 수는 없었다.

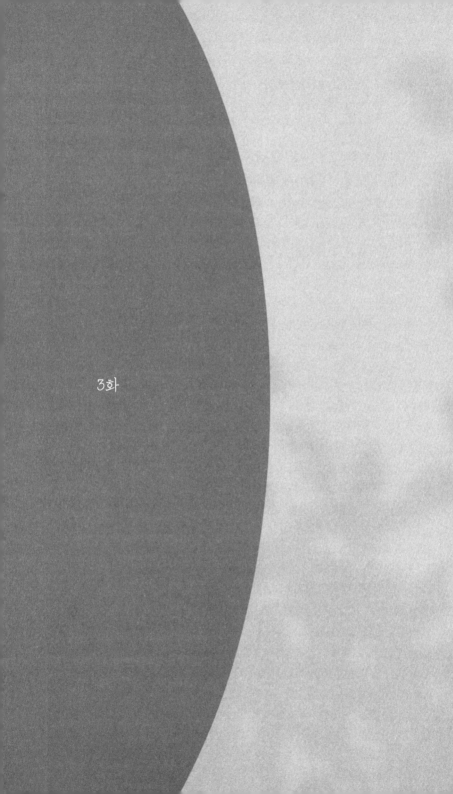

3화

보듬어 주고 싶은 남자

"네가 이 명함을 왜 가지고 있어?"

어제 입은 카디건 주머니에서 빠져나온 건지 굴러다니던 명함 하나를 손에 든 윤주가 다가와 물었다. 그녀는 그제야 어제 저녁 명우에게 명함을 받은 사실을 떠올렸다.

"어쩌다 생겼어. 왜?"

"얘 알아?"

명함을 손가락 사이에 끼운 윤주가 괜히 미간을 좁혔다. 뭐지? 싶다가 내심 불안해진 다음은 천천히 고개를 끄덕였다.

"어떻게 아는데?"

"건물주 친구. 연락이 안 돼서 왔다면서 잠깐 들러 협탁 사 갔어. 왜? 이모도 알아?"

삼겹살 포장을 벗기며 다음은 괜히 눈치를 봤다. 잘못한 것도 없는데도 그랬다. 뭔가 이 상황은 부자연스러웠고 그녀의 표정은 탐탁지 않아 하는 얼굴이니까.

"너, 나 회사 어디 다니는지 몰라?"

잡지사. 우리나라에서 제일 유명하고 큰.

그걸 무슨 질문이라고 하냐는 얼굴로 다옴이 대답하려다가 입을 다물었다. 어디선가 봤던 명함 디자인이라고 생각했는데 그게 설마.

"얘 우리 팀 팀장이야. 내가 예전 사수, 얘가 부사수."

"뭐?"

"그런데 건물주 친구라고? 글 쓴다던?"

세상이 이렇게 좁아도 되는 건가.

"네 건물주가 이강준 작가야?"

다옴은 이 순간 최대한 자연스러워 보여야 한다고 생각했다. 굳이 강준도 기억할지 안 할지 모르는 과거를 들먹일 이유도 없었다. 윤주는 걱정부터 할 게 분명하니까. 그녀가 마저 포장을 뜯으며 자리에 앉았다.

"글쎄."

"이름도 몰라?"

"아니야, 맞는 것 같아 그 이름."

퍼펙트. 한다옴 너 이렇게 연기를 잘했어?

다옴이 젓가락을 놔 주자 그녀는 그제야 자리에 앉았다. 삼겹살과 같이 시킨 냉면을 젓가락으로 살살 풀던 다옴이 슬쩍 윤주를 흘겨봤다.

"신기하네. 어떻게 네 건물주가 이강준이야."

그러게, 나도 신기해. 다옴은 삼겹살 두 점을 넣어 큰 쌈을 쌌다. 오물오물 바쁘게 입을 움직이던 다옴은 망설이다 다시 입을 열었다.

"유명한 사람이야? 이모가 어떻게 알아?"

"글을 잘 써. 신명우한테 잡아 오라고 으름장 놓은 상태인데 아직 계약서는 내 데스크로 안 올라왔고. 실은 새로 온 대표가 이강준 팬이야. 나보다 어려서 만만하게 봤더니, 글은 꽤 보나 봐. 작가 출신이라고 하던데."

"아아, 계약."

대표가 원하네, 편집장이 잡아 오라 그랬네 했던 말들이 생각났다. 다옴은 모르는 척 태연하게 반응했다.

"둘이 어릴 때부터 친구라던데. 온라인 연재도 꽤 하고, 팬층도 많고, 일단 글이 잘 읽히니까. 대충 취재하고 마감 때우는 에디터들하고는 비교가 안 되지. 원래 취재가 꼼꼼하면 글에서도 성실한 게 보여."

여간 깐깐한 게 아닌 윤주가 이렇게 말할 정도면 진짜라는 거다. 다옴은 새삼 기분이 좋아졌다.

아니, 건물주 칭찬에 네가 왜 기분이 좋아? 미쳤어? 다옴이 냉면을 건져 올리며 생각을 고쳤다. 나중에 강준의 글을 찾아봐야겠다고 마음먹는 것도 잊지 않았다.

"조금 친해져. 내가 신명우네 회사 편집장이라는 것도 조금 흘리고."

그녀가 어색하게 웃었다. 이미 늦어 버렸다. 반말에, 돈을 뿌렸고, 자빠지라며 저주까지 했다.

이미 해탈한 다옴은 잘 구워진 삼겹살을 입에 넣었다. 냉면과 삼겹살의 조화가 어제의 수치를 조금은 떨쳐 낼 수 있을까 해서. 하지만 무용지물이었다. 맛이 아무리 좋아도, 머리는 순서도 뒤죽박죽인 기억을 더욱 선명하게 했다.

"표정이 왜 그래? 꼭 건물주랑 대판 뜬 사람처럼."

"뜨, 뜨긴 뭘 떠."

"하긴. 친해지기는 좀 어렵겠다. 성격이 되게 까다롭대. 낯을 가리는 건지 외주 계약할 때 빼고는 만나는 경우도 드물고."

확실히 조직과 어울릴 성격은 못 됐다. 고작 한 달도 안 된 시간 동안 그를 보았지만 다옴은 알 수 있었다.

윤주는 냉면을 덜어 가며 더 묻지 않았는데도 말을 이었다.

"무슨 이유인지는 모르겠는데 몇 년 전에 업계 1위 잡지사에서 해고 당했어. 그 뒤로 글은 끊었나 싶었는데 보니까 프리랜서로 활동하더라고. 다들 저 작가한테 외주 못 맡겨서 안달이야. 고료는 당연히 비싸고."

글을 쓰는 이강준. 뭔가 어울리지 않는 듯 어울렸다.

"업계 1위는 이모네 아니었어?"

"지금이야 그렇지. 온라인, 동영상 시장을 개척해야 한다는 내 선견지명 덕분에."

"잘난 척은."

"다 그렇게 번 돈으로 너에게 투자한 거란다, 조카야. 알겠어?"

목공 공장에서 일하면서 번 돈으로는 지금 공방의 보증금을 대기에는 택도 없었다. 대부분의 보증금이 윤주 주머니에서 나왔고, 나이 차이 많은 여동생을 부모님 대신 키워 준 언니 부부에게 갚는 거라고 얘기했다.

"알겠으니까 먹고 가. 자고 갈 거지?"

"이 코딱지만 한 방에서 잠은 무슨."

"이렇게 큰 코딱지 봤어? 이모 코딱지가 그래?"

"됐고, 맥주나 있음 꺼내 와."

"체, 자고 갈 거면서 내숭은."

다옴은 냉장고에서 캔 맥주 두 개를 꺼냈다. 윤주는 그녀에게 유일한 가족이며 제일 친한 친구고, 또 이 세상 제일 사랑하는 사람이었다. 감추는 것이 없었으며 서로가 서로에 대해 모르는 게 없었다. 다옴은 오늘 밤, 윤주에게 비밀 하나를 만들었다.

보듬어 주고 싶은 상처를 가진 남자가 자꾸만 머릿속을 맴돈다는 말을 차마 하지 못했다.

그 남자의 상처를 궁금해하지 않으려고 했지만 더욱 궁금해지는 밤.

"회사에서는 해고 통보를 받았습니다. 모두가 정신과 치료를 받고, 우울증 약을 먹는 저를 보며 정상적이지 않다고 수군거렸습니다."

"저는 제가 나아지지 않아도 괜찮다고 생각했습니다. 어차피 죽을 생각은 없으니까, 이대로 사는 것도 저는 나쁘지 않았습니다."

그녀는 무언가를 하고, 또 누군가를 위해 결심하고 싶었다.

✤　　✤　　✤

도시락을 쌌다. 냉장고에 있는 재료가 얼마 없어 속은 상했지만 그런대로 완성하고 보니 나쁘지 않았다.

두툼한 계란말이와 볶음김치는 그녀가 가장 좋아하는 기본 찬이었다. 팽이버섯에 베이컨을 말아 급하게 구운 다음, 땅콩과 아몬드를 넣고 멸치를 볶았다. 칼집을 낸 소시지까지 구운 그녀는 생각보다 많아진 양에 당황했다.

"그래도 이왕 한 거."

손바닥만 한 반찬 통 세 개를 꺼내 밥과 반찬이 섞이지 않게 깨끗하게 담아내니 3단 도시락이 완성됐다. 그녀는 남은 밥과 반찬으로 제 것을 쌌다. 확실히 신경 쓴 티가 덜했다.

다음은 계란말이에 볶음김치가 묻어도 별로 신경 쓰지 않으며 대충 도시락을 쌌다.

쇼핑백에 각각의 도시락을 나눠 담은 다음은 서둘러 나갈 준비를 했다. 평소보다 화장에 신경을 쓰고 한참 동안 옷을 골랐다. 어차피 공방에서는 작업복 차림인데도 공을 들였다.

고민은 집을 나서면서부터 시작됐다. 공방은 금방이었고, 그를 맞닥뜨리는 건 순식간이었다.

대체 이 정성스러운 도시락을 뭐라 하면서 주냔 말이다.

도시락을 준비할 때는 즐거웠다. 콧노래도 흥얼거렸다. 그가 이 도시락을 거절할 수도 있다는 생각은 했지만 그때뿐이었다.

공방을 오픈했는데도 그는 한참 동안 보이지 않았다. 배송 온 자재를 정리하고, 수업 준비를 하고, 며칠 전에 주문받은 책상 작업을 마무리했다. 손은 금방 거칠어졌고, 개수대에서 손을 씻은 그녀가 핸드크림을 천천히 바르며 창밖을 힐끔거렸다.

"출근이 늦네."

그 순간 거짓말처럼 그가 걸어오는 게 보였다. 또 책 꾸러미가 손에 들린 것을 보니 서점에 다녀온 모양이었다.

뭐라 하면서 도시락을 줄까, 거절당하면 어떡하지? 무슨 좋은 핑계가 없을까? 다옴의 머릿속이 소란스러워지던 도중, 그는 어느새 공방 가까이 다가와 있었다. 그녀는 망설일 시간이 없었다.

"저기!"

막 공방 옆 계단을 오르려던 강준이 뒤를 돌아봤다. 다급한 마음에 앞치마 차림 그대로 나온 다옴은 눈이 마주치자 어색하게 웃었다.

생각해, 생각해 내, 생각하라고.

"무슨 일 있습니까?"

일은 무슨, 그냥 밥이나 먹일까 한 거지.

지극히 사무적인 말투는 이제 반가울 지경인데 그는 무심한 얼굴로 다옴을 내려다봤다.

"날씨가, 참, 좋죠."

그녀가 쓰게 웃었다. 겨우 해낸 생각이라는 게 왜 이 모양일까.

"네. 그렇네요."

"어, 저기."

이대로 다시 올라가려는 강준을 붙잡을 게 뭐가 있을까, 그녀는 더 고민했다. 생각에, 고민을 거듭했는데.

"수도관이 조금…… 이상해서요."

방금 전까지 멀쩡하게 손도 씻었으면서 다음은 태연히 말했다. 그냥 솔직하게 도시락을 싸 왔다고 말할 걸 그랬나. 강준이 공방 안을 힐긋 확인하다가 계단 아래로 내려왔다.

"사람 불러 주죠."

"어, 아니요! 그렇게 큰일은 아닌 것 같고, 그냥 물이 막 졸졸졸 나와 서요."

"……그게 큰일이 아닙니까?"

앞뒤가 묘하게 다른 말에 강준이 미간을 좁혔다. 다음은 인정할 수 밖에 없었다. 자신이 내뱉고도 확실히 이상한 말이었다.

"그냥 한번 봐주시면 안 될까요. 제가 저런 걸 잘 못 봐서."

이렇게까지 또 얘기를 하니 건물주인 강준도 그냥 넘어가지 못하리 란 걸 알고 있었다. 다음의 예상대로 강준은 그녀를 지나쳐 공방 안으 로 들어갔다.

일단 붙잡아 두기는 했는데, 멀쩡히 콸콸 나오는 수도를 보고 또 뭐 라고 해야 하나. 난감한 얼굴로 그녀가 그를 따라 안으로 향했다.

역시나 당연히 고장 난 적도 없던 수도는 콸콸, 너무도 잘 나오고 있 었다. 개수대에서 물을 틀던 강준이 보란 듯이 그녀를 돌아봤다.

"……어, 그게 왜, 다시 잘 나오지."

그녀가 목을 긁적거렸다. 이제 와서 거짓말을 했다고 할까. 거듭 고 민하는데 강준이 물을 잠그며 좁은 개수대 앞에서 물러났다.

"이러다 또 안 될 수도 있죠. 원하면 사람 불러 줄게요."

"아니요!"

그녀가 손바닥까지 펼쳐 가며 고개를 저었다. 이랬다저랬다 자신이 얼마나 이상해 보일지 알지만, 어쩔 수 없었다. 멀쩡한 수도관을 다 뜯어 버릴 수는 없으니.

"다시 잘 나오는데요, 뭘."

"……그럽시다, 그럼."

"식사는 하셨어요?"

그의 대답이 끝나자마자 터져 나온 물음은 밑도 끝도 없었다. 강준의 얼굴 위로 아주 잠깐의 당혹감이 스쳐 지나갔다. 그녀 역시 수긍했다. 내가 오늘 이리저리 엉뚱하게 굴고 있으니.

그녀는 그에게서 대답이 없자 곧장 냉장고에서 쇼핑백 하나를 꺼내 내밀었다. 제 것처럼 대충 이것저것 때려 넣어서 싼 도시락이 아닌, 아주 정성스럽게 싼 도시락을.

"별건 아니고, 제가 손이 조금 커서요."

도시락에 주문을 걸었다. 받아라, 아무 말 않고 제발 받아라, 받고 제발 지갑 안에서 아무것도 꺼내지 말아라.

"맛은 있을 거예요. 설거지는 하지 말고 그냥 갖다주세요."

"……내 거라는 겁니까?"

"네."

"왜요?"

강준은 그답게 또 따져 물었다. 그녀가 고민하는 척 웃으며 입을 열었다.

"일전에 저 데려다주신 것도 있고, 제가 실수한 것도 있고. 감사하기도 하고 죄송하기도 하고."

명확한 이유 하나를 설명하지 못하니 주절주절 쓸데없이 말이 길어졌다. 다음은 쑥스럽고 민망해서 더 말을 잇지 못했다. 이쯤 했으면 그가 받아 줄 줄 알았는데. 눈을 질끈 감고 쇼핑백을 더욱 앞으로 내밀자 다행히 무게가 가벼워졌다.

"잘 먹을게요."

"아, 감사합니다."

그가 도시락을 받았다는 기쁨에 그녀가 꾸벅 인사를 했다. 강준은 자신이 할 말을 대신하는 그녀를 내려다보다가 살짝 고개를 숙여 인사를 받았다. 묵직한 쇼핑백을 손에 들고 그는 2층으로 향했다.

두 손을 뺨 위에 올린 다음이 붉어진 얼굴을 식혔다. 뜨거운 햇빛 아래 30분 내내 서 있던 것처럼 얼굴이 달아올랐다.

왜, 어째서, 뭐가 이렇게 떨리는데?

그저 선을 넘고 있다고 생각했다. 그 남자가 올 길을 자꾸만 몰래 쳐다보고, 자신의 선의를 몰라주는 그 때문에 혼자 서운해하고, 과거를 기억 못 하는 게 당연하면서도 아쉽기만 하고.

이상하다고만 생각했다. 나답지 않다고만 생각했다.

당연한 일이었다. 일생 겪어 본 적 없는 일을 지금에서야 겪고 있으니까. 평생 느껴 본 적 없는 감정을 지금에서야 느끼고 있으니까.

처음에는 모두 그렇게 어색하고 잘 모르고, 뭐든지 헷갈리는 법이니까.

"큰일 났다."

멀쩡한 수도 핑계를 대서 공방 안까지 끌어들여 놓고, 괜히 도시락을 줄 핑계로 이것저것을 늘어놨다. 밥을 잘 안 챙겨 드시는 것 같아 걱정된다는, 정작 하고 싶은 말은 건네지 못했다.

이유가 있었다. 자꾸 신경 쓰고, 시선을 쫓고, 혼자 서운하고, 계속 미련을 떠는 이유가.

"좋아하나 보다."

저 상처 많은 남자를.

아직도 과거에 허덕이는 것 같은 저 남자를.

탁, 하는 소리와 함께 머릿속에서 무언가가 끊어진 듯했다. 인정해 버린 순간 그녀는 무릎을 세우고 주저앉았다.

저 남자를 얼마나 안다고, 저 남자랑 얼마나 알았다고.

"뭐가 이렇게 쉬워."

무릎에 얼굴을 박은 그녀가 한숨을 내리 쉬었다. 헷갈렸던 마음을 인정한 순간 그녀는 뒤늦게야 알았다. 새벽부터 온 정성을 쏟은 저 도시락을 받고 무슨 생각을 할까. 부담스러워할까, 고마워할까. 아니면 알아 버렸을까.

내가 지금 깨달은 이 마음을?

"도시락 폭탄인 줄 알겠네."

그녀가 입술을 깨물며 중얼거렸다.

강준도 알아 버렸을 것이 분명한 제 마음은, 역시나 주체하지 못하고 널뛰고 있었다.

✤　　✦　　✤

오랜만에 마감이 없는 여유로운 날이었다. 일찍 일어나 헬스장과 서점을 다녀왔다.

오늘 그의 목표는 사 온 책 두 권을 빠르게 읽는 것. 두 권 중에서 다음 칼럼 소재를 정할 생각이었다. 속독에 특화된 강준은 50페이지쯤 빠르게 읽던 책을 탁 소리 나게 접었다.

그는 결국 책상 위에 아무렇게나 올려놓은 쇼핑백을 들었다. 책상 앞쪽, 작업실 중앙에 놓인 소파에 앉은 그는 테이블 위에서 도시락을 꺼냈다. 크기도 모양도 같은 3개의 반찬 통에는 밥과 반찬이 예쁘게 담겨 있었다. 화려하지는 않았지만 소박하고 정겨운 반찬들이었다.

그는 생각 없이 나무젓가락을 손에 들었다. 밥과 반찬을 골고루, 순서 없이 깔끔하게 먹기 시작했다. 생긴 것만큼 맛도 있었다. 데면데면

하게 받아 온 것치곤 빠르게, 그것도 깔끔하게 비운 강준은 곧장 설거
지를 했다.

물기 가득한 도시락 통을 탈탈 털어 뒤집어 놓은 강준은 곧장 커피
를 내렸다. 대충 점심은 커피로 때우는 게 다반사였는데, 간만에 꽤 식
사다운 식사를 했다. 아래층 여자 덕분에.

머그잔을 든 강준이 창가에 걸터앉았다. 자리에서는 골목이 아주 잘
내려다보였다. 그녀는 또 자기 어깨만큼 오는 빗자루를 들고 골목을 쓸
고 있었다. 누가 시키는 것도 아닌데 참 열심히였다.

유난히 기분 좋은 날인 건지, 그녀가 골목을 오가는 사람들과 인사
를 나누며 골목을 쓸었다. 이사 온 지 얼마 되지 않았는데도 그녀를 알
아보는 사람들이 꽤 있었다. 강준은 입을 다문 채 한참 동안 그녀를 내
려다봤다.

"저 기억 안 나세요?"

그 질문을 했던 기억은 못 하는 것 같고.

"……어, 그게 왜, 다시 잘 나오지."

아무래도 이건 거짓말인 것 같고.

"별건 아니고, 제가 손이 조금 커서요."

……어쩌면 나를 좋아하는 것 같고.

그가 창에 머리를 기댔다. 그녀가 더욱 선명하게 잘 보였다. 강아지
를 산책시키던 어떤 할머니와 얘기를 주고받더니 강아지에게 손을 흔

들어 인사하며 또 환하게 웃었다. 웃음이 당연한 얼굴에는 희미한 어둠 조차 없어 보였다.

"당신 같은 여자가 왜."

날 얼마나 봤다고. 날 얼마나 안다고.

그가 힘없이 읊조렸다. 누군가를 향한 의지와 어떤 감정 따위 버린 지 오래였다. 그런 나를 희망 고문 하듯 바라보게 하기에는 또 괜찮은 여자였고.

강준이 눈을 감았다. 아주 잠시, 그녀가 보이지 않았다.

✣   ✣   ✣

잘 먹었다는 포스트잇 메모 한 장. 그게 끝이었다. 수업 중에 놓고 간 건지 깨끗하게 설거지된 빈 통을 바라보던 다옴이 힘없이 한숨을 내 쉬었다.

도시락을 전해 준 뒤 3일째, 그는 도통 작업실을 찾지 않았다. 매일 같이 출근 도장을 찍었던 예전과는 다르게.

"진짜 폭탄이었네. 도시락 폭탄."

작업대 위에 엎드리며 그녀가 힘없이 말했다. 차이면 차였지, 이렇게 피할 줄은 몰랐다. 무슨 전염병 바이러스 취급하는 것도 아니고. 오히 려 확실하게 선을 긋는 쪽이 그다웠다.

그녀는 매일 퇴근길에 마트에 들러 장을 봤다. 반찬이 겹치지 않게, 하지만 너무 부담스럽지 않게 하는 것이 관건이었다.

매일 한 시간 일찍 일어나 도시락을 준비하는데 그가 오지 않아 늘 하나의 도시락은 주인을 잃었다. 점심에 먹은 도시락을 똑같이 저녁에 먹으며 그녀는 끝내 인정했다.

그가 자신의 마음을 알았고, 저를 피한다는 것을.

"고백도 못 해 보고 차였네."

힘없는 중얼거림 끝에 한숨이 섞였다. 다음이 곧장 몸을 일으켰다. 차인 건 차인 거고 일은 일이니까.

다시 앞치마를 입고 작업할 때 쓰는 장갑을 꼈다. 가공 전에 재단된 나무를 사포질하려고 마스크를 쓰는데 휴대폰이 띠링, 소리를 내며 울렸다. SNS 알람이었다.

아까 전에 만든 의자 사진을 올렸는데 거기에 대한 반응일까, 다음이 살짝 기대하며 SNS 앱을 켰다.

"아."

다음의 표정이 순식간에 얼어붙었다. 게시글에 낯선 아이디로 댓글이 달려 있었다. 그 아래로 순식간에 댓글 몇 개가 빠르게 달렸다.

대박. 한다음 너 공방 차렸어? 나 지수야, 서지수. 반갑다.
웬일이야. 진짜 검색해 보니까 한다음 맞네. 전화번호가 같은데?
다음아. 나 은정이야. 우리 기억하지? 잘 지냈어?

대학교 1학년 때부터 휴학을 할 때까지였다. 이들과 친구였던 건. 새내기 OT 때 만나 더욱더 끈끈했고 전공이며 교양이며 모든 수업을 함께 들었다. 서로의 연애사, 가족사에 대해 모르는 것이 없을 정도로 붙어 다녔다.

모두가 대학 친구는 오래 못 간다고 하던데, 그들은 죽이 잘 맞아 그러지 않을 거라고 입을 모아 말했다.

그 일이 있기 전까지는.

7년 전 사고 후로 그녀는 사회의 모든 것을 차단했고, 차단당했다. 소문에 의해 멀어지는 게 너무나 쉽고 당연했다. 다니던 대학도 휴학할 만큼 일상생활을 지속할 수 없는 상태에 이르렀다.

모두가 생각지도 못한 일을 당한 그녀를 멀리했다. 섣부른 위로를 건네면 상처가 될 것이라 멋대로 합리화하며 그녀를 혼자로 만들었다.

　　그때 자신을 이해하고 기다려 주던 사람은 없었다. 안타깝게도, 윤주 말고는.

　　"우습네."

　　다옴 우드라는 공방 이름, 공개된 휴대폰 번호, 수업 시간마다 수강생들과 찍는 사진. 홍보용으로 올린 것들인데, 다시 닿고 싶지 않은 연을 기억나게 했다.

　　조용히 휴대폰을 내려놨다. 가뜩이나 위층 남자가 저를 신경 쓰게 하는데, 쓸데없는 일에 정신을 소모하고 싶지 않았다. 그때 공방 문이 열렸다. 그녀가 억지로 미소를 지었다.

　　"네, 어서 오세요."

　　편안했던 일상이 마치 거짓이었던 것처럼 들춰졌다.

✣　　　✣　　　✣

　　"그래서 못 따 왔다는 거네?"

　　윤주는 여전히 사인이 공란인 계약서를 손가락 사이에 끼워 흔들었다. 하필 입은 것도 또 새빨간 슈트야, 이 여자는. 명우는 입술을 질끈 깨문 채 간신히 끌어 올렸다.

　　며칠 전 의외의 장소에서 명우의 명함을 봤지만 윤주는 알은척하지 않았다. 회사 밖에서 부하 직원하고 엮일 만한 조금의 틈도 만들고 싶지 않았다.

　　"웃네. 사인도 못 받아 온 주제에."

　　윤주는 대놓고 웃는 얼굴에 침을 뱉었다. 그녀는 그럴 줄 아는 여자고, 상사였다.

"작가님 연락이 안 되셔서."

"친구라며."

"예."

윤주가 코웃음 쳤다.

"연락 안 되면 친구 아니지."

"원래 가끔 이럴 때가 있습니다."

"그럼 발로 뛰든가."

"작업실에도 없고, 아파트에도 없네요."

"친구 맞아?"

"그럼요. 초등학교 때부터 절친입니다."

"그런데 어디 있는지를 몰라? 그게 친구야? 이강준 잡아 오라는 대표님 앞에서도 그렇게 얘기할래?"

몸에서 사리가 백만 개는 생기는 기분. 항상 윤주를 대할 때면 느끼고는 했다. 오늘 저녁에는 기필코 소주 한 사발 들이켜고야 만다. 뒷짐을 진 채 서 있던 명우가 고개를 숙였다가 들었다.

"받아 오겠습니다. 사인."

"나가. 계약서 채워 올 때까지 여기 들어올 생각 말고."

군말을 더 하면 잔소리가 돌아올 것이기에 명우는 기쁜 마음으로 뒤돌아섰다. 편집장실에 들어갈 때마다 벌렁거리던 심장 위를 손으로 짚었다.

"아, 기 빨려서 당 떨어져."

커피, 커피, 그것도 아주 진한 커피가 필요해.

그는 곧장 탕비실로 향했다. 문을 열자 반가운 얼굴이 있었다. 한 달이나 리프레시 휴가를 내고 스위스 여행을 다녀온 해림이었다.

명우가 강준의 소개로 '퍼스트'에 입사하기 전부터 마케팅 팀에서 근무하던 해림은 그들과 대학 동기로 인연을 쌓았다. 그녀는 명우를 발견하고 반가운 듯 손을 흔들었다.

"커피 양보할게."

"고맙다. 그런데 커피 말고 선물은 없냐?"

"뭐, 스위스 초콜릿 이런 거?"

"당연하지. 여행 좋았나 보다. 얼굴 뽀얘졌네."

업무 시간 중간중간에 탕비실에서 만나면 수다를 떨거나, 시간이 맞으면 종종 점심도 함께 먹었다. 해림이 커피를 다시 내려서는 탕비실 한쪽에 자리를 잡고 앉았다. 명우 역시 그녀의 앞에 마주 앉으며 뻐근한 어깨를 주물렀다.

"강준이랑 밥이나 먹자. 저녁에 작업실로 갈까?"

우리 팀 여자도, 다른 팀 여자도 전부 강준을 찾는 현실에 명우가 고개를 저었다.

"연락 안 돼. 이 새끼 잠수 탔어."

"잠수?"

"어. 작업실에도 안 나가는 것 같고, 아파트에도 없고."

겨우 3일 잠수 탄 건데 내가 너무 오버를 떨고 있나.

명우는 다옴에게 한번 전화를 해 볼까 진지하게 고민하다가 말았다. 자신도 모르는 걸 아래층 여자라고 알까.

"그럼 어디 있어?"

"몰라. 가끔 이럴 때 있잖아."

"전화해 보지."

"죽어도 안 받아. 우리 편집장도 잡아 오라고 난리야. 네가 해 보든가."

하여튼 걱정시키는 건 타고난 놈.

뻔질나게 작업실에 들락거리고 계약을 핑계로 아파트까지 점령하는 이유는 따로 있었다. 그걸 알 텐데도 전화를 안 받는 건, 오기를 부리는 건지 아니면 이유가 있는 건지.

명우가 조용한 휴대폰을 내려다보며 한숨을 쉬는데, 해림이 어깨를 축 늘어뜨렸다.

"뭐야. 나 이번 주에 온다고 메일에 메시지까지 보냈는데."

"……나한테는 왜 안 했냐?"

"너한테? 내가 왜?"

태연히 되묻는 말에 명우는 상처받은 척 또다시 가슴을 짚었다. 오늘 여러 번 여러 여자들에게 당하고 있었다.

"너 내 친구 맞냐."

"맞지. 스위스 초콜릿 줄게. 점심이나 먹자."

자연스럽게 약속을 잡고 명우가 사무실로 돌아왔다. 자리에 앉기 무섭게 곧장 휴대폰을 들었다

이번에도 전화 안 받으면 이 새끼를 진짜 죽일까. 통화 버튼을 누르려던 명우의 시선이 잠시 탁상 달력으로 향했다. 꼭꼭 들어찬 회의와 미팅 일정 속에 빨간색 동그라미를 작게 쳐 놓은 날이 있었다.

"며칠 남았는데 왜 이래."

작년보다, 그리고 재작년보다 일찍 느낀 친구의 울적함이 반갑지 않았다. 매년 꼬박꼬박 돌아오는 날짜에 더 불안하고 아픈 것처럼.

명우가 조용히 휴대폰을 내려놨다. 친구의 부재가 안쓰럽고 또 쓰라렸다.

✤   ✤   ✤

오전에 배송 온 나무 자재를 받다가 마주친 강준은 그녀를 알은척하지 않고 곧장 작업실로 올라갔다. 무려 5일 만에 마주치는 건데도 그는 인사 한번 하는 법이 없었다.

태연하게, 멀쩡하게 반응하려고 부단히도 애를 쓰며 다음은 배송 온 기사님과 밝게 인사까지 나눴다. 반가워할 틈도 없이 지나쳐 간 그의 흔적을 쫓으며 열심히 나무 자재를 날랐다.

수업도 진행했다. 수강생들과 수다까지 곁들이자 두 시간은 훌쩍 지나갔다. 수강생들의 흔적을 청소하고 잠깐 커피 타임을 가졌다. 점심은 생각이 없었다. 도시락 두 개는 아마 그대로 집에 가져갈 듯싶었다.

해가 가장 높은 시간에 떴을 때, 그는 갑자기 2층에서 내려왔다. 당연하게도 그녀에게 볼일이 있는 건 아니었다. 볼일이 있을 사이도 아니라 서운할 건 없는데 그녀는 또 서운했다.

그를, 좋아하기 시작했으니까.

다시 만난 지 얼마 안 된 주제에, 아니 자신을 기억하는지 못 하는지도 모르는 주제에 뭘 좋아해. 뭘 그렇게 좋아해?

제 마음을 채찍질하며 그녀가 머그잔을 손에 들었다. 그가 골목길 쪽으로 몸을 돌렸다. 창밖으로 뒷모습을 쫓던 그녀가 고개를 돌렸다. 행여나 저를 잠깐은 보지 않을까 기대했던 자신이 바보 같았다.

강준은 얼마 지나지 않아 다시 골목길에서 나타났다. 그의 손에 들린 건 출근길에 늘 보던 카페 커피였다. 강준이 한번 사다 준 뒤로 그녀도 몇 번 마신 적이 있었다. 사장님과 낯을 익히고 안부를 묻기도 했다.

그런데 같은 단골인 강준과는 눈 한번 마주치는 것도 힘든 사이가 됐다. 그는 바로 2층 계단을 올랐다. 분명 창밖에서도 작업대 앞에 앉은 자신이 보일 텐데 그는 무시했다.

"2층에 꿀 발랐나."

그의 명백한 거절이 온몸으로 느껴졌다. 누군가는 너무 쉽다고 말할 수도 있다. 누군가는 또 이해가 가지 않는다고 할 수도 있다. 상식적이지 않을 정도로 빠르다고 말할 수 있다. 그런데 그게 중요한가.

처음이라 헷갈릴 수는 있어도, 돌아갈 수는 있어도 부정하는 것보다는 낫잖아.

빠르고, 솔직한 게.

그는 저 멀리 가 버렸다. 고작 도시락 하나에.

한걸음 앞서 버린 마음은 이상하게 뒤를 볼 줄 몰랐다. 앞만 보고 달려가고 싶었다. 말 한 마디 꺼내 보지도 못하고 무시당한 마음인데도 저 남자의 상처를 내가 보듬어 줄 수는 있지 않을까 겁 없는 용기가 생겼다.

만약 지금도 괜찮지 않다면, 당신에게 위안이 되고 싶은 이 마음이 너무 욕심일까.

"네가 뭐라고 그 남자를 보듬니, 등신아."

마음먹어도 입 밖으로 나오는 건 절반이 한숨이고 자기 한탄이었다. 결심은 못할망정, 저 남자 무시를 어떻게 견뎌 내려고.

그 순간 휴대폰 알람이 울렸다. '월세, 관리비 입금'이라 메모해 놓은 알람을 직접 해제하자 소리가 멈췄다.

다옴이 번쩍 허리를 세웠다. 오후 3시 반. 간식을 먹기 딱 좋은 시간이다. 잠시 외출하겠다는 메모를 크게 적어 공방 앞에 붙여 놓고 그녀는 근처 베이커리로 향했다.

"어머, 공방 사장님 오셨어요?"

"네. 머핀 나올 시간 됐죠?"

베이커리 사장님이 알은체하며 그녀를 반겼다. 뜨끈뜨끈한 머핀을 마침 진열하고 있던 사장님께 말했다.

"이거 선물 포장 좀 해 주세요."

"몇 개요?"

"음, 네 개요. 커피랑 먹으면 맛있을 것 같아서요."

"우리 사장님이 뭘 좀 아시네. 내가 특별하게 사장님 먹을 것도 챙겨 줄게요. 그런데 누구한테 선물하게?"

진열하던 머핀을 그대로 계산대 앞까지 가져간 사장님이 친절하게 물었다. 다옴은 웃으면서 어깨를 으쓱거렸다. 방금 전만 해도 무시당했네, 뭐네 했던 우울감이 씻겨 내려간 듯했다.

이유도 없이.

원래 마음이라는 게 앞뒤 잴 수 없고, 계산이라는 걸 할 수 없다. 지금 그녀의 마음처럼. 저지르지 않고는 아무것도 할 수 없는 것처럼.

"남자요."

모르겠다. 보고 싶은 걸 어떡하겠어.

✤　　　✤　　　✤

서서히 스며들었다. 이강준이라는 남자에게. 같이 발맞춰 주는 사람은 없지만 괜찮았다. 짝사랑은 혼자 저만치 앞서가다 돌아보면 상대방이 가까이 다가오는 게 매력이다.

다옴은 한참을 망설였다. 적절한 핑계도 만들었고 기죽을 이유도 없었다. 마음은 죄가 아니다. 마음은 잘못하지 않았다. 짝이 맞지 않아 잘못이라고 하면, 이 세상에 짝사랑을 하는 이들이 전부 죄인이게?

그녀는 주먹을 쥐고 문을 두드렸다. 곧 '누구세요' 하는 짧고 울림 가득한 목소리가 들렸다.

대답을 해, 말아 망설이는 사이 문이 열렸다. 굳은 표정의 그를 마주하니 다옴은 순간 자신이 없어졌다. 그가 자신을 피하고 있다는 게 더욱 명백해져서.

"아……. 머핀 나올 시간 돼서 사러 갔거든요. 냄새가 좋아서 조금 많이 사는 바람에."

그러니 부담가지지 말라는 뜻으로 손에 든 종이 쇼핑백을 내밀었다. 강준의 무심한 시선이 잠깐 아래를 향했다가 되돌아왔다. 손에서 땀이

나는 것 같았다.

"월세랑 관리비 입금했어요. 그것도 알려드릴 겸."

요즘같이 편리한 세상에 입금된 메시지 하나 안 왔을까. 얼굴 한번 보려고 한 티가 나도 너무 나지만 그녀는 할 수 없었다. 봐야 했고, 물어볼 것이 있었다. 이대로 없던 일로 만드는 건 싫었다.

"지난 한 달 감사했고, 앞으로도 잘 부탁드린다는 인사도 드리고 싶어서요."

대답도 없고 머핀을 받아 주지도 않으니 괜스레 말만 길어졌다. 그의 앞에서 늘 그랬던 것처럼.

그러고 보니 그의 앞에서 주절주절 떠들었던 이유가 바로 이거였나 보다.

조금이라도 더 그의 앞에 오래 서 있고 싶어서. 말 한 마디라도 더 붙여 보고 싶어서.

강준은 자꾸만 입이 마르는 그녀를 내려다보다 건조한 목소리로 답했다.

"인사는 받겠습니다. 빵은 별로 안 좋아합니다."

"아……."

"그럼."

강준이 막 등을 돌리려 할 때였다.

"저 불편하세요?"

다급히 물었다. 머핀도 무시하고 제 얼굴도 보지 않으려는 강준에게.

고개를 돌리려던 그가 다시 그녀를 보았다. 빤히 얼굴에 닿는 시선 때문에 화끈거렸다. 다음은 대답을 기다렸다. 강준은 차디찬 얼굴로, 또 무심한 목소리로 말했다.

"그럼 편한 사이입니까."

"……네?"

"한다옴 씨와 내가 편해야 하는 이유가 있습니까?"

다옴의 입술이 아주 잠시 열렸다가 다시 다물어졌다.

없다. 당신에게는.

하지만 당신을 좋아하는 지금의 내게는 있어. 너무나 명백한 이유가.

너무 성급했던 걸까. 반성했다. 불안했고 또 깨달았다. 친절하지 않은 사람이라는 걸 알았는데도 상처받으면 결국 아프다는 것을.

"월세랑 관리비는 확인했습니다. 이제는 직접 안 알려 줘도 됩니다."

이대로 돌아서면 끝일까 봐 그녀는 그의 소매 끝을 살며시 붙잡았다.

"저기."

마땅히 부를 수 있는 호칭이 없었다. 건물주님이라 부를 수도 없고, 섣불리 이름을 부를 수 없는 사이다. 그런데 그는 저를 부른다. 이름으로, 아무 뜻도 없다는 듯이 명료하고 확실하게.

한다옴 씨.

그런데 자신은 그의 이름을 부르지 못한다.

마음의 차이가 있기에 행동에도 차이가 생겼다. 이름 한번 편하게 부르지도 못하면서 여기는 왜 올라왔나. 그저 얼굴을 보겠다는 마음이었다. 다옴은 소매 끝을 놓고 차가운 시선을 올곧게 올려다봤다.

"저 기억 안 나시는 거죠."

"……."

"전에도 여쭌 것 같은데, 제가 대답을 못 들은 것 같아서요."

그것만이라도 알아야 할 것 같았다. 당신의 옛 기억 속에 내가 있다면, 그것만으로 오늘을 위안 삼고 다음을 용기 내고 싶었다.

"납니다."

하지만 그는 이강준이었다. 수줍은 용기 하나 쉽게 꺾어 버릴 수 있는.

"나면 왜요."

그가 서늘하게 반문했다.

"……네?"

"주치의 권유로 사람들이랑 같이 치료받았었고, 그중에 한 명이 한다옴 씨였던 것도 같습니다."

"아, 저."

"그런데도 우리가 편한 사이입니까."

뒤늦은 깨달음이 밀려왔다. 이제 잘 웃는 자신과 다르게 그는 여전히 아프다는 것을. 바로 조금 전까지만 해도 그 사실을 명백하게 기억하고 있었다. 그런데 왜 옛날 얘기를 꺼내는 건 괜찮다고 생각했을까.

바로 내가 괜찮기 때문에?

그에게 옛 기억은 추억이 아닌 상처였고, 들춰선 안 될 고통이었다. 모두가 나와 같이 괜찮아졌을 거라고 안일하게 생각했다.

얼어붙은 다옴이 무슨 생각을 하는지, 어떤 상태인지 중요하지 않은 강준은 말을 이었다.

"굳이 그 기억을 끄집어내는 이유가 따로 있습니까? 설마 내가 반갑습니까?"

설마가 맞다. 그가 반가웠다. 이상하고 또 이상하게. 그는 이해할 수 없겠지만, 그녀는 그가 자꾸만 눈에 밟혔다.

반가웠고, 아침 인사를 나누고 싶었고, 잘해 주고 싶었다. 짧게 몇 번, 그렇게 생각을 하다 좋아졌다. 아니, 좋아한다는 것을 깨달았다.

"그런 게 아니라……."

"내가 기억을 하면 월세가 좀 깎입니까."

아. 이런 최악의 말까지 들을 줄은 정말 몰랐는데.

다옴이 한 걸음 물러섰다.

"죄송합니다. 반가워서 그랬나 봐요. 반가워하면 안 되는 건데."

끝으로 갈수록 목소리가 줄어들었지만 강준은 똑똑히 들었다. 반가워하면 안 될 사이.

자신이 선을 그었고, 넘어오지 말라 한 말을 알아들은 그녀의 대답이었다. 원하는 대로 흘러가는데도 강준은 마음에 들지 않았다.

가슴 한편이 불편하고 무거워진다. 잘 부탁한다는 인사도 그만 받고 싶고, 웃는 것도 그만 보고 싶고, 직접 만든 독서대든 도시락이든 부담스러울 뿐인데.

계단 위로 누군가 올라오는 소리가 들렸다. 강준의 시선이 옆을 향했다.

"어라, 다음 씨도 있었네요?"

명우가 마저 계단을 오르며 반갑다는 듯이 웃었다. 다음은 잠시 놀란 얼굴로 인사를 받다가 강준의 눈치를 살폈다.

"네. 머핀을 좀 사 와서요."

"와. 안 그래도 출출했는데."

"드세요. 금방 구운 거예요."

강준이 받아 주지 않던 머핀을 명우가 받아 들며 냄새를 맡았다. 빵 냄새가 죽인다며 엄지를 치켜드는 명우를 향해 어색하게 웃던 다음은 질끈 이를 깨물다 강준과 눈이 마주쳤다. 날카로운 시선에 어깨를 움츠린 그녀는 두 남자를 향해 번갈아 허리를 숙였다.

"실례 많았습니다."

"어? 벌써 가……요?"

말을 걸 틈도 없이 다음은 빠르게 계단을 내려갔다. 저러다 넘어지겠는데. 명우가 걱정스럽다는 듯이 중얼거렸다. 동시에 쾅 하는 소리와 함께 작업실 문이 닫혔다. 얘가 사람을 앞에 두고.

"……뭐야. 분위기 왜 이래?"

심상치 않은 분위기에 명우가 머리를 긁적였다.

✦　　　✦　　　✦

"계약금 업계 최고. 원고 주제, 분량 자유. 우리가 내거는 조건은 첫째도 마감 엄수, 둘째도 마감 엄수. 연재 사이트랑 잡지사 동시 연재. 최종 목적은 원고집 모아서 단행본 출간."

눈앞에 내밀어진 계약서를 무의미하게 바라보는데 그 위에 얹어진 목소리가 하늘 높은 줄도 모르고 날뛰었다. 두통 때문에 이마를 짚던 강준은 제 책상 위에 엉덩이를 걸친 채 의기양양 미소를 짓는 명우를 올려다봤다.

고작 요 며칠 전화 몇 번 안 받았을 뿐인데 명우는 오늘 아침 제가 전화를 받자마자 작업실에 꼭 붙어 있으라며 신신당부를 했다.

무슨 일인가 했더니 지난번에 하지 못한 계약 때문이었다. 물론 표면상으로는.

요 며칠 연락 안 되는 친구가 걱정돼서 달려온 게 뻔했다. 강준이 눈썹을 만지작거렸다.

"너 우리 집에 전화했더라."

"……어? 그거야 네가 일주일이나 잠수를 타니까 걱정돼서."

"네가 하는 걱정을 부모님은 안 하겠냐?"

"그건 또 그렇지. 내가 이 나이 먹고 생각이 짧았지."

강준은 한숨과 함께 만년필을 들었다. 계약할 때마다 쓰는 만년필이 있는데 펜촉이 많이 낡았다. 새로 갈아 줘야 하는데 구하기도 쉽지 않았고, 한 번도 버려야겠다 생각한 적이 없었다.

강준은 계약서를 빠르게 확인하고 사인한 다음 명우 가슴팍에 계약서를 던지다시피 건넸다. 명우가 주먹 쥔 손을 공중에 휘두르며 뿌듯해했다.

"계약 조건 수정해서 가져와. 그리고 부모님한테 전화해. 나 이제 약 안 먹는다고."

명우는 느낄 수 있었다. 외주 계약 따낸 것치고는 파장이 크다고.

"……나 거짓말하라고?"

"해. 하는 게 좋을 거야."

"야, 그래도 거짓말은."

강준의 싸늘한 시선과 마주치자 명우는 쓰게 웃으며 계약서를 꼭 껴 안았다. 오늘도 가져가지 못하면 사무실 책상을 빼야 할지도 몰랐다.

"어머님 의심하실 텐데. 눈치가 귀신이셔서."

"그러니까 잘해야겠지, 말을."

"넌 왜 나한테 이렇게 어려운 것만 시키냐."

명우가 투덜거리자 강준은 또 계약서로 시선을 넘겼다. 힘없는 을은 하고 싶지 않은 거짓말을 할 때도 있어야 했다. 바로 지금처럼. 명우는 곧장 알겠다는 듯 고개를 끄덕거렸다.

"알았어. 할게. 약 끊어도 될 정도로 멀쩡하다, 하면 되는 거지?"

"오늘 당장."

"이 새끼는 하나뿐인 절친한테 거짓말을 시키고 난리야."

"넌 그 절친한테 일을 못 맡겨서 안달이고."

"하여튼 누가 작가 아니랄까 봐 한 마디를 안 져."

원치 않는 거짓말은 해야 하지만, 원하는 계약서는 얻어 냈다. 오늘 은 그래도 밥값 했다고 칭찬은 받겠지.

명우는 스스로 감탄하면서 계약서를 가방에 챙겨 넣었다. 동시에 다 옴이 건네주고 간 쇼핑백이 눈에 띄었다. 머핀 상자를 꺼내 열자 고소 하면서 달콤한 향이 금세 퍼졌다.

"와, 다옴 씨 센스. 너는 안 먹어?"

머핀 하나를 입에 물며 명우가 묻자 강준은 고개를 저었다.

"안 달고 맛있는데."

"너나 먹어."

"근데 너 다음 씨 울렸냐. 분위기가 조금 그렇던데."

키보드 위를 바쁘게 움직이던 강준의 손가락이 잠시 멈칫했다가 아무렇지 않다는 듯 옆의 노트를 들었다.

지난 일주일, 신문사 외주로 맡게 된 기획 기사 때문에 취재차 지방을 다녀왔다. 마감 날짜까지 한 달은 여유가 있어서 다음 주쯤 갈 예정이었다. 일을 앞당긴 이유가 있었다. 괜히 제게 잘해 주고 싶다는 아래층 여자를 피하기 위해.

울었을까. 울었으려나. 그래 봤자 나랑은 상관없는 일이다.

"무슨 일 있었어?"

강준은 짧게 대답했다.

"별로."

"잘 좀 지내지. 나는 다음 씨 좋은데."

언제 봤다고 좋다는 말이 나와. 강준의 눈썹이 삐죽 산을 그렸다. 그것도 모르고 명우는 두 번째 머핀을 손에 들었다.

"대체 뭐라고 했길래 그 잘 웃는 사람이 잔뜩 얼어서는."

명우까지 그녀가 잘 웃는 것을 안다. 얼마나 봤다고. 불편했다. 잔뜩 생채기를 주고 돌려보낸 이의 이름을 듣는 게.

분명 잘한 짓인데 왜 이렇게 가슴 한편이 답답할까.

"헛소리할 거면 가."

노트를 펼친 강준이 메모한 것들을 살피며 말했다. 명우는 순식간에 머핀 두 개를 해치우고 손에 묻은 빵가루를 탁탁 털었다.

"헛소리라니, 나도 엄연히 용건 있는 사람이거든?"

책상 위로 떨어지는 빵 부스러기에 강준이 미간을 좁히자 명우가 살살 웃으며 빵가루를 치웠다.

"당연히 계약은 두 번째 용건."

"채웠으면 가라."

"용건 따로 있다니까. 해림이 들어왔어. 너한테 따로 연락했다던데."

강준이 날짜를 곱씹었다. 지방에 가 있는 동안 잡생각을 할 여유도 주기 싫어 일에만 집중했다. 날짜 감각이 없어질 만도 했다. 노트를 닫으며 무심하게 대답했다.

"메시지 받았어."

"저녁 먹재. 오늘 시간 되지?"

혼자 조용히 있고 싶지만, 작업실에 있는 것보다는 나을 듯싶었다. 아래층 여자가 더 이상 안 보일 테니. 생각도 안 날 테니.

강준은 제 말에 상처받고 화도 한번 못 내던 그녀를 떠올리다 마지못해 고개를 끄덕였다. 그러면서 또 금방 후회했다. 몰아붙이지 말걸, 좋게 거절할걸.

"내가 기억을 하면 월세가 좀 깎입니까?"

그 말은 하지 말걸.

이제 와서 후회해 봤자 틀린 일이었다. 그녀가 알아줘야 하는 것도 아니다.

더욱 몰라야 하는 일이다. 작은 후회의 감정조차. 아무리 실낱같은 바람이라도 시작하기에는 충분할 테니.

조심하는 건 나쁘지 않다. 나중에 큰 상처를 주는 것보다, 지금 작은 상처를 받는 게 그녀 입장에서는 더없이 좋을 일이다.

"곧이지?"

명우가 조심스레 물었다. 매년 찾아오는 질문에 강준은 이제 면역이 생겼다.

"이번에도 혼자 갈 거냐?"

"……어."

괜찮은 척, 표정을 감추는 일에.

4화

이강훈 없이는 의미 없는 밤.

한다율 없이는 쓸모 없는 밤.

우리는 그렇게 서로가 서로에게 매일 밤이 구원이었다.

<네가, 너의 구원이 될게> 中

내가,
너의
구원이 될게

친해지자는 여자

혼자 있을 때 무기력하게 찾아오는 우울감이 있었다. 온몸이 무너질 것처럼 힘이 빠지고, 생각은 점점 걷잡을 수 없는 나락으로 향해 갔다. 불현듯 죽고만 싶어졌다. 죽으면 편해지지 않을까, 하염없이 생각했다.

몇 년째 병원에서는 저를 우울증, 수면 장애라고 진단 내렸다. 꾸준히 약을 먹고 병원을 다니지만 나아지지는 않았다. 낫겠다는 환자의 의지 자체가 없기 때문이라고 의사들은 함부로 진단하고 처방전을 썼다.

괜찮아지려고 노력도 않는 환자들에게 의사들은 힘을 쏟지 않는다. 실망하지 않았고, 의사들의 체념을 지켜보면서 그는 부모님께 감추는 법을 배웠다. 잘 지내는 척 웃었고, 거짓말로 제 일상을 공유했다. 망가진 속을 숨기느라 더욱 곪았어도 그는 멈추지 않았다.

라디오에서 나오는 노래는 흥이 넘쳤다. 그의 기분과는 반대로.

아침 이른 시간, 주차장에 차를 세운 그는 산에 둘러싸인 납골당을 빤히 바라봤다. 강준은 차창 거울을 보며 검은 넥타이를 고쳐 맸다.

"자기는 항상 넥타이를 혼자 못 매더라."

"잡지사 다니는데 넥타이 맬 일이 뭐가 있다고."

"하긴, 그건 그래. 내가 잘하면 됐지. 나중에 자기가 넥타이 잘 매면 서운해질 것 같아."

넥타이를 맬 줄 모른다고 타박당하다가 또 잘 매면 안 된다는 말이 무슨 소리냐고 함께 웃던 나날이 있었다. 그는 매년 이 검은 넥타이를 잘 매기 위해 동영상을 켜 놓고 넥타이 매는 법을 배웠다. 위에서는 타박하지 말라고, 조금이라도 깔끔하게 보여졌으면 해서.

처음 3년은 납골당에 차를 세우자마자 눈물을 쏟았다. 내릴 수도 없었고, 저 안까지 들어갈 수도 없었다.

다음 해에는 조금 차에서 시간을 보내다 안까지 아주 느리게 걸어갔다. 애써 사 간 꽃을 부러뜨린 게 한두 번이 아니었다.

그다음 해부터는 울지 않게 됐다. 눈물이 마른 건지, 지친 건지 아니면 너를 잊은 건지 알 수 없었다.

시간이 약이라는 말. 조금씩 나아진다는 말. 처음에는 믿지 않았지만, 이제 자연스럽게 알게 됐다. 그 말이 맞았다. 너를 잊어 가는 만큼, 나는 괜찮아지고 있다.

그는 하얀 꽃다발을 챙겨 차에서 내렸다. 차분한 걸음걸이가 유독 느렸다. 목적지 앞에 선 그는 새하얀 유골함을 빤히 바라봤다.

故 김민정.

유골함 옆으로 놓인 사진에 그가 시선을 두었다. 아주 아기 때 아장아장 한 걸음씩 떼고 있는 너. 교복 위에 걸친 떡볶이 코트가 유독 잘 어울리는 너. 대학교 졸업식 때 꽃다발을 들고 있는 너.

"잘 지내지?"

그리고 눈부시게 새하얀 웨딩드레스를 입고 행복하게 웃고 있는 너.

이때는 몰랐다. 알았다면 그러지 않았을 텐데. 귀찮아하지 말걸, 웨딩 스튜디오 사진을 찍는데 옷을 몇 번이나 갈아입는 거냐며 투덜거리지 말걸, 제주도 야외에서 찍고 싶다는 네 말 조금 더 귀담아 들을걸, 평생 남을 사진이니까 잘 찍고 싶다는 네 말에 공감해 줄걸.

무뚝뚝하게 나중에 또 찍자는 말에 싫단 말은 하지 말걸.

"여전히 말은 없네."

한때 그의 약혼녀였고, 평생을 함께하기로 약속했던 여자. 하지만 그 약속은 처참하게 무너졌다.

이제는 헷갈렸다. 이 감정이 너를 향한 그리움인지, 아픔인지. 아니면 그저 당연해진 서글픔인지. 그것도 아니면 너의 마지막을 외롭게 한 죄책감인지.

가끔 얼굴이 생각 안 날 때가 있었다. 문득 떠올려 보는데 눈, 코, 입이 선명하지 않아 걸음하게 되고 목소리가 기억나지 않아 또다시 이곳을 찾았다.

7년 전 오늘, 나는 너를 잃었다.

그것도 아주 잔혹한 방법으로.

"요즘은 꿈에도 안 나오더라."

그가 섭섭한 투로 말했다. 어디선가 목소리가 들릴 것만 같았다. 그래서 서운했냐고.

7년. 누군가는 이제 놓아주라 하고 누군가는 미련하다고 했다.

생각한다. 네가 죽지 않았다면 우리의 미래는 달라졌겠지. 아주 찬란하게, 그리고 더없이 행복하게. 너와 그런 행복을 누릴 거라 생각했다.

그 약속의 끝에 다다르지 못한 지금, 그는 감정을 잃고 살았다.

부모님이 살아 달라 저를 붙들었고, 친구들이 저를 놓지 말라 붙잡았다. 그는 죽을 수 없었다. 사랑하는 사람이 죽고 남겨진 사람의 아픔이 어떤 건지 너무 잘 알기에 그는 죽지도 못했다.

강준은 흰 유골함을 빤히 바라보며 한걸음 뒤로 물러섰다. 그녀의 사진이 더욱 선명하게 눈에 들어왔다.

행복하니. 내가 없는 그곳에서.

이곳에서 무서웠던 기억들은 다 잊었니.

그렇다면 나 역시, 너를 잊어도 괜찮은 걸까.

매일같이 찾던 곳을 드문드문 찾게 되고, 하루를 저당잡힌 것처럼 그리워하던 감정이 희미해지고, 이제는 너의 모습마저 흐릿핫 잔상처럼 남았다. 때때로 깨달아졌다. 그녀를 잊고 있음을.

발걸음의 주체는 죄책감이었다. 너를 잊지 않겠다는 부채감이었다. 나는, 그래서는 안 된다고 생각하니까. 네가 생각나지 않으면 억지로 기억해 내며 또다시 가슴을 후벼 팠다.

"강준아."

유골함 앞에 얼마나 서 있었는지 시간을 가늠할 수 없었다. 누가 부르지 않았다면 밤을 지새울 수도 있을 것 같았다. 강준은 익숙한 목소리에 고개를 돌렸다. 저보다 더 큰 꽃다발을 든 중년의 여자가 그를 보며 웃고 있었다.

"왔니?"

자식을 먼저 보낸 어미의 서글픈 웃음은 여전했다.

      ✣   ✦   ✣

"민정이 아버지가 얼마 전에 담낭염 수술을 받았어. 그래서 오늘 혼자 왔네."

강준은 찻잔에 차를 따르는 해숙을 바라봤다.

민정이 죽고 몇 해쯤은 그녀의 부모님을 찾아갔었다. 외동딸이던 그녀 대신 생신을 챙겨 드리고, 건강 검진 날짜를 잡아 드리고, 영양제를 쉼 없이 날랐다. 그러던 어느 날, 해숙은 그를 붙잡고 말했다.

"그만 와. 너도 네 삶을 살아야지 왜 여태껏 우리 사위로 살아."

"……어머니."

"내 딸 잊어. 잊고 훨훨, 잘 지내. 네가 잘 살아야 우리 민정이가 편히 눈을 감지."

나이 드신 분들의 애원에 그는 발길을 돌리고 멈췄다. 이른 시간에 납골당을 찾는 이유도 그와 같았다. 저를 보면 마음 아파할 것 같은 분들을 피하고 있었다.

"오랜만이구나. 4년쯤 되었나."

"예. 아버님 수술은……."

"회복 중이야. 같이 왔으면 좋았을 텐데, 오랜만에 얼굴도 보고. 어른들은 평안하시지?"

"잘 계십니다."

해숙이 찻잔을 들었다. 제 부모님처럼 흰머리도 많아지고, 주름은 진해졌다. 반면 피부색은 옅어졌다. 시간이 그만큼 흐른 뒤였으니까.

"일은 어때. 몸은 괜찮지?"

"예. 다 좋습니다."

"그런데 왜 이렇게 해쓱해. 밥은 잘 먹고 다니는 거야?"

해숙이 웃으며 안부를 물었다.

그는 연인을 잃었고, 그녀는 딸을 잃었다. 아주 처참하고, 말도 안 되는 상황으로.

따뜻하게 웃는 그녀를 보며 강준은 목이 메어 제대로 대답할 수 없었다. 웃어지지 않는 삶을 살고 있는 자신의 모습이 해숙에게 죄스러웠다.

마치 그가 무엇을 참는지 다 알고 있는 사람처럼 해숙은 웃다가 내내 쥐고 있던 커다란 쇼핑백을 바닥에서 들어 올렸다

테이블 위로 건네지는 쇼핑백을 멍하니 바라보던 강준의 시선에 해숙이 다시 웃으며 설명을 덧붙였다.

"너 좋아하는 반찬 몇 가지 샀다. 보냉 팩에 담았으니까 집에 가 바로 냉장고에 넣으면 될 거야. 혹시 만나면 전해 줄까 싶어 챙기고 다녔는데 올해는 주게 됐네. 다행이야."

다시는 찾아오지 말라며 따뜻하면서도 냉정하게 말해 놓고서 매년 제게 줄 반찬을 챙기고 다녔다는 말에 강준은 입술을 깨물었다.

해숙은 테이블 위로 올라온 그의 손을 따스히 잡았다.

"민정이한테 자주 오니?"

"가끔, 옵니다."

그랬니. 해숙이 대답하며 고개를 끄덕거렸다. 그녀의 주름진 손이 깨끗한 그의 손등을 쓰다듬었다.

"고맙다. 7년이나 지났는데 아직도 기억해 줘서."

"……"

"내가 이렇게 이기적이야. 그렇지? 이렇게 아파하는 거 빤히 보이는데 불쌍히 여기지는 못할망정 고맙다는 말이나 하고. 사돈댁 생각하면 이럼 안 되는데……."

"……아닙니다."

"그런데 강준아."

불안했다. 이어지게 될 다음 말을 알 것 같았다.

"이제는 오지 마. 7년이면 충분했다. 아니, 넘치도록 과해. 이제 너도 우리 민정이, 많이 잊었잖니. 사람이면 그게 당연한 거야. 당연한 감정

에 죄책감 가지지 말아."

강준은 잠시 할 말을 잃은 채 멍하니 해숙을 바라봤다. 스스로도 부정하던 그의 감정을 해숙은 알고 있는 사람처럼 말했다.

해숙이 다 이해한다는 듯이 웃었다. 따습고, 또 아름답게. 거짓말처럼 웃는 낯이 익숙해져 버린 아래층 여자가 떠올라 손에 힘을 쥐었다. 마치 머릿속 기억을 떨쳐 내려는 사람처럼.

"민정이 아버지 퇴원하면 시골로 내려갈 거야. 민정이 외가 근처로 집도 구해 놨다. 읍내랑 멀지도 않고, 공기도 좋고, 친척들 가까이 있어 적적하지 않을 거고."

"어머니."

"납골당도 옮길 거야. 너한테는 어디인지 말 안 해 줄 생각이고. 진즉 이렇게 했어야 했는데 우리가 놓지 못했지. 욕심이 컸어."

"……."

"이제부터 너를 위해 살아, 강준아."

잊어버렸다. 7년 전부터 그저 살아지니 살고 있었다. 숨이 쉬어지니 또 하루를 보냈다. 어떻게 살아야겠다는 희망찬 미래도 계획도 없이 기계처럼 일하고 읽고, 쓰고, 그렇게 시간을 보냈다.

그는 기억하지 못했고, 깨달을 수 없었다. 스스로를 위해 사는 방법 따위.

"민정이 그렇게 만든 놈, 미워하고 원망하는 건 우리가 하마. 그 죽일 놈, 마음으로 죽이는 건 우리가 계속할게. 그러니까 너는 잘 살아. 그래야 민정이가 편해."

모두가 그렇게 얘기했다. 네가 잘 지내야 모두가 마음을 놓는다며 자신을 달래고, 어르고, 위로했다.

하지만 그는 여전히 진창 속이었다. 너의 참혹했던 마지막 모습은 도저히 잊을 수 없었다. 내가 널 사랑했던 감정은 잊었다 해도, 차마 그 모습은 잊히지 않았다.

"강준아. 혼자 있지 마. 외로워. 외로우면 아픈 것도 자꾸 생각나는 법이야."

"······."

"예쁜 사람 만나. 잘 웃는 사람 만나. 그래야 너도 웃을 수 있지. 웃고 살지."

이 순간, 늘 자신의 앞에서 웃음을 잃지 않던 여자가 떠올랐다. 그 여자의 웃음을 제가 지운 사실 또한.

강준은 자신을 애달프게 쳐다보는 해숙을 바라봤다.

"아끼면서 살지 마. 누구 좋으면 좋다 하고 마음 아끼지 말고 살아."

그는 알고 있었다.

"우리, 살았다고 죄책감 갖지 말자. 그렇게 살자. 응?"

자신을 제외한 모두가 그를 아끼고 있었다.

살자, 살자, 살자.

분명 살아 있는데도 삶의 의미를 잃어버린 그의 귓가로 끊임없이 들려오는 말.

살자, 강준아.

그가 하염없이 되뇌었다.

❖　　❖　　❖

"차인 주제에 이거는 왜 또 싸 왔어."

아침에 일어나 도시락을 싸는 일은 이제 습관이 됐다. 그것도 2인분을. 점심에 비운 도시락 반찬 그대로 저녁을 해결한 다음은 해가 저물어 어두워진 밖을 바라봤다.

2층은 조용했다. 누구는 건물주가 잘 안 보여서 좋다는데 오히려 그

반대였다. 잘 안 보여서 짜증 나고, 궁금하면서도 어제 일이 또 생각나 서글펐다.

작업대 앞에 선 그녀가 곧장 장갑을 챙겼다. 자재 사이즈를 재고, 그에 맞춰 톱질을 한 뒤 중간중간 꼼꼼하게 치수를 측정하며 도안을 작성했다.

여러 명이 함께 앉을 수 있는 긴 테이블 바 의자를 제작할 생각이었다. 작업대 앞에 놔도 좋고, 수강생들이 앉기에도 좋을 듯싶었다.

오후에는 하루 종일 티 테이블을 만들었다. 원목의 나뭇결이 예쁘게 자리 잡은 티 테이블에 마감재로 오일을 바르고 말린 뒤, 또 오일을 바르고 말리는 데 오후 시간을 다 썼다.

그때도 시간은 느리게만 흘러갔다. 2층 남자가 보이지 않아서 그런 건지, 자꾸만 며칠 전 기억이 떠올라서 그런 건지.

"그런데도 우리가 편한 사이입니까."

남자는 상처 주면서, 또 상처받은 얼굴로 말했다. 어쩌면 그 남자의 상처를 건드린 건 자신일지도 모르는데.

또다시 끼어드는 생각에 그녀가 장갑을 벗고 깊은 한숨을 내뱉었다. 확실히 알았다. 그는 7년 전의 자신을 기억했고, 또 지금은 거부하고 있었다. 온몸으로 거부당한 게 마음 아프다기보다는 그가 여전히 그대로라는 생각에 쓸쓸했다.

"나는 괜찮아졌는데."

당신은 나아지지 않았다는 게 이상하게 외로우면서 서글펐다. 그는 반가워하지 않을지 모른다.

그는 또 선을 넘지 말라 할 것이고, 한 걸음 다가서기 무섭게 열 걸음 도망갈지 모른다. 옛 상처를 다시 떠올리게 하는 여자 따위, 보지 않는 게 편할 수도 있다.

"죄송합니다. 반가워서 그랬나 봐요. 반가워하면 안 되는 건데."

사과할 생각은 아니었다. 누군가를 좋아하는 마음이 뭐 그렇게 잘못이라고 사과까지 해. 당신이 너무했지, 당신이 너무 쌀쌀맞은 거지.

이해는 하면서도 또 서운한 건 어쩔 수 없다. 이대로 작업실에 있을 수가 없었다. 그를 언제까지고 기다리게 될까 봐, 또 그런 자신을 들킬까 봐.

앞치마를 벗고 작업대를 대충 정리한 다음 공방을 나섰다. 울적한 마음을 달래줄 것이 뭐가 있을까, 내내 생각하며 동네를 거닐었다.

혼자 있기는 우울했다. 윤주나 불러 술이나 마시자고 할까? 그러면 분명 무슨 일이 있는 거냐며 추궁당할 게 뻔했다. 공방 창업 전에 목공소에 다녔었다. 다들 아직 일하려나. 거기나 찾아가 볼까.

걸었던 길을 또 걷고, 걸으며 밤 산책을 하던 도중 휴대폰이 울렸다. 모르는 번호였다.

주문 전화, 아니면 스팸? 그녀가 반신반의하며 전화를 받았다.

—여보세요? 한다옴 씨 휴대폰인가요?

"네, 그런데요."

—어머, 다옴이 맞구나? 나 지수야.

그제야 목소리가 낯익다는 걸 깨달았다. 다옴은 얼마 전 SNS에 댓글을 달았던 대학 친구들을 떠올렸다. '뭐래? 진짜 다옴이야?', '웬일이야, 오라고 해 봐' 두 명의 목소리가 더 있었다.

걸음을 멈춘 다옴이 한숨을 삼켰다. 더는 댓글이 안 달리길래 관심을 껐구나 생각했는데.

—SNS에 휴대폰 번호 있더라고. 목공 공방 차렸다며? 반응 좋던데,

우리가 댓글 단 거 못 봤어?

"……봤어."

—그랬어? 반가워서 댓글 달았는데 답글도 안 달아 주고. 어떻게 지내? 휴학 오래 했었다며. 대체 졸업은 언제 한 거야?

반갑다니, 너희가 나를 왜. 내가 너희를 왜.

다옴은 자꾸만 묻고 또 묻는 지수의 목소리가 반갑지 않았다.

—지금 어디야? 은정이랑 호경이 기억하지? 우리 지금 연남동에서 술 한잔하는데 여기로 올래? 공방 주소 보니까 멀지 않던데.

밝은 목소리에 다옴은 덩달아 궁금해졌다. 설마 진심으로 내가 반가운 건가. 너희는 정말 다 잊은 걸까.

"미안한데."

다옴이 차가운 목소리로 입을 열었다.

"끊을게. 바빠서."

—……아, 많이 바빠? 잠깐 시간 좀 낼 수 없을까?

"미안. 별로 안 보고 싶어."

—뭐? 아니, 저기.

더는 듣고 있을 이유가 없었다. 다옴은 곧장 휴대폰 전원을 껐다. 피하고 싶었다. 굳이 들춰내고 싶지 않았다. 너희들을 만나 내 예전 상처를 헤집는 일 따위.

그녀는 깨달음과 동시에 허탈한 듯 웃었다.

"이런 기분이구나."

들킨다는 거, 다시 기억하게 되는 거.

당해 보니 알겠다. 어떤 마음, 또 어떤 상처인지를.

그녀가 크게 한숨을 내뱉으며 허공을 올려다봤다. 별도 보이지 않을 만큼 그저 새까만 하늘이 눈에 들어왔다. 고요하고 적막했다. 누구 하나 그녀를 위로하는 이는 없었다.

"혼술이나 할까."

술이 고픈 밤, 그래서 더 외로운 밤. 혼자여서 또 서글픈 밤.

그녀가 쓸쓸히 걸었다. 쓸쓸하던 어떤 남자를 떠올리며.

✤ ✦ ✤

한적한 동네에는 혼자 술 마실 곳 또한 마땅치 않았다. 지하철역 부근에 다다르자 작은 포장마차가 보였다. 요즘도 저런 게 있네. 작은 반가움과 커다란 쓸쓸함이 공존하는 마음에 이끌려 그녀가 걸음을 옮겼다.

작은 포장마차답게 테이블은 딱 3개뿐이었다. 남녀 무리가 앉아 있는 하나와 비어 있는 하나, 그리고 나머지 하나는.

"아."

시선이 마주치자 그녀가 어색한 신음을 내뱉고서는 고개를 숙였다. 강준은 짧게 인사를 받아 주고 다시 비어 있는 맞은편으로 고개를 돌렸다. 다옴은 할 수 없이 썰렁한 그의 옆 테이블에 앉았다. 하필 그들의 자리는 꽤 시끌벅적한 무리가 앉은 테이블 반대편에 있었다.

"뭐 드릴까?"

기본으로 나오는 어묵 국물을 갖다주며 주인아주머니가 물었다. 다옴은 괜히 옆자리 눈치를 살피며 메뉴판을 훑었다.

"소주 한 병 주세요."

"안주는 뭐 줄까?"

"어, 맛있는 거, 그냥 아무거나요."

"오늘 닭발 양념이 맛있어요. 무뼈라 먹기도 편해. 그거 먹어."

구수한 반존대를 구사하는 주인아주머니는 바로 소주 한 병을 갖다줬다.

다옴은 무릎 위에 올린 손을 어색하게 만지작거렸다. 괜히 목 주변이 간지럽고 열이 나는 듯했다. 방금 전 어두운 골목길에서 그를 생각했는데, 얼마 되지 않아 그를 맞닥뜨린 상황이 민망했다.

한동네에서 우연히 만났을 뿐인데도 왠지 의미를 부여하고 싶었다. 사람 마음이 참 간사했다. 거부당할 때는 또 슬펐다가, 우연히 맞닥뜨린 상황에 설레었다가, 또 쓸데없는 기대감을 갖게 한다.

짝사랑 그거참, 이토록 미련할 수가 없다.

다옴은 어색한지 얇은 팔을 쓰다듬다 조용한 휴대폰을 손에 들었다. 동시에 휴대폰 전원을 껐다는 사실을 깨달았다. 혼자 발을 동동 구르며 시선을 이리저리 굴려도 양념이 맛있다는 닭발은 감감무소식이었고, 강준은 그대로였다.

그를 의식하는 것도, 신경 쓰는 것도 여전히 저 혼자뿐이었다. 다옴은 서운해하지 않았다.

하지만. 굳이 이렇게 따로 앉을 이유가 있나. 건물주와 세입자, 1층 여자와 2층 남자, 서로 커피도 도시락도 주고받았던 사이에.

짧은 숨과 함께 몸을 일으킨 그녀는 병과 잔을 들고 그의 맞은편에 앉았다. 당연히 그의 시선이 따라왔다. 마침 잔을 손에 들던 그가 눈으로 묻자 그녀는 어깨를 으쓱였다.

"이상하잖아요. 아는 사이에 따로 앉는 거."

"……안 이상합니다."

"제 기준에는 이상해요. 저 없다고 생각하세요. 같은 자영업자인데 테이블 회전율 생각도 해야죠."

지금 그걸 말이라고 하나.

반박하고 싶지만 몸이 피곤한 강준에게는 그럴 의지가 별로 없었다. 며칠 전 그렇게 불편하게 헤어졌으면서도 이렇게 제 앞에 마주 앉는 그녀가 이해되지 않을 뿐. 강준이 잔을 입에 털자 승낙의 뜻으로 알아들은 다음은 새 소주를 제 잔에 따랐다.

"독한 거 드시네요. 내일 속 쓰릴 텐데."

"……."

"심지어 안주도 매운 거. 그러다 속에 구멍 나요."

오늘의 추천 메뉴가 닭발인가. 그도 아무거나 달라 한 건지 테이블에는 한 젓가락도 건드리지 않은 닭발이 있었다. 다음은 반찬으로 나온 당근을 쌈장에 찍어 입으로 가져갔다.

그는 상복 차림이었다. 검은색 양복과 넥타이. 대놓고 그를 훔쳐보던 다음은 다시 잔에 술을 따르고 단숨에 들이켰다. 썼다.

술의 힘을 빌릴 생각을 하니 속도가 빨라졌다. 어느새 세 잔을 연달아 비운 다음이 소리 나게 잔을 내려놨다. 그와 눈이 마주쳤다.

"제가요. 그때는 놀라고 당황해서 죄송하다고 했는데요."

그의 눈썹이 산을 그렸다. 차가운 표정에도 굴하지 않았다. 이게 다 술의 힘 덕분이었다.

"저 사실 안 죄송해요. 알은척 좀 했다고 죄송할 건 없잖아요."

"……."

"그래도 기분 나쁘셨다면 죄송합니다."

죄송하지 않다 해 놓고 10초 만에 다시 죄송한다고 고개 숙이는 다음은 네 번째 잔을 따랐다. 마침 주인아주머니가 그녀의 앞으로 새빨간 닭발을 내려놨다.

"아이고. 그새 합석을 했어? 역시 젊은 사람들이라 빠르고 좋아. 굿이야, 굿."

뭐가 좋냐고 묻고, 또 그런 게 아니라고 설명할 틈도 없었다. 다른 테이블로 주문을 받으러 간 주인아주머니는 그곳에서도 젊은 사람들이니 술도 많이 마시고 화끈해서 좋다는 말을 했다. 좋은 게 아주 많은 그녀를 힐긋 쳐다보던 다음이 젓가락을 손에 들었다.

"그런데 안 드세요?"

"……안 좋아합니다."

"제가 이거 먹는다고 막 혐오스러운 시선으로 보고 그러실 건 아니겠죠?"

"안 봅니다."

다행이라는 듯이 다음이 고개를 끄덕이며 살점이 제일 많아 보이는 닭발을 손에 들었다. 입안에 넣고 오물오물 씹었다. 매운맛이 확 느껴지니 열이 오르는 듯했다. 어쩌다 보니 닭발 맛집을 발견했다.

뿌듯한 반면, 눈앞의 남자가 신경 쓰였다. 그녀가 젓가락을 쥐지 않은 손으로 잔을 드는데 그가 턱짓했다.

"마시지 말죠."

"저 걱정해 주시는 거예요?"

그녀가 대담히 물었다. 할 말을 잃은 건 오히려 강준이었다.

"……못 마시지 않습니까."

"그래서 제가 귀소본능이 강해요. 다행이죠."

어떻게 연결을 '그래서'로 하는지 이해할 수 없었다. 잔을 드는 다음을 말릴까 했지만 그대로 두었다. 그녀 말대로 귀소본능은 정말 강한 듯했으니 다행일 일을 애초에 만들지 않는 게 어떻겠냐는 섣부른 훈수는 감췄다.

마주 앉아도 그들은 따로인 듯했다. 강준은 그녀를 본체만체했고, 다음은 애써 그를 보지 않으려고 노력했다.

그들을 제외하고 사람이 있는 테이블은 딱 하나뿐이었다. 유독 그곳만 떠들썩하고 화기애애했다. 잠시 그쪽을 흘기던 다음은 말없이 술만 들이키는 그를 봤다. 입안에서는 매운 향이, 속에서는 쓴 향이 진동했다.

"그때 치료받을 때, 제가 너무 힘들어서 휴학을 했거든요."

들어도 상관없고, 듣지 않는다 해도 상관없다는 마음으로 그녀가 입을 열었다. 잠시 이마에 그의 시선이 닿는 듯했다. 다음은 모른 척 젓가락을 움직였다. 매운 닭발은 계속 먹을수록 매웠다. 마치 속 타는 마음 같았다.

"학교 다닐 상황도 아니었고, 정신과 치료받는다고 애들 사이에 소문도 났더라고요. 병원 앞에서 친한 친구를 마주친 적 있는데, 아마 그 친구일 거예요. 그래서 학교 다니기가 좀 그랬죠."

"……."

"부모님 그렇게 되고 덜컥 혼자가 된 기분이었는데, 이상하게 친구들도 절 피했어요. 내 마음이 아파서, 밝지 못해서. 뭐 그럴 수 있다고 생각은 하는데, 그래도 제 입장에서는 서운할 수 있잖아요."

짧은 얘기지만, 절대 쉽지 않을 얘기를 괜찮은 척 덤덤하게 이어 나갔다. 강준은 느낌으로 알았다. 오늘 아니면 어제 분명 그녀에게 상처를 떠올리게 할 일이 있었다는 것을.

"그런데 걔들이 얼마 전에 제 공방 SNS에 댓글을 단 거예요. 반갑다고, 잘 지냈냐고, 나 기억하냐고."

마음이 아픈 건 늘 그렇다. 괜찮아진 것 같지만 그 어떤 병보다 재발이 쉬웠고 또다시 낫기까지 오래 걸렸다. 강준은 마음으로 소망했다. 그녀가 오늘만 아프기를. 지금만 우울하기를. 이유도 모르면서 바랐다.

내가 지금, 왜 당신을 걱정할까.

"아까는 전화도 했어요. 가까운 데 있으면 얼굴 보자고. 또 제가 반갑대요."

그 마음을 모르는 다음은 말을 이었다.

"어떻게 그러지. 어떻게 내가 반갑지."

투명한 술잔을 바라보던 그녀가 혼잣말처럼 중얼거렸다.

"나를 무슨 병균 덩어리 취급하고 피했으면서."

누구에게도 하지 못할 말이었다. 할 수 없는 말이기도 했고. 이런 얘기를 들어 줄 사람은 세상에 단 한 명도 없었다. 모든 것을 얘기하는 이모에조차 당연히 비밀이었다.

예전 같았다면 속으로 끙끙 앓다 말았을 일을 강준에게 털어놨다. 그 역시 마음이 아픈 사람이라는 걸 알면서.

"우울한 얘기해서 죄송해요. 이상하게 동지애가 샘솟았나 봐요."

그녀가 다시 잔에 소주를 따랐다. 말끝이 어눌해지는 그녀를 보며 강준이 손을 뻗어 병을 통째로 뺏어 들었다.

"그만 마시죠. 속 쓰립니다."

벌써 술에 취한 듯 그녀가 씨익 웃었다. 강준이 미간을 좁혔다.

"이번에는 진짜 제 걱정한 거네요."

"……그렇다 칩시다."

"그렇다 친 김에 그것까지 하면 좋을 텐데."

무슨 소리냐는 듯 그가 미간을 구겼다. 그녀가 다시 입꼬리를 올리며 코를 찡긋거렸다. 오랜만에 보는 그녀의 웃음이었다. 그걸 또 이렇게 가까이 보게 될 줄은 몰랐는데.

강준이 괜스레 허리를 펴며 테이블에서 살짝 몸을 떨어트렸다. 그녀는 조금의 틈도 허용하지 않겠다는 듯 그의 앞으로 고개를 들이밀었다.

"편한 사이."

"한다움 씨와 내가 편해야 하는 이유가 있습니까?"

마음에 담아 뒀다고 온몸으로 표현하는 격이었다. 관심을 두지 말라 선을 그었더니 그 선 따위 안중에도 없는 그녀였다. 강준은 진심으로 물었다.

"나랑 그걸 왜 하고 싶습니까?"

남자 여자로 만나자는 것도 아니고 하자는 게 고작 '편한 사이'라니까 더 묻지 않을 수 없었다.

"쓸쓸해 보여요."

"……."

"그게 또, 참 슬퍼요."

이런 대답은 예상 못 했는데.

머리를 한 대 맞은 듯 멍해진 강준이 아무 말도 못 하는데 다음은 그 와중에 또 입을 열었다. 웃으면서. 보지 않고는 못 배길 웃음이라 강준은 시선을 뗄 수 없었다.

"그래도 어쨌든 저 기억하셨잖아요. 그게 또 얼마나 신기해요. 나도 건물주님을 기억하고, 건물주님도 나를 기억하고."

"……그게 특별합니까."

"특별하죠. 누군가한테 기억된다는 건, 그런 거니까."

시를 쓰면 잘 쓰겠다 싶었다. 당신은 늘 내 앞자리에 앉았었다. 그래서 기억을 하는 걸 수도 있는데. 그게 그렇게 특별할까.

강준은 그녀에게서 시선을 떼지 못했다.

"그러니까 알려 주시면 안 돼요?"

뭘. 당신은 또 뭐가 궁금한데. 이렇게나 잘 웃는 당신이, 이제는 잘 웃게 된 당신이 고작 나 같은 사람한테서 뭐가 궁금한데.

아무 말도 못 하는 강준을 대신해 다음이 배시시 웃었다.

"좋아하는 반찬."

강준은 허탈해 웃었다. 고작 하자는 게, 고작 궁금한 게. 뭔가 대단한 것을 바란 마음을 들킨 듯이 허무감이 밀려왔다. 그녀의 입에서 어떤 말이 나올지 혼자 긴장하고 떨렸다는 게 민망해서 숨고 싶었다.

뭘 기대했어. 그 흔한 고백이라도 기대한 거야?

무서워졌다. 두려워졌다. 어쩌면 그녀가 하고 싶은 그 무엇보다 자신이 하고 싶은 어떤 것이 더욱 클 수도 있다는 생각이 들었다. 기대했었나. 또 상상했었나. 예쁜 사람 만나라던 누군가의 말에 당신을 떠올렸던 것처럼.

눈앞의 다옴이 다시 웃었다. 그저 보게 되는 미소가 이제는 불편하지 않았다.

✤   ✤   ✤

"다행이다."

기억이 난다.

일어나자마자 제일 먼저 어제저녁 일을 떠올린 다옴이 다시 침대 위에 드러누웠다. 이불 속에서 기지개를 켜며 기분 좋게 하루를 시작한 그녀는 시간을 확인했다.

오전 7시. 씻고, 도시락을 준비한 뒤 산책하듯 공방에 출근해도 한 시간여가 남는다.

저절로, 자꾸만 웃음이 지어졌다. 분명 술을 마시자 작정할 때의 기분은 바닥이었는데 이제는 아니었다. 아, 이래서 울적할 때 다들 술을 마시자는 건가.

"보온병부터 찾자."

그녀가 벌떡 몸을 일으켰다. 해장국을 끓여 담아 갈 생각이었다. 콩나물도 있고, 말린 황태채도 있다. 김치가 맛있게 익었으니 김치콩나물국도 좋을 것이다. 콧노래를 흥얼거리며 부엌으로 간 다옴이 냉장고 문을 벌컥 열었다.

"맞다."

다옴이 해맑은 표정으로 손을 뻗어 핫바를 꺼내 들었다.

"머핀 답례입니다."

"네?"

"해장에는 발암 물질이 좋다면서요."

"아, 제가 그날 핫바도 먹었나 봐요. 두 개는 안 먹었죠?"

"……내일 봅시다."

핫바 포장지를 뜯어 전자레인지에 데운 다옴이 고개를 갸웃거렸다. 세상에. 그 추태를 부린 날 핫바까지 먹었을 줄은 몰랐다. 다시 암울함에 빠져 숨고만 싶어질 때 그는 얘기했다. 내일 보자고. 우리는 내일, 보게 될 거라고.

"내일 봅시다."

그가 사 준 핫바를 입에 물며 그녀가 그의 말을 따라 읊었다. 생각만 했을 뿐인데 웃음이 멈추지를 않는다.

"내일 봅시다."

거울을 보던 그녀가 다시 헤헤거리며 웃었다. 요 근래 맞이한 최고의 아침이었다.

✣　　✣　　✣

"아이고, 깨끗한데 뭘 계속 쓸어."

항상 똑같은 시간에 강아지 산책을 나오시는 할머니가 다옴에게 알은체를 했다. 빗자루질을 하던 다옴은 쑥스럽게 웃으며 심심하다 대답하자 할머니는 젊은 아가씨가 부지런도 하다며 칭찬과 함께 지나갔다.

다옴은 설레는 표정으로 그가 오는 한적한 길 쪽을 계속해서 힐긋거렸다.

"별로 가리는 건 없습니다."

그는 좋아하는 반찬을 말해 주지 않았다. 하지만 또 거절하겠다 말하지도 않았다. 시원한 김치콩나물국을 끓이고 주말에 만든 계란장과 볶음김치를 반찬으로 쌌다. 허전해 보여 진미채를 채운 뒤 소시지를 구웠다. 자신은 좋아하는 반찬들인데 그는 어떨지 모르겠다.

오늘은 도시락을 전해 주고 맛은 있었는지, 반찬은 마음에 들었는지 얘기를 들을 수 있을까.

다음이 건너편 골목을 힐긋거렸다. 익숙한 차가 공방 쪽으로 다가왔다. 건물 옆 주차장에 차를 세우고 내리는 강준을 뚫어져라 바라봤다. 주차할 때부터 다음을 발견한 강준은 바로 계단으로 가지 않고 그녀 쪽으로 다가와 고갯짓으로 인사를 대신했다.

"어제 잘 들어가셨어요?"

안부를 묻는 목소리가 밝았다. 어제도, 오늘도, 내일도 물을 수 있으면 좋겠는 인사였다.

"가까우니까요."

대답 참, 할 말 없게 만들긴 하지만.

그래도 무시는 안 당했다. 차가운 시선으로 저를 보지도 않는다. 다음은 그것만으로도 기분이 좋아질 예정이었다.

"속은 괜찮습니까?"

봐. 기분 째진다니까.

걱정하는 듯한 목소리와 표정은 아니어도 의미는 걱정이 확실했다. 다음은 이게 왜 이렇게 좋은지 알 수 없었다.

"네. 소주 한 병은 끄떡없어요."

"매운 거 많이 먹어서 괜찮냐고 물어본 건데."

"아아."

"닭발 2인분."

그가 무덤덤한 얼굴로 이제야 깨닫는 그녀를 향해 다시 입을 열었다.

"그걸 다 먹었……."

"네, 제가 다 먹었죠. 굳이 다시 안 알려 주셔도 아는 건데."

민망함에 그의 말을 중간에 자른 다음은 괜히 어제보다 나온 것 같은 배 위를 문질렀다. 웃고 있지는 않지만, 그의 표정이 부드러웠다. 그녀의 입술이 헤 벌어졌다.

와, 장난. 지금 이 남자가 나한테 장난을 친 거야?

과하게 밝아지는 얼굴에 강준이 미간을 좁혔다.

"왜 웃습니까?"

"음, 뭔가 한 건 했다 싶어서요."

그녀가 뿌듯하게 웃으며 공방 안쪽을 가리켰다.

"잠깐 계세요."

강준은 그녀가 뭘 챙기러 갔는지 예상했다. 그는 말없이 자리에 서서 그녀를 기다렸다. 그 모양새가 우습기 그지없었다.

맡겨 놓은 거 받는 것도 아닌데, 너무 받아만 먹나. 이따 커피라도 사다 줄까. 고작 커피 따위로 상대가 되나? 저 친절한 여자의 도시락이?

주머니에 손을 넣은 채 바닥을 바라보던 그가 설핏 웃음을 터트렸다. 며칠 전에는 선 긋고 넘지 말라 냉정하게 굴었으면서 지금은 그녀가 직접 만든 도시락을 기다리고 있다. 우스운 꼴이 아닐 수 없다.

그래도 괜찮지 않나. 고작 하자는 게 편한 사이에, 고작 알고 싶은 게 좋아하는 반찬이니까.

마음으로는 알고 머리로는 부정하고 싶은 생각이 심장을 쿵, 울릴 때였다.

"이강준."

그녀 생각에 빠져 차 소리를 듣지 못했다. 강준은 공방 앞에 느닷없이 나타난 해림을 발견했다. 차에서 내린 그녀가 그의 앞으로 단걸음에 다가왔다.

"여기서 뭐 해?"

해림이 웃으며 팔짱을 꼈다. 동시에 공방 문이 열리며 다옴이 모습을 드러냈다. 강준과 해림의 고개가 같이 움직였다.

"어, 손님이…… 오셨나 봐요."

당황하는 다옴의 시선에 강준은 한걸음 뒤로 물러섰다. 해림의 팔을 밀어내는 행동도 잊지 않았다. 동시에 해림의 미간이 미세하게 구겨졌다.

"친구입니다."

군더더기 없이 깔끔하면서 짧은 소개였다. 해림은 마지못한 얼굴로 다옴에게 인사했다.

"안녕하세요."

"네, 안녕하세요."

"누구야?"

인사를 나누는 도중에 해림의 물음이 강준에게 향했다. 다옴은 뭔가 꺼림칙한 기분을 느꼈다. 방금 무시당한 건가. 아니, 기분 탓인가?

"1층에 새로 들어오신 분."

"아아."

다옴은 기분 탓이 아니라는 걸 확신했다. 방금 이름도, 정체도 모르는 저 여자가 자신을 위아래로 힐긋거렸기 때문에. 기분이 나쁜 건 당연했다. 그냥 친구라더니, 아닌 건가.

"왜 왔어?"

"근처 미팅 왔다가 네 얼굴이나 볼까 했지. 밥 먹을 시간도 돼 가고."

해림이 강준에게 가까이 다가가며 웃음 지었다. 다음은 멀뚱히 서 있는 자신이 있을 자리가 아니라 생각했다. 손에 들고 있는 도시락도 뭔가 건네주기 민망한 상황이었다.

그런데.

"나 점심 약속 있어. 차만 마시고 가."

강준의 시선이 다시 다음을 향했다. 순간 눈이 마주친 그녀가 어색하게 웃자 강준은 당연하다는 듯 물었다.

"안 줍니까?"

"네?"

"줄 거 있잖아요."

'도시락'이라 지칭하기에는 쑥스러웠는지 강준은 목적어를 빼고 말했다. 순간 그녀는 착각했다. 너무 당연하게 물어 와서 도시락을 맡겨 놓은 줄 알았다. 나중에야 그의 말뜻을 알아차린 그녀가 손에 들고 있던 쇼핑백을 내밀었다. 해림의 눈이 가늘어지면서 둘 사이를 번갈아 향했다.

"커피 마시지 마요. 이따 사다 줄게요."

"아아, 네. 감사……합니다."

또 감사합니다. 도시락을 받은 건 오히려 자신인데. 강준은 언제나 그랬듯 고개를 살짝 숙여 인사한 다음 해림과 함께 2층으로 향했다. 낯선 여자와 함께 계단을 오르는 그의 뒷모습을 보며 다음은 입가를 매만졌다.

심장이 벌렁벌렁 뛰고, 햇볕이 뜨거울 시간도 아닌데 양 볼이 붉게 달아올랐다.

"뭔가 굉장한 말을 들은 것 같은데."

편한 사이, 거기까지 다섯 걸음은 훌쩍 뛴 기분이었다. 다음이 씰룩거리는 입술을 꾹 참고 웃었다. 그러다 공방 앞에 주차된 낯선 차를 보고 인상을 팍 썼다.

"아 씨, 남의 공방 앞에."

확 당장 빼 달라고 할까 고민했다. 친구라더니, 친한 친구일까. 꽤 비싼 보이는 차를 훑으며 그녀가 문을 열기 위해 손을 뻗었다.

"한다움!"

그때 제 이름을 부르는 여자의 목소리가 들렸다. 동시에 그녀의 가슴이 울렁거렸다.

✤　✦　✦

"뭐야, 왜 그런 걸 주고받아?"

작업실에 들어오자마자 해림이 날카로운 목소리로 물었다. 강준은 말없이 커피 머신기를 작동시켰다. 빠르게 추출되는 커피를 내려다보는 강준의 표정이 어제보다는, 그리고 그제보다는 편안했다.

"커피 맞지?"

"그거 뭐냐니까."

따지듯이 물어오는 목소리에 강준은 대답하지 않았다. 참지 못한 해림이 쇼핑백을 뒤적거리는 소리가 들렸다. 그는 말리지 않고 마저 커피를 내린 다음 머그잔을 들고 해림의 앞에 내려놨다.

"이게 뭐야?"

황당하다는 듯 높아진 목소리에 불쾌함이 가득했다. 제 커피를 손에 든 강준은 시선을 낮췄다.

"뭐가."

"도시락. 왜 저 여자가 너한테 도시락을 주냐고."

'저 여자'라는 호칭이 유난히 공격적이었다. 해림의 눈가가 날카롭게 빛났다. 강준은 책상 위에 올려놓은 도시락 통을 그녀의 시야에서 치웠다.

"이강준."

강준은 말없이 자리에 앉아 노트북을 펼쳐 전원을 켰다. 해림은 작업실에 들어와 그가 저를 단 한 번도 보지 않았다는 것을 깨달았다.

"너 지금 나 무시해?"

소파에 앉아 있던 해림이 벌떡 몸을 일으켰다. 강준의 시선은 그녀를 향하지 않았다. 오히려 반응 없는 얼굴에 해림은 더 발끈했다.

"야, 이강준."

바로 작업 중인 파일을 연 강준이 안경을 찾아 썼다. 그가 옆에 놓인 책을 뒤적거리며 해림을 향해 말했다.

"차 마시고 가. 너희 회사 일로 바빠."

"대답해. 자꾸 무시하니까 진짜 같잖아."

"뭐가."

또 뭐가. 해림은 옅게 칠한 입술을 깨물었다. 성의 없는 물음에 지칠 법한데도 그녀는 다시 물었다.

"아까 그 여자랑 너, 뭐 있어? 그런 게 없으면 이런 걸 왜 주고받아?"

강준이 노트북에서 해림에게로 시선을 들었다. 차가운 눈빛을 마주 보게 된 해림은 굴하지 않았다. 어차피 익숙한 일이다. 그의 앞에서 저런 눈길을 받아 내는 일은. 강준은 작은 한숨과 함께 입을 열었다.

"원래 손이 큰 편이래. 남아서 싸다 주는 거고."

"싸다 주면 네가 그걸 먹기는 해? 먹을 거야, 이걸?"

"……."

"너 저 여자 잘 알아?"

이렇게 묻는다면 대답할 말은 없었다. 아니라는 말밖에는. 강준은 새삼 그녀에 대해 얼마나 알고 있나 생각했다. 그리고 그녀 또한 자신에 대해 얼마나 알고 있는지도.

이름과 직업 정도를 간신히 안다. 구구절절한 사연도 서로 자세히 알지 못하는 사이. 오다가다 인사하는 이웃만큼이나 모르는 사이.

그럼에도 그녀는 제게 호의, 어쩌면 호감 이상의 감정을 갖고 있다. 그걸 알고도 섣불리 저런 호의를 받는 게 큰 잘못인 걸까.

고작 도시락이라 받았을 뿐인데.

아니, 커피 따위와 비교도 못할 도시락이라고 생각했던 자신이다. 어제 포장마차에서는 고백을 들을지도 모른다며 미친 기대도 했었다. 의도와는 다른 생각에 빠진 강준에게서 대답이 없자 해림은 쇼핑백을 들었다.

"남이 주는 거 함부로 먹지 마. 이게 뭔 줄 알고 먹어. 대신 버릴게. 점심은 나가서 먹자."

"뭐 하는 짓이야."

강준은 주방 쪽으로 향하는 해림을 잡아 돌려세웠다. 팔뚝이 붙잡힌 채 그를 보고 선 해림이 기가 차다는 듯 웃었다. 작업실에 들어와 저를 처음 보는 주제에 이런 눈이라니. 이강준이 제게 이럴 수는 없었다.

"봐. 아무 사이 아닌 거 아니네. 거짓말은 왜 해?"

"……."

"너, 민정이 다 잊었어? 이제 괜찮아? 역시 죽은 애만 불쌍한 거야. 내 말이 맞지?"

강준의 표정이 순식간에 가라앉으며 해림의 팔을 붙잡고 있던 손을 놓았다. 그녀는 순간 많은 게 잘못됐다는 생각을 했다. 실수였다. 함부로 민정의 이름을 입에 올린 건. 해림이 입술을 들썩거렸다.

"미안해. 민정이 얘기는 하는 게 아닌데. 진심 아니야."

"나가. 배웅해 줄게."

"강준아."

"가방 챙겨."

"화났어?"

조심스러운 물음에도 그는 대답 없이 작업실을 나섰다. 해림은 그를 따라나설 수밖에 없었다. 그 이름은 왜 말해서. 해림은 조용히 제 이마를 두드렸다.

"미쳤어, 진짜."

조금 전 비겁했던 자신을 탓하지만, 이미 때는 늦은 뒤였다.

＋　　　＋　　　＋

"그래도 좀 그렇지 않아? 그런 일 당한 거."

"다음이 잘못은 아닌데 좀 꺼림칙하긴 해. 이상하게 성격도 변한 것 같고."

"맞아. 조금 까칠해지지 않았어? 예전에는 잘 웃고만 다녔는데. 눈치 보는 우리 생각도 조금 해 줘야 할 거 아니야. 저렇게 우울할 거면 학교는 왜 나와. 휴학을 하지."

"그런데 너희 그거 알아? 다음이 약 먹는 거?"

"약? 무슨 약?"

"나 전에 태평동 사거리에서 다음이 만났는데 무슨 병원에서 나오더라고."

"병원? 설마 정신과, 뭐 그런데?"

"응. 상담받고 나오는 길이라고 하더라. 뭐 괜찮은 척 웃으면서 얘기하기는 하는데, 그런 얘기를 웃으면서 하니까 팔에 소름 쫙 돋은 거 있지."

웃어도 문제, 웃지 않아도 문제. 학교를 다녀도 문제, 아무렇지 않은 척 내 얘기를 해도 문제.

왜? 그러면 나 같은 사람은 그런 일 당했다고 집 안에만 처박혀서 내내 울어야 하는 거야? 내내 지옥을 맛봐야만 하는 거야? 다른 사람들처럼 평범하게 살아 보겠다고 발버둥 치면 안 되는 거야?

부모가 죽어서, 그 사실이 뉴스에 나와서, 하루하루가 지옥 같아서. 더는 견디지 못해 병원을 다니기 시작해서, 약을 먹어서. 잘 웃던 내가 웃지 않아서, 그런데 남들 앞에서는 잘 웃는 척 괜찮은 척 견뎌 내서.

수군거리는 말들의 주제는 늘 변하고, 새로워졌다. 잘 웃어서 마음이 놓인다고 할 때는 언제고 이제는 잘 웃어서 소름이 끼친단다.

너희는 정말 모르는 걸까. 학과에 나도는 소문들의 근원이 바로 너희라는 걸 내가 아는데. 어떻게 여기를 오지.

"어제 전화 그렇게 끊어서 서운했잖아."

"그러게. 호경이는 같이 못 왔어. 얼마 전에 새로 취직했거든."

"넌 변한 게 하나도 없네? 공방은 지금 문 연 거야? 점심시간인데 밥은 먹었어?"

"우리 점심 먹으면서 얘기나 하자. 여기까지 왔는데 문전박대할 건 아니지?"

왜 아니라고 생각해?

다옴은 차갑게 되물을 뻔한 걸 꾹 참고 문 앞을 가로막고 섰다. 더욱이 확실한 거절. 둘이 사이좋게 번갈아 입을 열던 은정과 지수의 표정이 싸해졌다.

"여기는 어쩐 일이야."

"어쩐 일은. 네가 어제 지수 전화 그냥 끊었잖아."

"그래, 이러면 우리 되게 서운해. 오랜만에 만났잖아. 얼마 만이지? 7년? 8년?"

이해했다. 꿈꿀 시간도 없이 공부에 치이고 취업 준비에 치이고 돈에 허덕이는 20대 초반. 남들을 깎아내리며 자기 위안을 얻어 내는 사람들이 있구나, 그렇게 단념했다. 과장된 얘기로 관심받고 싶어 했나, 남의 상처에 함께 아픈 척하며 자기들의 자존감을 높이고 싶어 했나. 멋대로 결론 내리고 잊었다.

돌아가신 부모님을 위해, 이모를 위해, 나는 하루라도 빨리 괜찮아졌어야 했으니까.

그녀가 속으로 허탈감을 감췄다. 아, 방금 전까지 기분 좋았는데. 정말 째질 정도로.

"7년."

햇수를 헤아리는 은정과 지수를 대신해 다옴이 대답했다.

"우리 부모님 돌아가시고 얼마 안 돼서 휴학했으니까."

싸늘하고, 굳이 과거를 되짚는 말에 당황한 건 오히려 다옴을 찾은 그들이었다. 서로 눈을 맞추고 웃는 행동이 이질적이었다.

"아아, 그렇지. 그렇네."

"그, 그러게. 건강해 보여서 다행이다."

다옴은 앞치마에 두 손을 넣었다. 이들을 데리고 공방 안으로 들어가긴 싫었다. 수업 시간을 제외하면 종일 저 혼자 있는 공간이다. 오늘 다녀가면 내일도 모레도 한동안은 이들이 서 있던 자리가 계속 괴로운 기억으로 남을 것이다.

"미안한데 가 줄래. 내가 오늘 좀 바쁜데."

"뭐?"

"가 달라고."

그녀는 최대한 어젯밤과 오늘, 좋았던 기분을 유지하고 싶었다. 그가 도시락을 어떻게 먹었는지, 싹싹 긁어 먹었는지 궁금해하며. 오후에 그가 사다 준 커피도 마셔야 한다.

"아니, 너 너무하는 거 아니야? 아무리 우리가 예전에 너랑 연락을 좀 안 했기로서니. 너도 우리한테 연락 안 했잖아."

"그래. 우리만 안 한 거 아니잖아. 우리는 다 네 생각해서, 네가 힘들까 봐 일부러 조용히 기다린 거야."

지레 찔린 사람들처럼 주절주절 늘어놓는 꼴이 우스웠다. 다음은 대답할 의무도, 의욕도 느끼지 못했다. 애초에 이들이 공방까지 찾아올 거라 생각 못 했기에 어떠한 말도 할 수 없었다.

"오히려 우리가 너한테 너무하다고 따져야 하는 거 아냐? SNS 보고 얼마나 반갑고 좋았는데."

다음이 미간 사이를 좁혔다. 역시나 반가웠다는 말은 왜인지 듣고 싶지 않았다. 이들을 비난할 생각이 없었는데 자꾸만 그런 마음이 들게 한다.

"나 다 알아. 학교에 내 얘기 퍼뜨린 거, 너희 짓이잖아."

은정과 지수의 안색이 동시에 새파래졌다. 서로 눈치를 살피듯 눈을 맞추는 것도 더는 보고 싶지 않았다. 불쾌했다.

"뭔가 오해가 있는 것 같은데, 네 일은 이미 뉴스에도 났잖아. 우리가 무슨 소문을 냈다 그래."

"뉴스에서 그랬어? 피해자인 내가 하루가 멀다 하고 정신과를 드나든다고. 트라우마 때문에 약물 중독 수준이라고."

"어우, 야! 주, 중독이라고는 안 했어!"

가만히 듣고 있던 지수가 소리쳤다. 무심한 다음의 시선이 지수를 향했다가 기가 차다는 듯이 웃었다.

"그래, 그렇다 치자. 내가 너네 피했고, 오해했고, 그런 걸로 치자."

다음은 노력했다. 빨리 눈앞의 상황에서 벗어나 좋은 것만 기억하고, 생각하기로. 한때 저를 병균 취급하며 피하던 이들을 비난하고 욕할 이유는 없었다. 저들은 선택과 마음이 가는 대로 살았을 뿐이다. 크게 의미 부여해서 힘들고 싶지 않다.

그녀에게는 분명 좋은 일이 있었다. 좋아하는 남자에게 도시락을 선물했고, 그는 커피를 약속했다. 이제는 다 잊고 그 시간을 기다리면 된다.

차갑게 뒤돌아선 순간이었다. 이대로 돌아갈 거라 생각했던 목소리가 튀어나왔다.

"우리 입장에서는 어려울 수 있지! 네 눈치 보느라 우리도 나름대로 힘들었어. 그건 왜 몰라?"

설마 내가 원망을 듣고 있나? 다음은 그저 꿈을 꾸는 거라 여기고 싶었다. 한때의 악몽에 지나지 않는, 그저 아무것도 아닌 순간들이라고 여기고 싶었다. 위로를 바란 적도 없는데 나는 왜 지금 내 탓하는 소리까지 들어야 하는 걸까.

"우리가 그렇게 잘못했니? 소문이 좀 와전된 건 미안한데 네가 그 일로 그렇게 피해 입었어? 어차피 너 휴학할 예정이었잖아. 네가 똑바로 학교 다닐 수 있는 상황은 아니지 않았어? 이제부터라도 잘 지내보자 찾아온 친구한테 너무하는 거 아니야?"

억울하다는 듯 토해 내는 지수의 목소리는 가관이었다. 동시에 은정은 그만하라며 지수를 말리기도 했다.

등을 돌리고 있어 다행이었다. 지금 내가 어떤 표정을 하고 있는지, 저들이 보지 않아도 되니까.

다옴은 공방 문손잡이에 손을 올려 꼭 잡았다. 힘이 실린 손 위로 뼈마디가 도드라졌다.

"……언제는 안 웃는다고 뭐라 하더니."

그래서 웃었더니.

다옴은 제 노력이 수포로 돌아가리라 짐작했다. 이대로 무너져 좋았던 기억이 다 지워지고 오늘 하루를, 또 몇 날 며칠을 힘들게 보내리라 예상했다.

다리에서 힘이 빠져나갔다. 이렇게 주저앉아 몸을 일으킬 수 없을 것 같았다.

아, 나 정말 잘 버티고 있었는데. 온몸이 늘어지는 기분에 휩싸인 순간, 강한 힘이 다옴의 팔을 붙들었다.

"잡아요."

양팔을 뒤에서 붙든 강준이 그녀를 고쳐 잡았다. 다옴은 멍하니 그에게 붙들린 제 손을 내려다봤다. 눈이 마주친 그는 설명도 덧붙이지 않고 그녀의 손을 잡아당겼다.

"같이 갑시다."

고작 그 한마디를 남기고.

✢　　　✢　　　✢

과제 때문에 도서관에서 종일 시간을 보낸 다옴은 버스에서 내리자마자 집에 전화를 걸었다. 평소 자신이 집에 도착할 때까지는 잠자리에도 들지 않는 부모님인데, 웬일인지 신호만 길게 이어질 뿐 전화 연결은 되지 않았다.

벌써 주무시나. 그럴 리가 없는데.

시간을 확인한 다옴이 걸음을 서둘렀다. 어제 아빠가 사다 준 아이스크림을 먹으며 마저 과제를 마칠 생각이었다. 12시쯤 과제를 업로드하고, 웹툰 좀 보다가, 가구 사이트 몇 개와 캠핑장 후기들을 찾아보면 금방 새벽일 테니 일분일초가 아까웠다.

주말에는 부모님, 이모와 함께 1박 2일 캠핑을 가기로 했다. 얼마 전 아빠가 만반의 준비를 했다며 창고를 꽉 채울 정도의 캠핑용품을 엄마에게 들켰다. 다행히 엄마는 이틀 만에 화를 풀었고, 경치가 기가 막힌 캠핑장을 안다며 이모가 여행을 주도했다.

"재밌겠다. 아빠 카메라 좀 미리 챙겨 놓을까."

다음은 콧노래를 흥얼거리며 빠르게 걸었다. 도중에 한쪽 이어폰이 빠져 다시 끼우려는데, 그때 알았다. 주변의 공기와 소음이 어제의 밤과는 사뭇 다르다는 것을.

고개를 든 다음은 눈앞의 광경을 보고 할 말을 잃었다. 경찰차의 사이렌 소리, 한데 섞인 구급차, 주변에 깔려 있는 경찰, 구경을 나온 듯한 이웃들. 다음은 그들의 시선과 움직임이 향한 단 한곳을 바라봤다.

툭, 하는 소리와 함께 가방이 바닥으로 떨어졌다.

"엄마."

아니야.

"아빠."

그럴 리가 없어.

"아, 안 돼."

역하면서도 스산한 공기, 심각한 표정의 낯선 사람들, 정체 모를 불안감. 다음은 곧장 집으로 달려갔다. 모두가 그녀를 막아섰다. 그녀를 학생이라 부르며 이 집에 사는 사람이냐 묻는 누군가에게 다음은 엄마, 아빠를 계속해서 부르짖었다.

누군가 그녀의 앞으로 다가왔다. 딸이냐는 질문에 그녀는 눈물범벅이 된 얼굴로 고개를 끄덕거렸다. 그 누군가의 말이 심상치 않았다. 살인, 증거, 범인. 뉴스에서나 보던 말들뿐이었다.

"……방금 뭐라고."

"죄송합니다. 부모님께서는 이미."

"……."

"죄송합니다."

그녀는 그 후를 기억하지 못했다. 다음이 쓰러진 뒤 윤주가 도착하고 경찰들이 조사를 시작했다. 다음은 중간중간 계속해서 넋을 놓았다. 몇 번이나 까무러치다가, 또 울었다.

아무것도 삼키지 못했다. 미친 듯이 체중이 빠지고, 하도 울기만 해서 목이 쉬어 며칠은 말도 하지 못했다. 그녀는 점점 직시하기 시작했다. 제가 잃어버린 것이 무엇인지.

세간의 관심이 모두 쏠린 사건이라 장례를 치를 때까지 정신을 차릴 수 없었다. 뉴스에 부모님 사건이 오르내리고, 이전의 비슷한 살인 사건들과 연관 짓기 시작했다.

칼에 찔린 무수한 공통된 자상의 흔적들. 전국 곳곳에서 벌어진 연고도, 이유도, 원한도 없는 연쇄 살인 사건.

누군가는 그렇기 때문에 범인을 금방 잡을 수도 없을 거라 했다. 하지만 다옴은 관심 없었다. 그렇다 해서 죽은 부모님이 살아 돌아오는 건 아니니까.

"세상에, 대체 무슨 일이래."

"어떻게 이런 일이 벌어질 수 있어. 얼마나 운이 없으면."

"아이고, 끔찍해라. 딸이 아직 학생이던데."

나와는 상관없으리라 생각했던 일. 사람들은 피해자를 떠올리며 적당히 안타까워하다가 이내 잊기 마련이었다. 그런데 이제 그게 아니었다. 현실이었다. 제 앞에 맞닥뜨리게 된.

무섭고 끔찍하고 처참했으며, 도망치고만 싶었다. 부모님의 죽음을 받아들일 수 없어 잠에 들 수 없었고, 윤주는 제발 정신 차리라며 울부짖었다. 납골당에 부모님을 함께 안치한 뒤 흘러간 시간을 그녀는 정확히 기억하지 못했다.

"다옴아."

이모의 떨리는 입술이 저를 불러도 다옴은 반응하지 않았다. 허공을 보는 듯한 건조한 시선에 윤주가 그녀의 앞에 무릎을 꿇고 눈을 맞춰왔다.

"범인 잡혔대."

"어?"

"잡혔대, 다움아."

"……누가."

"그놈. 그놈 잡혔대. 빈집에 숨어 살던 걸 주민 제보로 찾았대. 얼마 전에 있었던 사건들도 그놈 짓이래. 이제 괜찮아, 괜찮아 다움아."

처음에는 이게 무슨 의미인가 싶었다. 그놈을 잡으면 우리 부모님이 살아 돌아오나. 미련하고 의미 없는 짓이라 생각했다. 하지만 점점 생각이 바뀌어 갔다.

한 주간 연쇄 살인범이라 이름 붙은 범인은 뉴스 메인을 매일같이 장식했다.

부모님을 죽이고 도망가던 놈을 목격한 인물이 있었다. 대대적인 지명 수배가 내려지고, 온 나라가 십몇 년 만에 등장한 연쇄 살인범을 찾기 위해 떠들썩했다. 부모님을 포함, 이미 다섯 명이 살해당했다.

더 큰 피해를 막기 위한 몸부림에 다움은 그저 멍했다. 범인을 잡기 위해 공을 세운 이가 누구였으며 범행 이유, 악마 같은 놈의 과거 행적들이 온갖 뉴스로 쏟아져 나왔다.

어느 날에는 뉴스에서 놈의 범행이 과거 부모로부터 받은 정신적 학대와 비정상적인 가정환경에서 비롯된 것이라 했다. 다움은 듣고 웃지 않을 수 없었다. 놈에게 합리화를 씌워 주려는 프레임을 깨부수고 싶었다.

우리 엄마, 아빠를 그렇게 만들기 훨씬 전부터 시작된 놈의 범행. 왜 일찍 알아채지 못한 건데, 왜 일찍 잡지 못한 건데. 우리 엄마, 아빠가 왜 죽었어야 하는 건데.

세상을 원망하고 꾸짖고 그러다 포기하고 허망한 하루하루를 보냈다. 그녀는 피해자의 가족이라는 신분 때문에 제대로 범인을 만날 수도 없었다. 경찰청 조사를 받기 전 범인이 얼굴을 드러내고 포토 라인에 섰을 때 그녀는 얼굴을 보자마자 화장실로 달려갔다.

"우욱! 우욱!"

딱 죽기 직전까지 속을 게워 낸 그녀는 다시 오열했다. 고작 저런 쓰레기한테 목숨을 잃은 부모님이 가여워서, 안타까워서.

당장 범인에게 달려가 묻고 싶었다. 왜 우리 부모님을 죽였느냐고, 왜 하필 우리 부모님이었느냐고.

하지만 이 나라의 법은 피해자를 위하지 않았다. 내 부모님을 죽였어도 가해자를 만나 따져 묻지 못했고, 처음이자 마지막으로 범인을 맞닥뜨린 장소는 재판장이었다.

사형을 선고받고도 뻔뻔하게 고개를 쳐드는 모습에 그녀는 또다시 먹은 것들을 전부 게워 냈다.

하루는 제 부모님을 죽인 범인을 원망하고, 이튿날은 첫 범행 이후 범인을 잡지 못한 경찰을 원망하고. 또 하루는 혼자 살아남은 자신을 원망했다.

그런데도 그녀는 살아갔다. 산송장처럼 지내다가 하늘에서 저를 지켜보고 있을 부모님을 위해 일어서고 치료를 시작했다. 처음에는 잠을 제대로 잘 수 없어 찾았던 병원에서 상담을 받았다.

병원과 집, 집과 병원. 그녀는 괜찮아지기 위해 할 수 있는 모든 것들을 했다. 살아남았기 때문에 탓하지 말고, 살아남았기 때문에 다행이라 여겨달라는 윤주의 말이 그녀를 울렸다.

이모와 함께 부모 없는 아이들을 모아 놓은 교회 봉사 활동을 시작했으며, 짧은 여행도 몇 번 다녀왔다. 조금씩 괜찮아지는 그녀에게 주치의는 다른 사람들과 교류하기를 권유했다.

휴학을 하고, 학교 근처로 다녔던 병원을 옮겼다. 주치의는 치료받는 몇 사람들과 함께 상담 치료를 권유했다.

그곳에서 강준을 만났다. 텅 비어 버린 눈동자, 건조한 표정, 상심을 지나쳐 이 자리의 의미를 깨닫고 싶지 않은 부정의 마음.

몇 달 전 제 모습을 보는 듯한 그의 잔상이 강하게 남았다.

마음을 다쳐 이곳을 찾은 사람들 속에 다옴은 용기를 냈다. 누구보다 빨리, 누구보다 강하게.

그녀는 얼마 후 조금씩 웃기 시작했다. 괜찮아지기까지, 편해지기까지, 부모님을 제대로 그리워하기까지 7년이란 시간이 지났다.

✦　　✦　　✦

강준은 무작정 다옴을 자신의 차에 태웠다. 그녀에게 망발을 쏟아붓던 이들이 저를 멍하니 지켜보는데도, 해림이 뭐 하는 짓이냐 따져 묻는데도 멈추지 않았다. 차에 시동을 걸어 골목을 빠져나오는 데에 단 1분도 걸리지 않았다.

"벨트 매요."

"네? 아, 네."

다옴은 얼떨결에 대답을 내뱉은 다음 멍한 얼굴로 벨트를 맸다. 그녀는 사이드 미러를 통해 공방 앞에 여전히 서 있는 세 여자를 바라봤다. 모두가 자신들이 사라진 방향을 어이없다는 듯 보고 있을 게 뻔했다. 다옴은 운전하는 그를 힐긋거리다 벨트를 꼭 붙잡았다.

어디로 가느냐 물을 수도 없었다. 그의 표정이 너무 살벌해 보여서. 머핀을 들고 2층에 찾아갔을 때보다 더 무서운 얼굴이었다.

다옴은 눈앞에 큰길이 보이자 그를 돌아봤다.

"혹시 화나셨어요?"

"아니요."

즉각적인 대답. 보통은 이를 긍정이라 부른다.

"화, 나신 것 같은데."

"괜찮습니다."

"그럼 표정 좀 푸세요. 사고 나겠어요."

"······."

"봐요. 화난 거 맞네."

다옴이 설핏 웃으며 말했다. 때마침 신호에 걸려 차를 세운 강준이 그녀를 돌아봤다. 방금 전 그러한 말을 듣고 겪었으면서 멀쩡하게 웃는 머릿속이 궁금했다.

"웃음이 나옵니까. 그런 얘기를 들었는데."

"들으셨어요?"

"들린 겁니다."

"괜찮아요. 상관없어요."

아무렇지 않다는 듯 어깨를 으쓱이는 그녀는 남의 일처럼 제 일을 얘기하고 있었다. 강준은 바뀐 신호에 따라 천천히 액셀을 밟았다.

"네 일은 이미 뉴스에도 났었잖아. 우리가 무슨 소문을 냈다 그래."

대체 무슨 일이 있었길래.

강준은 처음으로 다옴에 대해 궁금해졌다. 그녀의 과거에 대해 아는 것은 상담 때의 기억뿐이었다. 내내 부모님 얘기를 했던 다옴이다. 부모님이 돌아가신 건 그때 알 수 있었다.

그 일이 뉴스에 나왔다는 건가. 대체 무슨 일로.

계단을 전부 내려와 해림을 차에 태우려는데 그들이 보였다. 다옴을 두고 대치하는 것만 같은 상황에서 낯선 여자들이 쏟아내는 끔찍한 말이란, 그도 알고 느끼는 상처였다.

마음이 아픈 사람들에게는 차라리 무시와 무관심이 한결 편했다. 지나친 관심과 배려는 오히려 독이었다. 그런데 그들은 독을 지나쳐 비상식적인 비난을 쏟아 냈다. 듣고만 있을 수 없었기에 해림의 팔을 뿌리쳐 금방이라도 쓰러질 듯 위태로운 다옴에게 다가갔다. 그녀를 차에 태우기까지 망설임은 없었다.

다만 지금 어디로 가야 하는지는 망설여졌다.

"표정 되게 무서우세요."

생각에 잠겨 있는 동안 그녀는 자신을 보고 있던 건지 조심스레 말했다. 말투만 조심스러울 뿐, 무서우니 표정 풀라는 얘기였다. 안 지 얼마 안 되었지만, 그녀는 지금껏 그래 왔다. 조심스러운 말투에도 하고 싶은 말은 꼭 내뱉고야 말았다.

사람 참, 어쩌지 못하게.

"괜찮습니다."

"아니, 제가 무서워서요."

봐, 지금도 그러고 있잖아.

강준이 낮게 웃었다. 재미있어서 혹은 기뻐서 짓는 웃음이 아닌, 어이가 없어 내뱉는 웃음이라는 걸 알았지만 다옴은 한결 편안해졌다. 어제와 오늘 그의 웃음을 두 번이나 봤기 때문일까.

"어제 말한 친구들이에요. 대학 때 붙어 다녔는데 뒤에서 저 약물 중독자라고 씹고 다녔던."

"……친했습니까?"

"친했죠. 지금은 아니고."

그녀는 아무것도 아니라는 양 대답했다. 사람에게 배신당한다는 건, 꽤 오래 기억에 남는다. 상황이 아닌 사람에게 받은 상처는 그만큼 오래간다. 강준은 우울증 약을 처음 복용할 때 회사에서 받았던 시선들을 떠올렸다.

똑같았을 것이다. 넓은 광장에 홀로 던져져 수많은 시선들에 난도질을 당해야 했다. 하지만 그녀는 다르다. 지금처럼 밝게 웃을 수 있기까지, 꽤 고된 시간을 견뎠을 것이다.

"저 오늘 수업 없는데."

그녀가 대뜸 말했다. 목적지가 없어 직진만 하고 있던 강준이 그녀를 돌아봤다. 다옴이 말간 웃음을 지었다.

"커피 사 주세요."

그녀답게, 참 거절하기 어렵게.

심지어 커피를 사 준다고 한 건 본인이다. 강준은 양쪽을 번갈아 봤다.

"커피 마실 만한 데가……."

"여기 말고, 한강 공원 어때요?"

그녀의 제안에 그가 잠시 멈칫했다. 다옴이 설명을 덧붙였다.

"강바람 쐬고 좋잖아요. 날씨도 좋고."

강준은 바로 그러자는 대답은 못했다. 참 대담하고, 당돌하고, 솔직한 여자다. 마음은 그러라고 말하는데 머리는 반대의 답을 떠올리고 있었다.

"……도시락, 그냥 밖에 놓고 왔습니다."

"점심 전에 돌아가면 되죠. 저도 공방 문 열고 왔어요."

"걱정 안 됩니까?"

"훔쳐 갈 게 뭐 있다고요. 의리의 대한민국인데."

다옴이 두 주먹을 불끈 쥐며 말했다. 앞과 뒤가 과연 연결되는 말인지를 떠올리던 강준은 옆 차선으로 옮겨 탔다. 그녀가 아닌 강바람과 커피에 끌려가는 것이라고 애써 마음을 다잡았다.

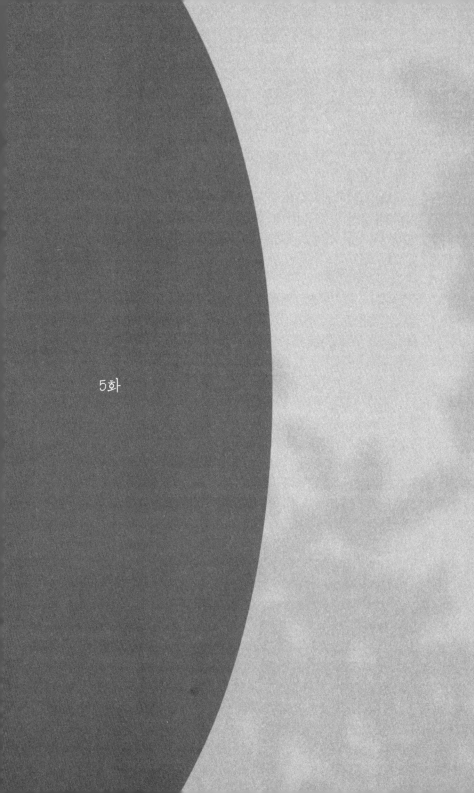

5화

고백

"뭐야. 나한테 뭘 한다고?"

―부탁.

내가 부탁의 뜻을 잘못 알고 있나? 분명 부탁이라는 건 남에게 피치 못할 요청 사항을 공손하게 말하는 건데, 왜인지 강압성이 느껴졌다.

"네가 나한테? 작가님이 저한테요?"

―1층 공방 좀 가 봐.

"……부탁이 어째 거시기하다? 공방은 왜?"

―비었으니까 가서 문단속을 하든, 지키고 있든 하라고.

부탁하는 꼬라지 하고는.

명우는 저마다 일에 열중하고 있는 팀원들을 돌아보다가 조용히 휴게실로 걸음을 옮겼다. 아무도 없음을 확인한 명우가 냉장고에서 생수한 통을 꺼냈다.

"거긴 왜. 무슨 일인데?"

―알 거 없고 그렇게 해.

"아니, 너는 어디서 뭐 하는데. 다옴 씨는? 같이 있어?"

—부탁한다.

고작 두 음절로 시작한 통화는 네 음절로 끝났다. 명우는 생수 뚜껑을 열며 기가 차다는 듯 웃었다.

"이 자식은 누가 자기처럼 일하는 프리랜서인 줄 아나."

물론 작가 작업실에 다녀온다는 팀장을 말릴 사람은 없겠지만 명우는 말로나마 잠시 튕겨 봤다.

시간을 확인한 명우가 오늘 스케줄을 떠올렸다. 회의도 했고 곧 있으면 점심시간이다. 타이밍이 적절했다.

휴게실을 빠져나오던 길이었다. 마침 맞닥뜨린 해림이 그의 팔을 잡아당겼다.

"나랑 얘기 좀 해."

"뭐야. 나 바로 어디 가야 해."

"강준이한테 여자 있어?"

명우는 대체 이게 무슨 소리인가 싶었다. 뭐, 방금 전 통화를 끝낸 강준에게서 그럴 기미가 보이긴 했다. 턱 아래를 긁적이던 명우가 모른 척 물었다.

"무슨 소리야. 강준이한테 다녀왔어?"

"걔 이상해."

"뭐가."

"안 하던 짓을 하잖아."

"그러니까 뭘."

강준에게 집착하는 해림의 모습을 보고 참는 게 어제오늘 일도 아니고. 명우는 대충 대답하며 뒷목을 주물렀다.

"1층에 무슨 공방이 들어온 것 같던데."

"다옴 씨 만났어?"

"……너도 알아, 그 여자?"

명우는 직감으로 알았다. 무슨 말이든 조심해야 한다는 걸. 어떤 방면으로든 해림은 강준의 일에 예민하게 굴고는 하니까.

"공방 가구가 괜찮더라고. 선반 하나 샀어, 강준이 기다리다가."

"무슨 사이야?"

"뭘."

"강준이랑 그 여자."

해림이 의심스러운 눈짓과 함께 물었다. 명우는 무슨 사이라고 둘을 묶어야 하나 고민했다. 설명을 듣지 않아도 알 수 있었다.

해림은 강준에게 다녀오는 길이었고, 거기서 다음과 함께 있는 강준을 봤겠지. 중간에 무슨 일이 있었는지는 알 수 없지만 지금 강준과 다음은 함께일 것이라고 제멋대로 추측했다.

"글쎄, 나야 잘 모르지."

"네가 모르는 게 말이 돼? 걸핏하면 작업실 드나들면서?"

"왜. 강준이가 그 여자 손 잡고 네 앞에서 사라졌어?"

명우가 웃음기를 담아 물었다. 백 퍼센트 장난이었는데 해림의 표정이 싸하게 굳어졌다.

그는 입안에서 혀를 굴렸다. 어느 정도 제 농담이 상황과 맞아떨어진 듯싶었다.

대체 무슨 일인 거야.

"그 여자, 별로 평범한 여자 같지는 않던데."

평범하지 않다. 강준이 자빠졌으면 해서 매일 공방 앞을 쓸고 닦는다는 여자가 어디 흔한가. 심지어 주사는 귀엽고, 삼겹살을 잘 굽는다. 명우는 생각을 감추고 이어지는 해림의 말을 들었다.

"친구들이 찾아와서 그러더라고. 그 여자 약물 중독이었다는데?"

"……뭐?"

"띄엄띄엄한 얘기라 자세히는 모르는데 예전에 안 좋은 일이 있었나 봐. 정신과 치료도 받았다는 것 같고."

"다옴 씨가 직접 그랬어?"

해림이 찝찝한 얼굴로 고개를 가로저었다. 결국 남이 한 얘기라는 거다.

"그런데?"

"무슨 뜻이야?"

"뭐가 문제냐고."

"심상치 않잖아. 사실 아니어도 그런 얘기 돌았던 여자랑 대체 뭘 하게?"

"뭘 하든 강준이 마음이지."

명우가 싸늘하게 대답했다. 해림은 늘 그래 왔다. 강준의 작은 일에도 반응했고, 소유하려 들었다.

그 이유를 모르지 않았다. 한때는 안타까워했고 저러다 말겠지 싶었다.

해림의 올곧은 마음에 강준이 답한다면, 최선의 답안지는 아니겠지만 그건 또 그것대로 나쁘지 않겠다 싶었다.

그의 입장은 딱 그뿐이었다.

"강준이가 그 여자 좋대?"

차가운 물음에 그녀가 천천히 고개를 저었다.

"그럼. 둘이 뭘 했어?"

"그런 게 아니라."

"뭐가 문제인데, 그럼."

설사 둘이 뭘 했다 하더라도, 강준이 다른 여자를 마음에 품었다고 해도 문제 될 게 없다. 오히려 깃발 들고 환영할 일이었다. 물론 명우의 입장에서는.

"그럼 안 되잖아. 민정이가 어떻게 죽었는데."

해림이 시선을 피하며 말했다. 명우는 어금니를 질끈 깨물었다.

그녀는 지금 거짓말을 하고 있었다. 불안해 죽을 것 같으면서, 다른 여자에게 흔들리는 건 아닐까 노심초사하면서, 죽은 이를 방패 삼아 핑계 댄다.

제 마음에 솔직하지 못한 것도 비겁했고, 지나간 상처 위에 난도질을 하는 것 또한 비겁했다.

"뭘 어떻게 죽어. 강준이가 죽었어? 강준이 대신 민정이가 그렇게 됐어?"

"그런 말이 아니잖아."

"그럼 대체 무슨 상관인데."

명우가 차갑게 일갈하자 해림이 눈을 치켜떴다.

"상관이 왜 없어. 강준이랑 민정이 결혼하려고 했어."

"그런데 못 했지. 한 사람이 죽었으니까."

"야, 신명우."

"그것도 7년 전에."

화가 실린 음성의 결론은 지난 과거를 되짚었다. 해림은 심호흡을 쉬듯 큰 숨을 들이켰다.

"어제 민정이 기일이었어."

"그게 뭐."

"그럼 적어도 오늘은 그러면 안 되는 거 아니야?"

"왜 안 되는데."

"……너는 민정이 생각은 안 해?"

"해. 그런데 나한텐 살아 있는 이강준이 더 중요해. 민정이 죽었으면, 그 새끼는 평생 수절하면서 살아야 돼? 대체 왜. 7년이나 그러고 살았으면 과하게 넘치지. 아니야?"

말문이 막힌 해림이 대답을 삼켰다. 명우는 한숨과도 같은 무거운 숨을 터트린 다음 해림을 노려봤다. 단 한 번도 친구를 이런 식으로 본 적이 없었다. 난생처음으로 그는 해림이 원망스러워졌다.

"너 설마, 이 얘기 강준이 앞에서도 했어?"

명우는 제발 아니기를 빌었다. 자신의 친구가 그런 실수만은 하지 않기를 바랐다. 명우는 대답 없는 해림을 보며 한숨을 터트렸다.

지난날, 자꾸만 혼자 지옥 속으로 기어 들어가는 친구를 위해 쏟았던 노력이 수포로 돌아가는 순간이었다.

"너 뭐냐, 진짜."

"실수였어."

"진심 아니고?"

작은 변명은 금방 벽에 부딪혔다. 명우는 흥분에 찬 얼굴로 싸늘히 물었다.

"강준이가 민정이 죽으라고 고사 지냈어? 그 새끼가 죄책감 가질 이유가 뭐야, 대체."

목소리가 휴게실을 넘어설까 명우는 큰 소리도 내지 못하고 차갑게 비난했다. 해림의 얼굴이 하얗게 질렸다.

"7년이야. 누굴 만난다고 하면 오히려 응원해 줘야 하는 거 아니야? 친구라면?"

"민정이도 내 친구야."

"헛소리하지 마. 네가 불안해서는 아니고?"

핑계 댈 이름이 없어 감히 다른 이름을 올리는 것에 명우는 화가 났다. 아무 말 못 하는 해림에게 명우는 한 번 더 쏘아붙였다.

"네가 강준이한테 민정이 소개해 준 거 알아. 너한테 특별하고 애틋하겠지. 그런데 강준이도 우리 친구야. 그 새끼 산송장처럼 산 거, 너 몰라? 아직도 약 없으면 잠 못 자는 거. 너 진짜 몰라?"

"……미안해. 고의는 아니었어."

"나 말고 나중에 이강준 앞에서 사과 똑바로 해. 다시는 이딴 실수하지 말고."

냉정히 해림을 외면한 명우가 돌아섰다. 괴로움에, 또는 자책감에 이마를 짚는 해림이 한숨을 내뱉었지만 모른 척했다.

"잠깐 이강준 작가 작업실 다녀오겠습니다."

팀원들에게 짧게 통보한 명우는 곧장 회사를 빠져나왔다. 내비게이션에 주소를 찍고 조금은 한산한 도로를 시원하게 달리며 그는 강준에게 전화를 걸까 말까 망설이다가 참았다.

자세히 알 수는 없었지만 해림이 해 준 말을 종합해 보면.

다옴에게 무슨 일이 있었다. 그걸 이강준과 함께 목격했다. 공방 문닫을 정신도 없이 거길 벗어났다.

그리고 둘은 지금 함께 있다.

"그래서…… 한다옴한테 위로를 하고 있다는 거야, 받고 있다는 거야."

신호에 걸려 차를 세운 명우가 짧은 한숨을 터트렸다.

✦　　　✦　　　✦

"커피 사 올게요. 잠깐 기다려요."

강변에 도착하자마자 그는 카페를 찾아 두리번거리더니 금방 차에서 내렸다.

같이 가고 싶은데, 같이 가게 해 주지. 홀로 덩그러니 차에 남겨진 그녀가 콧노래를 흥얼거렸다.

참 말도 안 되게 기분이 바닥으로 떨어졌다가 다시 하늘 위까지 솟구쳤다.

"착각하고 싶게."

왜 잘해 주는 거야. 거기서 그렇게 멋있게 도와줄 건 또 뭐냐고.

"아니야. 확 해 버려, 착각?"

돈이 드는 것도 아니고, 그가 아는 것도 아니고.

다옴은 오해하지 않으려고 애썼다. 착각하지 말자고 노력했다. 하지만 무용지물이었다. 내 다짐 따위 곧장 깨부수는 남자인데, 내 오해고 내 착각이고 뭐가 중요할까.

그제야 자신이 앞치마를 걸친 차림 그대로라는 것을 깨달았다. 행여나 시트에 뭐가 묻지는 않았을까 급하게 돌아봤다.

"아 씨, 비싸 보이는데."

그녀의 걱정대로 어제 사포질할 때 앞치마의 흔적이 그대로 옮겨 묻었다. 다옴이 두리번거리며 물티슈를 찾았다.

대시보드 서랍 안 물티슈를 보고 반가움에 웃었다가 표정을 굳혔다. 조심스레 손을 뻗은 다옴은 약통을 확인했다.

저 역시 얼마 전까지 붙들고 있었던 것. 그는 여전히 놓지 못하고 있는 것.

다옴은 정신을 차리고 다시 약통을 제자리에 넣었다. 물티슈를 꺼내 시트를 깨끗이 닦고 그를 기다리니 강준은 금방 모습을 드러냈다.

차에서 내려 그에게 다가갔다. 왜 나왔느냐 눈으로 물어 오는 듯한 그를 보며 강 쪽으로 시선을 옮겼다.

"강바람 쐬러 왔잖아요."

그녀는 제 몫의 커피를 받아 들고 천천히 강 앞으로 향했다. 평일 오전의 한강 변은 한적하니 강바람을 즐기기에는 제격이었다.

다옴은 비어 있는 벤치에 자리를 잡고 앉았다. 어느새 그도 그녀와 세 뼘은 떨어져 앉았다. 벌어진 틈을 보고 살며시 웃은 그녀가 커피를 한 모금 마셨다.

다옴은 7년 전의 기억을 떠올렸다. 그가 했던 얘기와 절망하는 목소리, 그리고 서글픈 표정을 상기했다.

그가 치료를 잘 마무리했는지는 모른다. 그는 상담을 끝까지 나오지 않았으니까.

당연하다. 그는 부모님의 살려 달라는 부탁 때문에 치료를 시작했다. 그리고 홀로 또 울었다. 혼자 곪았을 상처를, 그는 밖으로 꺼낼 수 없는 사람이었다.

어쩌면 굉장한 일을 결심했는지도 모른다. 여전히 앓고 있는 그를, 자신이 꺼낼 수 있다고.

그녀의 시선이 천천히 옆을 향했다. 저처럼 한가로운 강변을 눈에 담고 있는 그가 보였다.

한결 편안해진 그의 얼굴을 보니 방금 전의 걱정은 무색할 정도로, 오길 잘했다는 생각이 들었다.

그녀는 멋대로 착각하고, 멋대로 고마워할 작정이었다. 어차피 그를 좋아하는 것도 멋대로 시작한 일이었으니.

"아까 저는 왜 도와주신 거예요?"

알면서도 묻는 마음이란, 확인받고 싶은 마음이다. 그녀는 뻔뻔하게 굴었다. 사랑에 빠진 여느 뻔한 여자처럼.

강준이 고개를 돌려 그녀를 마주 봤다. 아이처럼 말갛게 웃기만 하던 얼굴은 어느새 차분한 미소로 자신의 대답을 기다리고 있었다.

알고 싶은 게 고작 좋아하는 반찬이었던 여자는 하루 새에.

"동정이면 어떡할 겁니까."

편한 사이가 되고 싶다며 조심스레 다가오던 여자는 하루 만에.

"동정이면, 마음이 좀 그럽니까."

지치지도 않고, 또 성큼 다가온다.

누구 마음이 타는 것 따위 안중에도 없는 여자처럼.

다옴이 그의 눈을 마주 봤다. 그 차분한 미소 하나 잃지 않고.

"제가 멀리했으면 하시는 거죠."

참 똑똑하고.

"동정은 익숙해요. 도움이 낯설 뿐이지."

참 당당하고.

"낯선 도움을 받으면 여자는 설레요. 그건 모르셨나 봐요."

참 솔직해서 그는 할 말을 잃었다.

제 행동에 설레었다는 여자에게, 대체 무슨 말을 할 수 있을까. 이 상황에서 함부로 입을 열 남자는 없다. 섣부르면 상처고, 외면하면 더한 상처다.

그녀의 마음을 멀리할 작정을 하면서도, 또 한편으로는 그녀의 마음을 걱정했다. 누군가 성큼 다가온 것처럼, 성큼 다가간 것도 모르고.

그리고 그 마음 한 자락을 알지 못하는 그녀는 더욱 큰 보폭으로 가까이 다가온다.

"천천히 할게요. 서두르지 않을게요. 그러니까 시간 되실 때, 여유 있을 때 살짝 문만 좀 열어 주세요."

"……."

"제가 알아서 잘 비집고 들어가 보겠습니다."

그녀가 그의 말투를 따라 했다. 그의 입가에 작은 웃음이 걸렸다. 웃음 하나도 참 가볍게 만드는 재주가 있다.

"편한 사이가 원래 그런 겁니까."

뻔한 대답을 듣게 될 텐데도 그는 물었다. 마치 그 대답을 꼭 듣고 싶은 사람처럼. 그리고 그녀는 뻔한 여자였다. 그의 의도를 알면서도 쉽게 답해 준다.

"좋은 사람도 되면 좋잖아요."

"……."

"혼자 있을 때 생각나는 사람. 아무 때나 전화 걸고 받을 수 있는 사람. 외로우면 밥 먹자 불러낼 수 있는 사람. 만나면 반갑고 헤어질 때 아쉬운 사람."

마치 꿈에나 있을 것 같은 사람이다.

적어도 강준에게, 과거의 우리에게.

"그런 사람 있다는 게 얼마나 다행인 건데요."

다옴은 충분히 제게 좋은 사람이 될 것이다. 하지만 자신은 과연 그녀에게 좋은 사람이 될 수 있을까.

강준이 스스로에게 자문했다. 그리고 마치 그 자문을 비웃듯 다옴이 한마디를 덧붙였다.

"기적을 만들자는 것도 아니고 말도 안 되는 꿈을 꾸자는 것도 아닌데. 어려울까요?"

겁먹지 말라고, 두려워하지 말라고. 우리는 그렇게 어려운 것을 시도하는 게 아니라고 그의 고민을 우습게 만든다.

"왜 아무 말씀 안 하세요?"

그걸 몰라서 묻는 거냐고 그는 순간 되물을 뻔했다.

잘해 준 기억도 없고, 와장창 술이나 마시게 하고, 주사의 원인이 된 상대에게 하는 말치고는 너무 산뜻하지 않은가. 강준이 그녀의 눈을 바라보며 대답했다.

"생각 중입니다."

"어떤?"

"내가 지금 무슨 말을 들었는지."

"고백받으셨죠. 저한테."

바람도 한가로운지 그들의 틈 사이를 비집고 들어갔다. 솔솔, 봄바람이 살며시 그들을 반기듯.

마치 그녀의 목소리와도 같았다.

"나 좋아합니까."

"네."

"……동정을 착각하는 건 아닙니까?"

"저는 건물주님을 동정하지 않는데요."

마치 당연하다는 듯이 말하는 목소리에 힘이 실렸다.

"그러니까 착각하는 것도 아닙니다."

장난스러운 대답에 참 신뢰가 가득했다. 건물주라 지칭당해 버린 것에, 혹은 자칫 심각하게 들릴 수 있는 질문에 돌아오는 유쾌한 대답에 그의 입가가 자연스레 풀어졌다.

웃었다고 생각하지 않는데 저도 모르게 미소를 지은 모양인지 다옴의 얼굴이 환해졌다.

"사기당했다 싶죠?"

눈이 마주쳤다. 다옴은 좋은 징조라 여겼다. 아까 전부터 자꾸자꾸 시선들이 부딪치고 있다.

"편한 사이 하자고 할 때는 언제고 막 들이대서 놀란 얼굴이라."

"……원래 이렇게 거침없습니까?"

"저도 처음 이래 봐요."

너무 능숙해 보였나. 그래서 별로일까? 그의 눈을 보니 걱정은 곧장 사라졌다. 의심하는 눈이 아닌 안심하는 눈을 한 그에게 마음을 드러내는 건 역시나 잘한 일이다 싶었다.

"해 보니까 알겠어요. 기분이 좀."

"……."

"말랑말랑하네요."

강바람이 살랑거렸다. 그녀의 마음에 불고, 또 그의 마음에 불어닥친 바람이 솔솔 다가왔다. 유난히 날씨가 좋은 날, 우연히 찾은 강변. 좋은 날을 좋은 날이라 직감하게 된 순간.

그들은 처음으로, 또 진심으로 함께였다.

✦   ✦   ✦

꿈을 꿨다. 정확한 내용은 기억이 나지 않았다. 늘 깨어나면 악몽에 괴로워했는데, 적어도 그런 느낌은 아니었다. 굉장히 몽글하고 따뜻했다.

최근에 이런 꿈을 꿔 본 적이 있던가? 없었다. 그게 두려워 잠에 드는 것도 어려웠는데. 오늘은 일어나는 것조차 편안했다. 중간에 깨어난 게 아쉬울 정도로.

눈을 뜬 강준은 잠시 멍하니 있다가 침대에서 일어났다. 환한 달빛이 만든 방 안의 그림자를 바라보던 강준은 곧 깨달았다.

"고백받으셨죠. 저한테."

악몽이 아니었던 이유가 있었다. 꿈속마저 따뜻했던 이유. 내 현실을 산뜻하게 만들더니, 이젠 꿈속에 나와 애달프던 꿈을 꽃밭으로 만들었다.

한다옴, 바로 그녀가.

"대체 뭐 하는 여자야."

낮게 중얼거린 그는 다옴을 떠올렸다. 이 새벽에도, 눈을 감으면 정확하게 그려질 만큼, 그녀의 존재는 뚜렷했다.

1층의 나무 냄새와 강변에서 마시던 커피. 바람과 함께 말랑거리며 다가오던 고백.

그날을 기점으로 그는 그녀를 마주 보는 게 조금 더 편해졌다. 편한 사이가 되자던 다옴은 매번 도시락을 잊지 않았다.

지난번에는 공방에서 명우가 샀다던 비슷한 협탁을 사 작업실에 놨다. 매번 얻어먹는 도시락 때문이기도 했지만, 말을 걸고 싶었다.

목소리를 듣고 싶었고, 웃는 낯을 보고 싶었다. 작업실 창가에 있을 때면, 가끔 그녀의 목소리가 들려왔다.

손님을 배웅하거나 수강생들과 인사하는 목소리. 글이 잘 안 풀리면 창가로 다가가 건너오는 목소리를 훔쳐 들었다. 그럼 기분이 한결 나아졌다. 이유도 모르게.

그는 굳이 떨치려 노력하지 않았다. 기억나면 나는 대로, 생각나면 나는 대로.

가끔 무서울 뿐이었다. 이대로 잊어 가는 방법 또한 모른 척할까 봐.

✤   ✤   ✤

연재 사이트 오픈 준비로 편집 팀 전체가 바빴다. 사이트 타이틀과 슬로건 때문에 3일 밤낮을 고민하고 회의를 해도 이거다 싶은 게 없었다.

명우는 책상 뒤로 고개를 쭉 뺐다가 다시 제자리로 돌아왔다.

"야, 인맥 적폐."

하도 모니터를 보고 있어 뻐근한 눈가를 주무르는데 뒤에서 목소리가 들렸다. 자신을 부른다고는 생각하지 못했다. 그런데 아니었다. 팀원들의 눈이 전부 자신을 향해 있었다.

"……저 부르시는 겁니까?"

"여기 인맥 적폐가 너 말고 또 있어?"

참신한 욕 개발하는 동호회라도 가입한 걸까.

대놓고 한숨을 쉬며 편집장 집무실로 들어가는 그녀를 보며 따라 들어갔다. 예상대로 제게 용건이 있었다.

"이강준 작가 작업실 좀 다녀와."

안 그래도 제발 그만 나타나라는 말을 들을 텐데. 명우는 그녀가 앉은 소파 맞은편에 자리 잡았다.

대표실에 다녀오더니 또 윗분 둘이서 무슨 작당을 하신 걸까. 그 출판사 대표는 왜 멀쩡한 잡지사를 인수해서 이 난리일까. 여러 상념들을 뒤로하고 명우가 물었다.

"무슨 볼일이라도."

"볼일은 무슨. 가서 대략적인 원고 분량이나 주제 같은 거 엿듣고 와. 생각해 놓은 게 있겠지. 그래야 사이트 오픈할 때 이벤트 기획안도 추릴 수 있을 거고. 들고 갈 때 뭐 좋은 것 좀 사 가."

"에이, 안 그래도 됩니다. 거추장스러워 해요, 그런 거."

태블릿으로 메일을 확인하던 윤주가 미간을 좁혔다.

다음 달 잡지 표지 시안을 열었는데 마음에 들지 않는 게 첫 번째, 능글맞게 넘어가는 명우의 태도가 두 번째.

명우는 못마땅하게 저를 보는 윤주의 시선에 어깨를 으쓱거렸다. 저렇게 보는 게 하루 이틀이 아니니 이제는 적응을 지나쳐 일상이 돼 버렸다.

"왜 그렇게 보십니까?"

"네가 그러니까 인맥 적폐 소리를 듣지."

그 대단한 인맥으로 이강준 작가를 데려온 건데 또 뭐가 마음에 안 드실까.

"……편집장님이 처음 하신 겁니다."

"그러니까. 나한테."

윤주가 명우에게 태블릿을 건넸다. 화면에 뜬 표지 시안을 확인한 명우의 눈썹이 미세하게 찌푸려졌다. 미리 귀를 막고 싶었다. 좋은 소리 못 들을 건 너무나 분명했기에.

"나한테 보여 준 A컷은 아니네? 일 대충 했다 싶지?"

"시정하겠습니다."

"베스트 주간 템 코너 바꿔. 스킨케어 화장품은 반년 전이 환절기라고 했잖아. 계속 1인 가구 아이템에 주목하는 게 좋겠어. 대표님 의견이 그래. 광고 받은 것 중에 할 만한 것 있나 확인해."

"예."

마감이 늦어지는 소리가 그를 괴롭혔다. 다시 태블릿을 돌려주자 윤주의 휴대폰이 울렸다. 그녀가 다시 지시 사항을 읊었다.

"대표님이 이강준 작가랑 식사 자리 만들자는데. 슬슬 구슬려 봐."

한숨을 내쉬는 모양새가 기분 좋은 전화는 아닌 듯해 나갈까 했지만 용건이 끝난 것 같지는 않아 자리를 지켰다. 그녀도 나가라는 말을 따로 덧붙이지 않았다.

"여보세요. 응, 나 일하는 중."

목소리는 작았지만 맞은편에 앉아 뜻하지 않게 통화 내용이 들렸다. 건너편에서 들리는 여자 목소리에서 '맞선, 소개팅, 남자, 레스토랑'이라는 단어가 등장했다.

"알아. 미리 시간 빼놨어. 그렇다니까. 아무거나 안 입었어. 걱정 마."

명우의 시선이 대놓고 윤주를 흘겼다. 그러고 보니 평소보다 신경 쓴 티가 팍팍 났다.

화장도 조금 진한 것 같고. 시선을 거둔 명우가 목을 긁적거렸다.

전화를 끊은 윤주는 다시 태블릿으로 계속 메일을 넘겨 봤다. 명우는 그 모습을 바라보며 평소와 다른 윤주의 모습을 유심히 관찰했다.

화려했던 구두는 조금 내추럴해졌고, 주로 정장 슈트를 즐겨 입던 여자는 더블 자켓 스타일의 블랙 원피스를 입었다.

명우의 시선이 원피스 끝자락을 지나 다리로 향했다. 흰 다리를 꼬고 앉은 윤주가 '괜찮네' 하고 중얼거리며 태블릿을 내려놓자 그의 시선은 위를 향했다.

"안 나가?"

명우는 망설였다. 물어볼까, 말까. 마음은 그러라 하는데 머리는 뜯어말리고 있었다. 끝내 그의 입술은 열렸다.

"……선도 보십니까?"

"친구 성화. 왜."

전화를 건 이가 친구인 모양이다. 부모님도 아니고 친구 주선. 명우는 괜한 안도감이 들었다. 그래도 어른 주선보다는 강제성이 덜할 것이니.

아니, 그것보다 왜 다행이라 여긴 건데? 명우가 곧장 고개를 저었다.

"아닙니다."

"왜. 나한테 선 자리 들어오니까 신기하니?"

"……그거 자격지심입니다, 편집장님."

"알아. 너한테 좀 부려 봤어. 이 작가 작업실 다녀와서 보고해."

소파에서 일어선 윤주가 책상으로 향하자 명우는 쫓겨나듯 집무실을 나섰다. 휴대폰과 간단한 짐을 챙겨 회사를 빠져나온 명우는 홀린 듯 차에 올랐다.

이상하게 마음은 바빠지고 머릿속은 어지러웠다.

"다리가, 뭐, 예쁘네."

말로 내뱉은 다음에서야 알았다. 지금 자신이 한 말을. 미친. 지금 내가 무슨 생각을.

그가 세차게 고개를 흔들다 시동을 걸었다. 강준에게 가자, 친구한테 가서 구박이라도 받자. 그쪽이 훨씬 영양가가 있을 거라고 생각했다.

✤   ✦   ✤

—명우 말로는 병원 안 다닌다며. 그래도 괜찮은 거야?

약은 떨어져 가고 상담은 의미가 없었다. 얼마 안 남은 약통을 확인한 강준이 한숨을 삼켰다.

시킨 대로 못 한다던 거짓말은 잘한 모양이지만, 어머니 미향은 의심을 한가득 담아 물어 왔다. 아들이 내놓을 뻔한 대답이 있는데도 불구하고.

"그럼요. 걱정 마세요."

—안 되겠다. 엄마가 올라갈까? 청소도 해 주고 너 반찬도 조금 해 다 주고. 명우도 엄마 김치 다 먹었다고 하더라, 벌써.

시킨 말만 할 것이지, 쓸데없는 소리는.

강준이 미간을 쓰다듬었다. 바쁘다는 핑계로 본가에 안 내려간 지 반년이 넘었다.

저 때문에 하루가 다르게 늙어 가는 부모님을 뵙는 일이 죄스러웠다. 이것저것 핑계를 대며 찾지 않는 불효자를 부모님은 참 안타까워했다.

"저 잘 먹고 다녀요. 괜찮아요."

—잘 먹고 다니기는. 그 쓴 커피 빈속에 들이붓는 짓만 안 하면 다행이지.

"진짜라니까요."

지난 전적이 있어 믿지 않는 어머니를 탓할 수는 없었다. 하지만 그의 말은 사실이었다. 요즘 들어 그는 매일 건강한 도시락으로 한 끼를 해결하고는 했으니까.

만나는 사람이 있는지 묻지는 못하는데 궁금은 한 미향에게 그런 말을 해 줄 수는 없었다. 헛된 기대라도 하면 큰일이다.

—……민정이한테는 갔다 왔어? 잘 있디?

한참을 망설이다 꺼냈을 얘기에 어려운 진심이 보였다. 강준은 표정 하나 변하지 않고 대답했다.

"네."

─사돈댁 전화 왔었다. 사돈어른 큰 수술 받았다며? 시골 내려가 사 신다더라. 민정이한테 갔다가 만났다며.

어머니는 바랄 것이다. 하나뿐인 아들이 전부 잊고 자유로워지기를.

─괜찮니?

바라는 점을 삼킨 대신 내뱉은 말은 또다시 아들의 안부였다. 억지 로라도 괜찮다고 말할 것을 알면서도, 확인받아야 오늘 하루를 포함해 며칠은 그래도 안심하실 테니 그는 말했다. 괜찮다고.

아픔에 무감각해진 지 꽤 시간이 지났다. 상처를 들추는 것이 이제 는 두렵지 않고 처연했다. 마지막 상담을 받을 때 의사는 제게 물었다. 소리 내어 울었던 적이 언제가 마지막이었느냐고.

그는 대답하지 못했다. 장례를 치르고 3년쯤은 시도 때도 없이 울었 던 것 같은데, 그 후는 기억이 나지를 않았다.

의사는 그럴 줄 알았다는 듯이 웃었다. 동시에 어떤 것 때문에 불안 하냐고 되물었다. 그녀의 죽음인지, 그 죽음을 잊지 말아야 한다는 부 채감인지.

그는 대답 없이 있었다. 잊으면 안 된다는 생각으로 내내 살아왔던 건 맞으니까.

전화를 끊은 강준은 잠시 마음을 삭이고 다시 노트북 모니터에 집중 했다.

가끔 생각한다. 웃음이 헤퍼질 때, 마음이 푸근해질 때, 떠올려지는 사람이 있는가.

있다면 고로 행복한 인생이다.

있다면 고로 다정한 삶이다.

없다 해도 너무 낙심하지 말아라. 우리는 때로 외로워 살아가다 보면, 나와 함께 더불어 살게 될 누군가를 만나게 되는 법. 아무 생각 없이 웃고, 떠들어라. 두려움을 버리고 내가 결국 좋은 사람이 되었을 때, 좋은 사람은 스스로 찾아오는 법.

문장을 마무리한 강준이 제가 쓴 글을 반복해서 눈으로 읽어 내려갔다. 그가 가장 그답지 못할 때는 부모님 앞에서라고 생각했다.

그런데 글을 쓸 때도 마찬가지였다. 주제에 걸맞은 글을 써야 하기 때문에 그는 노트북 앞에서 걸핏하면 연기를 했다.

글로 사랑을 응원하고, 글로 인연을 만들었다.

그가 모니터를 바라보며 백스페이스키 위에 손을 올렸다가 다시 거두었다. 깨달아 버렸다. 방금 전, 부지런히 글을 쓸 때 떠올렸던 누군가를.

강준의 입매가 단단히 굳어졌다. 당황스러웠다. 상상만으로도 자유롭게 그려지는 여자의 웃는 낯이, 너무나도 당연해졌다.

여자를 생각하는 시간이 많아지고, 여자와 있는 시간이 길어졌다. 편안했다. 편한 사이 하자던 누구의 말처럼 그렇게 돼 가고 있었다. 그러던 와중에 마음까지 준 걸까?

깨달았다. 잊지 않기로 한 누군가를 자연스럽게 잊어 가고, 담지 말자고 한 여자를 마음에 담고 있었다. 생각나는 대로 두었던 여자는 이제 깊숙이 자리 잡고 있었다. 나도 모르게.

노크 소리가 들렸다. 이제 이 시간쯤 되면 문이 열려 있음을 안 누군가가 노크 후 잠시 숨을 몰아쉬고 문을 열었다. 빼꼼 고개를 든 여자가 눈에 익은 쇼핑백을 내밀었다.

당신은 언제부터.

"도시락 배달 왔습니다."

내 글에 있었을까.

✦   ✦   ✦

도시락은 맛있었지만 부담스러울 때가 있었다. 강준은 조심스럽게 관리비를 대신하겠다고 말했다.

행여나 지난 독서대 사건 같은 사태가 벌어질까 오랜 생각 끝에 말했는데 다옴은 땡잡았다며 좋아했다.

관리비로 도시락 재료를 부담하겠다는 여자를 보며 강준은 또 웃지 않을 수 없었다. 벌써 며칠째, 여러 번 그녀를 보며 웃고 있었다.

이제는 인정해야 할지도 모른다. 눈에 들어오는 저 여자의 뚜렷한 존재를.

"어? 다옴 씨 왔네요?"

그래도 저 자식을 눈에 담는 건 원하지 않았다.

"주세요. 제가 들게요."

담당 작가의 미간이 찌푸려지는 것도 모르고 명우는 매너 있게 쇼핑백을 대신 들었다. 문을 활짝 열고 안으로 들어오더니, 다옴에게도 들어오라고 하는 행동이 마치 제 작업실 같았다.

"어라? 도시락이네?"

"어, 뭐."

쇼핑백 내용물을 확인한 명우의 눈이 동그래졌다가 잠시 음흉해지더니 다옴과 절친을 번갈아 보기 시작했다. 다옴은 어색하게 웃었고, 강준은 대놓고 인상을 구겼다.

"다옴 씨 것도 있어요?"

"어……, 공방에요."

"그럼 점심 같이 먹죠? 난 이거 사 왔는데."

일식집 쇼핑백을 보여 주며 명우가 씨익 웃었다. 도시락을 전해 주기만 했지, 같이 먹어 볼 생각은 못 했던 다옴이 대답을 망설였다.

"공방 문을 열어 놔서……."

"닫고 오면 되죠. 제가 할게요. 해 봐서 알아요."

명우가 눈을 찡긋거리자 다옴이 뭔가를 떠올린 듯 손바닥으로 박수를 쳤다.

"그때는 감사했어요. 나중에 들었어요."

"음, 나중에 들었구나. 우리 강준이가 마음이 급했구나."

"네? 무슨."

"잠깐 기다려요. 냉장고에 넣어 놨죠?"

딱 두 번 가 본 공방을 무슨 제집 드나들 듯 명우는 곧장 1층으로 내려갔다. 어색한 기운 속에 작업실에 남겨진 다옴은 슬그머니 그를 쳐다봤다.

"들어와요."

강준이 소파 쪽을 가리켰다. 요 며칠 도시락을 전해 주러 문 앞까지 올라와 안쪽을 본 적은 있어도 들어온 적은 처음인 다옴은 느릿느릿 움직였다.

전체적인 원목 톤의 가구와 배치가 모던하면서도 나무와 친한 그녀의 취향에 딱 들어맞았다.

베이지색의 패브릭 소파와 원목 테이블, 책상과 책장. 과하지 않은 원목 인테리어 속에는 그녀가 선물한 독서대도 있었다.

손으로 입가를 가린 다옴이 꾹 웃음을 참고 다시 표정을 갈무리했다. 파일을 저장하고 노트북을 닫은 그가 맞은편에 앉자 마침 명우가 도착했다. 그녀가 준비한 도시락과 초밥이 한 테이블에 차려졌다.

"이야, 집밥."

명우가 그녀를 향해 엄지를 번쩍 들었다. 오늘 아침 반찬을 신경 쓴 게 신의 한 수였을까. 다옴은 쑥스럽게 웃으며 도시락 통을 강준과 명우 쪽으로 내밀었다.

"많이 드세요."

"대박. 역시 삼겹살 굽는 포스가 장난이 아니더라니. 반찬들이 너무 정성스러운데? 이걸 혼자 한 거예요?"

그 흔한 맛있다는 말도 해 본 적 없던 강준은 칭찬에 또 칭찬을 퍼붓는 명우를 못마땅하다는 듯 흘기며 제 몫의 도시락을 천천히 비우기 시작했다.

다옴은 주로 초밥을 먹었고, 명우와 강준은 도시락을 먼저 비웠다. 한 입 먹을 때마다 명우는 벅찬 칭찬을 쏟아 냈다.

"입 좀 다물어."

"왜?"

"밥 좀 먹게."

명우는 입 다물면 밥은 어떻게 먹지. 투덜거리는 것도 잊지 않았다. 주로 명우가 대화를 주도했다. 그럴 때마다 따가운 시선을 받았지만 그는 또 잘 견뎌 냈다. 다옴은 초밥을 비우면서 알았다. 둘은 정말 친한 사이라는 것을.

"우리 사이트 슬로건이랑 타이틀 뭐로 할까? 너랑 그거 상의하러 왔는데."

"네 편집장이랑 해. 그걸 왜 나랑 해."

오고 가는 대화 속에 다옴은 조용히 연어 초밥을 입에 넣었다.

이모가 말 안 했나. 내가 이모 조카인 거.

그동안 봐 온 명우라면, 아마 편집장의 조카였냐며 이모의 과거를 줄줄이 물어볼 것이다.

"네 이름 걸고 오픈 이벤트 하나 기막힌 거 기획할 건데."

"그거 계약서에 있었어?"

"응? 아니? 대표님 머리에 있었지."

"그럼 안 해."

"……작가님. 이건 보편적으로 협조하는 사항들이지. 팍팍하게 구시긴."

명우가 하나 남은 월남쌈으로 젓가락을 움직이며 툴툴거렸다. 동시에 강준의 젓가락도 같은 방향으로 움직였다.

멈칫. 둘이 행동을 멈추고 서로를 응시했다. 아니, 노려본다는 표현이 더 정확하겠지.

맞은편에 앉아 둘의 모습을 바라보던 다옴은 슬그머니 강준이 제 몫으로 밀어 준 월남쌈을 그들에게 내밀었다.

"이거 드세요."

"에이, 그래도 다옴 씨 건데."

"저는 아침에 싸면서 많이 먹었어요."

그렇다면 사양하지 않겠다며 명우가 다옴의 몫을 덜어 가자 강준이 혀를 찼다.

"철 좀 들어라."

"너나 잘해."

"그걸 뺏어 먹고 싶냐?"

"다옴 씨. 그거 40년 장인 초밥이에요. 혼자 다 먹어요."

1인분을 혼자 다 비웠는데, 또 제 몫이 된 1인분을 보며 다옴은 난처함을 감췄다. 다행히 구원의 손길이 있었다.

광어 초밥만 골라 먹는 그를 보며 다옴은 흐뭇하게 웃었다. 흰살생선 초밥을 별로 안 좋아하는 그녀인데, 어찌어찌 티가 난 모양이었다.

"커피는 네가 사."

"양심에 털은. 초밥은 내가, 도시락은 다옴 씨가. 넌 뭐 했는데?"

"그러니까 네가 사."

"야. 앞뒤가 안 맞잖아, 앞뒤가."

장국을 손에 든 다옴이 아옹다옹하는 둘을 몰래몰래 훔쳐봤다. 애써 누르려 해도 입가에 미소가 번졌다.

✤　　✤　　✤

수업 준비 때문에 공방을 오래 비울 수 없다며 다옴은 커피를 마시지 않고 도시락 통만 수거해 공방으로 내려갔다.

설거지하고 주겠다는데도 막무가내였다. 그는 책상에서 미리 프린트한 원고 몇 장을 명우의 앞으로 건넸다.

"역시. 쓰는 거 하나는 엄청 빠르다니까."

"가서 검토해. 타이틀은 너희끼리 상의하고."

"당연히 그래야지. 해림이 왔었다며?"

꽤나 조심스레 물었는데, 강준에게서는 반응이 없었다. 명우는 원고가 구겨지지 않게 챙겼다.

"다옴 씨 얘기하던데."

미동도 않는 강준에게서 과연 반응이 올까 싶어 명우가 입을 열었다. 그의 예상대로였다. 강준이 정확히 그를 응시했다.

"그 얘기만 하지는 않았겠지."

"뭔데. 다옴 씨랑 무슨 사이라도 돼?"

"그거 궁금해서 왔어?"

"내 덕분에 발전을 했으면 보고가 필요하지 않겠냐?"

어두워지는 친구의 얼굴에서 누군가를 함께 떠올린 명우는 그 걱정마저 쉽게 날려 먹었다. 언젠가부터 이랬다. 한없이 우울해지는 친구를 위해 한없이 밝아졌던 것처럼.

"그래서 다음 씨랑은 뭐 했는데?"

"뭐 안 했어."

돌아오는 즉답에 명우는 코웃음 쳤다.

"뭐 안 했는데 정해림이 뿔이 났다고?"

강준은 대답 없이 창밖으로 시선을 옮겼다. 모르지 않다. 해림이 제게 가진 마음.

민정이 죽고, 다니던 회사에서 해고를 당했다. 병원 치료를 시작했으며, 치료에 더는 의미를 두지 않게 됐을 때 그만뒀던 일을 시작했다.

첫 시작은 여행 수필이었다. 노트북과 가방 하나를 들고 3개월 동안 전국을 떠돌았다.

모두가 그를 응원했다. 여행이라도 다녀오면 나아지겠지, 일을 시작하면 괜찮아지겠지. 모두의 기대 속에서 여행을 갈무리하고 돌아왔을 때, 해림이 가장 먼저 그를 찾았다.

해림을 본 순간 얼어붙었다. 죽은 민정이 살아 돌아온 줄 알았다. 그런 착각을 할 정도로 해림은 많이 변해 있었다.

길었던 머리는 짧은 중단발로 변했으며, 색감이 진하고 화려한 옷을 좋아하던 그녀는 파스텔 톤 카디건에 흰 셔츠 원피스를 입고 나타났다. 연해진 화장은 누가 봐도 민정을 따라한 듯싶었다.

강준은 화를 참고 모른 척했다. 유품을 주워 입었다고 착각하게 할 만큼이나 끔찍한 짓을 저지른 해림의 마음을 도저히 알은척하고 싶지 않았다.

여전히 해림은 머리가 짧았고 아주 가끔 민정을 연상케 하는 옷차림으로 그의 앞에 나타나고는 했다.

그냥 두었다. 저러다 말겠지, 저러다 포기하겠지. 그녀의 마음이 커 갈수록 그의 모른 척도 늘어만 갔다. 그 안에 집념 또한 커지리라는 것을 생각 못 하고.

강준은 모른다. 지금 아래층 여자와 무엇을 했는지.

의미를 둘 수 없었다. 섣불리 그랬다가는 정말 돌이킬 수 없을 것 같아서.

"그냥."

그가 입을 뗐다.

"만나면 인사하고, 그 여자가 내 도시락 챙기면 나는 커피 챙겨 주고. 오고 가다 부딪치면 또 인사하고."

"보통은 그런 걸 '만나는 사이'라고 하거든?"

"내가 보통이 못 되나 보지."

쉽게 정의 내릴 수 없음에도 그는 또 괜찮은 척 그래 보였다.

"너 설마 정말 아무 사이도 아니라고 생각하는 건 아니지?"

"알아. 내가 나쁜 놈인 거."

또 그렇게는 말 안 했는데. 명우가 대답을 삼켰다. 첫째로는 친구의 표정이 복잡해 보였기 때문에, 둘째로는 친구도 제 마음을 아는 듯해서.

"거절도 못 하고, 그 여자 웃는 건 좋아서 나도 따라 웃고."

"……."

"그런데 옆에 서기에는 자신이 없고."

집중하지 않으면 들리지 않을 목소리에 명우는 대답을 하지 못했다. 대체 어느 틈에 이렇게까지. 명우는 작업실로 오는 내내 함부로 생각했다. 그렇게 깊은 마음은 아닐 거라고 함부로 잣대 내렸다.

마음을 여는 것 하나 어려운 녀석에게 조금이나마 가까운 사람인 것을 뒤늦게 깨달았다.

멀쩡한 두 남녀가 처음 만나 사랑에 빠지는 건 쉽다. 너무나 당연한 일이다. 우리도 사랑으로 태어났다.

세상에 이렇게 흔해 빠지고 평범한 게 사랑인데 강준에게는 유독 어려웠다.

"맞아. 내가 나빠."

"……다음 씨는 기다리는 걸 수도 있지."

자신을 단정 짓는 말에 명우가 그녀를 대변했다. 그리고 물었다. 뭐가 그렇게 나쁘냐고. 강준은 한참을 생각했다.

마음을 보여 준 여자에게 진심을 보일 수 없으니 나쁘고, 다가오는 여자를 밀어내지 않고 그대로 두는 것도 나빴다. 저를 향해 웃는 여자에게 같이 웃어 주는 것은 더더욱 나쁘다.

"……바보 같은 여자지."

그가 힘없이 중얼거렸다.

뜨거워진 커피가 금방 식어 미지근해졌다. 강준은 유독 바랐다. 쓰지만 달콤한 이 커피처럼 제 마음 또한 금방 식어 버리기를.

자신도, 자격도 없는 제 마음이 곧 죽어 버리기를.

그는 바랐지만 알 수 있었다. 쉽게 죽지 않을 마음이라는 걸, 이미 시작하고 말았다는 걸.

❖　　　❖　　　❖

퇴근길에는 장을 보고, 자기 전에는 레시피를 확인하고, 매일 아침 일어나면 밥부터 짓는 일상은 이제 당연해졌다. 다음은 냉장고 깊숙이 보관한 도시락을 떠올리며 그에게 도시락을 전해 줄 점심을 기다렸다.

스스로 동굴에 들어가 해묵은 상처를 묵묵히 견뎌 내는 남자를 좋아한다. 좋아하게 됐다. 마음을 드러냈고, 쭉 표현하는 중이다.

그녀는 기다리는 중이었다. 천천히 한다고 한 것도, 서두르지 않겠다고 한 것도 전부 자신이다.

잘 알지도 못하는 여자. 좋다 해도 바로 받아들일 수 없는 게 당연하다고 생각했다. 과거에 어떤 일이 있었는지는 모르나 아직도 그때의 상처 때문에 앞으로 나아가지 못하는 것도 안다.

확신이 있지는 않았다. 언젠가 그가 마음을 열어 줄 거라 기대도 안 했다. 그런 걸 생각하기보다 그저 지금 내 자신의 마음을 표현하고 싶었다.

고백하고 싶었다. 말하고 싶었다. 지금 이 순간, 당신을 보기 위해 하루를 시작하는 사람 또한 있다고.

"사장님, 저 완성했어요."

오전에 초급반 수업이 있는 날, 다옴은 수강생의 목소리에 고개를 돌렸다. 직선 구조인 테이블 의자를 완성하는 게 오늘의 수업 목표였다. 다옴은 칭찬을 바라는 얼굴로 저를 보는 상훈을 바라보다 그가 만든 의자를 확인했다.

상부와 하부 연결이 잘됐고 마감 처리도 깔끔했다. 아랫면 부분 마감을 마끈을 이용해 패턴 매듭을 지을 생각이었다.

상훈은 이렇게 하는 게 맞냐며 끈을 돌돌 묶기 시작했다. 다옴은 패턴이 전혀 보이지 않자 마끈을 대신 들어 미리 디자인해 놓은 패턴대로 묶기 시작했다.

"와. 손 되게 빠르시다."

"저야 늘 하는 거니까요."

"다음 수업은 뭐예요?"

"협탁을 만들까 해요. 아무래도 아직 초급반이니까 직선 구조로 나무를 익히는 게 중요해서요."

"중급반 수업도 여실 거죠?"

어느덧 매듭을 마무리한 다옴이 상훈을 돌아봤다.

"들으시게요?"

"그럼요. 초급반 열심히 들었는데."

"저야 감사하죠. 제가 더 열심히 해야겠네요."

상훈은 수강생 중에서도 가장 먼저 수업을 신청했다. 늘 수업 시간보다 일찍 오고 남들보다 늦게 공방을 나서는 사람이었다.

나무에 특별히 취미가 있어 보이지는 않았는데 생각보다 그는 열심히 수업에 임했다. 결과물만 봐도 그런 생각이 들 정도였다.

"그럼 이쪽 오일 마감 더 해 주시면 될 것 같아요."

"네."

다옴은 공방 안을 돌아다니며 다른 수강생들을 살폈다. 수업이 끝나자 각자 자리를 청소했다. 완성된 의자를 다들 마음에 들어 하며 밝은 얼굴로 나서는 수강생들을 뒤로하니 벌써 점심시간에 다다르고 있었다.

그는 오늘 내 도시락을 마음에 들어 할까, 오늘 같이 먹자는 말은 내가 먼저 보낼까. 그 생각에 설렐 시간이다.

✢　　✢　　✢

"여기가 맞는 것 같은데."

어젯밤 비가 많이 와 바닥에 떨어진 나뭇잎들이 많았다. 다옴은 빗자루를 들고 나뭇잎을 정리해 공방 앞을 깨끗이 쓸었다.

그때 중년의 여자가 다가오는 것을 보았다. 메모지를 들고 공방 건물을 바라보며 망설이는 여자와 눈이 마주친 건 금방이었다.

"아, 혹시 이 주소가 여기 맞을까요?"

여자에게서 좋은 향이 났다. 향수의 인위적인 향이라기보다 소박하고 조용한 시골 농촌의 향기. 다옴은 순간 기분이 좋아져 말갛게 웃으며 다가갔다. 메모지의 주소는 1층이 아닌 2층이었다.

"네, 맞네요."

"아이고. 다행이네요. 아들 일하는 데는 내가 처음이라서."

아들? 여자의 정체를 이제야 알아차리는데 다시 목소리가 들렸다.

"그런데 여기 주인이세요? 카페라고 들었는데."

여기 온 적은 처음일까. 다옴은 갑자기 맞닥뜨린 상황에 긴장해서는 옷매무새를 가볍게 정리한 다음 고개를 숙여 인사했다.

"아, 안녕하세요. 제가 얼마 전에 이사 왔습니다."

앞치마라도 벗고 있었으면 얼마나 좋았을까. 다옴은 악수를 건네기도 민망한 손을 뒤로 감췄다. 미향은 그런 다옴의 모습을 바라보다가 공방 쪽으로 시선을 주었다.

"가구 만드시나 봐요."

"네."

"어머나, 신기해라. 젊은 아가씨가 그럼 사장님?"

다옴이 쑥스럽다는 듯이 웃었다.

"뭐, 이름만요."

"우리 아들이랑은 안면이 있겠네요, 그럼?"

뭔가 기대를 품은 목소리에 다옴은 이 순간의 대답이 굉장히 중요하다는 것을 깨달았다. 그녀는 담백하게 위층을 가리켰다.

"아까 올라가시는 건 봤습니다."

"네. 고마워요. 또 봐요."

한참 어린 사람한테도 미향은 예의를 지켜 인사한 다음 계단을 올랐다. 사랑 많이 받고, 받은 만큼 애정을 줄 수 있는 어머니의 모습.

다옴은 그녀의 뒷모습에서 그런 걸 느꼈다. 다옴은 마저 빗자루질을 하며 젖은 나뭇잎을 차곡차곡 모았다.

인자한 미소, 깨끗한 인상, 부드럽게 웃는 눈. 다옴은 몇 번 보지 못했던 그의 웃음을 떠올리며 중얼거렸다.

"엄마 닮았네."

아무래도 오늘 도시락은 혼자 먹는 게 좋겠다.

✤ ✤ ✤

"왜 오셨어요, 괜찮다니까."

기어코 먼 기찻길을 올라와 아들 집 냉장고를 채우고, 청소에 빨래까지 마친 미향은 한결 뿌듯한 얼굴이었다.

—아들. 방금 청소 끝냈다. 깨끗하기는 한데, 냉장고가 너무 썰렁해. 엄마가 반찬 꼭꼭 채웠어.

—……서울이세요?

—작업실 주소 좀 말해 줘. 걸어가면 금방이지.

기차역에서 전화를 한 것도 아니고, 아들 집에서 볼일을 전부 마친 다음 미향은 제 소식을 알렸다.

첫 방문한 작업실에 들어선 미향은 책상과 책장, 소파와 테이블, 작은 주방까지 있을 것만 있는 작지도 넓지도 않은 공간을 한눈에 담았다. 딱 아들의 성격다웠다.

"너무 춥지 않니?"

"봄이잖아요. 어머니가 얇게 입고 오신 거예요, 서울이 얼마나 추운데."

강준은 차가운 듯 다정하게 말해 놓고서는 작업실 보일러를 올렸다. 미향은 몇 달 만에 보는 얼굴에 문득 미소를 지으며 소파에 앉았다.

"엄마가 걱정했던 것보다는 얼굴이 좋네. 마음 놓여."

"……괜찮다니까요."

"네가 하는 괜찮다는 말을 엄마가 믿겠니? 명우가 그리 말해서 그런

196

가 보다 했지만."

강준은 서랍에 넣어 놓은 두터운 담요를 챙겼다. 펼쳐서 무릎에 올려 주는 다정함까지는 또 갖지 못한 아들이었다. 그래도 금세 물을 끓여 따뜻한 차 한 잔을 내어 주는 세심함은 가지지 않았는가. 미향이 엷게 웃으며 담요를 무릎에 펼쳤다.

"국화차예요. 드세요."

"맨날 커피만 마시는 줄 알았는데 이런 것도 마셔?"

추운 날에 마시니 한결 맛도 좋고 더 진한 향이 느껴졌다. 국화차가 아닌 커피를 내린 강준이 맞은편에 앉았다. 미향은 새삼 이 작업실에 국화차를 아들이 직접 사다 놨을까 생각했다.

"혹시 명우가 사다 준 거니?"

"아, 뭐."

강준이 대답을 얼버무렸다.

"매일 커피만 드시잖아요. 이거 국화차 티백인데, 목 건조할 때 타 드세요. 맛있어요."

다옴이 며칠 전 도시락과 함께 주고 간 것이라 차마 대답은 못 하고 강준은 말없이 커피 한 모금을 마셨다. 미향은 시원치 않게 대답하고 시선까지 피하는 아들을 의외라는 듯이 바라봤다.

"아버지는요?"

강준이 말을 돌렸다.

"아버지야 바쁘시지. 감자도 심어야 하고, 하우스도 정리해야 하고, 퇴비도 치워야 하고."

"……그냥 편하게 지내시지."

"심심해서 하는 거야. 우리가 심심해서."

수십 년을 농사꾼으로 사셨으니 몸에 배었을 것이다. 새벽같이 일어나 해 지기 무섭게 잠에 드는 일상.

강준은 전보다 더 마르고, 더 해쓱해진 미향을 볼 때마다 새삼 느끼고는 했다. 자신이 얼마나 불효자인지를.

얼마 전 매입한 건물 한 채를 부모님께 드렸다. 다행히 글재주가 좋아 다달이 통장에 찍히는 돈은 차고 넘쳤다. 겨우 그런 걸로 효도를 하려고 하니 안 통하는 걸까.

농사는 그만두시고 이제 편하게 달마다 월세 받으시며 사시라 했지만 두 분은 도통 말을 듣는 법이 없었다.

매년 장마와 태풍, 가뭄 때문에 골머리를 썩으면서도 싹이 틀 때마다 느끼는 기분을 너는 모를 것이라고 일축하시는 두 분이다.

"건강은 괜찮으세요?"

"응, 그럼. 네가 전에 건강 검진도 챙겼잖아."

"소화 안된다고 하셨잖아요, 전에."

"괜찮아. 공기가 맑아 그런지 잠깐 안 좋다가도 금방 좋아져. 너는 정말 아픈 데 없는 거야? 괜찮아?"

아들의 인연이 그리 끝맺어지고, 미향은 항상 괜찮냐는 물음을 달고 살았다.

대답은 늘 한결같았다. 괜찮아요, 저는. 마음 쓰지 마세요. 하지만 나는 지금 과연, 괜찮지 않을까. 내가 하는 말이 거짓말이 아닐까.

"그럼요."

강준이 대답했다. 그는 동시에 깨달았다. 거짓말이 아니다. 나는 괜찮다. 그는 어머니가 왜 이곳까지 걸음 했는지 안다.

얼마 전 있었던 민정의 기일. 아들이 괴로움을 또다시 직면할까 불안감에 달려온 것이다.

"저 괜찮아요."

그런데 그는 그날 이후 보내는 하루하루들이 괴롭지 않았다. 편안했다. 이유도 알고, 그 이유를 제공한 여자 또한 알고 있다.

어떻게, 이렇게 단숨에 당신은 나를 바꿔 놓았나. 당신과는 아직 아무런 시작도 하지 않았는데. 시작할 결심 또한 비겁하게 미루고 있는데.

그도 제 마음을 정확히 정의 내릴 수 없었다. 하루에 몇 번이나 얼굴을 보는 여자에게 어울리지도 않는 말을 건네고 싶어 하면서, 또 시작하기에는 머뭇거린다.

참 줏대도 없고, 우유부단하고, 제 생각밖에 할 줄 모르는 이기적인 놈이 아닌가. 강준은 스스로 자조하며 비웃었다.

"그래, 다행이구나. 그런데 1층은 카페라고 하지 않았어? 무슨 가구 파는 곳 같던데."

"공방이요. 보셨어요?"

"응. 1층 여자한테 주소 적은 거 보여 주고 여기 맞냐고 물어봤지. 어려 보이는데 사장이래. 하도 예뻐서 실례인 걸 아는데도 한참 봤지 뭐니."

다음이 어머니를 뺐다면, 눈치채고 오늘 점심 도시락은 혼자 먹겠구나 싶었다. 딱 한 번, 그녀가 싸 온 도시락을 함께 먹었으면서 오늘은 혼자일 그녀가 이상하게 신경 쓰였다.

내심 오늘은 그녀가 만든 도시락을 보지도, 먹지도 못한다는 사실이 아쉬웠다. 얼굴에 티가 났는지 미향은 국화차를 손에 들고서는 조심스레 물어왔다.

"친한 사이니?"

무슨 기대를 갖고 물어오는지 알 수 있는 목소리였다. 강준은 옅게 웃으며 고개를 저었다.

"무슨 생각 하세요."

"좋은 생각 할 수밖에 없지. 네 나이가 있는데."

"그런 거 아니에요."

"아가씨 예쁘던데. 싹싹하고 목소리도 좋고. 오며 가며 얼굴 자주 볼 거 아니야."

그 짧은 새에 그걸 다 파악한 미향도 대단했고, 제 엄마에게 잘 보인 다옴이 한편으로는 신기했다. 그래 봤자 고작 1분 남짓 아닌가. 남자든 여자든 사람을 참 기대하게 만드는 여자였다.

미향은 부드러워지는 강준의 표정이 신기한 듯 바라봤다. 괜찮다는 말이 어느 정도는 사실인 듯싶었다. 그게 무슨 연유인지는 알 수 없지만.

"엄마 설레발이 심했지?"

"……죄송해요."

언제 들어도 아픈 아들의 사과는 쓰렸다. 미향은 표정을 감추고 더 환히 웃으며 가방을 손에 들었다.

"점심 사 줄게, 엄마가."

"파스타 맛있는 데 있어요. 그거 드세요."

"좋지. 네 아빠 없을 때 그런 거 먹어야지, 언제 먹겠니."

오랜만의 서울 나들이에 들뜬 얼굴로 미향이 그의 팔에 팔짱을 꼈다. 강준은 동시에 다옴이 오늘 점심은 어떻게 먹을지 떠올렸다.

✤　　　✤　　　✤

"어머, 공방 사장님이네."

막 배송 온 나무 자재를 실어 나르느라 땀을 한 바가지 쏟았을 때였다. 앞치마로 대충 땀을 닦아 내던 다옴은 놀란 얼굴을 하다가 또 금방 웃어 보였다.

“또 뵙네요.”

“그러게요. 30분도 안 돼서 또 만나네.”

그거야 가까우니까. 바로 위아래 층이니까.

강준은 마치 며칠 만에 만난 사이처럼 반갑게 인사하는 둘을 번갈아 봤다.

“식사하러 가세요?”

“내가 시골 사람이라 서울 나온 김에 파스타나 먹으려고요.”

“네. 맛있게 드세요.”

다옴이 편하게 웃는 모습을 보며 강준은 괜히 마음이 찔려 고개를 돌렸다. 똑같이 생긴 도시락 통을 나눠 먹는 사람들 사이에 오고 갈 ‘오늘은 도시락 제가 다 먹을게요’ 라는 흔한 대사는 없었다.

“아이고, 웃는 모습이 정말 예쁘시네. 골목이 다 환해지는 것 같아요.”

“감사합니다.”

“혹시 남자 친구 있어요?”

실례되는 질문인 줄 알면서 미향은 설레는 마음을 감추지 못하고 물었다. 다옴이 난감한 얼굴로 어색하게 웃자 곤란해진 건 강준이었다.

“실례예요.”

“아, 그렇지. 요즘 젊은 사람들 이런 질문 싫어한다는데 내가 주책이 심했네. 미안해요. 이렇게 나이 먹지 말아야지 하면서도 이러고 있네, 내가.”

“괜찮습니다.”

남자 친구는 없는데 어르신 아드님께 들이대는 중이라고 대답할 수도 없고 없는 남자 친구를 있다고 할 수도 없어 다옴은 그저 어색하게 이 상황을 넘겼다.

“사장님은 점심 드셨어요?”

한참 어른께 듣는 사장님이란 호칭에 놀라다가 같이 먹자는 뉘앙스를 풍기는 질문에 다옴은 두 번 놀랐다.

"어머니."

그건 강준 역시 마찬가지였다.

"아니, 나는 점심 안 드셨으면 같이 드실까 했지. 가게 계약하면서 우리 애랑 안면도 있을 거고."

다옴은 이 상황을 어찌해야 하나 그를 바라봤다. 강준이 나서려던 찰나였다.

"사장님!"

한 건물 건너에서 상훈이 크게 손을 흔들며 다가왔다. 다옴은 잠시 당황하다가 어느새 가까이 다가온 상훈을 올려다봤다.

"아까 뭐 놓고 가셨어요?"

"지나가다 커피 배달이요."

상훈은 캐리어에 담긴 커피 하나를 꺼내 내밀었다. 얼떨결에 커피를 받아 든 다옴은 옆을 돌아봤다. 강준의 무심한 시선이 저와 상훈의 사이를 비집고 있었다.

분명 잘못한 게 없는데도, 뭔가를 잘못한 느낌. 살짝 벌어진 다옴의 입술이 뭔가 말을 하려는데 미향이 먼저 입을 열었다.

"아이고. 누가 찾아오셨네. 그럼 먼저 가 볼게요. 나중에 또 봐요."

"……네, 안녕히 가세요."

뭔가 할 말을 해야 할 것 같은데. 그 할 말을 하지 못한 다옴이 입술을 들썩거렸지만, 그것도 잠시였다. 그대로 미향과 돌아선 강준은 뒤를 돌아보고 싶은 마음을 꾹 참고 앞을 향해 걸었다. 팔짱을 끼고 있던 미향이 아쉬운 듯 혀를 찼다.

"남자 친구가 있나 보네. 엄마 설레발이 심했다."

"……가세요."

차마 아니라고 대답은 못 하고 그는 말을 돌렸다.

뒤에서 오고 가는 대화가, 정말 신경 쓰였지만 참았다. 그는 아직 아무것도 아니기에.

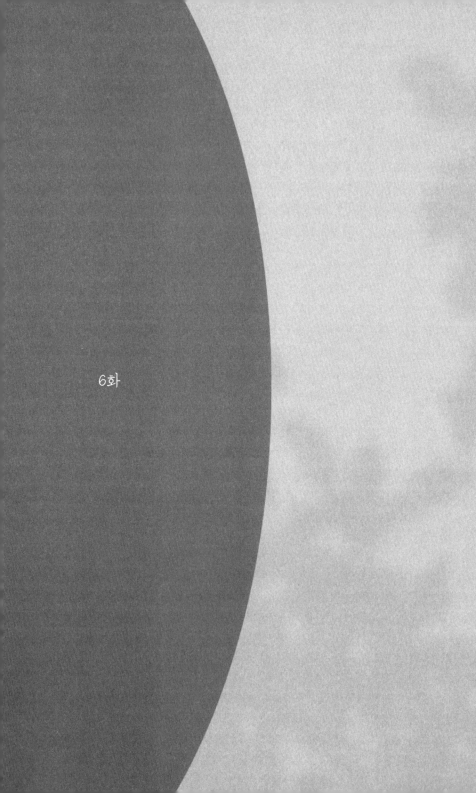

6화

데이트란 예쁜 말

"그런데 누구예요?"

커피 때문에 들렀다던 상훈은 공방 안까지 들어와 자재 나르는 것을 도왔다. 괜찮으니 그만하라는데도 솔선수범인 상훈이 괜히 부담스러워 다옴은 안절부절못했다. 그 와중에 강준에 대한 질문을 받았다. 같이 밥을 먹지 못해 가뜩이나 속이 쓰린데, 상훈이 거들었다.

"여기 주인이요."

"아, 여기 건물주?"

"네."

"듣자 하니까 여기 건물주가 사거리에도 건물 하나 갖고 있다던데. 그건 5층짜리래요."

처음 듣는 얘기였다. 돈을 잘 버는 작가라고 했으니 그럴 수도 있겠 다 생각하며 다옴은 감흥 없이 고개를 끄덕였다.

이곳 토박이인 상훈은 동네에 관해 카페를 운영하는 사람답게 이것 저것 늘어놓는 걸 즐겨했다.

"이게 끝이죠?"

작업대 위에 나무를 올려놓으며 상훈이 물었다.

"네. 감사합니다."

"점심은 드셨어요?"

커피에, 제 몫의 일까지 했으니 당연히 점심을 대접하는 게 맞다. 그게 일반적인 상식이고, 내 성격인 건데.

다옴은 미안하다는 기색을 보이며 한 발짝 물러섰다.

"아니요. 근데 속이 안 좋아서요."

"그래요? 커피 말고 차를 사 올 걸 그랬네요."

"조금씩 마시면 돼요. 죄송해요, 제가 점심 사 드려야 하는 건데."

예의 바르게 딱 선을 그었는데도 상훈은 아쉬운 듯 멋쩍게 웃었다.

"주말에는 뭐 하세요? 저 전시회 티켓 생겼는데. 사장님도 관심 있으실 것 같아서요."

다옴은 돌아오는 주말이 무슨 날인지를 떠올렸다.

"아, 지방 내려갈 일이 있어서요."

"그래요?"

상훈이 어색한 표정으로 되물었다. 핑계라고, 거짓말이라고 생각하는 모양이었다. 다옴은 남자로 다가오는 상훈이 부담스러우면서 어쩔 수 없다 생각했다.

학생 한 명이 아쉬운 공방 상황이지만 이 정도의 배려와 관심은 바라지 않았다.

"네. 죄송해요."

다옴은 순간 침울해진 얼굴을 감추고 답했다. 상훈이 어깨를 으쓱거렸다.

"아니에요. 아쉬워서 그렇죠."

그러고도 상훈은 핑계를 대며 공방에 더 있으려고 했지만 불편해하는 다음을 눈치채고 돌아갔다.

혼자 남겨진 다음은 부지런히 움직였다. 밥 먹는 것도 잊고, 상훈이 사다 준 커피 속 얼음이 녹아 물웅덩이를 만드는 줄도 모르고 몸을 바쁘게 만들었다.

"나도 파스타 좋아하는데."

작업대 위에 한가득 자재를 올려놓고 종류별로 구분하는 작업 중에 그녀가 중얼거렸다.

점심을 권유하려던 미향의 말끝에 상훈이 나타나지 않았다면 다음은 못 이기는 척 따라갔을 것이다.

강준이 불편해하건 말건. 그러고 싶고, 같이 먹고 싶으니까.

"설마 오해하는 거 아니겠지."

상훈을? 설마. 내가 자기 얼마나 좋아하는지 알면서.

다음은 그때부터 강준이 돌아올 골목을 계속해서 갸웃거렸다.

변명도 하고 싶고 파스타는 맛있었는지 물어도 보고 싶었다. 맛이 괜찮다면, 먹어 보고 싶다는 말을 넌지시 던지면서 같이 가자고 하면 좀 어색할까.

제 마음을 꾸준히 드러내고는 있지만 뻔히 의도를 아는 사람에게 대놓고 밥 먹자 하는 것도 한계가 있었다.

그래, 같이 도시락 먹는 게 어디야.

"이상하게 보고 싶네."

본 지 얼마나 됐다고, 또. 나지막한 중얼거림 끝에 한숨이 섞여 들었다.

순간 공방 문이 열렸다. 강준이었다. 대략 파스타를 먹으러 간 후로 한 시간이 지난 뒤였다.

"……커피 안 마셨네요."

놀란 다음이 입을 열지 못할 때, 작업대 위를 확인한 강준이 미세하게 눈썹을 위로 올렸다.

다음은 그제야 상훈이 놓고 간 커피로 시선을 돌렸다. 녹은 얼음 때문에 작업대를 적신 커피는 연한 보리차 색처럼 보였다.

"아, 바빠서요."

말은 이렇게 해 놓고 손은 놀고 표정은 멍했으니 거짓말을 한 셈이었다. 다음은 그가 공방에는 왜 왔을까 고민하다가 물었다.

"어머니는 가셨어요?"

"친척 어른댁 가셨습니다."

"아, 그렇구나. 식사는 잘 하셨어요?"

뭐 이렇게 질문이 많을까, 자존심 없어 보이게.

물어 놓고 민망한 다음이 어색한 표정으로 시선을 돌렸다. 강준은 자재들로 채워진 작업대 위를 바라보다가 뒤쪽을 바라봤다. 뭔가를 먹은 흔적은 없었다.

"밥 안 먹었습니까?"

어머니는 좋아하지만, 자신은 별로 즐겨하지 않는 느끼한 파스타를 먹으면서 생각했다. 설마 미련하게 굶고 있지는 않겠지. 그런데 진짜였다. 정말 미련하게, 굶고 있을 줄이야.

"이제 막 먹으려고 했어요."

뭔가 변명하게 된 모양새가 이상했지만 다음은 어색한 손짓과 함께 말했다. 그래도 강준의 표정은 풀리지 않았다.

아니, 지금 화를 내는 건가 설마?

"같이 먹죠."

"……드셨잖아요."

"배 안 찹니다. 느끼하기도 했고."

"네?"

"올라와요. 커피 내려 줄게요."

다음은 알겠다는 대답도 듣지 않고 공방을 나서는 그의 뒷모습을 멍하니 바라봤다. 방금 전까지는 화를 내고 있다고 생각했는데.

"설마 쑥스러워하나."

다음은 말간 웃음과 함께 냉장고에서 도시락을 챙겼다. 오늘 메뉴는 매콤한 제육 두루치기와 시원한 열무 물김치였다.

파스타의 느끼함을 쓰윽 내려가게 할 수 있는 최상의 조합이었다. 어떻게 이렇게 또 잘 맞아.

"선견지명, 나이스."

그녀가 뿌듯하게 웃었다. 쑥스러워 맛있다는 말은 못 해도, 맛있다는 얼굴로 잘 먹어 주는 그를 보기 위해 서둘렀다.

✤   ✤   ✤

외근 때문에 밖에 있던 해림은 회사 지하 주차장에 차를 세우자마자 걸려오는 전화를 반갑게 받았다.

지난 전화가 바로 일주일 전, 자신의 안부 전화였다. 해림은 미향의 전화를 반갑게 받고 그간의 안부를 물었다.

보통은 강준의 얘기로 시작하는데, 오늘은 아니었다.

—너도 아니? 1층에 가구 공방하는 아가씨. 새로 세 들어왔다던.

여기서 그 여자 얘기를 듣게 될 줄이야.

해림의 밝았던 얼굴이 순식간에 굳어졌다. 그녀는 백미러에 비친 제 얼굴을 바라보며 대답했다.

"한 번 봤어요, 어머니."

—그래? 아가씨가 싹싹하고 괜찮은 것 같더라고. 강준이도 아주 매정하게 안 구는 것 보고 은근 기대했다가 말았지 뭐니.

"……그러셨어요?"

—하여튼 입이 방정이야. 젊은 아가씨만 보면 이렇게 들이댄다니까.

아무것도 아닌 여자, 그런 여자라고 생각했다. 고작 1층 세입자일 뿐이라고 안일하게 생각했다.

여자의 직감은 틀리지 않다는 말을 이럴 때 써먹는 걸까.

—참, 강준이 집에 총각김치랑 물김치 넉넉히 해 갔어. 가서 명우랑 나눠 가져가. 강준이한테도 말해 놨으니까.

"네, 늘 감사해요."

—감사는 무슨, 시골 살아 심심한데 반찬이라도 날라야지. 참, 바쁘지? 그럼 이만 끊을게.

웬일인지 평소보다 들떠 보이는 목소리는 착각이 아닌 듯싶었다. 1층 여자를 본 후에 설렘을 감추지 못하는 목소리. 해림은 시트에 몸을 기대며 한숨을 내뱉었다.

꽤나 맑았던 머리가 아파 온다. 서른을 넘긴 즈음부터 시작된 만성 두통이었다.

어쩌면 이강준 때문일지도 모른다. 늘 곁에 있는데, 늘 옆에서 단 한시도 떨어지지 않으려고 하는데 몰라주는 이강준이 미워서. 싫어서. 그런데도 널 좋아하지 않을 수는 없었다.

미련하게, 친구 약혼자였던 네가 뭐라고.

"짜증 나."

처음부터 눈에 거슬린다고 했다.

이강준이 신경 쓰는 여자. 이강준의 눈에 드는 여자.

그건 분명 자신이어야 하는데. 민정이 죽었을 때부터, 그건 오롯이 자신의 자리여야 하는데.

예민한 반응일 수 있다. 오해일 수도 있다. 하지만 불안은 그녀를 끊임없이 잠식했다.

다시는, 어쩌면 영원히 이강준을 옆에 둘 수 없다는 불안감. 그리고 초조함.

얼마나 하찮고 부질없는 감정인지를 알지만 그만둘 수 없어 더 서글 펐다.

✢　　✢　　✢

"아까는 미안했습니다."

다 먹지 않아도 된다고 몇 번이나 말했는데도 강준은 도시락을 깨끗 하게 비웠다. 더부룩한 속이 불편할 텐데도 맛있는 커피를 내린 다음 그가 한 말은 의외였다.

'뭐가?' 라는 표정으로 그녀가 눈을 크게 떴다.

"어머니가 불편하게 만들었잖습니까."

"아, 남자 친구."

그녀가 평온한 얼굴로 향 좋은 커피를 손에 들었다.

따뜻했다. 누군가의 앞에 서면 몽글몽글해지는 마음처럼.

"뭐 어때요. 그러실 수 있죠."

"……기분 안 나빴다면 다행입니다."

"네. 안 나빴어요. 어머니 애교 많으시던데."

무뚝뚝한 아들과 남편 사이, 보통의 애교 많은 아내이자 어머니. 평 범하고 별다를 것도 없었다. 하나뿐인 아들 때문에 속을 썩는 것 빼면.

강준은 그러냐는 듯 웃으며 머그잔을 들었다. 오늘따라 유난히 키피 향이 달게 느껴졌다. 분명 쓴 커피인데도.

"실은 파스타 같이 먹고 싶었거든요."

아쉬움이 잔뜩 담긴 목소리에 솔직함이 묻어났다. 강준은 방금 전처 럼 그랬냐고 맞장구쳐 줄 수도 없어 가만히 있었다. 그녀가 다시 아쉬 움을 담아 말하기 전까지.

"저도 좋아해요. 느끼한 파스타."

"아."

"저한테 미안하세요?"

방금 전 분명 그럴 수 있다고 하지 않았나. 사과를 바라나?

그녀의 표정을 보고 깨달았다. 바라는 것이 있는, 기대감이 잔뜩 서린 얼굴. 그는 그녀가 내뱉을 말을 알고 있었다. 분명 자신도 듣고 싶은 말이기에.

"그럼 저 밥 사 주세요."

경쾌하게 말은 뱉어 놓고 그녀는 또 쑥스러워했다. 늘 저지른 다음 저렇게 웃으니, 눈길이 가지 않을 수 없어 그는 또 그녀를 바라만 봤다. 빤히 닿는 시선에 그녀가 어깨를 으쓱였다.

"맞장구를 쳐 주셔야 커피는 제가 사겠다는 말을 하는데."

제 마음에 응답할 줄도 모르는 삭막한 놈에게 몇 번이나 문을 두드리는 여자.

강준은 그런 그녀가 신기한 듯 바라봤다. 지난 7년 동안의 웃음보다, 그녀를 만난 고작 몇 주간의 웃음이 더 많았다.

"해 볼까요."

그가 나지막이 물었다. 수십 번의 망설임과 수십 번의 외면 끝에. 부지런했던 피해 의식과 쓸모없었던 무시 끝에.

코끝에 닿는 커피 향은 여전히 달았고, 늘 차가웠던 작업실 공기 속에는 온기가 가득했다. 강준은 새삼 부러워졌다. 없었을 수도 있으나, 혹시나 있다면. 이 여자의 사랑을 듬뿍 받았을 남자가, 그럼에도 그녀를 놓쳐서 지금의 한다움을 제 앞에 데려다 놓은 남자가.

"뭘요?"

그녀가 눈을 빤히 뜨며 물었다.

"데이트."

"······네?"

다옴은 잘못 들었다고 생각했다. 세상에 저런 말이라고는 평생 입에 담아 본 적도 없는 차가운 얼굴로 내뱉은 말이, 뭐? 데이트?

놀란 건지, 당황해한 건지. 어쩌면 둘 다인지. 곧장 대답을 못 하는 그녀를 흘기며 그가 머그잔을 입으로 가져갔다.

이상했다. 달콤한 원두가 아닌데 오늘따라 달았다. 원두를 잘못 고른 걸까.

"저녁에 봅시다. 공방 끝나는 시간에 맞춰서 내려갈게요."

"······심지어 데리러 오신다고요? 저를요?"

고작 계단 몇 칸 내려가면 되는 걸, 데리러 온다 표현하는 여자가 눈앞에서 헤벌쭉 웃었다. 강준은 이제 버릇인 것처럼 그녀를 따라 옅은 미소를 그렸다.

"그게 그렇게 됩니까."

"네. 저는 그렇게 받아들일래요."

뭐든 상관없다는 얼굴이 참 밝다고 그는 생각했다. 이만 가서 작업을 해야겠다며 그녀는 미지근해진 커피를 벌컥벌컥 들이켰다.

가져가서 마셔도 되고, 그러다 컵 갖다줘도 되고, 그렇게 얼굴 한 번 더 보면 좋을 텐데. 강준은 속마음을 감추고 그녀를 따라 몸을 일으켰다.

"아, 그리고."

남은 말이 있는 듯 그녀가 등을 돌려 그를 마주 봤다.

"아까 그분이요."

"네."

"그냥 수강생이에요. 제 수업 듣는."

"네."

"오해하실까 봐."

"안 했습니다."

"아, 안 하셨구나. 안 하시는구나, 오해."

"……지금이라도 합니까, 오해?"

주고받는 대화가 재미있고 뿌듯한지 다옴이 웃으며 고개를 저었다. 이만 가 보겠다는 다옴을 배웅하고 강준은 멀뚱히 서 있다가 그녀가 앉았던 소파 위에 천천히 앉았다.

따뜻했고, 코끝으로 맡아지는 공기 내음은 여전히 달았다. 분명 가고 없는데, 함께인 것 같았다.

순간적인 마음으로, 그동안의 그녀를 향했던 외면은 생각 안 하고 툭 내뱉어 버렸다.

데이트. 평생 자신과는 어울릴 거라 생각 못 했던 단어가 입 밖으로 튀어나왔다.

오롯이 그녀 때문에. 그녀와 함께이고 싶어서.

조금씩, 이렇게 천천히.

당신의 마음에 내 마음 또한 스며들게.

어쩌면 너도 봐 주지 않을까. 이런 나를. 모자라고 비겁한 나를.

마음을 버리지 못하겠다. 죽이지 못하겠다. 한다옴 옆에 설 자신도, 자격도 없다 생각했는데 이제는 그 생각보다 깊어진 마음이 우선이 돼 버렸다. 속수무책으로 당해 버린 기분이지만, 그는 한다옴의 옆에서 위로받는 자신을 보며 알 수 있었다.

살아가는 느낌을 주는 여자.

강준이 한숨과 함께 얼굴을 쓸어내렸다. 늘 흐릿했던 얼굴 대신, 선명한 얼굴이 떠오른다.

한다옴, 이제는 그녀가 먼저 제 그리움을 방해한다. 마치 당연하다는 듯이. 그는 떨쳐 내지 않기로 했다.

한번 부딪쳐 보기로 했다. 제 마음도, 그녀의 마음도 한곳에서 만난다면 그건 또 오롯한 진심이기를 바라면서.

그는 7년 만에 처음으로 다짐이라는 걸 했다.

오롯이 자기 자신을 위한 마음이었다.

✦   ✦   ✦

"민정이한테 가자."

대뜸 작업실로 찾아온 해림은 그렇게 말했다. 원고를 쓰고, 책을 읽으며 다옴이 끝날 때까지 기다리는 중이었다.

저녁을 먹기로 해서 분위기 좋은 식당을 예약했다. 오랜만에 직접 예약까지 하는 거라 많은 고민이 필요했다.

그녀를 기다리는 시간이 느리게 흘러가는 만큼 지루함도 심해질 때 갑자기 들이닥친 해림은 그렇게 얘기했다.

"오랜만에 보고 싶어. 기일도 너 혼자 다녀왔잖아."

모를 수 없었다. 심사가 비틀린 해림이 무엇 때문에 이러는지.

"차 안 가져왔지. 나가, 정류장에 내려 줄게."

차 키를 챙겨 든 강준이 해림을 지나쳐 작업실을 나섰다. 계단을 내려온 해림은 운전석 문을 여는 강준의 옆에 선 채로 멋대로 다시 운전석 문을 닫았다. 서늘한 시선이 닿았지만 모른 척 고집을 부렸다.

"싫어? 바쁜 일 끝난 거 아니야?"

"저녁 약속 있어."

"누구. 공방 사장이랑?"

"정해림."

"취소하고 나랑 납골당 가. 그러고 싶어."

다른 억지를 부렸다면 조금 달랐을까.

죽은 사람을 방패 삼아 무언가를 얻겠다는 고약한 심보가 역겨웠다.

"왜 이래, 너."

짜증 섞인 물음에 해림은 아무런 말도 하지 못했다.

단 한 번도 제 마음을 설명해 본 적도, 고백해 본 적도 없었다.

민정이의 친구였고, 강준을 처음 본 순간부터 좋아했다. 어쩌면 민정이보다 제 마음이 더 빨랐을 수도 있다.

하지만 서로를 좋아하게 된 둘 사이를 방해하고 싶을 만큼은 아니었다. 적어도 민정이 죽기 전까지가 그랬다.

그도 제 마음을 안다. 모를 수 없다. 그런데 그는 처음부터 지금까지 단 한 번 고백할 기회조차 허락하지 않았다.

철저하게 친구로서 선을 그었고, 그 선을 넘는 순간 외면당할 것을 알기에 해림 역시 그를 향한 마음을 입 밖으로 꺼내 본 적 없었다.

그래서 지금도 해림은 제 마음을 뒤로 감추고 죽은 민정을 핑계 삼았다.

"불안해서 그래."

혼잣말을 중얼거리듯 해림이 고개를 흔들었다.

"네가 민정이 잊어 가는 거. 그걸 바랐었는데, 이제는 불안해."

강준은 알고 있었다. 알은척하고 싶지 않아 모른 척했고, 아무리 친구라 해도 남의 마음 엿볼 여유 따위 제게 없었다.

갑자기 해림을 변화시킨 게 다옴의 존재란다. 딱 한 번, 한다옴과 함께인 자신을 봤을 뿐인데.

점점 더 확실해지고 여유가 없어진다. 다옴의 옆으로 가고만 싶어서.

"네가 민정이를 어떻게 잊어. 네가 얼마나 사랑했는데. 내가 그걸 다 지켜봤는데, 네가 어떻게 그래."

지난 7년간 죄책감에 몸부림쳐야만 했던 이름을 담은 귀가 아프다. 마음이 다친 것처럼.

차게 굳은 얼굴로 그가 가슴이 아닌 귀를 붙잡았다. 불안한 그의 상태를 마주하던 해림이 이를 질끈 깨물었다.

아마 멈췄을 것이다. 건물 옆에 비스듬히 삐져나온 쓰레기봉투만 보지 않았더라면. 길을 등지고 있는 강준은 볼 수 없고, 자신만 볼 수 있었다.

엿듣고 있는 한다움의 존재를.

"7년 좀 넘었지, 민정이 살해당한 게. 얼마나 끔찍하고 억울해."

해림은 의도적으로 과거 얘기를 꺼냈다.

지난 시간 동안 마치 금기시처럼 여겨 왔던 이야기를 아무렇지 않게.

"너희 둘 나란히 찾아와서 청첩장 줄 때 좋았어. 예뻤고, 부러웠고."

해림의 이야기가 길어질수록 강준은 괴로운 듯 귀를 꽉 붙들었다. 손등 위로 튀어나온 푸른 실핏줄이 터질 것 같았다. 구체적으로 떠오르기 시작한 과거의 기억이 덮쳐 온다.

강준이 거친 숨을 내뱉었다. 불현듯 어제 오늘 약을 먹지 않았다는 생각이 떠올랐다. 왜 그랬지. 그래, 그 여자 때문에. 그 여자 때문에 기분이 좋았어. 괜찮았고, 앞으로도 그럴 것 같았어. 그 여자만 옆에 있다면.

창백하게 질린 얼굴이 굳어 경직됐다. 호흡이 불규칙적으로 변했다. 그가 나머지 손으로 주머니를 더듬었다.

불행히도 약은 없었고, 해림은 다시 입을 열었다. 강준은 당장 해림의 가는 몸을 밀치고 작업실로 돌아가고만 싶었다.

"미안해. 갑자기 문득 옛날 생각이 나서 민정이한테 가자고 졸랐네. 나보다 네가 더 힘들 텐데. 네가 더 아프고 억울할 텐데 내가 생각이 짧았다."

"……"

"강준아, 괜찮아?"

"……."

"이강준, 너 괜찮……."

"그만해요."

놀란 해림이 그를 부축하려는데 다옴이 나타났다. 강준의 앞을 가로막아 그녀에게서 그를 차단했다.

"괴로워하잖아요. 무슨 짓이에요."

해림이 눈을 날카롭게 떴다. 처음부터 갖고 있었던 적의는 감추지 않았다. 해림의 눈이 이렇게 얘기하고 있었다.

당신이 끼어들 자리는 없어. 나도 지난 시간 내내 지켜보기만 했으니까.

"……네가 비켜. 넌 뭐 하는 건데."

"힘들어하는 거 안 보여요?"

"네가 뭘 안다 그래. 지금 여기가 네가 나설 자리라고 생각해?"

"그쪽이 여기 있는 것보다는 낫겠죠."

다옴이 거침없이 말했다. 친구라는 가면을 쓰고 옛 상처를 마음껏 들추다가 제 마음도 아팠다는 둥 사과를 하는 꼴에 환멸을 느꼈다.

온갖 기억은 다 헤집어 놓고 미안하다니, 생각이 짧았다니.

뻔뻔했고 어이없었다.

"강준이 상태 안 보여? 저리 안 가?"

오히려 해림이 고개를 빳빳하게 들며 소리칠 때였다. 괴로움에 거친 숨을 내뱉던 강준이 제 앞을 가린 다옴의 팔을 붙잡았다.

"나 좀."

단 한 마디도 제대로 끝마치지 못할 정도가 꽤나 심각했다. 다옴이 그의 팔을 부축했다.

"잡아 줄게요. 올라가요."

저보다 큰 강준을 부축하며 다옴은 천천히 계단을 올랐다. 한 걸음

한 걸음이 무거웠다. 빤히 그 모습을 올려다보던 해림이 기가 막힌 듯 웃으며 얼굴을 쓸어내렸다.

"……하, 미친 거 아니야?"

언젠가 공방 앞에서 친구들과 맞닥뜨리고 있던 다옴을 부축하던 강준의 모습이 떠올랐다.

서슬퍼런 눈으로 2층을 흘긴 해림이 뒤돌아섰다.

아주 기분 나쁜 데자뷔였다.

―고객님이 전화를 받지 않아 소리샘으로…….

소파에서 눈을 뜬 강준은 어둡고, 조용한 작업실을 둘러보다가 시간을 확인했다.

저녁 8시. 그는 바로 다옴에게 전화를 걸었다. 예상대로 그녀는 전화를 받지 않았다.

해림을 만났고, 발작이 일어났다. 그는 다옴의 부축을 받아 작업실로 돌아올 수 있었다.

문을 열자마자 정신없이 책상 쪽으로 달려가 남은 약을 모조리 입에 털어 넣었다. 거친 숨을 몇 번이나 몰아쉬는 제게 다옴은 끊임없이 괜찮다 중얼거리며 달래 주었다.

그것이 기억의 끝이었다. 약 기운 때문인지는 모르나 진정이 된 다음 잠에 들었고, 눈을 뜨니 그녀는 없었다.

강준은 1층으로 내려가 'CLOSE' 팻말이 걸린 공방 안쪽을 바라봤다. 어두운 틈새로 급하게 공방을 비운 티가 역력했다. 그가 허망한 얼굴로 다시 전화를 걸었지만 연결은 되지 않았다. 대신 그녀의 메시지를 받았다.

〈죄송해요. 오늘 식사는 같이 못 할 것 같아요.〉

시간이 늦었는데. 아까는 고마웠다고. 저녁은 먹었느냐고 묻고 싶은
질문들이 꾹꾹 삼켜진다.

그녀의 거절.

메시지를 확인한 그의 얼굴이 짐짓 굳어지다가 걱정으로 휩싸였다.
손가락을 느리게 움직이는 그의 입술에서 작은 한숨이 흘러나왔다. 걱
정보다는, 불안이 맞을 것이다. 두려웠다.

지금 그녀의 행동들이.

〈아까는 고마웠습니다.〉

메시지를 보내고 한참을 공방 앞에 서 있었는데 답장은 없었다. 조
용한 휴대폰을 한번 내려다보다 아무도 없는 공방을 돌아봤다.

1층 앞에서 만나자는 제 말에 데리러 오는 거냐며 좋아하던 그녀는
보이지 않았다.

제대로 된 설명을 해야 하는데 그럴 기회조차 주지 않고 숨어 버린
그녀를 원망할 수는 없다.

어쩌면, 당연한 거니까.

한다옴이 들었다. 전부 알게 됐다. 자신의 과거, 치부, 심지어 발작
을 일으킨 모습까지 보여 주고 말았다.

미친놈처럼 약을 삼켜야만 괜찮아지는 못난 모습까지 보였다. 있던
정도 떨어질 마당에 전화를 받고 싶을까.

피하고 싶겠지. 불길하다 생각할 수도 있어. 나 같은 놈 따위.

망설임 끝에 그가 다시 메시지를 써 내려갔다. 미안하다는 문장이

완성되려던 찰나 미향에게 전화가 걸려 왔다.

—엄마 이제 터미널 간다고 전화했어. 해림이가 데려다주기로 했는데, 알고 있지?

"……해림이 만나셨어요?"

—아니, 아직. 터미널 데려다준다고 해서 네 이모 집에서 이제 나왔어. 해림이가 먼저 연락했지 뭐니.

그의 미간이 자연스레 구겨졌다. 나를 만난 다음, 미향에게 연락했다는 해림의 의도가 이해가지 않았다.

자기 마음이 우선인, 이기적인 해림이 어떻게 변할 수 있는지 그는 똑똑히 알았다. 강준은 어두운 공방에 시선을 거두고 급하게 차로 다가갔다.

"연락하세요, 오늘 못 만난다고. 터미널 제가 모셔다드릴게요."

—응? 뭐? 아니, 왜. 해림이랑 싸웠어?

"저 여자 생겼어요."

창백한 얼굴로 차에 올라탄 강준은 제가 내뱉은 말의 영향력이 얼마나 클지 뒤늦게 생각했다. 후회는 없었다. 오랜 시간 망설였고, 그만큼 되돌아왔으니 이제는 그녀보다 더 앞서가 볼 생각이었다.

그녀가 다 알았다고 해도.

이제는 내가, 부담스럽다 해도.

"그러니까 해림이 만나지 마세요."

—……엄마가 뭐 잘못 들은 거니?

"맞게 들으셨어요. 전화부터 하세요."

불안하던 마음은 여전하지만 어머니에게 고백하고 나니 더욱 더 확신에 찼다.

한다음, 나는 당신을 곁에 두고 싶다.

자꾸만 웃는 당신 때문에 나도 웃고 싶고, 자꾸만 나를 위로하는 당신 때문에 나도 당신을 위로하고 싶다.

좋은 사람이 되고 싶다던 당신에게 나 또한 좋은 사람이고 싶다.

"당신한테 먼저 얘기했어야 하는 건데."

아까 말한 데이트는 쉽게 던진 말이 아닌 수십 번, 수백 번 고민 끝에 당신에게 가까이 다가가기 위한 내 몸부림이라는 걸.

강준은 운전하는 내내 휴대폰에 시선이 가려는 걸 참았다. 터미널에 어머니를 데려다준 다음에도 그녀는 연락이 없었다.

그 여자가 누구냐며 끈질기게 물어 오는 미향에게 잘 도착했느냐는 전화를 할 정신도 없었다.

밤 10시. 다옴의 집 앞에 차를 세우고 전화를 걸었다.

—고객님의 전화가 꺼져 있어…….

미간을 좁힌 그가 한숨과 함께 휴대폰을 내려놨다. 그는 차 안에서 두 시간을 더 기다린 뒤에 차에서 내렸다.

지난번 취한 그녀를 데려다준 기억을 더듬어 빠르게 걸음을 옮겼다. 그녀의 집 앞에 다다른 강준은 초인종을 눌렀다. 안에서는 아무런 반응도, 기척도 없었다.

당신은 이대로 사라지려는 걸까.

하루 만에, 아니 겨우 반나절도 되지 않은 시간. 그는 그녀의 걱정으로 미칠 것만 같은 기분을 느꼈다. 이것보다 더 확실한 진심은 없었다. 그는 이제 자신의 진심을 드러낼 마음이 생겼고, 망설일 여유가 없었다.

그런데 그녀는 없어졌다. 없어져 버렸다.

"진짜 없네."

좋은 사람이 될 기회마저 잃은 듯 절망적이다.

한숨처럼 중얼거린 강준이 눈을 감았다.

그녀는 마치 신기루 같았다. 꿈처럼 다가와, 꿈처럼 사라져 그 밤 내내 나타나지 않았다.

✤   ✤   ✤

주말 내내 윤주 아파트에서 나오지 않았던 다음은 내키지 않는 걸음으로 공방 앞에 섰다.

팻말을 오픈으로 바꾸고 안에 들어서니 마지막으로 퇴근할 때 어지럽힌 자재들이 작업대 위에 널브러져 있었다. 그녀는 조용히 가방을 내려놓고 앞치마를 손에 들었다.

다음은 덤덤한 얼굴로 작업대 위를 정리했다. 오후 수업 준비 때문에라도 서둘러야 했다.

주말 내내 많은 것들을 생각했다. 휴대폰을 끄고, 메시지에 답장도 하지 않았다. 머릿속으로 그의 생각을 차단하려 부지런히 애를 썼다.

하지만 그때뿐이었다. 고민하고 또 고민해 봐도 역시나 생각은 늘 제자리걸음이었다.

살해.

얼마나 끔찍하고 잔인한 말인지를 안다. 세상 사람들은 알지 못해도 그녀는 알고 있다. 그 말이 주는 처절함과 두려움에 죄책감이 몰려와 몸부림쳤던 시절이 있었다.

그에게 그리움이었던 여자가 있었다. 그리고 살해당했다. 결혼을 앞두고. 그 기억만으로 강준은 발작을 일으켰다.

상상하지도 못할 상처를 안고 있는 남자를 위로해 보겠다고 나섰다. 여전히 옛 상처를 안고 있는 그가 자신의 과거 역시 알게 된다면?

괴롭겠지. 더욱 잊겠다고 발버둥 치던 과거가 또렷해지겠지.

불행에 불행을 더할 뿐이라는 생각이 들자 겁도 없이 앞서가기만 하던 마음에 브레이크가 걸렸다.

다리에 힘이 풀린 다옴이 천천히 주저앉았다.

같은 아픔을 겪은 그에게 과연 부모님의 죽음을 제대로 설명할 수 있을까?

또, 여전히 과거 속에 사는 당신은 내 상처를 감당이나 할 수 있을까? 당신에게 다른 아픔을 주는 건 아닐까?

그럼에도 불구하고 변하지 않는 게 있었다. 그가 좋아 미치겠다는, 변하지 않는 진심.

다옴은 그 진심 앞에 무릎 꿇을 수도, 외면할 수도 없었다. 그녀의 마음이 그랬다.

그가 제 상처를 알고 더 깊은 나락에 빠질까 두려웠다. 그의 상처를 치유하겠다고 나선 자신이 오히려 그를 더 지옥 속에 빠트릴 수도 있었다. 우리가 겪은 건, 상대 역시 많은 고민을 하게 만드는 거니까.

그럼 포기해야 하나? 사랑에 빠지는 게 쉬운 만큼 버리는 것 또한 쉬우면 좋을 텐데. 그 생각을 비웃듯 공방 문이 열렸다.

그의 얼굴을 마주하는 건 조금 나중이었으면 했는데 왜인지 그는 출근하자마자 2층이 아닌 공방을 찾았다.

"얘기 좀 합시다."

자신만큼이나 해쓱해진 얼굴에 다옴은 마른침을 삼켰다.

나는 밥을 안 먹었다지만 당신은 왜, 나는 잠을 설쳤다지만 당신은 왜, 나는 당신 생각에 내내 가슴 아팠다지만 당신은 왜.

다옴은 불안정한 모습으로 다급하게 약을 삼키던 강준을 떠올렸다.

동정이 아닌 동질감, 두려움이 아닌 애틋함. 하지만 감추고 말았다. 당장의 감정보다 이성적으로 굴어야 했다.

"앉으세요."

그녀는 정리한 작업대를 가리켰다. 커피포트에 물을 데우고 얼마 전에 산 국화차 티백을 넣어 차를 우렸다.

차가 진한 색을 띠기까지는 얼마 걸리지 않았다. 조금 오래 걸렸으면 하는 그녀의 마음은 그 누구도 들어주지 않았다.

다옴은 작업대 맞은편에 앉은 그의 앞으로 차를 내려놨다.

이른 아침, 조용한 공방, 짙은 나무 향기. 그 속에서 강준의 짙은 시선은 줄곧 저를 따라다녔음을 모르지 않는데도 그녀는 시선을 들지 못했다.

그녀답지 않아.

강준은 눈썹 사이를 찌푸리다가 주말 새에 수척해진 그녀의 얼굴을 더 자세히 살폈다.

분명 평소라면 얼굴을 물들인 채 그렇게 보면 민망하다는 둥, 그렇게 볼 거면 밥이나 사 주고 보라는 둥 당당히 말을 뱉을 법한 그녀가 조용히 제 이야기를 기다리고 있다.

"전화했었습니다."

"……네."

"이제 나는 안 봅니까."

다옴은 겨우, 걱정으로 범벅된 목소리에 시선을 들어 그를 마주 봤다.

이제 그는 자신을 걱정한다.

데이트를 약속했고, 서로 한껏 꾸민 채 만나기로 했었다. 어쩌면 걱정이 당연한 사이가 되어 가는 중일지도 몰랐다.

좋은 만남을 가지기 위해 감정을 유지하는, 평범한 사람들처럼.

"7년 좀 넘었지. 민정이 살해당한 게. 얼마나 끔찍해. 얼마나 억울해."

불현듯 떠오르는 목소리에 그녀가 눈을 질끈 감았다 떴다. 강준이 미간을 좁혔다.

"괜찮습니까."

짝사랑하던 남자의 걱정과 제 행동으로 인한 불안은 어쩌면 좋은 것이다. 그런데 왜 나는 마음껏 좋아할 수 없는가.

다옴이 슬프게 웃으며 고개를 저었다.

"네. 괜찮아요. 몸은 어때요?"

"괜찮아졌습니다."

"……다행이네요, 걱정했는데."

강준은 머뭇거리다 내놓는 그녀의 대답이 마음에 들지 않았다. 걱정했으면 전화 좀 받지 그랬습니까. 그녀를 탓하고만 싶은 말이 튀어나올 뻔했다.

의심하지 않을 수 없다. 자신이 그녀를 향해 다짐했을 때, 어쩌면 그녀는 자신을 포기하고 있었을지도 모른다고.

"혹시 무르고 싶습니까."

그녀가 놀란 듯 시선을 들었다가 입술을 깨물었다. 긍정도, 부정도 않는다.

다옴은 이런 사람이 아니었다. 애매모호한 표현보다는 확실하고 솔직한 의사 표현을 할 줄 아는 여자였다. 사랑 앞에 거침없고, 진심 뒤에 숨지 않으며 마음속에 주저함이 없었다.

그런 그녀가 부러웠고, 한편으로는 걱정했으며, 때로는 사랑스러웠다.

하지만 그녀 역시 사람이다. 평범하지 않은 제 과거에 망설일 만큼.

"좋은 사람, 되고 싶다 했었죠."

강준은 그녀가 제게 그랬던 것처럼 머뭇거리지 않고, 거침없기로 다짐했다. 그녀로 인한, 그리고 자신을 위한 두 번째 다짐.

"뭐가 겁나서 이러는지 모르겠지만, 합시다."

"……뭘요?"

"편한 사이, 좋은 사람."

웃음이 아닌 눈물을 터트리기 직전의 얼굴이라고 해야 맞을까. 강준은 상상이나 기대와는 다른 얼굴에 허탈함을 섞어 말했다.

"그 얼굴을 내가 어떻게 해석해야 할지 모르겠네."

다옴은 테이블 아래로 내린 두 손을 맞잡았다. 입술을 깨물고 잠시 현실을 부정해 보지만 역시나 현실은 그녀 앞에 놓여 있었다.

일생일대의 고백을 받았는데. 기다리던 사람의 마음이 겨우 제게 닿고 있는데.

다옴이 마른 입술을 깨물다가 한참 뒤에야 입을 열었다.

"당황, 스러워서요."

"좋아할 줄 알았는데."

"좋아요. 좋은데."

"……."

"또 슬퍼요."

강준이 쓰게 웃었다. 착각이 아니었던 모양이다. 울기 직전의 얼굴이 정말 맞았다.

제 상처를 뒤로하고 처음 한 고백. 제게 줄곧 마음을 표현하던 이의 손을 잡으려고 했다. 그런데 상대방의 얼굴은 기쁨보다는 괴로움에 젖어 있다. 행복이 아닌 눈물로 가득하다.

내 고백이, 당신에게 환희가 아닌 슬픔이어야 하는 이유.

그건 역시 내 과거 때문이다.

"무섭습니까, 내가."

그가 혼잣말처럼 중얼거렸다. 아니었으면 하는데도 그게 아니라면 이 상황이 맞아떨어지지 않는다. 바보처럼 착한 여자는 크게 고개를 흔들었다.

이해하고, 납득해야 할까 망설였다. 제 과거를 자신의 일처럼 슬퍼하는 그녀가 제게서 아득히 멀어지는 중이라는 걸.

"고백을 했는데, 그다음을 모르겠네요."

"……."

"사과가 먼저인지, 설명이 먼저인지."

어렵게 토해 낸 진심이다. 수백 번 망설인 고백이다.

7년간 제자리걸음이었던 그를 단 몇 주 만에 움직이게 만든 사람이다.

한다옴의 세계로, 한다옴의 영역으로, 한다옴의 마음 안으로.

"피하는 사람도 있었고 외면하던 사람도 있었습니다."

당신처럼 함께 슬퍼했던 사람은 아쉽게도 많지 않았다. 안타까워하거나 혹은 무슨 잘못이 있어서 원한을 산 게 아니냐며 뒷말을 떠들던 사람도 있었다. 그러니 슬퍼하는 당신은 잘못이 없다. 다만.

"문제가 됩니까, 한다옴 씨한테."

그녀는 알 수 있었다. 그가 지금 자책하고 있다는 것을. 제 불우한 과거를 자신이 겁내고 두려워하고 있다 생각한다.

다옴은 섣불리 아니라고 말할 수 없었다. 당신의 과거가 두려운 것보다, 내 과거로 인한 당신의 마음이 어디까지 무너질지 그게 두렵다고 말하지 못했다.

부모님의 이야기를 털어놔야 하고, 당신의 표정이 어떻게 변할지 눈앞에서 지켜봐야 한다. 자신이 없다. 살인, 살해. 그 무서운 일을 겪은 당신에게.

그게 위로일지, 걱정일지. 아니면 괴로움일지.

"기다리면 됩니까?"

"……."

"그 생각 끝날 때까지."

이강준이라는 남자가 좋다. 어쩌면 사랑, 일지도 모른다는 생각도 했다. 내 마음이 이렇게 깊어진 만큼, 그저 당신의 과거를 내 아픔처럼 치유할 수 있다고 자신 있게 말할 수 있다면 얼마나 좋을까.

그녀는 눈물을 꾹 참고 고개를 끄덕거렸다.

"알겠습니다. 생각 끝나면 연락 줘요."

강준이 공방 밖으로 나가 2층을 올라가는 내내 그녀는 가만히 있었다. 인기척이 아예 들리지 않자 다음은 두 손으로 얼굴을 감싸 내리며 깊은 한숨을 내쉬었다.

좋은 사람이 되겠다고 했는데, 상처를 주고야 말았다. 당신을 웃게 만들고 싶다고 했으면서 그러지 못했다.

좋아하는 사람이 나를 좋아하는 기적 같은 일이 벌어졌다. 그 기적을 코앞에 두고 다음은 마지막 한 걸음을 더 나아가지 못했다.

내가 시작했고, 당신 역시 바라게 된. 우리는 그 기적을 완성할 수 있을까.

강준은 두려울지도 모르는 그녀를 걱정했고, 다음은 제 부모님의 죽음으로 그가 받을 상처를 걱정했다. 서로가 애틋하고, 서로가 가여웠다.

이미, 그런 사랑이었다.

✤   ✤   ✤

"회사 앞에? 이강준이?"

"응. 너도 나갈래?"

오전에는 풀 죽어 있더니 지금은 꽤 들떠 보이는 해림을 보며 명우는 어깨를 으쓱거렸다. 복도에서 우연히 만난 해림은 의외의 말을 전해 왔다. 회사 앞으로 강준이 찾아왔다는 것.

"아니, 난 편집장님이랑 점심 회의. 아마 도시락이나 까먹어야 할 것 같아."

"그럼 난 간다. 내 화장 어때?"

"진해."

"아이 씨, 너는 진짜."

대체 어디가 진하다는 거야. 해림이 투덜거렸다. 계속 외면당하면서도 강준에게 잘 보이기 위해 화장에 연연하는 모습이 꽤 애처로웠다. 명우는 신난 얼굴로 강준을 만나러 가는 해림을 배웅했다.

그놈이 해림이를 직접 찾아와? 무슨 일로?

명우가 찜찜한 얼굴로 중얼거렸다.

"불안한데."

"뭐가 불안해?"

"아 씨, 깜짝아."

분명 혼자인데, 다른 목소리가 튀어나오자 놀란 명우가 급하게 뒤를 돌아봤다. 윤주가 코너 쪽에 팔짱을 낀 채로 서 있었다.

"왜 숨어 계십니까. 대표실 가신 거 아닙니까?"

"진즉 갔다 왔지. 그리고 안 숨어 있었어. 너희 목소리가 큰 거지. 마케팅 정해림 팀장?"

"예."

"이강준 작가 얘기하는 거야?"

대체 어디서부터 들은 거야. 명우가 고개를 끄덕거렸다.

"예. 대학 때부터 셋이 친합니다. 아, 그냥 친구입니다. 진짜 친구."

"누가 뭐래? 시간 맞춰 와."

또각거리는 구두 소리가 사무실 쪽으로 멀어졌다. 명우는 들고 있던 파일로 머리를 긁적거렸다.

"미친. 나 왜 설명하고 있지."

불안보다 더한 찜찜함이었다.

✤　　✤　　　✤

"몸은 좀 괜찮아? 그때는 내가 정신이 나갔었어. 너도 힘든데, 내가
참 생각이 없다."

괜찮은 식당이 있다는 말에 강준은 점심 생각이 없다는 이유로 아무
카페로 걸음을 돌렸다.

커피를 사이에 두고 해림은 무작정 제 얘기부터 꺼내 놨다. 목소리,
눈빛, 그리고 태도에서 느꼈다. 그의 화가 여전하다는 것을.

"알고 있었어?"

"응? 뭘?"

"한다옴 씨 듣고 있었다는 거."

아. 신음을 삼킨 해림이 대답을 머뭇거렸다. 그가 묻는다면 이렇게
대답해야지, 생각해 놓은 것이 있는데 막상 차가운 얼굴을 마주하고 나
니 머릿속이 새하얘졌다.

"나는 몰랐지. 그 여자, 다 들었대? 아니, 그걸 왜 몰래 듣고 있는지
몰라."

해림은 태연한 척 모르쇠로 일관했다.

"그래서 좀 곤란해진 거야? 그때는 내가 정말 미안했어. 너 괜찮은
상태도 아닌데 갑자기 민정이 얘기 꺼내서."

표정 하나 변하지 않는 말에 그는 차가운 시선을 거두지 않았다. 분
명 모든 사실을 알고 왔다는 걸 눈치챘으면서도 거짓말을 하는 이유.
물어도 대답하지 않겠다는 의지였다.

해림은 모른 척 커피를 마셨다. 밥 안 먹어도 괜찮겠냐는 다정한 물
음 뒤에 무슨 속내가 있을까. 강준은 묻지 않기로 했다.

지난 7년을 그래 왔다. 가끔 죽은 민정이가 살아 돌아온 것 같은 착

각이 들게끔 행동하는 그녀를 늘 무시했었다. 탓하지 않았었고, 이러다 말겠지 싶었다.

저와는 전혀 다른 스타일의 옷을 주워 입고, 민정이 좋아하는 음식을 자신이 좋아한다 말하고, 민정이 즐겨 마시는 음료를 끼고 살았다.

모른 척하지 말았어야 했다. 무시하지 말고 그러지 말라 타일렀어야 했다. 너를 마음에 둘 여유 따위 없다고 설명했어야 맞았다.

강준은 깨달은 그 순간부터 명확해진 감정의 이유를 설명할 길이 없었다. 태도가 변한 다옴을 만난 후에도 마음은 달라지지 않았다. 오히려 더욱 확실해졌다.

한다옴이 필요하다.

한다옴의 웃음이 갖고 싶다.

한다옴에게 그저 좋은 사람이고 싶다.

강준은 이미 벌어진 일을 비난하지 않았다. 해림에게 그 일은 그저 지나간 일일 뿐이므로.

"나 그 여자 좋아해."

"……뭐?"

"좋아졌어, 그 여자가."

"이강준."

"그러니까 허튼짓하지 마."

동시에 해림의 표정이 비틀렸다. 자신의 단언이 마음에 들지 않다는 건 표정으로 알 수 있었다.

"너 민정이 다 잊었어?"

그 이름만 들으면 민정의 마지막 모습이 떠올랐다. 한때는 마음의 짐이었고 지금은 삶의 무게가 됐다.

"……아니. 못 잊지, 어떻게 잊어."

어떤 식으로든 약혼녀의 죽음은 평생토록 저를 쫓아다닐 것이다. 그는 부정하지 않기로 했다. 지난 시간 내내 그랬던 것처럼 앞으로도 떠올려지면 기억할 것이고, 생각나면 생각나는 대로 둘 것이다.

하지만 그것은 민정이 아닌, 다옴에게 허락을 구해야 하는 게 맞았다.

"그런데 그 여자가 좋다고? 말이 돼, 그게?"

해림의 언성이 높아졌지만 강준의 표정은 티끌 하나 변하지 않았다.

"좋아. 마음이 가."

"민정이 못 잊는다며. 그게 지금 무슨 말인데?"

"1년에 딱 하루만. 그리고 나머지 날들은 전부 그 여자 생각할 거야. 그러다 점점 잊히겠지. 잊히면, 그렇게 둘 거야. 애써 붙잡지 않아."

얼마나 만났다고, 얼마나 오래된 사이라고.

해림은 기가 막히면서도 황당했다. 그 수많은 날들, 저를 제쳐 둘 때는 언제고 얼마 보지도 않은, 약물 중독자라는 그 여자를 대체 왜?

"이런 얘기를 왜 나한테 하는데?"

이미 많은 것을 들킨 듯싶었지만 해림은 모른 척 물었다. 강준은 대답을 망설이지 않았다.

"알잖아."

"몰라. 내가 어떻게 알아."

"그 이름, 그만 이용해."

기쁜 마음으로 강준에게 오는 동안, 그녀는 아주 좋은 것들만 생각했다. 말할 생각이었다.

갑자기 발작을 일으킨 너를 보고 내 마음도 좋지 않았다고, 걱정했었다고.

그런데 이게 그 대가일까. 해림은 아무 말도 하지 못했다. 강준의 표정이 너무 차가워서, 싸한 말에 가슴 아파서, 온기 하나 없는 표정에 상처받아서.

그렇게까지 해야 너에게 관심받을 수 있을 것 같았다. 자괴감이 들며 자존감은 무너져 가지만 어쩔 수 없었다. 네 눈에 들기 위해, 네가 흔들렸으면 해서.

해림은 아무 말 없이 입술을 깨물었다.

"어머니랑 따로 연락하는 일도 없었으면 좋겠다."

"……나 네 친구야, 이강준."

"알아. 나는 너를 쭉 친구로 대했어."

강준이 몸을 일으켰다. 스무 살 때 만나 지금까지 쭉, 그들은 친구였다. 앞으로도 그럴 수 있었다. 그는 끝까지 모른 척하고, 그녀가 마음을 접었다면.

"이해가 안 되네."

"……"

"7년을 닫았던 마음이잖아. 어떻게 그렇게 쉽게 열려? 어떻게 내가 아니고 그 여자야?"

비참한 해림의 물음에도 강준은 할 말이 없었다. 그 누구도 대신할 수 없는 자리라 생각했다. 그런데 눈길이 갔고, 어느새 마음이 갔다. 마음이 그런 걸 어떻게 설명할 수 있을까.

"한다옴 씨 표정 어땠어."

"……뭐?"

"네 얘기 들었을 때 그 여자 얼굴이 어땠느냐고. 봤어?"

"야, 이강준."

"울지는 않았어?"

"너 지금 뭐 하는!"

"그럼 너는 내 앞에서 어떤 얼굴이었는데."

함부로 제 상처를 쑤시고 다녔던 너의 얼굴이 어땠느냐, 강준이 본인에게 직접 물었다. 해림은 곧장 입을 다물었다. 대답하지 않고 직접 깨달으라는 뜻이었다.

"이해했으면 됐다."

네가 될 수 없는 이유. 네가 대신할 수 없는 이유. 단 한 톨의 죄책감
도 느끼지 못했을 자신을, 그걸 스스로 깨닫게 하는 말에 해림은 무너
졌다.

강준은 그대로 뒤돌아섰다.

7화

좋은 사람

눈을 뜬 강준이 큰 숨을 몰아쉬며 몸을 일으켰다. 말 한번 걸어 보지 못하고 꿈에서 깼다. 피범벅이 된 이마, 피에 떡 진 머리카락. 순식간에 속이 메스꺼워지더니 구토감이 올라왔다. 강준은 화장실로 달려갔다.

"우욱!"

몇 번이나 속을 게워도 멀쩡해지지 않았다. 괜찮아지지 않았다.

찬물에 세수를 하고, 입을 헹군 강준이 숨이 찬 듯 가슴 위에 손을 얹었다. 마라톤을 한 것처럼 빨리 뛰는 심장이 진정되지를 않는다. 그는 다시 침실로 달려갔다.

협탁에서 약을 꺼내 입안에 털어 넣었다. 남은 약을 모두 털어 넣으니 빈 통이 됐다. 그는 빈 통을 벽 쪽으로 던지고서는 그대로 침대 위에 무너졌다.

약을 삼키고 얼마나 지났을까. 조금은 진정된 그가 숨을 헐떡거리며 고개를 들었다.

원망하는 눈. 그래, 너는 나를 그렇게 보고 있었다.

그날 너를 혼자 뒀기 때문에? 홀로 죽어 가던 네 옆에 없었으니까? 아니면 내가 너를 잊고, 다른 여자를 따라 웃어서? 네가 아닌 다른 여자가 좋다고 해서? 그 여자로 인해 숨을 쉴 수 있을 것 같다는 내 생각을 벌주는 거야, 너?

다음을 알게 되고 한동안 꾸지 않았던 꿈이 다시 시작됐다.

"하아."

그가 식은땀에 젖은 얼굴을 쓸어내렸다.

유독 바빴던 그날, 그녀를 보러 가지 못했다. 전화를 안 받길래 잠이 들었나 생각했다. 마감 시간보다 2시간이나 늦게 도착한 원고 교정을 볼 때였다. 내일 편집장 데스크에 올리려면 밤을 새워도 모자랄 듯싶었는데, 민정의 부모님으로부터 전화가 왔다.

"강준아……."

"예, 어머님. 어쩐 일이세요? 민정이는 전화 안 받던데."

"어떡하니, 우리 민정이, 민정이가……."

연락을 받고 미친 듯이 차를 몰았다. 몇 번 와 본 그녀의 집 풍경은 완전히 달라져 있었다.

몰려 있는 이웃들, 주변을 에워싼 경찰들, 폴리스 라인을 넘어가 민정에게 가려는데 누군가 그를 붙잡아 말렸다.

들어갈 수 없다 했다. 저리 낯선 사람들이 많은데 나는 안 된다고 했다.

왜 없어, 내가 저 여자 약혼자인데. 나는 저 여자 옆에 있어야 하는데.

경찰들을 뿌리치고 집 안으로 들어갔다. 저녁을 먹겠다는 메시지가 마지막이었다. 겨우 그 말이, 그런 말들이 너와 나에게 마지막이었다.

눈도 감지 못하고 죽은 그녀는 차가웠다. 만지지 않아도 알 수 있었다. 그녀가 얼음장처럼 식었다는 것은. 졸도한 장모와 넋을 놓은 장인어른, 현장을 조사 중인 경찰들 사이로 그는 주저앉아 오열했다.

살해와 살인.

무서운 단어들이 그녀의 죽음 앞에 따라다녔다. 그녀는 살해당했다. 얼굴도, 이름도 모르는 이에게, 이유도 원한도 없이 칼에 무자비로 찔려 생을 마감당했다.

왜 내게, 왜 우리에게 이토록 끔찍한 일이 생겼나 울부짖었던 몇 년. 점점 희미해져 가는 너를 붙잡았던 게 몇 년. 모두 잊으라고 말하는 너를, 기어코 붙잡았던 그 몇 년.

그 끝자락에 선 강준은 다른 이를 향해 마음을 약속했다. 끊임없이 제게 다가오는 이에게 이제는 표현하고 싶었다.

마치 그 생각을 벌주듯 꿈속에 찾아온 너지만, 나는 그래 볼 생각이다. 그래 보고 싶어졌다. 마음을 표현하는 걸 두려워했는데, 이제는 마음을 숨기는 게 무섭다.

너를 위해 울었던 지난 7년, 이제 남은 평생을 그 여자만을 보며 웃고 싶을 정도로.

그는 바닥에 떨어진 약통을 주워 들었다. 이런 마음으로, 이런 생각으로 감히 누굴 좋아하겠다는 건지.

새벽녘, 아직 해가 떠오르지도 않은 시간. 그는 창문 너머의 고요함을 문득 바라보다가 몸을 일으켰다.

오늘은 다옴을 볼 수 있을까. 말 한마디 섞을 수 있을까.

부질없이 기대했다.

✦　　　✦　　　✦

—이상하네.

"뭐가."

—무려 파스타를 먹자는데 이렇게 시큰둥한 반응은 내가 당황스럽지. 먹는 얘기만 하면 기분 업되는 애가.

"이모 탓이야. 하필 골라도 파스타를 골라."

원룸에서 공방까지 걸어서 5분. 고작해야 이 짧은 거리를 좀 오래 걸어 보겠다고 느리게 움직이고 있는데, 윤주에게 전화가 걸려 왔다. 파스타 맛집을 알아 놨다는 말에도 별 감흥이 없었다.

—크림 파스타 귀신이면서. 같이 저녁 먹고 내일 아침 일찍 움직이면 좋잖아. 너희 집에서 잠도 자고.

"입맛 없어. 그냥 내일 아침에 만나."

—뭐, 뭐가 없어? 네가 입맛이 없어? 어디 아파?

다옴은 골목을 걸으며 따뜻한 제 이마를 짚었다. 미열이 조금 있긴 했지만 아프다고 할 정도는 아니었다. 잠을 못 자서 그런 거겠지 싶었다.

"별로. 그냥 대충 때울래."

—진짜 맛있다는데. 나 추천받은 데야. 내가 너 아니면 누구랑 가냐, 이런 데를.

"얼마 전에 소개팅한다더니."

—개뿔. 나이 먹고 하는 소개팅에 뭘 기대를 해. 서른여덟 먹은 남자 머리가 어떻게 깡통이야. 맞춤법을 얼마나 틀리는지. 나 진짜 국어사전으로 정강이 깔 뻔했잖아.

소개팅남을 욕하다 무작정 저녁에 공방 앞으로 데리러 오겠다는 윤주에게 다옴은 내일 아침에 만나자며 다옴은 신신당부를 했다.

윤주는 어차피 아침에 만날 거 저녁부터 같이 있자고 했지만 지금 그녀는 그럴 기분이 아니었다.

"하필 파스타야."

그 남자 앞에서 아직 포크도 못 들었는데.

다옴은 한숨을 내쉬고서는 고개를 들었다. 생각도 하지 못했다. 공방 앞에 강준이 서 있을 거라고는.

지난 며칠 죽어라 피해 다녔다. 괜스레 그가 계단을 오르고 내리는 소리가 들려오면 모른 척했고, 공방 밖으로는 잘 나가지도 않았다. 이제는 골목을 쓸지도 않았다.

그가 출퇴근하는 시간에는 무조건 공방 안에 틀어박혀 있었다. 그와 눈이라도 한번 마주칠까 기웃거렸던 옛날과는 달랐다.

다옴은 공방 앞으로 다가가 고개를 숙여 인사하고 그의 옆을 비켜 나가려고 했다. 그는 대뜸 작은 쇼핑백을 내밀었다. 그녀가 좋아하는, 공방 근처 베이커리의 상표가 그려진 쇼핑백이었다.

"맨 처음 구운 거랍니다. 아직 따뜻해요."

"……."

"한다옴 씨가 내게 하던 겁니다."

그러니 거절은 말아 달라는 무언의 표현에 다옴은 할 수 없이 빵을 받아 들었다.

평소라면 같이 먹자는 말을 건넬 텐데, 커피 금방 내릴 테니 조금만 기다려 달라고 할 텐데 그녀는 꾹 입을 다물었다.

강준은 아무 말 없는 그녀를 내려다보다 뒤돌아서 계단을 올랐다. 저벅저벅. 무거운 발걸음 소리가 멀어졌다.

다옴은 빵 때문에 따뜻한 쇼핑백을 끌어안았다. 가슴이 두근거렸다. 고장 난 것처럼, 또 눈치 없이 빨리 뛰고 만다. 그녀는 미열 때문일 것이라고 애써 모른 척했다.

✤   ✤   ✤

아래층 여자가 주는 영향력은 지대했다. 태어나 처음으로 마감을 지키지 못했다. 외주 담당자는 몇 년째 연재를 맡긴 그가 마감을 지키지 못하자, 그럴 수도 있지 않냐며 반나절의 시간을 더 주었다. 그럼에도 그의 기분은 나아지지 않았다.

"아픈 것 같던데."

살짝 상기되면서도 열감이 느껴지던 얼굴이 잊히지 않는다.

썼다가 지우기를 반복한 지 벌써 몇 시간. 문득 휴대폰 알람이 울렸다. 하루에 한 번 울리던 알람을 무시한 지 며칠이 지났다. 약이 떨어져 다시 병원에 가야 하는데, 그도 쉽지 않았다.

강준은 잠시 머리를 식히기 위해 눈을 감고 의자 헤드에 머리를 기댔다. 이제는 눈을 감으면 가장 먼저 다옴의 얼굴이 떠올랐다. 우습다. 얼마 전까지만 해도 밀어내기 바쁜 여자를, 이제 마음에 담기 바쁘다.

눈을 뜬 그가 미간을 좁혔다. 다시금 두통이 시작됐다. 그의 머리를 앓게 하는 이는 다옴이었다.

7년 만에 세입자와 건물주로 다시 만났다. 그녀의 지인이라고는 아는 사람이 단 한 명도 없다. 이름, 직업, 사는 곳 정도가 전부인 그녀에 대해 더 알고 싶은데 그럴 방법이 없었다.

그동안 그녀와의 관계에 대해 그 어떠한 노력도 하지 않았기 때문에.

"할 수 있는 게 없네."

그가 허탈하게 중얼거렸다.

✤   ✤   ✤

"왜 맛있고 난리야. 우울해지게."

그가 사 온 버터 식빵은 촉촉했고, 부드러웠으며, 맛있었다. 갓 구워 낸 식빵이라 그런지 냄새마저 아주 좋았다. 입맛이 없다고 파스타는 쳐 낸 주제에 같은 글루텐인 빵은 이토록 잘 먹고 있다니.

우걱우걱 빵을 씹고, 그가 함께 사다 준 흰 우유를 마셨다. 그의 영 향이 끼친 모든 것들이 다디단 것처럼 우유마저 고소함보다는 단 맛이 짙었다.

나 같으면 미울 텐데. 좋다고 달려들 때는 언제고 하루아침에 이렇 게 변해 버리면.

다옴은 입술을 꾹 깨물고 다시 빵을 찢었다. 자신을 미워하지 않는 그가 고맙고, 한편으론 지금 무서운 게 그의 과거인지 나의 과거인지 알 수 없어 혼란스러웠다.

또 빵은 맛있어서 짜증 나고, 그와의 연애를 설레는 마음으로 기대 하면서도 두려워하는 이중적인 제 모습에 이골이 났다.

고민 또 고민해 봤자 끝나지 않을 고민.

사실대로 말하고 털어놓을까.

다옴은 곧장 고개를 저었다. 여전히 약을 손에서 놓지 못한 그의 결 론이 어떻게 날지 모른다.

문득 다옴이 창 쪽으로 고개를 들었다. 맞은편 통창으로 그의 차가 빠져나가는 게 보였다. 그녀는 곧장 시간을 확인했다. 점심이 지났다. 그가 움직일 시간은 아니었다.

"밥은 먹고 일하지."

이제는 좋아하는 반찬들을 알아 가기 시작했는데, 이제는 도시락을 맞은편에 놓고 마주하게 됐는데. 다옴이 한숨을 내쉬며 남은 빵을 다시 포장했다.

점심 약속이라도 있는 걸까. 설마 그 뱁새처럼 얄밉게 생긴 여자는 아니겠지.

다옴이 작업대 앞에서 몸을 일으켰다. 벽에 걸어 놓은 거울에 제 모습이 비쳤다. 상기된 얼굴을 바라보며 푸석푸석해진 볼살을 잡아 뜯었다.

"몸살인가."

약국 다녀올 시간이 있을까 그녀가 머릿속으로 셈하기 시작했다. 곧 있으면 수업 시간이었다.

✢　　✢　　✢

"그래도 좋아지셨네요. 증상이 많이 없으셨나 봐요. 3개월 치를 처방해 드렸는데 6개월이나 드셨어요."

주치의가 차트를 확인하며 말했다. 강준은 다옴을 만난 직후로부터 줄어든 약 복용과, 그녀와 틀어지기 시작한 후로 늘어난 약 복용에 대해 설명을 덧붙이지 않았다. 주치의는 바라는 눈치였지만 그는 되도록 빨리 이곳을 벗어나고 싶었다.

그동안 바쁘다는 핑계로 상담을 미뤄 왔다. 믿는 눈치는 아니었다. 지난번도 이런 식이었으니, 예상했다는 얼굴로 고개를 끄덕거렸다.

다만 다음에는 얘기를 나누고 싶다는 말에 강준은 어떤 대답도 않고 병원을 나섰다.

약국에 들어선 강준은 말없이 약사에게 처방전을 내밀었다. 곧 약사가 그의 이름을 불렀다. 뭐라 뭐라 설명하는 말은 수개월 전에도 들었던 내용이었다.

약 복용에 대한 주의 사항을 듣고 강준은 다시 다옴의 얼굴을 떠올렸다.

감기 기운이 있는지 수척해 보이던 얼굴, 잠을 못 잔 건지 붉게 달아올라 있던 눈동자.

약국에서 나온 강준은 다시 작업실로 향했다. 곧 있으면 공방 수업이 시작될 시간이다. 그는 속도를 높였다. 다행히 그녀는 공방 앞에 나와 있었다.

화분을 정리하던 다옴은 차에서 내리는 그를 발견하고 멈칫거렸다. 강준은 가까이 다가가지 않고 그저 바라만 봤다.

다옴이 어색하게 웃으며 손에 들고 있던 화분을 가리켰다.

"화분을, 만들었거든요."

계단을 사이에 두고 있던 거리가 강준의 걸음으로 좁혀졌다. 그는 화분을 옮겨 심느라 지저분해진 작은 손을 내려 보다가 들고 있던 약 봉투를 내밀었다.

"열 있는 것 같던데."

"아."

"먹어 둬요."

손에 쥐여 줬다가는 화분을 떨어트릴 기세라 강준은 다른 화분 위에 약을 올려놨다.

"이거 사러 나갔다 오셨어요?"

"간 김에 산 겁니다."

"어디 아파요?"

약국 갈 일이라면 아파서 가는 것 말고는 없으니 놀란 물음이 튀어나왔다. 민망해진 다옴이 곧장 입술을 깨물었다. 강준의 표정이 부드럽게 풀렸다.

"그냥, 두통약입니다."

"식사."

그의 말이 끝나기 무섭게 다옴이 물었다. 강준은 고작 두 음절에 기대감을 감추지 못했다.

"하셨어요?"

"안 먹었으면 같이 먹어 줍니까?"

비겁하고 치졸하기 그지없다. 나약한 점을 들먹여 여자의 마음을 흔들리게 한다. 동정이라면 당연히 쳐 냈을 감정을 이제는 동정이어도 좋다며 바라고 있다. 연민이어도, 고작 측은함이라 해도.

다옴은 그가 평범한 두통약을 샀을 거라 생각하지 않았다. 빈속에 그 독한 약을 들이부을 생각인가.

마음 같아서는 따뜻한 국물을 파는 집에 데려가고 싶었다. 밥 한 그릇을 깨끗하게 비우는 걸 봐야 답답한 속이 풀릴 듯싶었다. 하지만 아직은 아니었다.

그의 눈을 쳐다보면 눈물이 날 것 같았고, 웃을 자신이 없었다.

대답 없는 그녀를 내려다보며 그는 말 없는 한기를 느꼈다. 숱하게 밀어내고 거절했으면서 고작 한 번 거절당했다고 이렇게 가슴 아플 건 또 뭐람. 그가 속으로 조소했다.

"아직 안 끝났습니까."

"……."

"그 생각이라는 거."

그녀가 커다란 눈을 들어 그를 올려다봤다. 금방이라도 왈칵 눈물이 터져도 이상하지 않을 얼굴에 강준은 마음이 쓰렸다.

"곧, 끝나요."

"나한테 듣고 싶은 얘기는."

"……."

"없어요?"

당신이 궁금한 게 있다면 뭐든지. 당신이 혼자 아파하고 있다면 뭐든지.

강준은 마음먹었지만, 다옴은 고개를 흔들었다. 곧 그녀가 표정을 갈무리하고 뒤로 한걸음 물러섰다. 마치 영원히 멀어지는 것만 같아 강준은 그녀를 잡고 싶었다.

"오롯이 저 혼자 결정하고 싶어요."

강준은 그녀의 물러섬에 상처받지 않기로 했다. 제가 물러서 있던 동안 끊임없이 문을 두드리던 그녀니까.

"그렇게 하죠."

자신도 분명, 그럴 수 있었다.

✤　　　✤　　　✤

"저 이강준 작가한테 다녀오겠습니다."

편집장실에 찾아와 집필 계약서를 흔들며 명우가 씨익 웃어 보였다. 드디어 계약서에 정식으로 도장을 받아 오게 되었으니 칭찬 좀 해 달라는 얼굴에 윤주는 무심한 어투로 되물었다.

"작업실로?"

"네. 그럼요."

"나도 같이 가자."

종일 다음을 걱정하고 있던 윤주는 잘됐다 싶어 가방과 휴대폰을 챙겼다. 당황한 명우가 그대로 선 채 그녀를 바라봤다.

"어디를요?"

"이강준 작가님 작업실."

"편집장님이 왜요?"

툭 튀어나온 물음에 윤주가 그를 돌아봤다. 뭐 그런 질문을 하냐는 듯이 옷을 갈무리했다.

"왜. 나는 가면 안 돼?"

"아니, 뭐 그런 건 아니지만."

"걱정 마. 난 거기 1층에 볼일 있는 거니까."

1층이라니. 거긴 한다옴 씨 공방인데.

"한 차로 가자. 네 차 괜찮지?"

생각을 정리해야 하는데 그 틈을 비집고 윤주는 그를 지나쳐 갔다. 윤주는 설명도 덧붙이지 않고 그에게서 계약서를 뺏어 들어 마지막으로 조항들을 꼼꼼하게 살폈다. 제가 골백번도 더 봤다고 말해도 들은 척도 안 했다.

명우는 차에 올라타고 나서야 물을 수 있었다. 한다옴 씨와는 어떻게 아는 사이냐고. 도무지 그의 좁은 식견으로는 추론을 할 수 없었다. 나이 차이도 있어, 성격도 반대야, 도무지 접점이 없는데?

윤주는 더운지 머리를 높게 올려 묶으며 대답했다. 조카라고. 명우가 꽥 소리를 질렀다.

"아니. 어, 언제부터요?"

뭐 이런 황당한 질문을 할까. 윤주가 코웃음 치며 손목에 걸린 끈으로 머리를 마저 동여맸다. 명우는 새하얗게 드러난 목선에, 또 그 뒤로 풍겨 오는 향기에 홀린 듯 시선을 뺏겼다.

"조카 태어날 때부터. 그리고 앞에 봐. 나 죽일 거니?"

"아, 예."

갑자기 머리는 왜 묶어. 향수는 또 왜 바꿨는데.

헛기침을 내뱉은 명우는 운전에 집중하려고 애썼다. 불행히도 갑자기 들이닥친 그녀의 낯선 모습에, 이모와 조카 사이라는 윤주와 다옴의 관계 때문에 머릿속은 복잡했다.

"아침에 통화했는데 몸이 별로 안 좋은 것 같아서 가 보려고."

"아니, 근데 그 위층이 이강준 작가 작업실인 건 어떻게 아셨는데요? 다옴 씨가 얘기했어요?"

"너 내 조카한테 명함 줬더라."

그새 그걸 또 봤다는 말인가. 그러면 다옴 씨는 다 알고 있었다는 얘기인데.

"수작 부리면 어떻게 되는지 알지?"

"……알죠, 감히 편집장님의 조카님인데."

"알면 됐다."

"그런데 왜 말씀 안 하셨습니까? 다옴 씨가 조카라고?"

윤주가 아리송한 얼굴로 명우를 돌아봤다.

"왜 해야 하는데? 너 나랑 친해?"

"그럼 안 친합니까?"

"이게 어디서 따박따박."

"굳이 감출 이유도 없지 않습니까."

"떠벌릴 이유도 없어."

하여튼 정 없게 선 긋는 거 하나는 확실하다니까. 부사수로 시작해 지지고 볶으며 일하게 된 지도 꽤 시간이 흘렀다.

이 정도면 친한 사이라고 할 만한데도 매정하게 굴어야 꼭 직성이 풀리는 듯싶었다. 명우는 차선을 바꾸며 물었다.

"그런데 다 큰 조카가 아프다고 회사 내팽개치고 나오는 이모가 흔한가."

"흔한가는 반말이지."

"……예예, 흔합니까? 다옴 씨 부모님은요? 멀리 계세요?"

윤주가 휴대폰을 가방에 집어넣으며 한숨을 참았다. 그냥 택시 타고 갈걸, 편하게 가겠다고 왜 차를 얻어 타서는.

"두 분 다 돌아가셨어. 몇 년 전에."

생각지도 못한 대답에 얼어붙은 건 명우였다. 담백하고 심플한 목소리로 엄청난 말을 내뱉은 윤주는 태연했다.

"……이모, 라면서요."

"그런데?"

그게 아니잖아. 당신의 언니나, 당신의 여동생이 죽었다는 얘기잖아.

명우가 마른 입술을 깨물었다. 얼굴색 하나 변하지 않는 윤주 때문에 이 상황이 당황스러운 건 고작 자신뿐이었다.

"아니, 뭐 그런 얘기를, 그렇게 아무렇지도 않게 합니까. 듣는 사람 당황스럽게."

"내가 슬프지, 네가 슬프니. 말 걸지 마. 나 눈 좀 감고 있게."

팔짱을 낀 윤주가 조수석에서 한참을 뒤적거리다 눈을 감았다.

놀라고 복잡해진 내가 이상한 건지, 무거운 얘기를 가볍게 털어놓는 그녀가 이상한 건지.

명우는 애써 쓰이는 마음을 뒤로 감췄다. 뭔가 알고 싶지 않은. 알면 안 될 것 같은 마음이었다.

✤　　✤　　✤

"진짜 괜찮네."

"거 봐. 괜찮다고 했잖아."

"아니, 네가 먹을 걸 마다하니까 그렇지."

낯선 차가 공방 앞에 서더니 명우가 내렸다. 강준을 보러 왔겠지 싶었는데 조수석에서 윤주가 내리니 놀라지 않을 수 없었다.

수업이 끝난 후, 수강생들을 배웅하던 다움은 만나자마자 이마부터 짚어 보는 윤주를 보고 한숨을 내뱉었다. 그녀의 시선이 윤주의 뒤에 선 명우에게 닿았다.

"오면서 들었어요. 두 분이 이모, 조카 사이시라고."

"저도 늦게 알아서 말씀드릴 타이밍을 못 잡았어요."

"그럴 수 있죠. 그런데 어떻게 이런 이모 밑에서 이런 조카님이 있을 수 있는지……."

손바닥으로 윤주를 한 번, 다옴을 한 번 가리키며 명우가 장난스레 말했다. 윤주가 홱 돌더니 그를 째려봤다.

"꺼질 생각 없니?"

"뭐, 오신 김에 작가님이랑 인사라도 나누시죠?"

"나중에. 정식으로 비싼 밥 대접한다고 말씀드려."

"이따 갈 때는 어떡하실 건데요?"

"택시. 그리고 나는 퇴근."

윤주가 다옴의 손을 잡고 공방 안으로 들어갔다. 쩝, 소리를 낸 명우는 곧장 2층으로 올라갔다. 문을 두드리니 강준은 금방 모습을 드러냈다.

또 무슨 일이 있었는지 얼굴이 말이 아니었다. 한다옴이 아픈 게 아니라, 이강준이 아픈 거였나?

"뭐냐. 너 아파?"

"별로. 넌 왜 얼빠져 있냐."

아, 내 표정이 그랬나. 명우는 안으로 들어서며 제 턱을 만지작거렸다.

"우리 편집장이 한다옴 씨 조카래."

"뭐?"

명우는 순간 제가 한 말을 다시 떠올렸다. 앞뒤가 바뀌어도 너무 심각하게 바뀌어 버렸다.

"아. 다옴 씨가 우리 편집장 조카래. 이모랑 조카 사이, 뭐 그런 거."

강준은 잠깐 명우의 말을 되새기는 듯하더니 그러냐는 듯 태연하게 고개를 끄덕거렸다. 아무 반응도 아니어서 순간 알고 있었냐고 되물을 뻔했다.

커피를 내리던 중이었는지 금방 커피 두 잔을 들고 온 강준은 소파 앞 테이블에 컵을 내려놓고 수정된 계약서에 시선을 돌렸다.

"뭐야. 왜 안 놀라?"

"그거나 줘."

"알고 있었어?"

"중요한 거야?"

"우리 편집장! 우리 편집장 조카라니까?"

"다행이네."

이건 또 웬 생뚱맞은 소리.

"뭐가?"

"혼자는 아니었을 거 아니야."

제가 내린 커피를 들고 한번 향을 음미하던 강준이 차분히 대답했다. 명우는 뚱한 얼굴로 되물었다.

"다음 씨 부모님 안 계신 거 알고 있었어?"

"어."

"그렇게 친해졌어, 둘이?"

머릿속에서 뭔가가 울렸다. 이건 단순히 친해졌다는 결론에 다다를 수 없다. 오가다 인사하는 세입자와 건물주의 친밀함에서 나올 수 없는 느낌이었다.

"쓰읍, 수상해."

"뭐가."

"굉장히 수상해, 지금."

"계약서나 내놔."

"너 다음 씨랑 무슨 일 있냐?"

"그런 거 없어."

"없기는. 내 촉이 지금 딱 제대로 발동했는데."

촉은 무슨. 강준은 그의 손에서 빼앗듯이 계약서를 낚아챘다. 별것 없는 집필 계약서를 쭉 확인하며 강준은 만년필을 손에 들었다. 이미 수정한 계약서를 다시 뜯어고치는 중인데, 명우는 그러거나 말거나 다른 곳에 집중했다.

그러고 보니 며칠 전 회사 앞으로 강준이 찾아왔다며 기뻐하던 해림은 그날부로 반차와 연차를 한꺼번에 냈다. 벌써 3일째 회사에서 보이지 않았다. 갑자기 무슨 연차를 썼냐는 메시지에 몸이 좀 안 좋다는 답변이 전부였다.

설마, 이 촉과 연관이 있나?

"야, 나 지금 촉 제대로 발동했어."

"그런 거 없다니까."

"정해림 아프대. 3일째 연차야."

"병원 가라 그래."

"너 다옴 씨랑 사귀냐?"

강준의 표정이 살짝 흔들렸다. 명우는 그 틈을 놓치지 않았다. 초등학교 때부터 붙어 다닌 성과가 드디어 발휘하는 걸까, 살짝 설레기까지 했다.

"사귀어? 진짜?"

"헛소리 말고 수정 사항 확인해."

"그럼 뭐야. 아직 썸인 거야?"

"차였어. 그러니까 확인하라고."

"뭘 해? 차여? 네가?"

와락 소리를 지른 탓에 명우의 목소리가 1층까지 들렸다고 해도 과언이 아닐 정도였다.

"아니, 고백을 했어? 언제? 네가 고백을 했다고? 직접?"

"그만하지."

"아니, 어느 틈에? 어쩌다가? 정해림도 알아? 그 계집애 그래서 골난 거야?"

"신명우."

"대체 뭔데? 아니, 7년 동안 수절한 것처럼 살던 너를 다옴 씨가 어떻게 움직인 건데?"

대답을 들을 생각은 있는 건지 다다다 질문을 쏟아 내는 음성이 들떠 있었다. 명우는 작업실에 누가 있는 것도 아닌데 마치 아무도 들으면 안 되는 말이라는 양 고개를 쭉 내밀더니 속삭였다.

"어디까지 갔는데?"

이 새끼를 그냥.

"차였다고."

"진짜? 다옴 씨가 너를? 아닌데. 분명 다옴 씨 너한테 관심 있는 눈치였는데."

명우가 팔짱을 끼더니 눈알을 굴렸다. 지금 그의 관심사는 계약이 아니라 오롯이 강준이 차였다는 팩트였다. 산만하게 다리를 떨며, 또 손가락으로 머리를 짚더니 손가락을 튕겼다.

"설마."

"뭘."

"정해림이 파투 냈어?"

"와. 똑똑하네."

영혼 없는 감탄과 함께 강준이 미간 사이를 찌푸렸다.

"딱 답 나오는데 뭘 그래. 텀이 그렇잖아. 그새 너는 고백을 했는데 차였고, 갑자기 네가 회사 앞으로 찾아왔고 정해림은 그날 후로 앓아눕고."

"됐으니까 수정 사항 확인하라고."

"설마 해림이가 민정이 얘기한 건 아니지?"

정말 아닐 거란 마음에 가볍게 던진 질문인데 딱 맞아떨어진 건지 강준이 대답을 회피했다. 명우가 크게 숨을 내뱉었다. 미친 계집애, 짧게 중얼거린 명우는 제 머리가 아픈 듯 머리칼을 쥐어뜯었다.

"걔는 아, 진짜. 똑똑한 애가 핀트 나가면 이상한 짓을 한다니까. 그러게 차라리 진즉 차 버리지 그랬어. 괜히 혼자 헛물 안 켜게."

그는 한참을 더 그랬다. 마치 제 일인 양 해림을 향한 화를 참지 않았다. 강준은 그러거나 말거나 커피를 마시며 테이블 위에 놓인 책을 손에 들었다.

너는 책이 눈에 들어오냐며 명우가 중간에 힐난했지만 그는 침착하려고 애썼다. 지금 그 누구보다 불안하고 복잡한 건 바로 자신이니까.

"그래서. 다옴 씨는 뭐라는데?"

"생각할 시간을 달래."

"……뭐, 이해 못 하는 건 아니지만."

해림이 어떤 식으로 얘기했을지 빤히 보였지만, 명우는 섭섭한 듯 중얼거렸다. 강준은 모른 척했다.

충분히 이해한다, 또 이해한다. 나는 당신을 이해하지 않으면 이제 당신 옆에 설 수 없는 사람이니까. 자기를 위한 주문을 끊임없이 걸었다.

명우는 책에서 시선을 떼지 않는 강준을 보며 물었다. 괜찮느냐고.

"어, 괜찮아."

단조로운 대답이었다.

"대체 언제부터 좋아한 거야? 몇 달은 더 걸릴 줄 알았더니."

마치 앞일을 예견한 듯 명우가 물었다. 애초에 대답할 수 있는 질문이 아니었다.

한다옴이라는 여자를 좋아하게 됐다. 결국 시간문제였던 감정을 이제야 인정하고 만 것이다. 이제는 그가 다옴을 기다릴 차례였다.

강준이 창밖을 바라봤다. 일분 일초, 그녀와 함께이고 싶은 시간이 홀로만 흘러갔다.

새벽부터 통화 소리가 심상치 않더라니 결국 일이 터졌다. 다옴은 나갈 준비를 마친 윤주를 배웅했다.

"혼자 갈 수 있겠어?"

"응. 괜찮아. 이모 정신없겠다."

"하필 단독 인터뷰 싣는 국회의원 성 추문 사건이 터질 게 뭐라냐. 주말인데 편집 팀 다 비상소집이야. 바로 다음 달 실릴 거라 전부 엎어야 해. 대표도 온다는데 안 갈 수가 없네."

"괜찮다니까. 얼른 가 봐."

"택시 타. 멀잖아."

조카 혼자 보내는 게 마음에 걸렸는지 윤주는 현금을 꺼내 택시라도 타고 가라며 손에 쥐여 주었다. 급히 윤주가 출근하고 다옴은 마저 나갈 준비를 했다.

"봐, 너는 이렇게 화사한 색이 잘 받는다니까? 누구 닮아서 이렇게 예뻐?"

"당연히 엄마 닮아 예쁘지."

"어어? 다옴이 너, 언제는 아빠 닮아 네가 예쁜 거라며?"

"에이. 피부는 엄마 닮고 이목구비는 아빠 닮았어. 됐지?

한참을 서서 옷을 골랐다. 부모님은 제가 무엇을 입든 좋아해 줬지만, 오늘만큼은 더 예쁘고 특별해 보이고 싶었다.

그녀는 일부러 검은 옷 대신 밝은 원피스를 골라 입었다. 짐이 많아 불편하겠지만 예뻐 보이고 싶은 마음이 더 컸기에 어쩔 수 없었다.

"대신 운동화를 신자."

원피스에는 구두가 더 어울리겠지만, 그녀는 깔끔한 흰색 운동화를 골라 신었다. 현관 앞에 챙겨 놓은 짐을 들고 서둘러 원룸을 나섰다.

윤주와 함께 움직이면 서두르지 않아도 됐겠지만 그러지 못하게 됐으니 조금이라도 바쁘게 움직여야 했다.

"큰길까지 걸어가는 게 일이겠는데."

택시를 잡으려면 큰길까지 나가야 하는데, 택시가 잡힐까. 다옴은 끙 끙대며 짐을 어깨에 들었다. 양어깨에 커다란 쇼핑백을 멘 그녀를 사람들이 간혹 쳐다보고는 했다. 하늘거리는 원피스와 전혀 안 어울리는 모습이기는 했다.

3분도 걷지 않았는데 벌써 힘이 들었다. 잠시 숨을 고르며 멈춰선 다옴의 가까이 그림자가 졌다. 그녀가 뒤를 돌아봤다. 작업실에 가는 길이던 강준이 바로 뒤에 서 있었다.

"공방 가는 겁니까?"

그가 그녀의 어깨에 걸쳐진 짐을 대신 들었다. 순식간에 가벼워진 어깨에 살 것 같은 기분을 느꼈지만 다옴은 그를 마주칠 거란 상상을 못 했는지 당황했다.

"어, 아니요."

강준은 그제야 낯선 원피스 차림의 그녀를 위아래로 살폈다. 혼자 생각해 보겠다고 하고 몰래 선보러 가는 차림이라 할 만큼 오해의 소지가 충분했다.

다옴은 급작스러운 상황에 놀란 것인지 말이 잘 나오지 않았다.

"부모님한테 가요. 오늘 기일이셔서."

다옴은 얼마 전 죽은 약혼녀의 기일을 챙겼을 그를 떠올리며 머뭇거리다가, 결국 솔직하게 얘기했다. 맞선 같은 오해는 그녀도 싫었으니까.

"같이 갑시다."

"네, 네?"

"작업실 앞에 차 있어요. 데려다줄게요."

"아니, 저기."

거절하려는 뉘앙스를 풍기자 강준은 대답 없이 그녀를 지나쳐 갔다. 빠른 걸음을 겨우 따라잡았는데 그는 트렁크에 제 짐을 싣고 있었다.

"저 괜찮아요. 혼자 갈게요."

"무겁잖아요."

"아니, 그래도."

"말 안 겁니다."

"……."

"신경 안 쓰이게 할 테니까 탑시다, 그만."

트렁크를 닫은 강준은 마치 그녀에게 어떤 선택지도 없다는 듯이 굴었다.

굳이 큰길까지 가서 택시를 잡지 않아도 되고, 터미널까지 짐을 끙끙대며 들고 갈 이유도 없다. 택시가 산 중턱까지 가 주리라는 보장도 없었다.

그 어떤 선택지보다 최상의 선택지가 눈앞에 놓였는데도 다옴은 마음이 편치 않았다. 자꾸 보면 흔들리는데, 자꾸 보면 내 마음이 마음 같지 않게 구는데.

운전석에 오른 그를 흘겨보며 그녀가 한숨을 뱉었다.

"뭘 자꾸 같이 가재."

무슨 일이 일어날 것만 같은 하루의 시작이었다.

✤　　　✦　　　✤

가져온 그릇에 음식을 정갈하게 담고, 직접 만든 나무 술잔에 매실주를 따랐다.

매년 6월이 지나면 농장까지 매실을 사 와 엄마는 술을 담갔고, 아빠는 그런 엄마의 매실주를 좋아했다. 그 맛이 날지는 모르겠지만 그녀는 몇 해 전부터 기일마다 매실주를 담그고는 했다.

묘지 앞에 짐을 내려 두고 강준은 말없이 돌아갔다. 아마 산 중턱까지 차를 타고 올라왔으니 그곳에 가 있을 게 뻔했다.

다옴은 왔던 길을 혼자 걸어가던 뒷모습을 잠깐 떠올리다 늘 하던 것처럼 돗자리 위에 앉아 이야기보따리를 늘어놓았다.

공방을 오픈했고, 가까운 원룸으로 독립을 했고, 곧 있으면 중급반 수업도 열 수 있을 것 같아 기쁘다고. 윤주가 얼마 전에 소개팅에서 맞춤법에 취약한 남자를 만났으며, 그리고 또 한 남자를 만났는데 마음껏 좋아하고 싶어도 쉬사리 용기가 나지 않는다는 말 역시.

"비가 오려나."

문득 하늘을 올려다본 다옴이 미간을 찌푸렸다. 저 멀리 높은 산 쪽으로부터 먹구름이 몰려오고 있었다. 일기 예보도 다 확인했는데.

"오늘은 일찍 가야겠다."

아쉬운 듯 짤막한 인사를 나눈 다옴은 먹구름이 가까워지자 서둘러 음식을 다시 쌌다. 어떻게 알았는지 몇 걸음 가지도 않았는데 다시 산길을 돌아오는 그가 보였다.

멈춰 선 다옴은 뚝뚝 떨어지는 빗방울을 느꼈다. 그는 어느새 가까이 다가와 그녀가 어깨에 멘 쇼핑백을 대신 들었다.

말 한마디 없이 등을 돌려 돌아가는 모습이 울적하리만큼 서글펐다. 다옴은 천천히 그를 따라 걸었다. 그가 남겨 놓은 발자국 위로 제 발자국을 남겼다.

차가 있는 곳까지는 걸어서 10분. 무거운 짐을 든 그는 힘들 법한데도 속도를 줄이지 않았다. 땅만 보고, 그가 남긴 발자국만 보고 걷던 다음은 비가 쏟아지기 직전에 차에 도착했다는 것을 알았다.

"비 온다는 말이 없었는데……."

조수석에 오른 다음은 괜스레 어색한 분위기에 머뭇거리며 말했다. 강준은 곧장 하늘을 확인하고 시동을 걸었다.

"빨리 가면 될 겁니다."

장대비라도 내릴 모양인지 하늘은 금방 어둑어둑해졌다. 드라마의 한 장면과도 같았다. 하늘이 이렇게 금방 깜깜해질 수 있는 건가. 이제 점심시간을 막 넘겼다고는 믿어지지 않았다.

다음이 심각한 얼굴로 하늘을 보는 동안, 가느다랗던 빗줄기는 더욱 거세졌다. 이대로 무사히 산길을 빠져나갈 수 있을까 걱정스러웠다.

"좀 어둡네요."

가로등도 없는 산길인지라 라이트 두 개를 다 켰는데도 간신히 길이 보일 정도였다. 다음은 밤처럼 어둑해진 하늘과 그를 번갈아 봤다.

내리막길이 계속되자 속도를 낮추던 강준은 맞은편에서 두 팔을 흔드는 사람의 형상이 보이자 차를 세웠다.

"이 근처 사는 분인가 봐요."

갑작스러운 소나기에 비가 올 줄 모르고 그냥 나온 건지 60대를 갓 넘긴 듯한 남자가 차 쪽으로 뛰어왔다. 강준이 차창을 살짝 내렸다.

"아이고! 차 좀 얻어 탈 수 있을까요. 요 아래가 내 집인데 도통 걸어갈 수가 없네. 도로가 하나라 가는 길일 거예요!"

"예. 타십시오."

시트가 젖을 텐데도 강준은 흔쾌히 남자를 차에 태웠다. 그는 곧장 뒷좌석에 올라탔다.

"하늘에 구멍 뚫린 줄 알겠네. 이 동네가 비가 그렇게 많이 오는 동네가 아닌데 말이에요. 어디 위에서 오시는 길이면 산소라도 다녀오셨나 봐요?"

"네."

젖은 겉옷을 벗어 돌돌 감은 남자가 제 품에 옷을 꼭 껴안으며 말했다. 시트가 젖을까 염려하는 모습이 역력했다. 다옴이 작게 대답하고서는 강준을 돌아봤다. 오히려 차주인 그는 아무런 신경도 안 쓰는 듯했다.

그가 무심한 표정으로 히터를 켰다. 시트의 앉은 자리부터 따뜻해지기 시작하자 공기는 금방 포근해졌다.

무심한 듯 차가워 보이면서도 알고 보면 따뜻한 사람. 다옴은 괜히 기분이 좋아졌다. 몽글몽글, 차 내부가 따뜻해지면서 마음도 따라 움직이는 것 같았다.

"어디서 오셨어요?"

"서울이요."

"아이고, 가려면 한참이겠네. 산 아래 다리 건널 때 조심해요. 비 이렇게 많이 올 때는 산사태도 종종 일어나니까."

"……네?"

'산사태'라는 단어 설정에 비하면 목소리는 너무나 심플했다. 마치 집 앞에 들고양이가 내려왔다고 설명하는 듯.

그때였다. 잿빛 하늘에서 우르르 쾅쾅, 효과음 같은 큰 소리가 나며 번개가 쳤다. 순간 하늘이 번쩍 밝아졌다가 다시 어두워졌다. 남자가 그것 보라는 양 말을 이었다.

"산사태만 일어나나. 작년에 비가 이만큼 올 때는 전선 가로등이 엎어져서 승용차를 덮쳤지 뭐예요. 이 동네가 몇 년 전부터 공사한다고 산을 죄다 깎아 놔서 이렇게 비만 오면 산이 허물고 그래요."

"아……."

"비 그칠 때만이라도 좀 쉬었다 가시지."

쉬다니, 어디서?

다옴이 슬쩍 뒤를 돌아보는데 중년의 남자가 말을 덧붙였다.

"다행히 우리 집이 펜션을 해요. 언어 탔으니 내 반값만 받을게요. 오픈한 지 얼마 안 돼서 손님도 없어."

이 동네에, 이런 산모퉁이에 펜션?

다옴은 뜬금없는 제안에 입술을 깨물다가 강준을 돌아봤다. 야속하리만큼 빗줄기는 더욱 굵어졌고, 하늘은 이제 밤이라 해도 믿을 정도로 깜깜했다.

설상가상, 안개가 잔뜩 끼어 길은 잘 보이지도 않았다. 아직 산 아래까지는 한참을 더 내려가야 했다. 비포장도로를 빠져나가면 낭떠러지가 바로 옆에 있는 구불구불한 산길이 시작된다.

가로등도 별로 없는 낭떠러지 S자 곡선을 지금 운전하는 건 장롱면허인 그녀가 봐도 위험한 일이었다.

"괜찮습니다."

마치 그녀의 마음을 읽은 듯 강준이 대신 남자에게 대답했다.

"아유, 다시 생각해 봐요. 금방 그칠 비가 아닌데. 산 아래까지는 가로등도 없어요. 벌써 안개가 이만큼 꼈네 그려."

남자의 계속되는 만류에 다옴은 걱정을 감출 수 없었다. 어쨌든 운전하는 사람은 제가 아닌 그였으니까.

"비 그칠 때까지만 있다…… 갈까요?"

다옴이 강준을 쳐다봤다. 괜찮겠냐는 시선이 돌아왔지만, 그를 이런 곳에서 계속 운전을 시키는 것보다는 나았다. 어찌 됐든, 누구의 권유든 그는 저 때문에 여기 있는 게 확실했으니까.

다옴이 뒤쪽을 향해 물었다.

"그래도 되죠?"

"아이고, 그럼. 젊은 처자가 현명하네."

펜션 주인이라던 남자의 칭찬에 다음은 찝찝하게 웃었다. 잘하는 짓
일까, 어쩌면 당연한 걱정이었다.

✤ ✦ ✤

"펜션이라더니."
안내받은 방으로 들어올 때까지는 별 의심이 없었다. 관광지도 아닌
산 구석에 뜬금없이 펜션이 있다고 해서 신기하게만 여겼다. 방으로 들
어오고 나서야 알았다.
"완전 민박집이네."
사기당했다는 것을.
우중충한 벽지에 노란색 장판, 상아색으로 꾸며진 싱크대. 방금 전까
지 고추를 말리고 있었는지 말린 고추와 메주 냄새도 살짝 났다.
강준은 말없이 우산을 접어 현관문 옆에 내려놨다. 작은 이불장 하
나가 전부인 거실에는 조그만 주방과 화장실도 딸려 있었다. 다음이 화
장실 반대편 문을 열었다. 침대 하나가 겨우 들어가 있는 방은 발 딛는
것조차 쉽지 않았다.
"아저씨한테 낚인 것 같아요."
"그걸 이제 알았습니까."
다음이 눈을 크게 떴다.
"아셨어요?"
"모르는 게 이상하죠."
"그런데 왜 안 말리셨어요?"
저를 걱정하는 다음이 사랑스럽고, 수완에 말리는 다음이 귀엽고.
강준이 웃음을 꾹 참았다.
"왜 말립니까. 나한테는 기회인데."

그리고 하는 말이란, 결국 그녀를 흔드는 말.

그는 말을 끝마치기도 전에 얼이 나간 다음을 빤히 바라봤다. 살짝 벌린 입술을 다물지 못하고 얼굴이 새빨개져서는 저를 본다. 그는 가볍게 물었다.

"차에서 뭐 가져올 건 없어요?"

그의 질문에 그녀는 제 원룸보다 작은 싱크대를 바라봤다.

"아, 트렁크에 짐이요. 음복이나 할까요?"

"여기 있어요. 다녀오죠."

그가 다시 우산을 들고 밖으로 나갔다. 혼자 남겨진 다음은 괜스레 민망해져 이리저리 움직였다. 그래 봤자 세 걸음씩만 가면 벽이었다.

반년은 열어 본 적 없어 보이는 이불장을 열었다. 다행히 안에 이불은 없었다. 곰팡이가 잔뜩 핀 이불을 상상했었는데.

"이건 새 이불 같은데."

침대 위 이불은 얼마 전에 세탁했는지 보송보송했다. 괜히 침대를 손바닥으로 눌러 확인하던 다음은 문소리에 밖으로 나섰다.

"방이 좀 작죠? 그래도 둘이 있기에는 딱 좋아요. 아가씨가 이것 좀 받아요."

주인이 커다란 쟁반을 그녀에게 건넸다. 보자기에 가려진 쟁반 안에는 음식이 들어 있는 듯했다. 그 뒤로 강준이 트렁크에 있던 짐과 이불 한 채를 들고 나타났다.

"우리 딸이 며칠 전에 여기서 한 이틀 있었는데 그때 이불을 싹 바꿔서 아주 새거야, 새거. 아, 물론 세탁도 했으니까 염려 말고."

"……감사합니다."

"나는 둘이 결혼을 한 줄 알았는데 남매라면서요? 무슨 남매가 이리 곱고 잘생겼어."

이불 한 채를 더 받기 위해 그런 거짓말을 했나.

말없이 현관 앞에 짐을 내려놓는 강준을 힐긋 바라보며 다음이 어색하게 웃었다. 남자가 쟁반을 가리키며 마누라 음식 솜씨가 아주 좋다며 칭찬을 남긴 뒤에야 사라졌다.

뭔지는 몰라도 적어도 방 하나가 더 있는 방을 받기 위해 돈을 꽤 많이 낸 게 틀림없었다.

"돈 많이 냈죠? 여기 하루 5만 원도 안 할 것 같은데."

물이라도 잘 내려가면 다행이라며 다음이 마저 투덜거렸다. 강준은 대답 없이 씨익 웃기만 했다. 받은 이불을 거실 안쪽에 내려놓는 그를 보자니 절대 이강준과는 나란히 할 수 없는 말이 떠올랐다. 마치 호구의 뒷모습 같았다.

비 그치면 갈 텐데, 뭐 하러. 대체 얼마를 낸 거야.

"얼마 내셨어요? 보내 드릴게요."

"괜찮습니다."

"저 때문에 오늘 시간도 다 뺏기셨잖아요."

"밥."

강준이 말을 돌렸다.

"먹을까요?"

"아. 맞다, 갖다주신 거."

다음은 잊고 있었다는 듯 주인아저씨가 갖다준 쟁반을 확인했다. 방금 막 지은 듯한 흰 쌀밥은 물론, 작은 냄비 안에는 푹 끓인 진한 김치찌개가 가득했다.

"맛있겠다."

다음이 씨익 웃으며 개수대에서 그릇을 찾아 찌개와 밥을 덜었다. 강준은 말없이 작은 상을 펴고, 그녀가 꺼내는 음식들을 옮겼다.

그릇의 개수가 많아지고, 반찬들이 더해졌다. 물 한 컵 겨우 놓을 수 있는 자리만 남자 강준은 여전히 음식을 담고 있는 그녀를 바라봤다.

"상이 꽉 찼는데."

"어? 벌써요?"

벌써라니. 방금 옮긴 접시만 열 그릇이 넘는데.

다옴은 아쉽다는 듯이 가장 큰 그릇에 담고 있던, 방금 전 프라이팬
에 볶아 따뜻한 잡채를 내려다봤다. 금방 시무룩해지는 얼굴에 자꾸 눈
이 갔다.

"밥은 들고 먹죠, 뭐."

"아. 그럼 되겠네요."

기다렸다는 듯이 다옴이 대답했다. 명절 잔칫상 못지않은 상차림이
완성됐다. 다옴은 조금 과했나 싶을 정도로 꽉 찬 상을 내려다보며 민
망하다는 듯이 웃었다.

"아빠가 명절 음식을 좋아하세요. 그러다 보니 엄마도 같이 좋아하
시게 돼서 제사 음식보다 잔치 음식이 많아요."

"잘 먹을게요."

강준은 젓가락을 들어 김치찌개가 아닌 그녀가 만든 잡채와 깻잎전
을 먼저 먹었다. 주인아저씨가 갖다준 반찬과 찌개는 거의 건들지 않았
다.

다옴은 그게 또 감동이면서, 괜히 쑥스러워 그가 먹는 반찬들을 유
심히 살폈다.

생각지도 못한 일이 벌어졌다. 강준과 함께 부모님 산소에 왔고, 하
늘이 고장 난 것처럼 엄청난 비가 내리는 중이었다. 우연히 차에 태운
사람이 다 쓰러져 가는 펜션의 주인이며, 그 집에 비가 그칠 때까지 시
간을 보내게 됐다.

거짓말 같은 일의 연속 중에 그와 있는 시간이 조금은 당연해졌으
며, 그와 함께인 순간이 조금은 편해졌다.

마치 그것 또한 거짓말 같은 일처럼.

동그랑땡과 깻잎김치, 고사리나물에 취나물. 젓가락이 움직이는 순서대로 반찬을 외운 다음은 조용히 식사를 이어 갔다. 배경 음악은 빗소리뿐이었으며, 중간중간 식기 부딪히는 소리만 났다.

걱정했던 것만큼 불편하지 않았으며, 생각했던 것만큼 미안하지 않았다.

뭐랄까. 그저 좋고, 또 좋기만 했다.

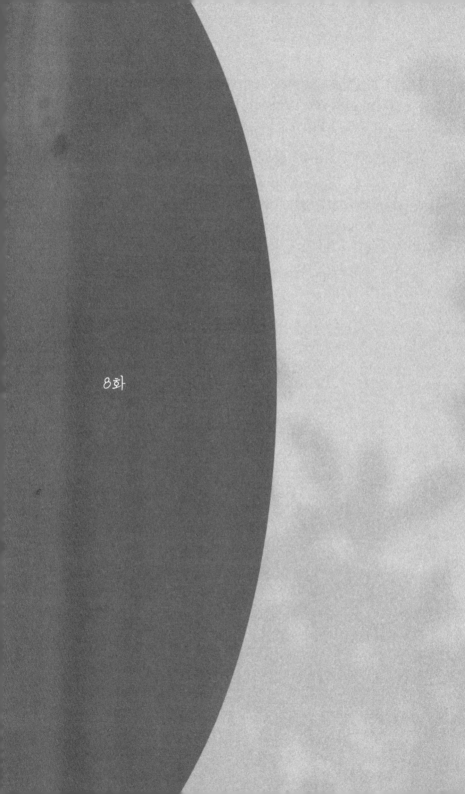

8화

너를 위해 살자

"망할 일기 예보."

다옴은 창문 밖으로 거세게 내리는 빗줄기를 바라봤다. 당연히 저녁이 다 되어 가도록 비는 그칠 생각을 안 했고, 동네에는 호우 주의보를 지나쳐 호우 경보가 내려졌다.

서울에서 윤주가 연락을 해 왔을 때, 다옴은 일찍 비를 피해 무사히 터미널에 도착했다고 거짓말을 했다.

어쩔 수 없었다. 잘 모르는 남자, 아니, 좋아하는 남자와 함께 인적도 드문 산속 펜션에 있다고는 말할 수 없었으니까.

얼떨결에 침실을 차지하게 된 다옴은 침대에 멍하니 앉아 비가 그치기만을 기다렸다. 거실에서 그의 인기척은 느껴지지 않았다.

저녁을 먹고, 그가 설거지를 하는 동안 말없이 거실에 앉아 있기만 했다. 그는 자꾸만 쉬라고만 했다. 계속 운전하고 온 사람이 자신을 배려하는 게 이상했다.

이불도 얇던데. 바닥에 누우면 등 배길 텐데. 밖은 조용했다. 걷는 소리 하나 들리지 않는 걸 보면 잠든 걸까. 다옴은 침대에서 내려와 조심스레 문을 열었다.

강준은 문 맞은편 벽에 기대앉아 다리를 쭉 뻗은 채 책을 읽고 있었다. 거실이 온통 그로 꽉 찬 것 같았다. 눈이 마주친 다옴이 어색하게 손가락으로 냉장고를 가리켰다.

"물 좀 마시려고요."

"네."

강준은 대답과 동시에 다시 시선을 책으로 내렸다. 냉장고에서 물을 꺼내 마시면서 다옴은 괜스레 그를 의식했다.

좁은 공간, 낯선 곳. 그를 의식하기에는 충분한 필요조건들이었다.

그런데 그는 아닌지 평온한 얼굴로 책을 읽자 왜인지 마음이 그랬다. 뭔가 들떠 보이는 자신이 그와 다르게 이질적이었다.

시선이 느껴졌는지 강준이 고개를 들었다. 또다시 눈이 마주쳤다. 강준은 차에서 가져온 책들 중 한 권을 가지고 그녀의 앞으로 다가왔다.

"책 좋아합니까?"

"……어, 싫어하지는 않아요."

"편하게 읽기 좋아요. 그냥 시집이라."

"감사합니다."

심심하던 차에 잘됐다, 라는 생각보다 각자 방에서 책이나 읽자는 건가 싶어 다옴은 또다시 서운한 마음을 감출 수 없었다. 혼자 생각하고 싶다고 한 것도, 혼자 결정하고 싶다고 한 것도 전부 저이면서.

다옴은 받은 책을 가슴에 꼭 껴안고 다시 방으로 돌아왔다. 포근한 침대 위에 앉아 그가 건넨 시집을 이리저리 살폈다. 단색의 심플한 표지가 마음에 들었다. 무엇보다.

"얇아서 다행이다."

베개를 무릎 위에 올린 다옴이 책을 펼쳤다. 첫 장을 넘기고, 두 번째 장을 천천히 넘겼다. 글을 눈으로 익고, 마음에 새기고, 좋은 구절을 손가락으로 짚어 가며 다시 읽으려니 속도가 느렸다.

좋은 구절에 웃고 슬픈 구절에 침울해하고 감동스러운 구절에는 다시 웃었다. 다음이 다음 장을 넘겼다. 그녀의 시선이 인쇄된 글자를 따라 움직였다.

살아지지 않더라도 살자.
죽어 가는 삶이라도 살자.

너를 위해 살아가는 사람이 있듯이
너 또한 누군가를 위해 살자.

순간순간을 위로해 줄
너의 사랑을 위해 살자.

그게 네 삶의 이유고, 근원이다.

두 번, 세 번.
손가락으로 짚어 가다 보니 마지막 문장에 눈길이 갔다. 어렸을 때는 굉장히 운명론적인 이야기라고 생각했다.

내가 살아가는 이유가 남이 될 수 있고, 남이 살아가는 이유가 내가 될 수 있다는 것. 말도 안 되는 사랑인데도 사람들은 간혹 꿈을 꾸고는 한다. 여느 평범한 소녀들도, 사랑에 한 번씩 아파 본 사람들도.

어떤 기분인지 그녀는 모른다. 나는 사랑 때문에 살아 본 적이 없으며, 누군가의 사랑이었던 적이 없다.

그녀의 시선이 문득 벽 너머를 향했다. 여전히 책장을 넘기느라 바쁠까. 무슨 생각을 할까. 어떤 구절을 읽었고, 그래서 당신은 어떤 기분일까.

가까이 있고 싶어.

더 가까이, 닿고 싶어.

그런데 거기까지였다. 문을 열 용기는 또 없었다. 다음은 침대에서 내려와 벽에 기대앉았다. 혹시나 그도 망설이고 있지 않을까 기대하고, 또 기다리며.

우습다. 자신 없다는 핑계를 대며 그를 피할 때는 언제고, 또 부질없이 기대하는 자신이.

좋아할까. 그냥.

대단한 운명론적인 걸 기대하는 것도 아니고, 당신이 살아가는 이유가 나이기를 바라는 것도 아니다. 그저 나의 마음이 위로가 되기를 바랐고, 나의 진심으로 치유가 되기를 바랐다.

겨우 그 정도인데. 그 정도 사랑하자는 건데.

다음이 힘없이 웃었다.

"그 정도라니. 그게 어려워서 쩔쩔매는 주제에."

벽에 머리를 기댄 그녀가 눈을 감았다. 잘못 생각했는지도 모른다. 비슷한 일을 겪었다고 해서, 제 아픔을 드러내는 순간 행여나 그가 고통받지는 않을까 했던 걱정. 반대로 생각하면 그녀만이 그를 감싸 줄 수 있었다. 다른 누구도 아닌, 오직 그녀만이.

얼마나 아팠을지 알면서. 얼마나 끔찍한 일인지를 누구보다 잘 알기 때문에.

그녀가 스스로 눈을 떴다. 눈물이 가득 맺힌 눈이 일렁거렸다. 그때의 상처를 떠올리면 벌써부터 이렇게 눈물이 난다.

괜찮아졌다고 하지만, 누구보다 빨리 상처를 이겨 냈다지만. 오늘 같은 날에 옛 기억에 울고는 했다.

왜 하필, 오늘 당신과 함께여서.

그런 나이니까 당신에게는 더 힘이 되고 싶다. 똑같이 아팠던 나이니까. 당신이 울 때 함께 울어 줄 사람. 함께 아파할 사람. 아무것도 묻지 않고 당신을 위로할 사람.

당신에게는 누구보다 내가 필요해.

순간의 판단은 신기하다. 지난 망설임을 지우고, 불안을 없애고, 걱정을 쓸어버린다. 마치 아무 일도 없었던 것처럼.

그가 보고 싶었다. 조금 전에도 봤던 그인데 지금 보지 않으면 미칠 것 같았다. 밖에서 인기척이 들리자 고개를 벽 쪽으로 돌렸다.

"비가 좀 줄어들었는데, 출발할까요?"

마치 오늘이 아니면 안 될 것 같은 느낌.

지금이 아니라면, 당신을 영영 붙잡지 못할 것 같은 느낌.

언제까지 당신이 내게 다가올지 나는 모른다. 당신의 마음을 장담할 수 없다. 사람의 마음이란 원래 늘 불안에 떨고, 미래를 내다볼 수 없다. 적어도 그녀의 과거는 그래 왔다.

"잠들었습니까?"

그녀가 손등으로 뺨을 박박 거칠게 닦았다. 킁, 콧물을 훌쩍거리면서 젖은 뺨을 닦는데 뒤이어 노크 소리가 들려왔다.

"한다옴 씨."

울면 안 되는데. 보면 오해할 텐데.

그러면 나를, 포기할지도 모르는데.

"문, 엽니다."

도망갈 곳도 없는 작은 방.

그녀는 문이 열리는 소리와 동시에 두 무릎 위로 얼굴을 가렸다. 아무런 말도 들리지 않았다. 당신은 지금 우는 날 보고 어떤 생각을 할까.

다옴은 제 앞으로 다가오는 인기척에 숨을 죽였다. 얼굴을 보여 달라, 왜 이러고 있느냐. 그 어떤 말도 없이 그는 가만히 자신을 보고 있었다. 결국 다옴이 먼저 고개를 들어 그를 마주 봤다. 앞에 무릎 한쪽을 구부리고 앉은 그는 생각보다 가까이에 있었다.

"울었네요."

"……."

"내가, 뭘 잘못했습니까."

마음 아파서. 당신이 겪은 일이 그 무엇보다 고통스럽다는 걸 아니까.

다옴은 대답 없이 고개를 흔들었다. 강준은 훌쩍거리는 그녀에게 천천히 손을 뻗었다. 늘 펜만 잡던 투박한 손가락으로 부드러운 피부 위를 쓸어 조심스레 눈물을 닦았다.

눈을 감은 다옴의 볼 위로 다시 눈물이 툭 떨어졌다. 왜 웁니까, 차마 묻지 못하겠는지 손길이 이내 멀어지려 했다. 그게 무서운 다옴은 그의 손을 꼭 붙들었다.

그리고 툭, 하고 내뱉어 버린 말.

"좋아해요."

"……."

"내가 좋아해요, 정말 너무, 좋아해요."

"……."

"포기할까 싶었는데 안 돼요. 그만둘까 싶었는데 못 하겠어요. 그냥 좋아할래요. 그게 뭐라고, 우리 잘못은 하나도 없는데."

하고 싶었던 말들을 전부 토해 냈기 때문일까. 이 순간 모든 걱정도 불안도 씻겨 내려가는 듯했다.

이제는 두렵지 않다. 무섭지 않다.

내가 부모님을 잃었던 날, 당신과 함께하는 이 시간이 주어진 건 분명 필연적인 이유가 있을 테니까.

"말이 안 되잖아. 그런 일 겪은 사람은 사랑도 못 해? 연애도 못 해?

범죄나 바람도 아닌데."

다음은 손바닥으로 젖은 뺨을 박박 닦아 냈다. 미동도 없는 그를 보는 손짓이 느려졌다. 왜, 아무 말도 안 해? 마지막으로 코를 훌쩍거리는데 강준의 입술이 부드럽게 움직였다.

"못 해, 는 반말인데."

"……네?"

그랬던가. 내가 반말을 했던가.

이 와중에 그게 중요한가 싶었지만, 눈앞의 남자에게는 그럴 수도 있겠다 싶어 다음은 순간의 분위기에 고개를 끄덕였다.

"그게 그러니까……."

"듣기 좋네요."

그녀는 순간 넋을 잃었다. 웃는다. 이강준이 웃어.

"자주 들읍시다, 반말."

싱그럽게 웃는 강준의 얼굴에서 시선을 떼는 건, 왜인지 죄를 짓는 것 같았다. 다음은 눈꺼풀이 다시 젖어 들자 손을 펼쳐 얼굴을 가렸다. 맞은편에서 작게 웃는 소리가 들렸다.

"손은 좀 치웠으면 좋겠는데."

"안 돼요. 부었어요."

눈두덩이가 이만해졌을 거라고 귀엽게 손으로 표현한 다음이 덧붙여 말했다.

"상관없습니다."

"제가 상관있어요."

"그럼 그 위에 합니까?"

뜻 모를 말에 다음은 순간 손을 내려 그를 마주 봤다.

"뭘요?"

그녀가 조심스레 물었다. 눈을 마주치는 것만으로도 세상이 내려앉은 듯 가슴이 두근거렸다.

강준은 대답 없이 천천히 그녀를 향해 다가갔다. 서둘지 않았지만 물러서지도 않았고, 느리지만 조급하게 굴지도 않았다. 다옴은 점점 가까워지는 얼굴에 눈을 꼭 감았다.

옅게 웃는 소리가 들리면서 입술 위로 따뜻한 감촉이 느껴졌다.

촉, 입술 위에 살짝 닿았다 떨어지며 내는 소리가 예뻤다. 다옴이 천천히 눈을 떴다. 여전히 그는 제 앞에 있었다.

이제는 그녀의 세계가, 마치 그인 것 같았다.

"이거."

그가 다시 웃었다. 여러 번 보게 되는 미소에 그녀는 조르듯 물었다.

"끝이에요?"

부드럽게 웃는 입술 끝에 다시 입을 맞추고 싶다. 그러고 싶었다. 살면서 오늘보다 더 솔직한 순간이 있었을까.

강준은 다시 가까이 다가와 바닥 위 짚은 그녀의 손 위로 제 손을 덮었다. 부드럽게 잡힌 손끝이 떨리면서 다시 입술이 닿았다.

순식간에 부드러웠던 입맞춤이 서로를 지배한다. 무언가가 송두리째 서로에게 빨려 들어간다. 마음이 그랬던 것처럼.

순간순간이 위로가 될 나의 사람.

당신과 내가 곧 서로 살아갈 수밖에 없는 이유가 되고 싶다. 오늘부터 그것을 꿈꾸겠다.

다옴이 그의 손을 꼭 붙잡았다.

유독 따뜻한, 그래서 더 포근한 그들의 첫 키스였다.

✦   ✦   ✦

마치 집에 돌아가라고 떠밀듯이 빗줄기는 가늘어졌지만 누구 하나 먼저 집에 가자는 말을 꺼내지는 않았다. 다음은 옆에 앉은 강준이 꿈 같은 듯 자꾸만 그를 돌아봤다.

침대로 가득한 좁은 방구석에 나란히 벽에 기댄 채 앉은 둘 사이에는 어색한 분위기만 감돌 뿐, 어떤 대화도 오고 가지 않았다. 그러면서도 손은 꼭 붙잡은 채였다.

늦은 점심을 먹은 지 겨우 다섯 시간이 채 지나지 않았다. 다음은 이 분위기를 어떻게 하면 지혜롭게 헤쳐 나갈 수 있을지를 떠올렸다. 뭘 먹는 것 말고는 별다른 방법이 생각나지 않았다.

"뭐 먹을까요?"

정면을 향했던 그의 얼굴이 그녀 쪽을 돌아봤다.

"배고픕니까?"

"아니요, 그냥. 음. 어색해서."

"그만 갈까요?"

"어, 그건 아닌데!"

돌아가자는 뉘앙스에 다음은 저도 모르게 버럭 소리를 지르고 말았다. 민망함과 창피함이 동시에 몰려왔다. 입술을 말아 살며시 깨문 다음이 고개를 흔들었다.

"더 있을래요."

"……바닥 배길 텐데."

"그럼 침대에 앉을까요?"

순간 그녀는 깨달았다. 자신이 한 엄청난 말의 뜻이 다르게 들릴 수도 있다는 것을. 다음은 아무 말도 않는 그를 올려다보며 땀을 삐질 흘렸다.

"아니, 그냥, 엉덩이 배길까 봐 한 소리인데……."

"앉아 있어요. 커피라도 타 올게요."

이 산골 민박에 강준이 먹는 커피가 있을까 싶어 눈을 크게 뜨는데 그는 말없이 방을 나갔다. 주방에서 달그락 소리가 연이어 들려왔다. 다음은 느리게 고개를 돌려 침대를 빤히 바라보다가 샐쭉한 얼굴로 몸을 일으켰다.

"아니, 이게 뭐. 그냥 앉아 있을 수도 있지."

차가운 방바닥에 계속 앉아 있으면 엉덩이만 배기고 불편한데.

다음은 침대에 살짝 걸터앉은 채 그를 기다렸다. 그는 김이 모락모락 나는 머그컵을 양손에 들고 금방 나타났다. 달달한 믹스커피였다.

"주인아저씨가 주신 겁니다."

"네. 저 이거 좋아해요."

설탕과 프림 범벅인 믹스커피는 그녀도 가끔 즐기는 것이었다. 그의 입맛과는 전혀 다를 거라 생각했는데, 예상대로 그의 커피는 한 모금이 줄어든 뒤로 더는 줄지 않았다. 그도 지금을 어색해한다는 것이 느껴졌다.

얇은 벽 너머 빗소리가 가득했다. 다음은 옆에 앉은 그가 실감나지 않아 자꾸만 그를 돌아보며 확인하고, 또 확인했다. 온몸으로 전해지는 그의 존재감은 대단했지만, 또 때로는 믿어지지 않는 현실 같았다.

"왜 자꾸 보기만 합니까."

강준이 낮게 웃음을 터트렸다. 다음은 그의 앞으로 손을 내밀었다.

"그럼 다시 손잡아도 돼요?"

당돌한 질문은 이제 놀랍지 않을 정도였다. 강준은 제 앞에 내밀어진 그녀의 손 위로 제 손을 맞잡았다. 그게 뭐 어려운 일이라고.

"해림이 일은 미안합니다. 대신 사과하겠습니다."

"내가 엿들은 건데요, 뭘."

알겠다는 대답을 들을 줄 알았더니 의외의 대답에 강준이 그녀를 돌아봤다. 다음은 입술을 삐죽 내밀다가 바닥에 닿지 않는 다리를 교차로 흔들었다.

"일부러 그러는 것 같긴 했어요, 나 들으라고. 굳이 사과받을 일은 아니에요."

"……기분 나쁜 거 아니었습니까?"

"기분 나빴죠. 그런데 무시해도 될 일이에요."

다옴이 가볍게 어깨를 으쓱거렸다. 이해는 안 되지만, 그녀가 좋다고 하면 그 역시 좋을 일이었다. 문제는 그게 아니었던 모양이다.

"그런데 되게 다정하게 부르네요. 해림이를, 막 해림이라고."

"아."

"나는 저기, 한다옴 씨, 이렇게 불렀으면서."

잡은 손을 흔들며 다옴이 투덜거렸다. 강준은 호칭 정리까지 쭉쭉 뻗어 나가는 그녀를 보며 웃지 않을 수 없었다. 믿어 의심치 않았다. 함께인 순간순간마다 이렇게 웃게 되리란 것을.

"다옴아."

고작 세 음절. 다옴이 행동을 멈추고 그를 돌아봤다.

"한다옴."

부드러운 음성 속에 묻히는 내 이름이, 이렇게 좋았을까.

"예쁩니다, 이름."

"……."

"불러 보고 싶었는데."

생각보다 그녀의 이름을 부르게 될 날이 빨리 왔다. 그 기회를 준 여자에게 고맙고, 덧없는 약속을 하고만 싶었다. 당신의 이름을 부를 수 있는 모든 날, 당신 옆에 있겠노라고.

다옴은 마치 그의 약속을 들은 사람처럼 그와 맞잡은 손에 힘을 주었다.

"오늘 처음 알았어요."

눈이 마주쳤다. 서로가 서로를 누구보다 사랑스럽게 보는 시선들이 교차됐다.

"내 이름이 이렇게 예쁜지."

감사할 일이 아주 많은 날이다. 아침에 우연히 맞닥뜨린 골목이, 세차게 내린 비가, 낡은 방을 펜션이라고 속인 주인아저씨가, 우리의 바쁜 오늘 하루가.

"전부 잊었다고 말은 못 합니다."

커피가 미지근해질 즈음이었을까. 그가 문득 입을 열었다. 조용하고 낮은 울림이 있는 목소리에 그녀는 집중했다.

"되도록 빨리 잊겠습니다. 마음 안 상하게 하죠. 약속할게요."

"……."

"그러니까……."

"천천히 해요."

진심 어린 약속에 자신감 깃든 대답. 그 어려운 다짐에 보답하는 일이란 이런 것이 아닐까. 다옴의 입꼬리가 천천히 위로 향했다.

"기다릴 수 있어요, 저."

언제고, 언제까지. 무려 옆을 내주겠다는 당신인데 뭘들 못 할까.

다옴은 줄어드는 빗줄기가 아쉬운 듯 창밖을 힐끔 바라봤다가 그와 잡은 손을 내려다봤다.

"근데 왜 하다 말아요?"

그가 눈으로 물었다. '뭘요?' 하고.

"반말."

강준이 조금 전보다 더 큰 웃음으로 화답했다. 이렇게 잘 웃는 남자가 지난 시간을 어떤 마음으로 견뎠을까.

그가 창밖을 돌아봤다.

"비 그쳤다."

기적이 아닐 수 없다. 어떻게 당신과 내가 우연히 다시 만나, 지금이 순간 사랑을 약속하고 있을까.

새삼 놀랍고, 또 새삼 신기했다. 반말을 하란다고 또 금방 내뱉는 그의 입술을 빤히 바라보는데 그가 대뜸 다시 입을 맞췄다. 짧게 떨어지는 입술이 못내 아쉬웠다. 내내 이렇게 붙어 있고 싶을 만큼.

그에게 위로이고 싶었던 지난날이었는데, 그녀는 새삼 깨달았다.

"가자, 집에."

어쩌면 오늘, 자신이 위로받았는지도 모르겠다고.

그는 여전히 모른다. 오늘 찾아온 제 부모님이 어떻게 죽었는지. 잔인하게 살해당한 이가 당신의 약혼녀뿐만이 아니라는 것을 모른다.

다음은 언젠가 말하리라 마음먹었다. 지금은 그저, 선물 같은 이 행복을 누리고만 싶었다.

❖　　✛　　❖

연애를 시작했다. 그런데 오늘 하루는 뭐랄까, 심심하고 재미없게 흘러가는 중이었다. 불같으리라 생각했던 건 아니지만, 이렇게 아무 일이 일어나지 않아도 되는 건가.

무려 연애인데.

데이트 약속은커녕 아침에 잠깐, 점심에 잠깐 얼굴 보고 한 인사가 전부인 강준은 바쁜지 작업실에서 꼼짝도 하지 않았다.

지난 주말, 저 때문에 하루를 통째로 날렸으니 방해될까 올라가 보고 싶어도 선뜻 발이 떨어지지 않았다. 그는 외주 미팅이 있어 점심 도시락도 함께 먹지 못했다. 이러다가는 오늘 하루 인사만 하고 넘길 판이었다.

어느새 수업 시간이었다. 초급 수업이 꽤 진행됐고, 다음 달부터는 신청자를 받아 중급반 수업을 개설할 예정이었다. 그녀도 바빠야 맞았다. 중급반에 걸맞게 가구를 추리고, 새로 디자인하고, 샘플 작업도 진행해야 한다. 그의 연락에 매달릴 시간이 없는데, 조용한 휴대폰을 보고만 있었다.

문자라도 주지. 키보드 치느라 손가락이 삐었나.

초급반 수강생들이 속속 모여들 시간이 됐다. 그녀는 작업대와 수강생들 자리마다 자재와 도구를 세팅했다.

오늘은 모던한 디자인의 4단짜리 서랍장을 만들 계획이었다. 꽤 난도가 높아 제시간에 끝낼 수 있을까 싶었는데, 다행히 수업은 순조롭게 진행됐다.

한 명, 한 명 자재 손질하는 것부터 봐주던 다옴은 하나둘 작품이 완성되자 뿌듯했다.

"주말에 지방 갈 일 있으시다더니, 잘 다녀오셨어요?"

수업이 끝나고 작업대를 정리하려는데 느리게 도구를 정리하던 상훈이 넌지시 물어 왔다. 다른 사람들은 모두 완성된 서랍장을 들고 귀가한 터라 공방에는 상훈과 둘뿐이었다.

"아, 네."

"비 안 왔어요? 서울은 꽤 많이 왔는데."

친근한 질문 속에 드러난 관심은 분명 자신을 향해 있었다. 다옴은 작업대 위에서 손을 떼지 않았다.

"오긴 했는데 괜찮았어요. 그만 정리하고 가셔도 돼요. 제가 할게요."

"에이, 제가 어지른 건 제가 해야죠."

괜찮다고, 제 일이라 아무리 말려도 상훈은 정리가 끝날 때까지 공방에 남았다. 결국 그녀의 불안은 예상을 빗겨 나가지 않았다.

"이번 주말도 바쁘세요?"

작업대 위로 올려진 가구 전시회 티켓. 다옴도 익히 들어 알고 있는 전시회였다. 이미 강준에게 얘기하려고 티켓팅까지 해 놓고 기다리던 중에 받은 제의는 충분히 당황스러웠다. 마지막으로 거절할 기회이기도 했고.

"죄송해요."

"……아, 약속 있으세요?"

"네. 그리고 남자 친구도 있어요."

다옴은 이보다 더 확실할 수 없게 대답했다. 반쯤은 예상했다는 듯 상훈이 머쓱하게 웃으며 뒤로 물러섰다.

"저 확실하게 거절당한 거죠?"

"죄송합니다."

"그러실 일은 아니죠. 제가 불편하게 해 드린 건데."

상훈은 자리가 어색했는지 금방 짐을 챙겨 공방을 나섰다. 수업이 끝나고 계속 밍기적거린 것에 비하면 꽤나 서두르는 모양새였다. 뒷모습을 보며 다옴이 한숨을 푹 내뱉었다.

"중급반 수업에서는 못 보겠네."

"아쉽습니까, 그래서?"

앞치마를 벗기 위해 손을 들던 그녀가 문득 들려오는 목소리에 고개를 들었다. 방금 전, 상훈이 나간 입구로 들어오는 강준을 보며 다옴의 입술이 놀란 듯 벌어졌다. 햇빛 때문에 블라인드를 내리고 있던 터라 전면 유리창은 가려 놓았기에 그가 온 줄도 몰랐다.

왜 하필. 하루 종일 얼굴도 안 보여 주다가 왜 이럴 때.

문을 열어 놨으니 다 들었을 테다. 아니, 저 얼굴은 확실히 다 들은 얼굴이다. 그러지 않고서는.

"진짜 아쉬운 얼굴이네."

저런 말과 표정을 할 남자가 아니기 때문에.

"언제 왔어요?"

강준이 안쪽으로 들어서며 뒤를 힐긋거렸다. 다음은 그가 내려놓은 커피를 급하게 손에 들었다.

"잘됐다. 딱 커피 타이밍이었는데."

스트로를 입에 물며 배시시 웃자 마음에 들지 않는다는 듯이 보던 강준의 표정도 부드럽게 허물어졌다.

조금만 있다 가면 좋겠는데. 그녀의 속마음이 들렸는지 강준은 작업대 맞은편에 앉았다. 헤벌쭉 웃으며 다음이 일어났다.

"조금만 기다려요. 어젯밤에 파이 구운 거 있어요."

마치 아무 일도 없었다는 듯 다음은 직접 구운 파이를 가져왔다. 투명 봉투에 리본까지 달린 것을 보니 꽤 신경을 쓴 모양이다 싶어 강준이 물었다.

"포장도 했습니까?"

"네. 베이커리 사장님이랑 길 건너 백반집 사장님도 나눠 드렸어요."

"방금 저 남자는 안 주고?"

줬다. 수강생들 모두한테 나눠 주려고 넉넉히 만들었으니까.

어색하게 웃으며 대답을 못하던 다음은 두 손을 번쩍 들어 흔들었다.

"거절했어요. 남자 친구 있다고."

"들었어요."

"……기분 나쁘세요?"

"안 나쁩니다. 거절을 아주 확실하게 잘해서."

그녀가 씨익 올라가는 입꼬리를 감추지 못하고 말했다.

"나중에 거절할 일 생기시면 저처럼 하시면 돼요."

칭찬을 받고 기분 좋은 어린아이처럼 다음이 어깨를 으쓱거렸다.

"이제 먹어요. 식으면 맛없어요."

다음은 직접 포장을 벗겨 작은 접시 위에 파이를 옮겼다. 파이의 생김새는 파는 것과 꽤 비슷했다.

"요리는 원래 잘했나 봐요."

"이모랑 같이 사는데 먹고 살려면 어쩔 수 없었거든요. 이모가 요리를 진짜 못해요."

이제는 기대하는 표정에 부흥해야 할 타이밍이었다. 파이를 한 입 베어 문 그가 작게 고개를 끄덕였다.

맛있냐고 묻지 않아도 이미 대답을 들은 듯 그녀의 입가에 미소가 번졌다. 부지런히 파이를 구운 보람이 있었다.

"오늘 바빴어요?"

다음은 달달한 파이와 아메리카노의 조합이 만족스러운 얼굴로 물었다.

"원고 마감이라 조금. 외주 미팅도 있었고."

"음, 다 했어요?"

"그럭저럭. 공방 마칠 때까지 수정하면 될 겁니다."

커피를 마시던 다음이 눈을 크게 떴다. 오후 4시. 강준이 시간을 확인했다.

"7시면 끝납니까?"

"뭐, 그렇죠."

"저녁에 가고 싶은 데는."

바라고 바라던 데이트인데, 이렇게 훅 들어오니 머릿속이 또 하얘졌다. 같이하고 싶은 것도, 가고 싶은 곳도, 먹고 싶은 것도 한 시간을 내리 설명할 만큼 많았는데.

강준은 파이 하나를 다시 베어 물었다. 빵 먹는 것도 참 깔끔하게 먹는다고 다음이 속으로 감탄하는데 그가 넌지시 말했다.

"생각해 놔요. 저녁에 봅시다."

별것 아닌 말이다. 저녁에 보자, 저녁에 봅시다. 고작 말 한마디에 이렇게 떨릴 건 뭔지.

남은 파이를 손수 챙겨 2층으로 올라가는 모습은 더 예뻤다. 그녀가 두 손으로 양 볼을 가린 채 고개를 푹 숙였다. 그에게 가는 고된 길을 망설였던 이유는 이제 색이 바래졌다. 기억도 나지 않는다.

"아, 좋아. 진짜 너무 좋아."

앞으로 그와 함께 할 모든 날들이 기대됐다.

지금 이 순간, 그저 좋다는 이유만으로.

✤　　✤　　✤

저녁이 올 때까지 근처 맛집이란 맛집은 죄다 탐색한 다옴은 망설임 없이 그를 이끌고 근처 국수집으로 향했다. 테이블이 세 개뿐인 국수집은 메뉴도 단촐했다.

"우리 왕만두도 먹을까요?"

반짝반짝한 눈을 모른 척할 수는 없었다. 만두를 시킨 강준은 제 앞에 가지런히 수저를 놓는 그녀를 보며 물을 따랐다.

"아담하고 괜찮죠. 동네 사람들만 아는 맛집이래요."

그녀보다 더 오래 이 동네에 살았던 강준은 처음 와 보는 집이었다. 그녀를 만나기 전, 제대로 된 식사라는 개념 없이 살았다. 병원에서는 이러다 섭식 장애도 올 수 있다고 염려했었다.

폭식증도 아니고, 먹고 토를 하는 것도 아니고, 그저 규칙적인 식사 생활이 없는 것뿐이라며 그는 대수롭지 않게 생각했다.

다옴을 만난 후로, 그녀의 도시락을 먹으면서 적어도 하루에 한 끼는 제대로 된 밥을 챙기게 됐다. 식사 대신 쓴 커피로 때우던 버릇이 없어졌다.

신기했다. 굳이 밥을 먹어야 할 이유도 안 만들던 그에게 찾아온 그녀의 영향력이란.

주문한 음식들이 나오고 한 상 차려진 음식을 보며 다음이 뿌듯한 미소를 지었다.

"더 맛있는 거 사 줄 수 있는데."

고작 먹는 걸로 표정이 저렇게 변할 수도 있는 걸까. 강준은 소박한 국수를 내려다보며 말했다. 젓가락을 손에 든 다음이 고개를 강하게 흔들었다.

"여기 육수가 엄청 진하대요. 마침 국수가 당기는 날씨였어."

후루룩. 국수 먹는 소리가 참 맛있게도 들렸다. 강준은 그녀를 따라 젓가락을 들었다. 깔끔하게 만두를 베어 먹은 그녀가 맛있다며 엄지를 들었다.

"뭐 좋아합니까?"

"네?"

"먹는 거, 하는 거, 두루두루."

그녀를 만나면서 질문만 받아 봤지, 직접 질문을 던진 적은 없었다. 무심했던 시간을 뒤로한 질문에 그녀는 반갑고 즐거운 얼굴로 대답했다.

"먹는 건 잘 안 가려요. 하루에 고작 세끼밖에 못 먹는데, 아무거나 먹지 말고 세끼 다 맛있는 걸 먹자는 주의고."

그건 예상했던 일이다. 한 끼를 먹어도 제대로 먹는 여자니까.

강준이 고개를 끄덕였다.

"영화 보는 거, 전시회 다니는 거 좋아하고. 나무를 좋아해서 산이나 숲에 가는 것도 좋아하고."

손가락을 접어 가며 하는 얘기에 그는 경청했다. 단 하나도 빠트리지 않기 위해.

"그런데 왜 안 물어봐요?"

국수를 절반쯤 비웠을까. 만두를 더 먹겠냐고 물어보려는데, 그녀가 대뜸 물었다. 뭐가 잘못됐나.

"주말에 뭐 하는지."

"아."

"우리 안 만나요?"

사귀고 처음 맞이하는 주말인데, 설마 안 만나는 건 아니죠? 속뜻이 깊은 질문에 강준은 잠시 당황했다.

"현장 취재 때문에 여수에 잠깐 다녀와야 합니다."

"여수요?"

"1박 2일 정도."

"아, 자고 오는구나. 주말에 못 보겠네요."

시무룩한 표정을 감추지 못한 그녀가 국수 몇 가닥을 입에 넣고 우물우물 씹었다. 그는 그때 느꼈다. 무언가 잘못 흘러가고 있음을.

"그런데요."

그녀가 젓가락을 내려놓으며 말문을 열었다.

"보통 그런 스케줄은 상의하지 않아요? 연인 사이에?"

"……그렇죠."

연인 사이라며 그녀와 한데 묶인 것이 신기하고 기쁜 건 아주 잠시였다. 강준은 빠르게 스스로의 잘못을 인정했다.

"내 잘못인 겁니까?"

다옴이 빠르게 고개를 끄덕였다. 지금 쉽게 인정하지 않으면 안 될 분위기였다. 강준은 물 한 컵으로 당황한 속을 달랬다.

고민해 보지 않은 건 아닌데, 불편해할 게 분명했고, 강요하는 것처럼 보일까 걱정했던 질문을 해야 할까. 그는 잠시 고민하다가 입을 열었다.

"같이 갈래요?"

"······네?"

"시간 괜찮으면 같이 갑시다. 나는 좋습니다."

이번 주말은 이렇게 됐으니, 다음 주말은 꼭 저와 함께 보내자고 말할 생각이던 다옴은 순간 당황해서 말을 잇지 못했다. 태연하게 1박 2일을 함께 있자고 말한 남자는 국수를 먹고 있으니.

"생각, 해 볼게요."

그녀가 젓가락으로 국수를 휘저었다. 답은 정해져 있지만, 잠시 잠깐 튕기는 것도 경험해 볼 겸. 다옴은 표정 관리를 위해 얼굴의 절반은 가릴 만한 크기의 만두를 집어 들었다.

벌써부터 기대되는 주말, 다옴은 다짐했다.

옷장을 뒤져 봐야겠다고.

✦　　✦　　✦

여수까지는 기차를 탔다. 운전하기에는 너무 멀어 그는 종종 지방 취재를 다닐 때 기차를 이용한다고 했고, 그녀는 오랜만의 기차 여행이라며 좋아했다.

그가 외주 받은 원고는 10부작짜리 여행 에세이라고 했다. 여행을 자주 다니냐 물었더니, 그는 잠시 생각하다가 그저 홀로 조용한 곳을 가끔 찾는다고 말했다.

"가끔 따라다녀도 돼요?"

삶은 달걀과 사이다. 기차 여행의 로망이라며 매점에서 간식을 사 온 다옴은 창밖을 살피다가 그를 돌아봤다. 책 페이지를 넘기던 강준이 고개를 끄덕였다.

"신난다."

"별로 재미없을 텐데."

"조용히 있을게요. 방해 안 해요."

오랜만의 여행에 들뜬 다음은 몇 번이나 방해 안 하겠다는 약속을 강조했다. 지방 취재는 달에 한 번은 꼭 있는 일이고, 그저 조용히 둘러보고 사진 몇 장 찍다가 오는 게 전부였다.

사실 취재랄 것도 없는데 그는 가끔 핑계 삼아 작업실을 떠나 있고는 했다. 가끔 상념을 없애고, 걱정을 지우고, 불안을 잠재우는 짧은 여행으로 잠시나마 해방감을 느꼈다.

그런데 이번 취재는 조금 달랐다. 그녀와 함께하는 편안함을 오래도록 느끼고 싶었다. 굳이 미루라면 미뤄도 될 취재를 강행한 것도 어쩌면 핑계일지도 모른다. 어떻게든 그녀와 더 오래 있고 싶다는 말도 안 되는 핑계.

강준은 삶은 달걀 두 개로 기분이 좋아진 다음을 바라보다 손바닥을 내밀었다. 그녀가 눈을 동그랗게 떴다.

"안 먹는다고 해서 두 개 산 건데."

달걀을 달라고 하는 줄 알았나. 순식간에 큰일이라도 난 것처럼 우울해지는 표정이 만화 주인공 같았다. 강준이 웃으며 그녀의 손을 잡아 깍지를 꼈다. 삽시간에 붉어지는 얼굴에서 시선을 떼고 다시 책을 내려다보자 꼼지락거리는 손길이 느껴졌다.

"읽는 데 안 불편해요?"

"안 불편해요."

"불편해 보이는데."

"충분합니다."

불편하다고 해도 놓지 않을 생각이던 다음은 자리에 편하게 등을 기댔다. 창밖의 풍경도, 옆자리 남자도, 환상의 짝꿍인 삶은 달걀과 사이다도 모두 만족스러웠다.

그는 무엇을 먹겠느냐 물었다. 마치 모든 메뉴의 선택권은 그녀에게 있다는 듯이. 다음은 망설이지 않고 '여수하면 돌게장!'을 외쳤다. 곧장 렌터카를 타고 게장 골목으로 향한 그들은 맛집 앞에서 30분을 줄 서 있다가 밥을 먹었다. 누구보다 맛있게 먹는 그녀를 보니 그는 만족스러웠다.

식사 후 둘은 곧장 근처 해변으로 향했다. 취재에 필요한 사진을 찍고, 그때그때 느낀 기분을 메모했다. 그녀는 그와 몇 발자국 떨어져 걸으며 바람을 만끽했다. 옆에서 걸어도 된다는데도 그녀는 방해되기 싫다며 고개를 내저었다.

멀리서 떨어져 걸어오는 그녀를 렌즈에 담아 사진으로 남기기도 했다. 풍경이 예뻐서인지, 그녀가 예뻐서인지는 모른다. 일단 사진은 마음에 들었으니 현상을 맡겨야겠다고 생각했다.

해변 산책을 마치고, 조금 더 걷고 싶다는 그녀를 위해 근처 산 둘레길을 걸었다. 숲과 나무를 좋아하는 그녀를 위해 선택한 곳이었는데 만족스러운지 미소가 끊이지 않는 얼굴을 보고 강준은 안심했다. 그는 공중에 붕 떠 있는 그녀의 손을 잡았다.

"손잡고 걸어도 돼요?"

"됩니다."

"사진 안 찍어요?"

"다 찍었어요."

굳이 손잡는 것까지는 눈치 보지 않아도 되는데. 한 손에 든 카메라가 신경 쓰였는지 그녀가 자꾸 힐긋거리자 강준은 아예 가방 속으로 카메라를 넣었다.

"여기 좋아요. 조용하고, 나무도 많고."

"나무는 언제부터 좋아했습니까?"

"오래됐어요. 어렸을 때 놀이공원보다 산이나 숲을 더 좋아했대요."

"가구는 그래서 하게 된 겁니까?"

"뭐 만들고 그러는 걸 원래 좋아했어요. 아버지가 취미로 가구 리폼도 많이 하시고 저는 어릴 때 옆에서 보니까 재밌어했고."

좋아하는 영화 장르, 주로 듣는 음악, 대학 전공, 그밖의 취미 생활. 아무도 없는 둘레 길을 걸으며 그는 주로 묻고 그녀는 답했다. 다음은 제게 궁금한 것이 많아진 그가 신기하고 반가워 술술 대답했다.

그는 다행히 부모님의 죽음에 대해 자세히 묻지 않았다. 언제고 먼저 말하게 되겠지만, 그 용기를 낼 때까지는 시간이 좀 걸릴 것이다. 다옴은 속내를 감추고 그를 돌아봤다.

"글은 어떻게 쓰게 됐어요?"

그는 말이 빠른 편도, 느린 편도 아니었다. 적당히 생각을 고르고 골라 딱 해야 할 말만 하는 타입. 다옴은 짧은 침묵을 기다렸다.

"문과를 나왔는데 할 건 없고, 글에는 또 재주가 있었고. 어쩌다 취직한 잡지사에서 인정받았고. 막내 주제에 기사 쓰는 것마다 메인에 실렸고."

아. 그녀가 걸음을 멈췄다. 진지한 표정으로 하는 말이기는 했지만 뭐랄까, 내용이 상당히.

"……지금 농담하는 거죠?"

설마 하는 물음에 그가 표정 변화 하나 없이 고개를 끄덕였다.

"재미없었습니까?"

그걸 말이라고.

"엄청요."

"야박하네."

"어디 가서 농담 같은 거 하지 말아요. 알았죠?"

그녀가 걱정된다는 얼굴로 그보다 앞서 걸었다. 작게 웃음 짓던 강준은 쉽게 그녀를 따라잡았다. 한적한 둘레 길을 걷고 또 걷다 보니 한낮이었다.

그들은 다시 바닷가로 돌아와 해변이 내려다보이는 카페로 향했다. 직원에게 카드를 내밀던 그가 옆을 돌아봤다. 그가 주문을 할 동안 그녀의 시선은 진열장 안 케이크로 향해 있었다.

"저 케이크도 같이 주세요."

그의 목소리에 다옴은 헤벌쭉 웃음부터 지었다.

"말을 하지, 왜 가만히 보고 있습니까."

"돌게장에 밥을 두 그릇이나 먹었는데 케이크도 먹는다고 구박당할까 봐요."

둘레 길을 한 시간 넘게 걸었더니 밥 두 그릇은 금방 소화되고 이제 당을 섭취해야 할 때였다. 다옴은 그와 창가에 자리를 잡고 앉았다. 다행히 뷰가 좋은 자리에 금방 앉을 수 있었다.

"일해도 돼요, 노트북 가져왔잖아요."

"안 심심하겠어요?"

"전혀. 먹고 구경하고, 또 먹고 구경하면 돼요."

그가 다행이라는 듯 고개를 끄덕이다 곧 노트북을 꺼내 펼쳤다. 카메라를 연결해 사진을 옮기고 오늘 하루 기억났던 것을 대충 써 내려갔다. 초고 작업은 어차피 작업실에서 할 것이기 때문에 대략적으로 메모만 해 놓는 식이었다.

사진을 확인한 그의 얼굴이 부드럽게 풀어졌다. 원고용으로 찍은 사진보다 그녀를 담은 것이 더 많았다. 그는 그녀의 사진만 따로 휴대폰으로 옮긴 뒤 대략적인 원고 구성을 잡아 나가기 시작했다.

강준이 일에 빠져들 무렵, 그녀도 바빴다. 바다를 보고, 케이크를 먹고, 커피를 마시고, 사람 구경만 하는데도 시간이 부족했다. 그녀는 한가롭고 평화로워 보이는 바다를 내려다봤다.

공방 오픈 준비 때문에 바빴던 몸과, 하늘에서 뚝 떨어진 것처럼 나타난 강준을 좋아하느라 바빴던 마음이 위로받는 중이었다.

그녀가 무의식적으로 포크를 손에 들었다. 생크림케이크의 흔적만 조금 남아 있는 접시를 확인한 다음이 아쉬운 듯 다시 포크를 내려놨다. 얼마 안 있다 강준은 화장실에 다녀오겠다며 일어섰다. 혼자 남겨진 다음은 내내 바다를 바라봤다.

하나만 더 먹을까.

그가 없는 틈을 타 비집고 들어온 케이크 생각에 망설이는데, 거짓말처럼 눈앞에 케이크가 나타났다. 꾸덕한 크림이 듬뿍 올라간 초코케이크였다.

"부족해 보여서 사 왔습니다."

"뭐 하려요. 어차피 저녁도 먹어야 할 텐데."

돌계장에 먹은 고봉밥이 두 그릇. 저녁 식사를 향한 착실한 계획까지. 강준은 당황하지 않고 말은 그렇게 하면서도 신이 나 보이는 얼굴을 향해 말했다.

"먹으면 되죠."

"한 입 먹어 볼래요?"

그녀가 초코케이크 한 조각을 포크로 듬뿍 떠서는 그에게 권했다. 달다는 개념을 지나치게 넘어선 것 같은 꾸덕한 크림을 바라보다 케이크를 받아먹었다. 입안에 확 퍼지는 달달한 맛은 그녀가 만든 파이보다, 그녀가 사다 준 머핀보다 그의 취향이 아니었다.

"너무 달아요?"

그녀가 알아챈 듯 웃어 보였다. 그는 마지못해 고개를 끄덕거렸다. 두 입은 먹고 싶지 않았기 때문에.

"아싸, 그럼 이거 다 내 거다."

케이크를 제 앞으로 가져간 다옴이 사랑스럽게 중얼거렸다.

"저녁 먹을 수 있겠어요?"

이렇게 단걸 먹고 저녁 입맛이 있을까 싶어 물었는데 괜한 질문이었는지 다옴이 대뜸 휴대폰을 들었다.

"찾아볼까요?"

다행히 먹고 싶은 게 있었던 모양이다.

강준이 긍정의 표시로 옅게 웃었다. 다옴은 오늘과 내일이 자신에게는 여행이지만 그에게는 취재라는 걸 다시 깨달았다.

"아무거나 먹어도 돼요? 글 쓰는 거랑 관련 없어요?"

"못 씁니다. 먹는 재미를 몰라서."

"아쉽다. 그게 제일 큰 재미인데."

다옴의 입장에서는 안타까운 일이 아닐 수 없다. 먹는 재미도 모른다는 사람이 제가 준 도시락을 맛있게 먹고, 제가 구운 빵을 남기지 않는다. 묘한 기쁨과 즐거움이 동시에 찾아왔다.

"가르쳐요, 그럼."

"네?"

"뭐든 잘 배우는 편입니다."

케이크 반을 해치우던 다옴은 순간 벙쪄서는 아무런 대답도 하지 못했다. 오늘 같은 여행이 앞으로 계속됐으면 좋겠다는 달콤한 말로 들리는 건 착각일까.

그렇다 해도 문제, 그렇지 않다 해도 문제였다. 그렇다 하면 너무 설레고, 그렇지 않다 하면 너무 아쉬우니까. 묵직한 크림을 뒤적거리던 포크질을 멈추고 다옴이 물었다.

"그럼 오늘 저녁 메뉴 내가 골라도 돼요?"

그는 대답 없이 고갯짓으로 답했다. 다옴이 헤벌쭉 웃으며 휴대폰을 들었다.

"신난다. 찾아봐야지."

봄이 가고 여름이 오는 계절. 그들은 낯선 곳에서 함께였다.

✢   ✢   ✢

취재 때문에 지방을 다녀오는 일이 잦았어도 꼬박꼬박 식사를 챙긴 적은 없었다. 한적한 곳에 앉아 편의점 빵으로 때우거나, 기차역 근처 아무 식당이나 들어가고는 했다.

맛이 없어도 그만, 맛이 있어도 그만. 혼자 먹는 밥이란 늘 그랬다. 즐거움도 의미도 감정도 없었다. 해야 할 일을 처리하는 느낌에 기쁨이 있을 리 없다.

흰 쌀밥 위에 갓김치를 올려 한입에 넣는 다옴은 눈이 마주치자 코를 찡긋거리며 웃었다. 먹는 것도, 웃는 것도 예쁜 여자를 보는 일. 강준은 이제야 식사를 할 때의 기쁨을 알게 됐다.

한다옴을 보는 일.

한다옴과 무언가를 먹는 일.

또, 한다옴과 함께하는 모든 것.

턱을 괸 채로 그녀를 빤히 바라봤다. 20여 종이 넘는 반찬을 전부 섭렵하는 게 목적인 듯 다옴은 골고루 밥을 먹었다.

"아이고, 색시가 밥을 아주 복스럽고 예쁘게 먹네."

눈치껏 반찬을 채워 주던 주인아주머니는 칭찬을 아끼지 않았다. 쑥스러워하는 다옴의 옆으로 물컵을 내민 강준은 이미 일찌감치 식사를 마친 뒤였다. 꿀꺽. 음식물을 삼킨 다옴이 물었다.

"더 안 먹어요?"

"다 먹었습니다."

"제가 좀 많이 먹죠."

쑥스러워진 그녀가 숟가락을 놓으려 하자 그는 고개를 흔들었다.

"보기 좋습니다."

"다행이다."

그러니 다시 먹으라는 말에 그녀는 숟가락을 들고 청국장으로 손을 뻗었다. 오늘 하루가 어땠다는 둥, 여수에는 맛있는 게 많아서 좋다는 둥 대화가 오고 갔다. 강준은 그녀가 천천히 남은 밥을 비울 동안 시선을 떼지 않았다.

"그런데 왜 자꾸 그렇게 봐요?"

빤히 닿는 시선이 민망한지 그녀가 젓가락으로 반찬을 뒤적거렸다.

"보면 안 됩니까."

"되죠, 되는데 그렇게 보니까 좀 쑥스러워서."

"보지 말까요?"

"아니요. 봐요. 봐도 돼요."

그게 뭐 문제일까, 돼지처럼 보일까 그게 문제지.

여행 와서 들뜬 나머지 너무 많이 먹은 걸까. 걱정은 됐지만 그녀는 밥 한 그릇을 금방 비웠다. 더 먹겠냐는 그의 말에 거절했다. 양심은 있었다.

"우리 내일은 뭐 해요?"

식후 차로 나온, 얼음 동동 띄운 오미자차를 마시며 그녀가 물었다.

"하고 싶은 거 있습니까?"

"제가 하고 싶은 거 해도 돼요?"

얼마든지.

"생각해 놔요. 먹고 싶은 것도, 하고 싶은 것도."

이미 1박 2일이 모자랄 정도의 관광지와 맛집을 머릿속에 파악하고 있던 다옴은 기다렸다는 듯 고개를 끄덕였다. 오늘보다 더 즐거운 내일이 기다려졌다.

"이만 들어가죠, 늦었는데."

저녁 8시. 시간을 확인한 강준이 몸을 일으켰다. 급하게 오미자차를 원샷한 그녀가 그를 따라나섰다.

"우리 숙소는 어디예요?"

"전에 왔을 때 갔던 펜션 있습니다. 전화해 놨어요."

"우와, 기대된다."

아이 같은 천진난만한 기대감 반, 음흉한 기대감 반.

다옴은 속에서 혼자 저울질을 시작했다.

✤　　✤　　✤

어째서 그와 펜션에 올 때마다.

"음."

실망을 하는 건지.

높은 천장에 축구를 해도 가능할 것 같은 거실. 1층에만 방이 세 개인데 2층에도 두 개. 독채 펜션에는 화장실도 두 개였다. 짐을 내려놓은 강준은 멀뚱멀뚱 거실 한가운데에 서서 뚫어져라 천장을 올려다보는 그녀를 바라봤다.

"2층 쓸래요?"

아, 내가 2층을 쓰고 싶어 하는 얼굴인 줄 아는구나, 이 양반이?

다옴이 샐쭉한 얼굴로 그를 돌아봤다. 강준은 당황할 수밖에 없었다. 지난번의 경험을 빌미 삼아 일부러 지난번 왔던 펜션에서 일반 객실이 아닌 가장 크고 넓은 객실을 골랐다. 물론 둘이 쓰기에 과한 감이 조금 있지만.

"별로입니까?"

"아니요, 되게."

비가 쏟아지던 그날에는 너무 낡고 좁아서 실망이었는데 이번에는 정반대였다. 너무 좋고, 또 너무 넓어서.

"……크네요."

이러면 콕 붙어 있기가 어려운데.

다옴은 여행 오기 직전까지 온갖 먹거리와 불건전한 생각으로 가득 찼던 머리를 흔들었다. 커다란 독채 펜션이 정신을 차리라며 한 대 때린 격이라고 할까.

"그럼 우리 따로 자는 거예요?"

방이 이렇게 크니, 그 얘기가 되는 건가.

다옴이 그를 돌아보며 물었다. 천진난만한 얼굴로, 아무런 망설임도 없이. 이런 방면으로 부끄러워하는 건 오히려 그의 몫이 됐다.

"아, 아니요. 그런 뜻 절대 아니고 저는 그냥 잠만."

말도 안 되지. 알 것도 다 알고 모를 것도 다 알아야 하는 성인 남녀가 한 침대에서 잠만?

자신이 내뱉은 말이면서도 말이 안 된다는 걸 알아 다옴은 변명을 하려다 말았다. 삐죽 입술을 내밀어 그를 올려다봤다.

당황한 것도 놀란 것도 아닌, 부드럽게 웃는 얼굴이 지금 이 순간만큼은 얄미웠다.

"사람이 욕심이 없어. 바라는 것도 없고."

"주제를 잘 아는 겁니다."

"대체 무슨 주제인지 알 수가 없네."

강준은 툴툴거리는 그녀의 손을 잡아당겼다. 거실 옆 방문을 열자 널찍한 침대와 화장대, 그 안에 딸린 화장실까지 눈에 들어왔다. 한눈에 봐도 이 독채에서 가장 좋은 방 같았다.

"결국 따로 자자는 거네."

강준이 피식 소리를 내며 웃었다. 이게 웃을 일이야, 지금? 다옴이 불만이라는 얼굴로 잡은 손을 끌어당겼다.

"진짜 따로 자요?"

"뭘 알고 말하는 겁니까."

"당연히 알죠. 내가 열여덟인가, 스물여덟이지."

"난 서른다섯입니다."

순간 다옴이 쿡 웃음을 터트렸다. 그녀가 가까이 선 그를 향해 고개를 치켜들었다. 그가 입술을 내리자 다옴은 대담하게도 허리를 껴안았다.

"완전 아저씨네. 방금 나이 듣고 실감했어요."

"시간을 주는 겁니다."

얼굴이 한껏 가까워져 있는 사이, 그녀가 고개를 갸웃거렸다.

"그건 내가 진짜 너한테 날 다 줬다는 거니까."

그가 진지한 얼굴로 답했다. 다옴은 알았다. 그의 선택이 곧 자신을 아끼는 마음이라는 것을.

그녀는 더 묻지 않고 보채지 않았다. 선뜻 기대한 마음에 그만 눈치챘던 걱정이 스미기도 했다.

"안 조를게요."

"안아 주는 건 해도 되는데."

"싫어요. 그만 꼬실래. 빈정 상했어. 나도 나중에 꼭 한 번은 거절할 거예요."

두고 봐라. 아끼다 똥 되는 게 어떤 건지 알려 줘야지. 한걸음 물러선 그녀는 각오에 다짐까지 하며 가방에서 파우치를 하나 챙겨 들어 방에 딸린 화장실로 향했다. 곧이어 물소리가 들려왔다. 문틈에 선 채로 벽에 머리를 기댄 강준은 힘없이 웃었다.

"……연애 처음이라더니."

공기가 건조한 탓에 목이 자꾸만 말랐다. 몇 번이나 뒤척이던 다옴은 결국 주방으로 향했다. 물을 마시니 좀 살 것 같았다. 2층은 괜찮으려나. 고민하던 그녀는 컵에 물을 가득 따라 2층으로 향했다. 머리맡에 물만 두고 올 생각으로 방문을 열었다. 생각했던 그림은 그가 곤히 잠들어 있는 거였는데 맞닥뜨린 상황은 아니었다.

방문을 연 그녀는 놀라 컵을 떨어트릴 뻔했다. 간신히 정신을 붙잡고 손에 힘을 줬다. 커다란 창문은 활짝 열려 바람에 커튼이 펄럭였다. 환한 달빛 아래로 비친 남자는, 바닥에 앉아 소리 없이 절규하고 있었다.

남자의 절망이 말하는 것 같았다. 안아 달라고, 죽을 것 같다고.

남자의 발밑으로 어질러진 약병, 꾸역꾸역 삼키려다 토해 버린 약, 식은땀에 젖은 머리카락, 그리고 가슴을 파고드는 남자의 괴로움.

온전한 하루가 끝나면, 마치 그 평안함을 저주하듯 밤마다 괴로움에 깨어나고는 했다. 너는 편해서 안 돼. 너는 그럴 수 없어. 너는 살았기 때문에, 그러면 안 되는 거잖아.

죄책감에 다시 잠들 수도 없는 밤이 끝날 때까지 기다렸다. 끔찍한 시간이지만 견뎌야 했다. 혼자. 오롯이 나 혼자.

그런데 당신은 지금, 혼자가 아닌걸.

다옴은 묻지 않고 그의 앞으로 다가갔다. 애처로운 숨을 내쉬는 그를 두 팔로 껴안았다. 자신을 구명하려고 온 여자를 알아챈 걸까. 강준은 안아 오는 팔을 붙잡아 매달렸다. 이대로 구렁텅이 아래로 빠지고 싶지 않은 이의 몸부림이었다.

쉽게 잠들 수 없다는 걸 둘 다 알았다. 서울에서 챙겨 온 티백을 떠올린 다음은 진한 차를 우렸다. 다시 2층으로 올라가니, 그는 한결 편해 보였다. 침대 프레임에 등을 기댄 다음은 그의 옆에 딱 붙어 앉아 차를 내밀었다.

"잠이 좀 올 거예요."

그는 말없이 차를 건네받았다. 따뜻한 차 한 잔이 위안이 될 수는 없겠지만, 작은 안식은 될 수 있기를 바랐다.

숨결이 평온해지고 강준은 그녀를 돌아봤다. 아무런 질문도 없이 그저 옆에 앉아 위로를 전하는 사람, 결국 내게 좋은 사람. 손바닥에서 전해지는 따뜻함이 마치 그녀 같다고 생각했다.

서울에서는 볼 수 없는 여수의 밤하늘을 보고 있을 때였다. 다음은 느껴지는 시선에 고개를 내려 그와 눈을 마주쳤다. 입술을 길게 늘어뜨려 웃었지만, 그는 웃지 않았다. 서운하지 않았다. 웃을 수 없는 밤임을 알았기에.

"우리가 아팠던 건 그런 거잖아요."

얼마나 고통스러웠으면 아직 이럴까. 얼마나 끔찍했으면 여전히 품고 있을까.

전부 잊어 보겠다는 그의 말에 서운해하지 않았다. 아직 그의 마음 한구석에 남아 있는 고통이 평생 잊을 수 없는 기억이라는 것 또한 안다. 그보다 제 마음 안 상하게 하겠다는 그의 약속이 고마웠고, 또 가여웠다.

"어딘가에 살짝 긁혀서 조금 상처가 났을 뿐인데, 쉽게 낫지 않죠."

"……."

"내 노력이 부족하고, 사람들 시선이 무서워서."

적어도 나는 그랬다. 그는 어땠는지 모르나, 지금 그의 마음이 제게 오고 있다는 건 알았다. 그게 노력이라는 것도, 자신을 위한다는 것도.

"애쓰지 마요, 천천히 해요. 그러다 다치면 어쩌려고."

섣부른 안심을 전하겠다는 말이 아닌, 그저 진심.

다음은 그의 손 위로 제 손을 올렸다.

"나는 그래도 여기 있어요."

그 어느 곳도 아닌, 오롯이 당신 곁에.

"서두를 겁니다."

기다리겠다는 말에 그는 바로 대답했다.

"괜찮은데."

"다 와 가는 것 같기도 하고."

갈대보다 더 잘 흔들리는 게 사람 마음이었다. 천천히 와도 된다 했더니, 거의 도착했다는 그의 마음이 왜 반가울까.

"……나 좋아해도 돼요?"

그녀가 걱정스레 물었다. 강준이 옅게 웃었다. 이 밤, 그의 미소를 볼 수 있어 그녀는 만족했다.

"후회할 수도 있겠다고 생각했어. 그런데."

그가 마른 입술을 열었다.

"후회가 안 돼. 널 만난 게."

그렇다면 얼마나 다행인가. 좋은 사람이 되어 주고 싶은 사람에게, 후회가 되지 않는다는 것이.

빤히 닿는 시선이 민망해서일까. 과분한 칭찬에 부끄러워서일까.

다음은 먼저 그의 손에서 찻잔을 뺏어 옆 협탁에 내려놨다. 그의 시선이 그녀의 행동을 따라 움직였다.

다음은 그대로 손을 뻗어 그의 얼굴을 살짝 잡아당겼다. 입술을 맞추자 그가 살며시 입을 열었다. 부드럽고, 또 애잔했다. 한곳에 모여드는 마음들이, 감정들이 서로를 향해 응집한다. 그도 그녀의 뺨을 쥐어

깊숙이 입을 맞췄다. 살짝 벌어진 입술 사이로 가르고 들어온 혀가 오랜 시간 얽혔다가 떨어졌다. 촉촉하게 젖은 입술 위로 그가 두어 번 짧게 다시 입을 맞췄다.

엷게 웃는 얼굴을 든 그녀가 그의 숨결 가까이에서 다시 미소를 덧그렸다. 강준은 다시금 깨달았다. 그녀에게 빠져들었던 이유를.

같이 있는 사람마저 웃게 하는 너의 밝음이 좋았다. 결국에는 나를 웃게 할 너라 좋았다. 천천히 가겠다던 마음은 아마 벌써.

다옴은 이 밤을 그냥 보내고 싶지 않았다. 더 가까이 닿고 싶었다. 조금 더, 마음으로나 몸으로나.

그 순간, 뭔가 결심한 얼굴로 다옴은 그의 허벅지 위에 올라탔다. 이제 그는 그녀를 올려다보게 됐다. 뭐 하는 거냐고 물으려던 찰나, 다옴이 입술을 묻었다. 서툴지만 부드럽게, 어색하지만 제 열정을 드러내는 데 숨김없이.

다급하게 얽혀 든 혀가 입술 위를 툭툭 건드리다가 안쪽을 부드럽게 쓸었다. 낮게 웃는 그의 입술이 다시금 그녀를 삼켜 들었다. 그의 고개가 한껏 틀어지고, 따스한 손이 그녀의 뒷목을 부드럽게 쓸어내렸다.

한다옴이라는 여자에 대한 흔들림을 인정한 순간, 한다옴이라는 여자가 갖고 싶어 미칠 것만 같았다. 이런 욕망에 사로잡힌다는 게 이제는 어색하고 낯설어야 정상인데 반대였다.

한다옴이라 가능했고, 한다옴이 유일했다.

나는 벌써, 너에게 이만큼이나.

"나 시간 필요 없을 것 같아요."

그녀가 숨을 헐떡거리며 말했다. 그는 벌어진 조금의 틈이 마음에 들지 않는지 다시금 그녀의 목을 잡고 내려 입을 맞췄다. 성급하게 혀가 얽히고, 거친 숨을 몰아쉬던 그녀가 고개를 들었다.

"거절도 안 할래. 나 빈정 안 상했어요."

그가 웃었다. 거절, 빈정. 네가 그 어떤 단어를 선택해도 지금은 내가 널 무너뜨리고 싶었다. 순진한 너는 모르겠지만. 그런데 괜찮을까? 너는 이대로도? 엿보이는 그녀의 작은 결심이 순간의 쾌락 때문만은 아닌지 걱정이 됐다.

다옴이 입을 맞추려 하자 강준이 고개를 들었다. 입술은 살짝 스칠 뿐, 만족스러운 결과를 주지 못했다. 다옴이 입술을 삐죽 내밀었다.

"이씨."

작고 귀여운 투정에 그가 웃음을 터트렸다.

"나 놀리는 거죠."

"응."

"너무해."

"알아."

"나 싫어요?"

그럴 리가. 더 했다가는 멈추지 못할까 봐 이 밤이 무서운 거지.

우리는 어느새 침대 위고, 너는 지금 이렇게 내 위에 올라타 있으니까.

"무슨 남자가, 여자가 대놓고 들이대도 모르고."

강준이 끙 신음을 참으며 그녀의 어깨에 얼굴을 묻었다.

"마지막 기회야. 내려가."

"싫어요."

"너 이거 충동이야."

너란다. 이 남자가 나를 이제 이렇게 불러. 뿌듯하게 웃은 다옴은 그의 뒷머리를 부드럽게 쓸어내렸다.

"충동인 적 없어요."

다옴은 그의 양 뺨을 붙잡고 얼굴을 들어 올렸다.

"그런데 그거 알아요?"

가까운 얼굴, 닿고 싶은 입술. 촉, 하고 입을 맞춘 다음이 속삭였다.

"반말, 되게 자연스러워졌어요."

마치 신호라도 되는 양, 강준은 그녀의 뒷목을 잡아 내렸다. 벌어진 입술 틈을 비집은 혀가 부드럽게 섞였다. 순식간에 호흡이 거칠어졌다. 그는 금방 입술을 떼고 그녀의 목으로, 쇄골로 호흡을 내렸다.

자잘하게 키스가 이어졌다. 그의 입술이 닿는 곳곳에 울혈이 붉어지듯 달아올랐다. 제 전부를 자신에게 던지려고 하는 남자. 그를 눈앞에 두고 있다.

그의 입술이 신체 곳곳에 닿을 때마다 허리가 휘어졌다. 어느새 그녀는 매트리스 위에 누워 그를 올려다보고 있었다. 다시금 그는 쇄골 위에 깊게 입을 맞춘 다음 그녀의 옷자락을 들춰 올렸다. 그녀는 금방 나신이 됐다.

다시 짙은 키스를 퍼붓는 그를 따라 그녀도 열렬히 반응했다. 그의 목을 감고, 혀를 섞고, 그가 하는 모든 것들을 따라 하며 그의 몸 위로 손을 가져갔다. 그럼에도 적응되지 않는 건, 그가 가슴 언저리를 배회하던 입술을 더 아래로 옮길 때였다.

"잠깐만요."

운동 경기 중 타임을 외친 사람처럼 그녀가 벌떡 몸을 일으켰다.

"늦었어."

"아니, 그런 게 아니라."

시간을 좀 달라고, 아무래도 나는 아직 준비가 더 필요한 것 같으니 우리 한 시간만 떨어져 있는 게 어떻겠냐 줄줄이 시나리오를 읊어 대려던 입술이 틀어막혔다.

그의 입술이었고, 머리가 녹아들 만큼 아릿한 키스였다. 쿵쿵. 가슴팍을 밀어내도 그는 요지부동이었다. 방금 전까지 오히려 그녀를 말리려고 들었던 남자는 마음껏 그녀의 가슴을 주무르고, 빨아들였다.

다옴이 무릎을 모았다. 상황이 어떻게 이렇게 급전개될 수 있지. 머릿속으로 이해를 해 보려고 했지만 그의 손에, 입술에 함락된 몸이 제정신일 리 만무했다.

얇은 속옷까지 벗겨지고 그 위를 문지르는 손길이 이어졌다. 이게 이토록 야한 거였나. 난생처음 느껴 보는 자극에 다옴이 숨을 헐떡였다. 발끝이 간지럽고 몸 어딘가 쾌감을 부르짖고 있었다. 아아. 그녀가 신음하자 그가 얼굴을 들었다.

"아파?"

걱정스러워하는 얼굴을 보는 그녀는 되레 걱정했다. 아프다고 하면 그가 멈출까 봐. 그건 또 싫어서.

"아니요, 좋아요."

그녀가 거칠어진 호흡을 가다듬지 못하며 대답했다. 그의 낯이 굳어졌다.

"몸이 진짜…… 이상해."

그의 손을 붙잡으며 다옴이 말했다. 너는 진짜, 그런 말을 하면 어쩌려고. 강준은 그녀의 비부를 충분히 자극하며 다시 입술을 밀어붙였다. 숨결이 닿고, 입술이 닿았다. 마치 그래야만 하는 것처럼.

그녀의 얼굴이 새빨개질 때까지, 달아올라 흐물거릴 때까지 그는 입술을, 손길을 멈추지 않았다. 갈라진 틈새가 계속해서 젖어 들었다. 설명하기 민망한 소리가 계속 났다.

다옴은 그가 멈췄으면 했고, 또 멈추지 말았으면 했다. 몸에서 마치 파도가 일렁이는 기분이었다.

그는 둥근 가슴 위를 길게 핥아 내렸다. 깨물고 삼키고 손안에서 부드럽게 쥐어 보기도 했다. 그 위를 살살 굴리면 다옴은 또 신음하며 다리를 떨었다.

피부 위로 오소소 소름이 돋아났다. 그의 입술이 이번에는 더 아래를 향했다.

손만으로도 충분히 젖어 들던 곳에 입술이 닿았다. 그녀의 입술이라도 되는 양, 부드럽게 입을 맞추고 단번에 그곳을 삼켜 흡입하듯 빨아들였다.

혀로 찌르고, 살살 굴리고, 또 안을 헤집는 과감한 행위가 이어졌다. 이전과 지금으로 다옴의 세계가 나뉜 듯했다.

내일 그의 눈을 어떻게 보지? 제대로 대화나 할 수 있을까? 쓸데없이 그런 것들이 걱정됐다. 그녀가 시트 자락을 움켜쥔 채 신음했다. 그와 눈이 마주치고, 결국 그녀는 말했다. 그냥 하자고.

놀라 반문한 건 그였다.

"뭐?"

그의 입술 위가 촉촉하게 젖어 있었다. 다옴은 손을 뻗어 시트로 박박 그의 입술을 닦았다. 보기도 민망했고, 또 부끄러웠다.

"어떻게 하든 아프다고 했어요."

"그래서 순서도 건너뛰는 거야?"

"……부끄러우니까 그렇죠."

"덜 아픈 방법을 찾자는 거야."

"싫어요, 나 혼자 이러는 거."

가까이 닿은 만큼, 그와 더 함께하고 싶었다. 그녀가 단호히 말했다. 혹여나 싫다 하면 단숨에 물러설 그를 알았다. 싫지 않아, 두렵지 않아. 당신과 함께인걸. 결심 어린 표정을 읽어 낸 강준이 그녀의 이마에 입을 맞췄다.

"아플 거야."

"……조금만 아프게 해요."

"그 방법을 알면."

네가 아픈 것 대신 내가 아프고 말겠지. 속말을 삼켜 낸 강준이 서서

314

히 자신을 밀어 넣었다. 하윽. 그녀가 큰 숨을 들이켰다. 온몸에 뿌리가 박히는 것처럼 단단해진다.

강준은 조금씩 넓혀 가며 그녀 안에 자신을 묻었다. 그는 있는 힘을 다해 참아 내며, 그녀가 괜찮아지기를 기다렸다. 다음의 숨결이 점차 편안해졌다.

"이거, 이상해요."

"막 그렇게 좋지는 않을 거야."

"내가 처음이라서요?"

무슨 큰일이라도 난 것처럼 물어 오는 얼굴에 강준이 엷게 웃었다.

"약속할게. 차차 좋아진다고."

"……사실은 지금도 나쁘지는 않아요."

"과분한 칭찬이네."

곱고 예쁜 그녀의 얼굴이 신음할 때마다 그는 오래도록 그녀의 전부를 눈에 담았다. 상상도 못 해 본 그림이었다. 내가 널, 정말.

"좋아해."

강준은 쉼 없이 얘기했다.

좋아한다고, 너를 좋아하게 됐다고.

달콤한 밤이었다. 기나긴 밤이었고.

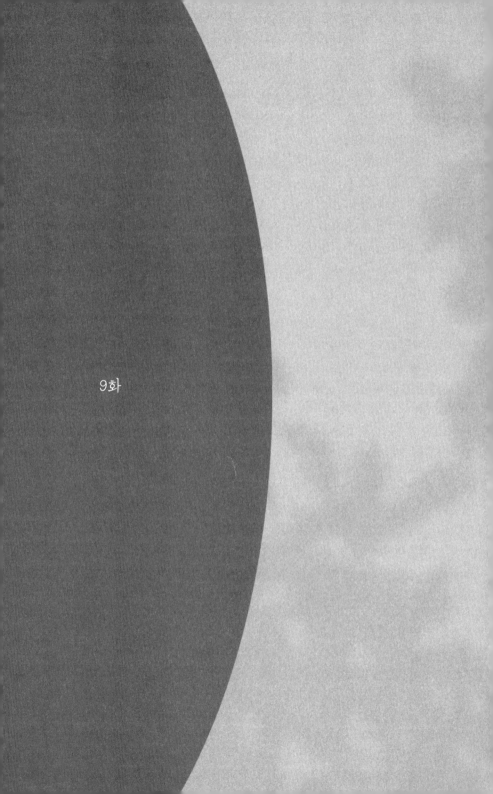

오래 보고 싶은 사람

"예. 오후 1시로 해 주십시오."

달력을 확인하고 병원을 예약한 강준이 곧장 전화를 끊었다.

"그 의사 선생님 다시 만나 보는 건 어때요? 우리 치료할 때 만났던 선생님."

"저 이만큼 좋아지는데 그 선생님 역할 컸어요. 한번 만나 보고 별로면 그만둬도 돼요."

"조르는 거 아니에요. 느리다고 뭐라 하는 것도 아니에요. 그냥, 잠은 편하게 잤으면 해서."

먼저 상담을 받고 싶다고 병원을 예약한 게 얼마 만인지.

강준은 쓰게 웃다가 휴대폰을 들어 메시지를 보냈다. 수업 시작 전일 텐데도 답장이 바로 왔다.

〈예뻐요. 이따 간식 갖다주면서 뽀뽀 백번 해 줄게요〉

칭찬을 받겠다고 바로 보고했으면서 그게 또 쑥스러워 웃음을 꾹 참았다. 커피나 한 잔 더 마실까 싶어 그가 몸을 일으켰다. 똑똑, 노크 소리가 정확히 두 번 울렸다.

다음은 곧장 노크 후에 목소리를 낸다. 곱고 예뻐서 계속 듣고만 싶은. 그런데 목소리가 들리지 않았다.

좋다 말았다고 생각하며 누구십니까, 소리를 냈다. 생각보다 더 뜻밖의 인물이었다.

"퍼스트 대표 권이한입니다."

출판사에 인수당했네, 대표가 바뀌었네, 글을 직접 쓰는 작가가 대표로 앉아 있어서 골치가 아프네. 욕이란 욕은 오래전부터 듣고 있었지만 직접 이름을 듣는 건 처음이었다. 그것도 꽤나 익숙한 이름을 듣게 될 거란 생각은 전혀 못 했다.

강준은 커피까지 들고 직접 찾아온 이한을 문전박대하지 못하고 작업실 안으로 들였다.

꾸준하게 소설과 시집을 출간 중인 해담 출판사의 대표.

작가가 직접 대표로 있는 것부터 출판사의 특이한 이력이라 이미 업계에서는 유명했다. 세상살이 관심 없는 자신마저도 알 정도로.

물론 베스트셀러 작가의 남편이라 더 유명하기도 했지만.

이미 몇 번 산문집과 에세이 출간 제의를 받았던 적이 있었다. 정식 단행본 출간은 충분한 에너지가 필요한 일이라 그는 늘 재고했었다.

"이강준입니다."

깔끔한 이한의 명함은 제 취향이었다. 강준은 책상에서 명함을 가져와 내밀었다.

"계약서 수정 요청하신 것들을 살펴봤는데 아무래도 제가 직접 뵙고 말씀드리고 싶어서요. 아, 편집장은 마감 중이라 제가 왔습니다."

대표를 직접 움직일 정도의 영향력이었는지 강준은 잠시 생각하다가 손짓으로 맞은편 자리를 권했다.

"주간 연재 10회 계약을 요청하셨던데."

이한은 빠르게 용건을 꺼내 놓았다. 거두절미 없이 바로 본론. 화법이 마음에 들었다.

"바로 말씀드리자면 곤란합니다. 퍼스트 이름 걸고 오픈하는 사이트입니다. 두 달 남짓한 연재 기간으로 홍보를 하기에는 무리가 있습니다. 작가님 믿고 진행하는 기획이라는 거, 유념해 주셨으면 합니다."

대표가 권이한이라는 걸 몰랐을 때는 납득할 수 있는 얘기다. 강준은 무덤덤한 얼굴로 제가 수정한 계약서를 내미는 이한을 바라봤다.

차가운 인상에, 확실하고 힘 있는 어조. 저만큼이나 고집 센 위인이다.

자신 말고도 선택지가 많아 보이는데 왜 꼭 자신일까. 강준은 묻지 않을 수 없었다.

"공해주 작가님 단편은 계약 안 하십니까?"

사적인 얘기라 기분 나빠할까. 그렇다면 바로 사과해야겠다는 생각에 강준이 물었다. 하지만 이한은 크게 영향이 없다는 듯 쉽게 대답했다.

"아, 예정에는 있지만 지금은 와이프가 글을 못 쓰고 있습니다."

작가가 글을 쓰지 못할 이유는 없다. 언제 어디서든 노트북만 있으면 글을 쓸 준비가 돼 있는 위인들이 작가다. 공해주 작가라면 더욱.

강준이 이해되지 않는다는 듯 미간을 좁히자 이한이 설명을 덧붙였다.

"입덧이 심해서요."

생각지도 못한 얘기에 강준은 머릿속으로 말을 골라냈다.

"축하드립니다."

"감사합니다. 그래서 퍼스트는 적어도 30회 이상의 연재를……."

빠른 감사 인사와 또다시 빠른 용건 전환. 군더더기 없는 화법에 다시 감탄하는데 휴대폰이 울렸다. 이 계약의 책임자였던 명우였다.

"받으십시오."

명우는 몰랐던 일정인가. 강준은 반신반의한 얼굴로 전화를 받았다. 명우의 목소리는 시무룩하면서도 자칫 심각해 보였다.

—뭐 하냐. 술이나 마시자, 오늘.

"나중에 통화해."

—뭘 나중에 통화해. 진짜 우울해, 새끼야. 나 회사 옮길까? 잡지사 전망도 별로 안 좋은데 아예 확 이직해 버려?

목소리가 컸다. 계약서를 더욱 꼼꼼하게 확인하던 이한의 미간이 반응할 정도로.

강준은 작업할 때마다 꾸준히 작업실을 찾아와 큰 목소리로 방해하던 친구를 떠올렸다.

—편집장 깐깐해도 꾹 참고 버텼는데, 와 우리 대표. 알고 보니 작가라고 얘기했던가? 젠장, 작가 원고 검토도 직접 하는 거 있지? 야, 이건 월권 아니냐 월권? 그럴 거면 잡지사를 인수하지 말고 우리랑 집필 계약을 하든가 했어야지!

굳어지던 이한의 얼굴을 눈앞에서 확인하는 건, 친구의 직장이 위태롭게 흔들리는 것과도 같았다. 강준은 작은 목소리로 대답했다.

"……나 일하는 중이야."

—까칠하기는 또 얼마나 까칠한지, 내가 편집한 원고 보고 빨간 펜을 쭉쭉 긋는데. 아 씨, 그리고 오늘 회의 때 너랑 계약한 거 보고하다가 조인트 까일 뻔했잖아. 이럴 때 독사 같은 편집장은 힘을 못 써요.

"신명우."

—네 탓이 제일 크니까 나와 인마, 술은 내가 살 테니까. 오늘 그 어

린 대표 새끼 좀 안주 삼아서 마셔야겠어.

오늘따라 말이 많은 명우를 어떻게 할까 고민하는데 툭, 계약서를 내려놓은 이한이 두 손을 맞잡았다.

평온한 표정은 왜인지 싸늘해 보였다. 태어나 처음으로 명우가 걱정 될 정도로.

"말해도 됩니다. 그 어린 대표 새끼, 앞에 있다고."

그래, 그 말은 하지 말았어야지.

강준은 처음으로 명우의 인생이 불쌍해졌다. 담당 작가며, 회사 대표 며 전부 살얼음판이었다.

—……너 누구랑 있냐, 지금?

달달, 명우의 목소리가 떨렸다. 강준은 전부 다 귀찮아졌다. 제 무덤 을 파는 친구도, 깐깐하게 계약서를 내미는 대표도.

나무 냄새가 가득한 1층 주인 옆에 붙어 있고 싶었다.

"눈치챘으면 끊어. 더 헛소리 말고."

어버버, 뒤늦게 상황을 파악하고 말을 못 잇는 명우를 대신해 전화 를 끊었다. 아무 일도 일어나지 않은 듯 강준의 표정은 여전히 평화로 웠다.

"자르십시오. 전 상관없습니다."

"저한테 어린 대표 새끼라고 한 사람이 편집 팀 팀장입니다. 자르면 안 되죠. 무려 이강준 작가님을 모셔 왔는데."

얘기가 그렇게 되나.

강준은 묘한 감정이 들었다. 분명 늘 우위에 서 있던 계약에서 주도 권을 송두리째 뺏긴 느낌. 그것도 절친한 친구 때문에.

"그럼 계약 얘기, 이어 하시죠."

아, 뭔가…… 지고 시작하는 것 같은데.

✤　　✤　　✤

"내가 뭐라고 했다고?"

"회사를 옮기네, 마네."

1차 충격이 채 가시기도 전에.

"그리고?"

"월권이네, 까칠하네."

2차로 들이 맞은 얼굴은.

"또?"

"어린 대표 새끼."

정말 가관도 아니었다.

오지 말라는 작업실에 겨우 와서는 소파에 시체처럼 누워 똑같은 질문만 벌써 한 시간째였다.

내일 출근은 어찌하나, 사직서를 내야 하나, 진짜 이직을 해야 하는 거 아니냐.

이래서 사람은 생각하고 말을 해야 한다. 구구절절 들어 주는 것도 한계였다.

원고 마감을 코앞에 두고 들이닥친 방해꾼들이 반갑지 않았다. 광고 회사 사보에 실릴 원고는 두 시간 내로 보내야 했고, 명우는 갈 생각이 없어 보였다.

"너 안 가냐?"

"가긴 어딜 가냐. 회사도 잘릴 마당에."

"대표 능력 있더라. 연재를 30회나 계약했어."

소파에 누워 있던 명우가 벌떡 몸을 일으켰다.

"치사하게, 나랑은 겨우 10회 계약 터놓고."

"내 말이."

"편집장이 나 커버 쳐 줄까?"

"바랄 걸 바라."

"다옴 씨한테 좀 도와달라 그럴까. 조카니까 말 들어주지 않을까."

어쩌다 생각이 거기까지 뻗쳤는지 알 수 없지만 안타까운 것도 아주 잠시였다. 명우는 또다시 투덜거렸고, 강준은 원고 마감에 집중했다.

30분 남짓 지났을 때 노크 소리가 들려왔다.

"간식 배달 왔습니다."

빼꼼 열린 문틈 사이로 고개를 내민 다옴이 환히 웃으며 들어왔다. 소파에 널브러져 있는 벌레만도 못한 놈은 보지 못하고.

"문자하면 내려간다니까."

"그냥 올라왔어요, 혼자 있기 지루해서. 손님도 없어."

어젯밤은 에그타르트를 구웠다. 그의 입맛에 맞게, 달지 않게. 다옴은 예쁘게 포장까지 한 타르트 상자를 내밀었다.

"어? 다옴 씨 왔어요?"

허리를 일으켜 앉은 명우가 반갑게 알은체를 했다. 강준은 반갑지 않았다.

"아까 올라가시는 거 봤어요."

"말 섞지 마. 물들어."

강준이 그녀의 앞을 가리고 서서는 곧장 타르트 상자를 열었다. 명우는 곧장 반응했다.

"뭐냐. 나도 먹을래."

"안 가나?"

"저녁 먹고 갈 거거든?"

"누가 너랑 먹는대?"

"저녁 약속은 저랑 있는데."

가리고 선 강준의 옆으로 고개를 내민 다옴이 말했다. 명우는 눈앞에 남녀가, 그들이 나눈 대화가, 행동들이 이상하다는 걸 바로 느꼈다. 뭐지, 저 묘한 친근함. 뭔가 선을 넘은 듯한 친밀감까지.

"그런데 아까 누가 올라간 거예요?"

마치 매일 작업실을 드나드는 사람처럼 접시를 가져온 다옴이 타르트를 옮겨 담으며 말했다.

"얘네 회사 대표."

"아, 이모한테 들은 적 있어요. 권이한 작가가 새 대표라고."

뭔가 이상한데, 지금 되게 묘한데. 그렇지만 퍼뜩 머리를 또다시 울리는 대표의 이름 세 글자에 명우가 반응했다. 이러다 제명에 못 살지 싶었다.

"다옴 씨 책 많이 읽나 봐요? 권이한 작가도 알아요?"

"아내가 공해주 작가라면서요? 저 그분 작품 '엄마의 온도' 팬인데? 덩달아 남편분도 작가라고 해서 몇 권 읽어 봤죠. 이모는 권이한 작가 팬일걸요?"

"……편집장님이 권 대표 팬이에요?"

"네. 소설, 시집 다 모았을걸요. 책 추천해 줘서 읽었는데 좋더라고요."

옆에서 강준이 자신을 어떻게 보는지도 모르고 다옴은 집에 있는 이한의 시집 자랑을 늘어놓았다.

무슨 일인지 뾰로통해 보이는 명우에게 타르트를 권할 때였다. 문득 느껴지는 시선에 다옴이 옆을 돌아봤다.

뭐랄까, 저를 다정히 보는 시선은 아니었다. 이 남자들이 둘 다 왜 이럴까.

다옴이 양쪽을 번갈아 보며 목을 긁적였다.

"왜 그렇게 봐요?"

"……."

"뭐지. 좋아하면 안 되는 거예요?"

내 글은 읽어 본 적이나 있냐, 치사하게 묻지는 못하고 강준은 고개를 저었다. 순간 옹졸하고 찌질했던 질투심을 사그라뜨리며.

"지금 상당히 이상한데."

편집장이 대표의 팬이었어? 속으로 불만을 삭이던 명우는 한입에 타르트 한 조각을 털어 내며 나란히 앉은 둘을 번갈아 봤다.

"아니, 우리 대표 책을 좋아하는 건데 왜 애 눈치를 보지? 다옴 씨가 왜요? 왜?"

어린 대표 새끼는 어느새 우리 대표가 되어 있었다. 다옴은 모른 척 씨익 웃었고 강준은 가치 없다는 듯 무시했다.

놀란 명우가 입을 헤 벌렸다. 나란히 앉은 둘의 거리가 오늘따라 가까워 보이는 건 절대 착각일 수 없었다.

✛　　✛　　✛

"와 씨, 말도 안 돼."

이번에도 다옴은 집게를 뺏어 들어 직접 고기를 구웠다. 얼떨결에 집게를 뺏긴 강준은 호들갑에 오두방정까지 떠는 명우를 지그시 노려봤다.

"아니, 다옴 씨. 진짜 잘 생각해 봐요. 이런 놈이 뭐가 좋다고? 싸가지도 없어, 배려심도 없어, 심지어 겸손도 없어. 다옴 씨가 너무 아까운데?"

쏟아지는 칭찬에 부끄러워하면서도 다옴은 가장 잘 구워진 삼겹살을 명우 쪽으로 옮겼다. 다분히 의도적인 행동이었다.

"다옴 씨 혹시 돈 많은 남자 좋아해요? 물론 나도 나보다 연봉 높은 여자가 이상형이긴 한데. 그럼 내가 괜찮은 놈으로 소개해 줄까요? 돈 잘 벌고, 다정하고, 속 따뜻하고, 싸가지도 있는!"

"건물주님 속 되게 따뜻한데."

와, 지금 내가 무슨 말을 들은 거야. 빠져도 단단히 빠진 다음이 내뱉은 말도 안 되는 말에 명우가 제 귀를 붙잡았다.

"아, 이거 족보가 어떻게 되는 거지. 내 절친의 여자 친구가 내 직속 상사의 조카라면?"

"알아서 모시면 되는 거지, 뭘 물어."

강준은 그녀가 기껏 명우 앞으로 갖다 놓은 삼겹살을 다시 그녀의 앞으로 옮겼다.

"너 먹어."

"헐, 너란다. 너. 미치겠다, 진짜."

낯선 친구 모습에 명우가 양팔을 격하게 쓰다듬었다. 그러거나 말거나 강준은 다음을 챙기기 바빴다. 구워지는 삼겹살이란 삼겹살은 전부 다음의 앞접시로 향할 때, 그녀의 휴대폰이 울렸다.

"이모 전화요. 금방 받고 올게요."

다음이 휴대폰을 들고 식당 밖으로 나가자마자 명우의 눈빛이 음흉하게 변했다. 강준은 모른 척, 문밖으로 그녀가 통화하는 모습을 지켜봤다.

"비밀이야."

"우리 편집장? 무섭긴 하지? 무려 일곱 살 연하야, 일곱 살. 이 도둑놈 같으니라고."

통화 중에 땅으로 꺼질 일도 없는데 강준은 다음에게서 한시도 시선을 거두지 않았다. 팔짱을 낀 채 그 모습을 바라보던 명우가 입가에 웃음을 걸쳤다.

평생 이강준을 부러워할 일은 없을 줄 알았는데, 지금이 딱 그랬다. 아주 잠깐 옆을 비운 사람이 그리워 자꾸만 그 사람의 행동을 쫓고 얼굴을 훔쳐보는 강준이 부러웠다.

이제야 사람처럼 사네.

무슨 통화를 저렇게 즐겁게 하는지. 환히 웃는 얼굴을 바라보던 강준이 고개를 돌렸다. 눈이 마주친 명우가 어깨를 으쓱였다.

"좋아 보인다, 오랜만에."

명우는 컵에 가득 맥주를 따라 그의 앞에 내려놨다. 7년간의 그리움을 한꺼번에 씻어 낼 수는 없겠지만, 위로가 되는 여자를 만난 친구를 축하하고 싶었다.

"좋아."

맥주를 받아 든 강준이 힐긋 문앞의 다음을 쳐다본 다음 대답했다.

"원고 일정 좀 느슨하게 조율해 줘. 나 병원 치료 시작할 거야."

말이 끝나기 무섭게 식당 문이 열리고 다음이 안으로 들어섰다. 친구의 입가에 다시 미소가 번지자 명우는 감탄했다.

빌어도 보고 닦달도 하고 무릎을 꿇어도 병원에 갈까 말까 했던 친구의 행보는 놀라웠다.

"대체, 다음 씨가 널 어떻게 바꾼 거냐?"

"그러게."

보면 볼수록 놀라운 여자라며 명우가 감탄했다. 다음이 제자리에 앉으며 무슨 얘기 중이었느냐 물었다.

강준은 그녀의 앞접시 위 식은 고기는 다시 명우에게 덜어 주고, 새로 구운 고기를 그녀의 앞으로 옮겼다.

기가 막히고 코가 막힌 명우가 고개를 내젓는데 다음은 배시시 웃었다.

"천생연분이 따로 없네, 따로 없어."

식은 삼겹살의 주인은 결국 명우였다.

의사 윤지영.

세련된 명패를 바라보던 강준은 한때 자신을 치료했던 의사의 이름을 다시 기억해 냈다.

먹은 것들을 다 토하고, 잠을 자지 못하고, 결국 자해를 시도했을 때 부모님의 성화에 끌려왔던 곳.

입을 꾹 닫고 있어 지영은 한동안 자신을 상담하는 데 애를 먹었다. 두 번째 상담이었을까. 문득 강준은 궁금해져 물었었다.

"제가 여기 왜 있는지 아십니까."

"……결혼 약속을 하신 분과 안타깝게 헤어졌다고 들었어요."

"그것뿐입니까."

"네. 돌아가셨다고요, 그래서 잠들지 못하시는 거고요."

"……."

"간혹 그런 상처를 가진 분들이 계십니다. 강준 씨만 그러는 것 아니에요. 사랑하는 마음이 컸으면 충분히 그럴 수 있습니다. 물론 나을 수도 있고요."

살해당한 건 모르나. 끔찍한 살인범에게 참혹한 죽음을 당한 건 모르나. 그렇다면 왜 모를까. 자신을 치료하겠다는 사람이.

강준은 부모님이 왜 그 얘기를 하지 않았는지 알 것 같았다. 간신히 버티고 있는 자신이 병원으로부터 도망가는 걸 막기 위해서다.

민정의 마지막을 떠올리게 할 어떠한 빌미도 남겨 놓고 싶지 않으면서, 부모님은 바랐었다. 자신이 괜찮아지기를.

과연 내가 눈앞의 낯선 의사에게 그 얘기를 할 수 있을까. 그는 스스로에게 물었다.

"어렴풋이 기억이 나네요. 잘 지내신 얼굴은 아니시고."

굳이 함께 가고 싶다는 다옴을 두고 강준은 일부러 혼자 병원을 찾았다.

지난번 약이 떨어졌을 때 찾은 병원과 익숙한 공기, 익숙한 냄새가 났다. 급하게 도망가기 바빴던 그때보다 한결 마음만은 편했다.

의사가 차트를 뒤적거렸다.

"지금 가장 불안한 게 뭐 때문인 것 같으세요?"

강준이 건조한 시선을 들었다. 바로 다옴이 떠올랐다. 예전 같았으면 곧장 핏자국부터 떠올렸을 텐데.

명우의 말이 맞았다. 그녀는 구석구석, 그를 빠르게 변화시켰다.

"곁에 있는 사람이요."

"왜죠? 잃을까 봐? 떠날까 봐?"

의사가 떠보듯이 물었다. 그의 표정, 대답에서 뭐든 알아내고 싶은 얼굴이었다.

"둘 다인 것 같습니다."

"또요."

"……가끔 꿈을 꿉니다. 생활이 불편할 정도는 아닙니다."

"잠은 얼마나 주무세요. 아침에 일어나 잠들 때까지 루틴을 설명해 주시겠어요?"

사무적인 어조의 의사를 바라보며 강준은 별것 없는 제 일상을 조금의 꾸밈도 없이 얘기했다. 단조롭고 건조한 일상이었다. 의사가 차트에 뭔가를 꾸준히 적어 내려갔다.

"주신 병원 정보로 기록은 모두 살펴봤습니다. 상담 치료는 전혀 안하셨고, 약물 치료에만 의존하셨어요. 맞으시죠? 약 처방 기간도 일정하지 않은 걸 보니 참다 참다 약이 필요해서 병원을 찾으셨을 거예요.

우울증에 수면 장애, 가벼운 섭식 장애까지."

"……."

"저는 무엇보다 어떻게 마음을 먹으셨는지 그게 궁금하네요. 기록으로 보면 환자분께서는 치료 의지가 전혀 없으셨던데."

결국 자신을 왜 찾아왔냐는 말이다. 내가 여기를 왜 왔더라, 그는 다시 떠올렸다.

한 사람을 제대로 마주하기 위해서.

한 여자를 마음껏 사랑하기 위해서.

약속이나 다짐을 의사 앞에서 마음 터놓고 얘기해 본 지 너무 오래됐다. 그런 내가 말할 수 있을까. 강준이 망설이다 입을 열었다.

"오래 보고 싶은 사람을……."

초점이 흐릿했던 눈동자에 힘이 실리는 순간, 강준이 말을 이었다.

"오래 볼 수 있는 방법입니다."

의사가 싱긋 웃었다. 환자에게 치료의 명분을 구구절절 설명하고, 설득할 필요가 없어진 순간이었다.

손에 쥐고 있던 펜을 내려놓고 두꺼운 렌즈의 안경을 벗어 내려놨다.

"좋은 이유네요, 더할 나위 없이."

강준은 의자에 편히 등을 기대는 의사를 마주 봤다.

"오늘은 첫날이니까 그냥 얘기나 나눌까요?"

그냥 얘기라는 게 정신과 의사에게 치료라는 걸 모르지 않는데, 지금은 속아 넘어가고 싶었다.

고작 한 시간 남짓한 시간. 강준은 편안함을 가장한 질문에 천천히 답했다. 다행히 의사는 깊숙한 질문은 다음으로 미룬 듯싶었다.

요즘 저녁에는 뭘 하냐는 물음에 그가 답했다. 다옴과 함께했던 저녁 식사. 그의 머릿속은 온통 다옴의 생각으로 가득했다.

"병원 치료?"

"어. 어제였나, 오늘인가 그럴 거야."

이 집 잘하네. 바삭한 돈가스를 소스에 푹 찍은 명우가 대답했다. 그는 금세 해림의 돈가스로 눈길을 돌렸다.

"치즈돈가스 맛있냐? 나도 먹어 보게."

"갑자기 무슨 치료? 안 좋아진 거야? 설마 그 여자 때문에?"

해림이 신경질적으로 물어 와도 명우는 대답 없이 돈가스를 흡입했다.

사이트 오픈이며, 연재 계약이며 바빴던 탓에 점심시간에 제대로 밥을 챙겨 먹은 게 언제인지 기억도 안 날 정도였다. 그 모습을 보던 해림은 소리 나게 컵을 내려놨다.

"그러게, 그 여자 이상하다 했잖아. 약물 중독이네 뭐네 의심된다니까. 정상 아닌 여자가 붙어 있으니까 그런 거 아니야. 내가 진짜 그럴 줄 알았어. 뭐야, 얼마나 안 좋아진 건데?"

쭉 늘어나는 치즈를 보란 듯이 들어 올리는데 해림은 그를 쏘아보기 바빴다. 명우가 눈썹을 찌푸렸다.

"뭔 소리야. 원래 안 좋았어, 원래. 더 안 좋아질 게 있냐, 그놈이?"

"……아니라는 거야?"

"당연하지. 오히려 다옴 씨 때문에 치료 결심한 건데. 그 새끼가 제대로 된 치료나 하는 놈이었어? 병원 가서 상담은 무슨, 냅다 약만 달라 조르고 떼쓰다 오는 거였지."

말도 해야 하고, 밥도 먹어야 하고. 명우는 빛의 속도로 돈가스를 비우면서도 말을 이었다.

"이강준 밥도 먹어. 하루 두 끼는 꼬박꼬박 먹는대. 넌 그걸 듣고도 모르겠냐?"

"무슨 소리야."

애써 부정하던 해림의 얼굴이 경직됐다. 명우는 알면서도 모르는 척 말을 이었다.

"드디어 임자 만났다는 거지. 와, 눈꼴 시려 죽는 줄 알았다니까 진짜."

회사 앞에서 잔뜩 화를 내고 간 후로 강준과는 그 어떠한 연락도 주고받지 않았다. 나한테는 그래 놓고, 그사이에, 벌써 이렇게. 해림이 축 처져서는 물었다.

"……너 지금 일부러 이러는 거지?"

드디어 젓가락을 내려놓은 명우가 울기 직전의 해림을 똑바로 바라봤다. 박박 입을 닦은 휴지가 그의 손안에서 잔뜩 구겨졌다.

"그러니까 너도 이만 포기해라. 아닌 줄 알면서도 끝까지 붙잡고 있는 거, 그거 사랑 아냐. 오기지. 이건 내가 계산한다."

이대로 있다가는 잔소리에 싫은 소리까지 얹어 진짜 해림을 울리겠다 싶은 명우가 계산서를 들고 먼저 일어났다.

사원증을 다시 목에 건 명우는 바로 회사로 향했다. 엘리베이터 앞에 선 명우가 주머니에 두 손을 꽂았다.

"이제 현실을 직시해야지, 언제까지 미련 부리려고."

"늙었니, 혼잣말하게?"

익숙한 목소리에 명우가 고개를 홱 돌렸다. 샘플 북에 태블릿, 노트북까지 들고 있는 윤주가 보였다. 명우는 윤주의 품 안에서 자연스럽게 짐을 덜어 들었다.

"어디서 자꾸 나타나십니까?"

"밥 먹고 오는 길. 홍보 팀 회의 몇 시지?"

"3시입니다."

"나는 못 가. 대표님이랑 광고주 만나러 가기로 했어."

마침 도착한 엘리베이터에 함께 오르며 명우는 곁눈질로 그녀를 흘 겼다.

"그런데 대표님이 뭐라 안 하세요?"

"뭘."

"아니, 뭐 그냥."

일명 '어린 대표 새끼' 사건은 이대로 묻히는 건가. 명우가 대답을 얼버무리자 윤주는 눈을 가늘게 뜨며 그를 돌아봤다.

"너 뭐 사고 쳤니?"

"아니요. 절대."

"쳤는데, 사고?"

"그럴 리가 있습니까. 그런데 밥을 혼자 드셨어요?"

그것도 이렇게 짐을 바리바리 싸 들고?

띵. 엘리베이터가 사무실에 도착했다. 윤주가 대답과 동시에 걸음을 옮겼다.

"응. 혼자."

"아니, 왜 밥을 혼자 드세요. 딸린 부하 직원이 몇 명인데."

"나 먹고 싶은 것만 물어볼 거 아니야. 불편해, 그런 거."

"뭘 또 그런 걸 생각하세요. 그냥 같이 먹으면 되지. 나이 먹은 거 티 내십니까? 혹시 편의점 도시락 같은 거로 대충 때운 거 아니죠?"

"아, 진짜. 말 되게 많네."

편집 팀 사무실 앞에서 몸을 되돌린 윤주가 짜증이 섞인 얼굴로 명 우를 올려다봤다. 갑자기 걸음을 멈추는 바람에 그녀 앞에 가까이 서게 된 명우가 얼떨떨한 얼굴로 고개를 내렸다.

"우리 조카 잔소리 듣는 줄 알았다?"

"아, 역시. 다옴 씨 나랑 잘 맞을 줄 알았어."

"내 조카가 너랑 왜 잘 맞니. 그리고 너 공방 가서 내 조카한테 얼씬도 하지 마. 가면 죽는다."

차마 이번 주에도 다녀왔다는 말은 못 하고 우물거리는데, 윤주는 자신이 들고 있는 짐 꾸러미 안에서 파우치 하나를 찾아냈다.

순간 명우는 그녀의 손이 제 가슴을 더듬을지도 모른다고 기대했다.

"그냥 책상에 올려놔. 나는 양치."

파우치를 흔들며 윤주가 화장실 쪽으로 사라졌다. 아무도 없는 복도. 한 팔로 짐을 안은 명우가 남은 손으로 가슴 위를 꾹 눌렀다.

"아 씨, 심장아."

병원을 가 봐야 하나, 요즘 시도 때도 없이 이러는 것 같은데.

명우가 고개를 크게 흔들며 사무실로 향했다. 그때 모퉁이 뒤쪽에 숨어 있던 해림이 슬그머니 모습을 드러냈다.

옆 엘리베이터를 타고 거의 간발의 차이로 뒤에 내렸던 해림이 팔짱을 낀 채 그들이 사라진 쪽을 흘겨봤다.

"내 조카가 너랑 왜 잘 맞니. 그리고 너 공방 가서 내 조카한테 얼씬도 하지 마. 가면 죽는다."

"뭐야. 편집장 조카였어?"

하필, 엮여도.

해림이 낮게 중얼거렸다. 조용히 한숨을 내쉬다 휴대폰을 꺼내 들었다.

전화를 걸어 볼까, 말까 망설이다가 그냥 주머니에 도로 넣었다.

"병원을 간다고, 이강준 네가."

네가 그런 결심을 했다는 것에 기뻐해야 하는데도, 기쁘지가 않다.

너를 변화시킬 사람이 있다면, 그건 분명 나일 거라고 자신했는데.

다시 길게 한숨을 내쉰 해림은 사무실이 있는 방향으로 돌아섰다.

✦　　✦　　✦

분명 파스타를 먹었는데 그녀는 핫도그집을 그냥 지나치지 못했다. 원래 그렇다고 했다. 밥 배와 디저트 배는 따로 있는 법이라고.

"먹고 싶으면 말을 하라니까."

손을 잡고 걷고 있던 강준은 입맛을 다시는 듯한 다옴의 표정을 읽어 내고 바로 핫도그집으로 들어갔다. 핫도그 두 개를 주문한 그녀가 환한 얼굴로 계산을 마쳤다. 핫도그를 기다리는 동안 의자에 앉아 있는데 강준이 그녀를 빤히 바라봤다.

"왜 그렇게 봐요?"

"살이 안 찌는 게 신기해서."

"그런 얘기 많이 들어요. 활동량이 많아서 그래요. 원체 움직이는 걸 좋아해서."

주문한 핫도그가 나오자 다옴은 핫도그를 한 손에 들고 나머지 한 손으로 그의 손을 잡았다.

요즘 그들의 저녁 일상은 늘 똑같은 모습이었다. 공방을 마칠 때까지 그는 작업실에서 글을 썼고, 함께 저녁을 먹고, 또 이렇게 산책을 한다.

조금씩 날이 더워지기 시작할 무렵이라 아직은 저녁 산책이 할 만했다. 다음 주부터는 이조차 어려워질 것 같다는 생각에 다옴이 시무룩해져서 말하는데, 강준이 입을 열었다.

"그래도 보면 되지."

왕, 핫도그를 한 입 크게 베어 물며 다옴이 그를 바라봤다.

"집에서 에어컨 틀고."

"……집이요?"

그녀가 조심스레 물으며 다시 핫도그를 베어 먹었다. 다옴이 걸음을 멈추고 완전히 몸을 틀어 그를 마주 봤다.

"지금 나 초대한 거예요?"

초대? 내가? 언제?

강준이 대답을 못 하고 망설이는데 다옴은 낙장불입 탕탕탕 쐐기를 박았다.

"지금 갈래요."

"뭐?"

"당장, 지금, 바로. 앞장서요. 얼른."

단칼도 이런 단칼이 따로 없다. 쇠뿔도 단김에 빼야 한다며 다옴은 그의 손을 붙잡아 당겼다. 끌려가는 건, 다옴이 아닌 그였다. 결심의 과정은 빼먹고 곧장 결정에 이른 다옴을 보며 물었다.

"방향은 알고 가는 거야?"

"아, 맞다. 앞장 말고 옆에 서야겠다."

배시시 웃으며 다옴이 그의 옆에 발 맞춰 섰다. 상가들이 즐비한 길만 지나면 바로 골목이다. 어차피 동네가 작아 집까지는 금방이었다.

"간식 사 갈까요? 과일 이런 거?"

파스타 한 그릇을 먹고 후식으로 손에 핫도그를 들고 있으면서 다옴은 해맑게 물었다. 강준은 뭐든 좋다는 의미로 고개를 끄덕였다.

과일 가게가 이쯤 있었나. 혼자 사니까 과일 먹을 일이 없다. 어디서 과일을 파는지 모르는 것도 당연했다. 강준이 그녀의 손을 잡고 고민했다.

가전제품 매장을 지날 때였다. 그녀가 문득 걸음을 멈추자, 그 역시 따라 멈춰 섰다. 멍해진 다옴의 시선이 어디론가 향했다. 유리창을 잔뜩 진열한 다양한 사이즈의 텔레비전에서는 각기 다른 화면 속, 같은 내용의 뉴스가 흘러나오는 중이었다.

—실종 여대생, 야산에서 발견. 살해 흔적 뚜렷…….

며칠 전부터 뉴스를 떠들썩하게 하던 사건이었다. 살해. 그 두 글자부터 눈에 들어왔다. 굳은 듯이 뉴스 화면을 바라보던 강준이 그녀를 살폈다. 툭 건드리기라도 하면 힘없이 쓰러질 듯한 모양새였다.

"괜찮아?"

강준이 비틀거리는 그녀의 팔을 붙잡고 물었다. 그제야 정신을 차린 다음 역시 그의 단단한 팔을 붙잡았다.

"괜찮아요?"

질문을 하는 사람 얼굴치고는 지나치게 창백했다. 강준이 숨을 고르고 다시 물었다.

"내가 물었잖아. 불편해 보이는데."

"……아, 그냥 놀라서요."

왜. 어째서. 혹시 나 때문에?

하루가 멀다 하고 이 좁은 땅에서 누군가 누구를 잔인하게 죽였다는 기사가 쏟아져 나오는 시대.

그 역시 살인, 살해라는 글자로 범벅된 기사를 보는 날이면 하루가 불편했다.

기억하고 싶지 않은 장면이 떠올라 괴로웠고, 잠을 이루지 못해 긴 밤을 보냈던 적이 숱했다. 그런데 그녀는 왜인지 익숙한 얼굴로 낯익은 떨림을 보였다.

자신과 크게 다르지 않은.

"연쇄 살인범이라는 얘기가 있던데."

"맞아. 부산에서 실종된 콜센터 여직원 용의자도 저 자식이래."

"미친놈. 사이코패스네."

용의자를 특정하는 지명 수배 화면이 뉴스에서 나오자 주변을 지나가던 사람들이 수군거리는 말소리가 그대로 들려왔다. 다옴은 경직된 얼굴로 애써 웃어 보였다.

그는 알 수 있었다. 무언가 들키기를, 불안해하고 있다는 것을.

"세상에 참, 나쁜 사람이 많아요."

나쁜 사람. 그리 간단히 표현될 수 있는 인간이 아님을 알지만, 그녀는 아무 말이나 내뱉었다.

"불쌍한 사람도 많고."

지금 자신은 누가 봐도 충분히 이상해 보였기 때문에.

입술을 깨문 다옴은 순간 급하게 변명했다.

"아, 강준 씨 보고 얘기한 거 아니에요. 진짜⋯⋯예요."

"알아."

강준은 부드럽게 그녀의 손을 쥐었다. 떨림이 전해져 온다. 너는 지금 어째서, 이러는 걸까. 마치 나처럼. 나인 것처럼.

"떨어트렸다."

아, 어느 틈에. 다옴은 허리를 숙여 바닥에 떨군 핫도그를 주워 들었다. 강준은 계속해서 그녀를 살폈다. 시무룩해진 표정조차 어색해진 그녀를.

"아깝다. 두 입밖에 못 먹었는데."

"⋯⋯다시 사 줄까?"

"괜찮아요."

다옴이 크게 숨을 들이켜며 대답했다. 네가 괜찮은 건 지금 떨어진 핫도그인가, 너의 마음인가.

"먹을 복이 없나 보죠, 뭐."

"오늘은 이만 집에 갈래? 데려다줄게."

강준이 제안했다. 평소와 유독 달라 보이는 그녀에게. 다음은 웃는 것을 어려워하지 않았다. 그런데 지금은 정반대였다. 억지로 웃는 듯한 입술이 평온하기를 바랐다. 마치 그 마음을 아는 사람처럼 다음이 고개를 끄덕였다.

"그게 좋겠어요."

제 상처에 급급했던 강준은 순간 아주 중요한 사실을 잊고 있었다는 걸 깨달았다.

"그때 치료받을 때, 제가 너무 힘들어서 휴학을 했거든요."

"부모님 그렇게 되고 덜컥 혼자가 된 기분이었는데, 이상하게 친구들도 절 피했어요. 내 마음이 아파서, 밝지 못해서."

좋은 사람이 되고 싶다고 했던 저는 알지 못했다. 그녀가 가진 상처, 그리고 과거. 자신이 그녀를 사랑하면서 분명히 알아야 하는 것들.

제 과거를 잊겠다며 애쓰면서도, 정작 마음을 준 여자에 대해 알지 못했다는 사실을.

하지만 그녀의 집까지 가는 길 동안에 그는 아무것도 물을 수 없었다. 손에서 그대로 전해지는 떨림은 제 것이 아닌, 그녀의 것이었기 때문에.

❖   ❖   ❖

"미쳤어, 진짜."

바보, 바보, 바보. 집에 돌아오자마자 침대에 드러누운 다음은 제 이마를 몇 번이나 때렸다. 얼마나 어색하고 이상해 보였을까.

괜찮았는데. 그동안 괜찮다고 생각했는데.

식은땀이 마른 얼굴은 유난히 창백했다. 약도 끊고, 악몽도 줄어들었다는 안일함에 그의 앞에서 방심했었다.

지난해에는 연쇄 살인범에 대한 뉴스를 보고 길에서 혼절한 적도 있었다. 치료가 됐다 하더라도 남아 있는 트라우마는 어찌할 수 없었다. 그래도 그 후에는 잠잠했는데, 괜찮았는데. 왜 하필, 오늘.

침대에 일어나 앉은 다옴이 긴 한숨을 내쉬었다.

"미리 말을 할걸."

나도 당신과 같은 경험이 있다고, 내가 아팠던 이유 또한 당신과 다르지 않다고.

바보 같았다. 부질없었다. 자신의 과거가 그의 발목을 잡을 수도 있다는 걱정은 괜한 것이었다.

그는 용기를 내고 있으니까.

점점 변하고 있으니까.

"말하자. 말해 버리자."

다음에 또 이런 일이 생기지 않으리라는 보장도 없다. 의심을 받고 들킬 바에야 털어놓는 게 낫다.

"병원은 어때요? 괜찮았어요?"

"나쁘지 않았어. 서두르지 않아서 좋더라."

"건물주님 알아봐요? 그분 기억력 되게 좋은데."

"어, 알아보더라. 그런데 계속 그렇게 부를 거야?"

"응? 뭘요?"

"건물주님. 뭔가 이상하지 않아?"

"난 돈 많아 보이고 좋던데. 아, 나는 가구 팔아서 언제 건물주 되나."

하지만 당장 말할 수는 없었다. 이제 막 치료를 시작했으니, 일주일 만이라도 기다리자. 그러자.

결심하는 순간 가벼워지는 마음이 참 우스웠다. 다옴이 침대에서 몸을 일으켰다. 휴대폰이 울린 건 바로 그때였다. 건물주님이라 저장한 이름 옆에 붙인 하트가 유독 눈에 들어왔다.

—잘 들어갔어?

목소리를 듣자마자 깨달았다.

나는 당신이 보고 싶다는 것을.

"오늘, 나 좀 이상했죠. 미안해요, 내가 챙겨야 하는데."

—뭘 챙겨. 내가 애도 아니고.

"……."

—괜찮아?

어느새 자연스러워진 반말 속에 다정한 걱정이 서려 있었다. 다옴은 좋았다. 그의 걱정이 오직 자신을 향하고 있다는 것이.

그러니 봐야겠다. 보고 싶은 당신을, 지금.

당신 역시 지금 괜찮지 않을 테니까. 당신 역시, 오늘 밤이 힘들 테니까.

"야식 먹을까요?"

말이 끝나기 무섭게 낮게 웃는 소리가 들렸다.

—더 들어갈 배가 있어?

"그럼요. 만만하게 보면 큰일 나."

—뭐 먹고 싶은데?

"음, 야식은 역시 치킨?"

강준을 집으로 초대했다. 서둘러 배달을 시키고, 화장대 앞에 앉았다. 창백해진 얼굴 위에 화장품을 덧발랐다. 조금은 예뻐 보이게, 더 생기 있어 보이게.

사랑에 빠져 데이트를 준비하는, 영락없이 사랑에 빠진 이의 모습이었다.

✦　　✦　　✦

그의 두 번째 상담을 앞두고 있을 때였다. 약을 바꾸기로 했고, 상담을 늘리기로 했다. 의사가 내 준 숙제를 한다던 그를 지켜보니 웃음이 나지 않을 수 없었다.

"초등학생 일기 같네."

"내 말이."

하루 중 가장 즐거웠던 일, 가장 우울했던 일. 그때마다 내가 했던 일.

이런 거 해 오라 하면 무시할 것 같은데, 그는 참 부지런히 그리고 간단히 기록했다.

다옴은 그의 작업실 책상 바로 옆에 꼭 붙어 앉아 그가 기록한 노트를 보며 웃었다.

가장 즐거웠던 일은 자신과 만난 일이고, 가장 우울했던 일은 자신을 만나지 못한 일이다. 내용이 참 그답지 못해 부끄럽고, 못내 쑥스러웠다.

"대체 의사가 이걸 보고 뭐라 상담을 해 줄지."

"그게 능력이지."

고쳐 쓰라는 말이었는데, 그는 펜을 멈추지 않았다. 책상에 엎드린 채 그를 지켜보던 다옴이 펜을 쥔 그의 멋있는 손을 바라봤다.

무슨 남자 손이 이렇게 우아하고.

"기품까지 있어."

속으로 중얼거린다고 생각했는데, 입 밖으로 내뱉고야 만 것인지 그

344

가 다옴을 돌아봤다. 눈이 마주친 다옴이 어색하게 웃으며 손에 턱을 받쳤다.

"만년필 멋있다고요."

"가질래?"

"네?"

멋없게 툭, 그는 만년필을 그녀 앞에 내려놨다. 강준은 표정 하나 바꾸지 않고 연필꽂이에서 다른 만년필을 꺼냈다. 흔적은 있지만, 딱 겉만 봐도 고급 만년필이라는 건 알 수 있었다. 만년필을 살핀 다옴은 익숙한 이니셜을 발견했다.

"아끼는 펜 아니에요?"

"취직 기념 아버지 선물."

"근데 이런 걸 나한테 줘도 돼요?"

이렇게 중요한 걸. 만년필을 조심스레 만지던 그녀가 되묻자 강준은 그녀를 돌아보며 옅게 웃었다.

"응, 돼."

소중한 사람이, 소중히 지닌 물건을 준다. 존재 자체가 소중해지는 느낌이다. 그놈의 소중이 뭐기에.

다옴은 괜스레 으쓱해져 올라가는 입꼬리를 꾹 참았다.

공방이 문을 열지 않는 일요일. 날도 좋고, 주말이니 밖에 나가자고 조를 법한데도 다옴은 가만히 작업실에 붙어 앉아 그의 옆을 차지했다.

"재미없으면 안 봐도 돼."

작업실에서 가만히 있기 뭐했는지 다옴은 책장에 꽂혀 있는 아무 책을 골랐다. 페이지 넘어가는 속도가 느린 게 꽤 신경이 쓰였는지 그가 노트북 전원을 켜며 말했다.

"원래 읽는 게 느려요."

"좋은 거야."

"빨리 읽는 게 좋은 거 아니에요?"

"한 문장, 한 문장 이해하면서 읽는다는 거니까."

지금껏 빨리 읽는 게 좋은 건 줄로만 알았는데. 집중력이 떨어졌는지 다옴이 책을 내려놨다.

"실은 나 수능 언어 4등급이었어요. 빨리 못 읽어서."

"괜찮아. 지금 사장님이잖아."

그는 엄청난 칭찬을 건조하게 말하는 재주가 있었다.

"좋네요. 건물주님한테 칭찬받으니까."

그 호칭은 진짜, 좀.

강준이 미간을 좁히자 다옴이 하하 소리를 내며 크게 웃었다. 뒤로 자지러질 듯 웃는 그녀를 보며 그 역시 따라 미소 지었다.

"어, 전화 와요."

다옴이 그의 휴대폰을 가리켰다. 그가 곧장 전화를 받았다.

"네, 어머니."

어머니? 다옴이 곧장 입술을 틀어막았다. 그는 그러지 않아도 된다고 얇은 손목을 잡아 내렸다. 그 순간 강준의 표정이 당황으로 물들었다.

"어디⋯⋯요?"

그가 다옴을 돌아봤다. 소리는 내지 않고 입술로만 왜요, 라고 물으니 그가 다시 입을 열었다.

"아, 제가 모시러 갈게요. 정확히 어디 계세요? 네?"

그가 몸을 벌떡 일으켰다. 그에게서 처음 보는 인간적인 모습에 다옴은 눈을 동그랗게 뜨는데, 인기척이 들려왔다. 연달아 울려오는 노크 소리.

그녀는 여전히 의문 모를 얼굴로 그를 올려다봤다.

"말씀을 하고 오시죠."

"애는, 나는 이모네 온 김에 그냥 얼굴만 보고 갈 생각이었지."

정작 불편해할 당사자는 멀쩡한데, 강준이 안절부절못한 얼굴로 옆을 돌아봤다. 그러거나 말거나 다음은 태평한 얼굴로 차를 마셨다.

미향은 노골적으로 다음을 관찰했다. 머리부터 발끝까지. 첫인상이 꽤 마음에 들었던 공방 아가씨인지라 벌써부터 눈이 반짝거렸다.

"혹시 올해 나이가."

미향이 조심스레 물었다. 다음이 고개를 들었다. 행여나 오해할까 미향이 서둘러 변명했다.

"아니, 나는 너무 어려 보여서."

"괜찮습니다, 올해 스물여덟입니다."

"아유, 한창 좋을 때네. 우리 애가 일곱 살이나 위라 재미없겠어요."

"생각보다 재미있습니다."

"어머, 우리 아들이? 그럴 리가 없는데."

아무리 눈치 없는 사람을 앉혀 놔도 알아챌 수 있을 만큼 미향은 노골적으로 다음을 마음에 들어 했다.

"식사는 했어요?"

딱 봐도 같이 먹자고 할 심산이다. 강준은 막아야 한다는 생각으로 먼저 입을 열려고 했다. 하지만 그보다 다음이 먼저 빨랐다.

항상 그녀는 그보다 빨랐다. 마음을 연 것도, 고백을 한 것도.

"아니요. 배고파서 밥 먹자고 조르려던 참이에요."

"아유, 애가 밥을 잘 안 챙겨 먹어요. 원체 먼저 먹겠다는 말을 많이 안 해서요. 배 많이 고프겠네."

"혹시 시장하시면 저녁 같이 드실래요?"

살갑게 물어 오는 마음이 예뻐 미향의 입가에 미소가 번졌다. 혹시나 불편한 기색을 보이면 바로 어머니를 보낼 심산이던 강준은 뒤늦게 깨달았다. 이 골목을 자주 산책하던 어르신도, 베이커리 사장도, 카페 사장도 모두 친절한 그녀를 좋아한다는 것을.

동네를 함께 거닐면 어찌나 인사를 나누는 사람이 많은지, 이사 온 지 두 달도 채 되지 않았다는 사실이 믿기지 않을 정도였다.

"나는 아까 강준이 이모랑 국수 먹었어요. 얼굴 봤으니 이만 가야죠."

시간을 확인한 미향이 몸을 일으켰다. 강준과 다움이 함께 따라 일어섰다. 그 모습을 기분 좋게 바라보던 미향은 손사래를 쳤다.

"나오지 말아요. 계단 내려왔다 올라가기 힘들어요."

"네. 봬서 좋았습니다."

다움이 환히 웃으며 인사했다. 미향이 조심스럽게 손을 내밀자 그녀는 망설이지 않고 주름진 손을 맞잡았다.

"고마워요. 먼저 그렇게 말해 줘서. 나도 만나서 반가웠어요."

"네. 또 봬요."

인사를 나누고 미향이 뒤돌아섰다. 다움은 서둘러 책상에서 그의 차키를 챙겨 내밀었다. 그녀의 뜻을 알아챈 강준은 눈으로만 인사한 다음 어머니를 따라나섰다.

"터미널 모셔다드릴게요."

"버스 코앞에 있어. 괜찮아."

"한참 걸리잖아요."

하루가 걸린다 해도 둘을 방해할 생각이 없는 미향은 미소와 함께 강준을 돌아봤다.

부끄럽고, 쑥스럽고, 민망해서 강준은 미향의 눈을 제대로 보지 못했다.

"저 아가씨도 아니?"

두 번 묻지 않아도 민정에 대한 얘기라는 걸 알 수 있었다. 강준은 느리게 고개를 끄덕였다.

"괜찮아 보여 다행이야. 그리고 너희 예쁘다. 정말 예뻐."

눈시울이 붉어지는 어머니를 보며 강준은 그 어떤 말도, 그 어떤 행동도 하지 못했다. 살아남은 죄책감에 몸부림쳐 그가 자신을 갉아먹을 동안, 부모님 역시 똑같았을 테니.

"정말 혼자 가도 괜찮으세요?"

"그럼. 너는 다음 씨 맛있는 거나 사 줘. 그리고 아버지한테는 비밀로 할게. 네 아버지 알면 좋아서 호들갑 떨 테니 그건 엄마가 막아 줄게."

손에 든 차 키는 무용지물이 됐다. 미향은 기분 좋은 미소와 함께 뒤돌아 계단을 내려갔다.

벼랑 끝에 매달려 있던 아들이 활짝 핀 꽃밭을 걷고 있는 것을 확인한 어머니의 발걸음이 가벼워 보여 그는 가만히 그 모습을 지켜봤다. 고작 연애 좀 한다는 사실에 그는 7년 만에 어머니의 제대로 된 웃음을 봤다.

그녀 덕분이었고, 그녀만 할 수 있는 일이었다.

"그냥 가셨어요?"

기다려도 차 소리가 들리지 않자 다음이 문을 열고 나왔다. 그녀를 다시 보는 순간, 강준은 미칠 듯한 감정에 휩싸였다.

뭐랄까, 기대감도 아니고 뭉클함도 아니다. 그저 네가 내 삶의 이유가 된 것에 대한 감사함. 나를 웃게 하는 네가 마치 구원 같아서.

강준은 그대로 다음의 어깨를 밀어 문을 닫았다. 당황한 그녀가 뭐라 하려던 찰나 그는 급하게 입술을 밀어붙였다.

성급하게 시작한 입맞춤이 조금씩 부드러워질 즈음, 강준이 그녀의 허리를 안았다. 넓은 품에 몸이 가려진 다옴이 그의 목을 감싸 안았다.

　편안한 시간의 소중함이었고, 지금의 사랑에 충실할 때였다.

✤　　　✤　　　✤

　커피 취향이 까다로운 강준은 유독 작업실 근처의 이곳 원두를 좋아했다. 입에 맞는 커피집이 근처에 있어 다행이라던 강준이 작업실을 구했을 때부터 부지런히 여기 커피를 사 들고 찾고는 했었으니. 하지만 이제는 그것조차 불편해졌다.

　조용한 동네라 그런지 카페에는 사람이 별로 없었다. 해림과 친구로 보이는 여자 둘이 전부였다.

　"만나 주지도 않는 거 아니야."

　해림은 불안했다. 강준이 다옴에게 푹 빠지는 것보다, 평생 저를 보지 않으려 할 수도 있다는 사실이.

　친구로 버렸기에 가능했던 사이. 강준은 받아 주지 않을 수도 있다. 그 여자를 위해서라면 더욱.

　어젯밤, 해림은 민정을 연상하게 했던 모든 옷을 버렸다. 은은한 색깔을 띠던 립스틱도 버렸고, 민정이 즐겨 신던 스니커즈와 플랫 슈즈 종류도 전부 버렸다.

　자신과는 애초에 어울리지 않는 것들이었고 취향도 아니었다. 오직 이강준의 눈에 들기 위해서 몸부림쳤던 흔적들.

　모르겠다. 너를 향한 집착을 그만둘 수 있는 건지.

　미련은 많은데, 자신은 없었다. 애초에 어디서부터 잘못된 건지, 어디서부터 고쳐 나가야 할지 알 수도 없었다.

　커피 안의 얼음이 전부 녹아 컵 주변을 흠뻑 적실 때까지도 해림은 일어날 수 없었다. 불안, 초조, 그 모든 것들에 해방되고자 여기까지 왔으면서도 또 망설였다.

"너 똑바로 말해. 그 망신을 당하고 다음이 공방은 왜 또 오자고 한 거야?"

"왜긴. 오해가 있으니까 풀고 싶어서 그런 거지."

익숙한 이름에 해림의 눈이 반응했다. 작은 카페라 테이블간의 거리는 멀지 않았고, 그들 외에는 손님이 없어 대화 소리 정도 들리는 건 문제가 아니었다.

"오해는 무슨 오해. 솔직히 다음이 얘기 들어 보니까 우리가 잘못했던 건 맞지."

"우리가 뭘 어쨌는데?"

"그때는 어렸다 쳐도 지금은 아니잖아. 인정할 건 인정해. 우리가 학과에 다음이 얘기 떠들고 다닌 건 맞잖아. 정신과 치료받는다고. 지금 생각하면 왜 그랬는지 몰라."

"아니, 뭐 우리가 일부러 그랬냐. 얘기하다 보니까 그렇게 된 거지."

"그래, 그렇다 치자. 내가 너네 피했고, 오해했고, 그런 걸로 치자."

공방 앞으로 다음을 찾아온 여자들. 해림은 확신에 찬 얼굴로 몸을 뒤로 뺐다. 그들의 목소리가 더욱 잘 들렸다.

"솔직히 말해. 너 결혼식에 다음이 초대해서 머릿수 채우려고 하는 거지."

"어우, 야!"

"맞잖아. 지수 너, 신랑에 비해 하객 수 적다고 알바 부르네 마네 그랬잖아."

"아, 아니거든?"

당황한 지수가 크게 부정했다.

"너 진짜 그런 거면 생각 고쳐. 어?"

"아 씨, 아 몰라. 오기 전까지는 그럴까 했는데 생각 바뀌었어. 솔직히 다옴이 당한 일이 어디 흔한 일이야? 부모님 살해당해, 뉴스에 대문짝만하게 실려, 심심하면 다큐에서 범인 갖고 떠들어 대. 연쇄 살인범한테 부모 잃은 유족 초대하면 시부모가 참 칭찬하겠다."

"뭘 또 그렇게까지 얘기해. 초대하면 그냥 오는 거지."

연쇄 살인? 유족?

해림이 미간을 좁혔다. 기억 어디엔가, 익숙한 퍼즐 조각들이 날뛰는 기분이다.

"걔도 7년이나 됐으면 융통성 있게 좀 대해 줄 것이지."

7년 전. 해림에게 또한 상처고, 불행이었던 그때. 피가 날 듯이 입술을 깨문 해림은 조금씩 떨려 오는 손을 맞잡았다.

"그냥 가자니까. 어차피 다옴이 우리 안 봐. 정 다 떨어졌을 건데, 뭐."

"아, 진짜 아르바이트라도 써야 하나."

결국 목적이 그거였네. 은정이 혀를 차며 지수를 한심하다는 듯 흘겨봤다.

"회사 사람들 안 와? 좀 될 거 아니야."

"하필 납품 기일이랑 겹쳐. 아마 몇 안 올걸."

아쉬운 듯 푸념 섞인 목소리가 끝났다. 같은 해 연쇄 살인이 일어나는 게 흔한 일일까. 더 고민할 수 없었다. 시간은 부족했고, 마음은 급했다. 해림은 몸을 일으켰다. 고작 세 걸음 뒤에 여자들이 있었다.

"혹시 말씀 좀 여쭐 수 있을까요?"

❖   ✦   ❖

"정해림 팀장이 나한테 무슨 일로?"

윤주가 소파에 자리 한 그녀를 마주 보며 물었다. 눈에 띄는 빨간색 슈트 차림의 윤주가 긴 다리를 꼬며 앉았다. 해림은 그 누구보다 당당해 보이는 윤주와 다옴을 겹쳐 봤다. 닮았나, 닮은 것 같기도 하고.

"그건 왜 물어보세요?"

"……혹시 경찰이세요?"

"아니요, 그건 아니고. 제가 아는 분 같아서요. 꼭 찾고 싶었는데 그분 사정이랑 비슷해서. 저 이상한 사람 아닌데, 알려 주실 수 없을까요?"

신분을 증명하기 위해 명함을 줬고, 믿어지지 않는 얘기를 들었다.

감히 네가. 감히 어떻게.

모든 사실을 알고도 한다옴 너는, 강준이의 상처를 보듬을 수 있다 자신할 수 있을까? 너 따위가?

"드릴 말씀이 있어서요. 한다옴 씨에 대한."

느긋했던 윤주의 표정이 굳어졌다. 정 팀장이 다옴을 어떻게 알까. 접점이 없다. 명우가 아니라면. 하지만 딱히 그랬을 것 같지 않다는 촉이 발동했다.

뭐랄까. 반갑지 않고, 거부감부터 든다. 왜인지는 모르겠으나.

"내 조카 알아요?"

"잘 알지는 못합니다. 두어 번 봤죠."

"왜요?"

네가 내 조카를 왜?

윤주가 팔짱을 끼며 물었다. 여유에서 묻어 나오는 태도가 여전했다.

"조카분이 이강준 작가를 만나고 있습니다. 혹시 아십니까?"

미세하게 올라간 눈썹이 반응했다. 윤주는 얼마 전부터 뜸해진 조카의 연락을 떠올려 볼 뿐이었다.

친해지라고 했더니, 거기까지 했단 말이야.

작은 감탄, 또는 대견함. 피셜에 의하면 잘생겼고, 글빨 좋아, 돈도 잘 벌 테니. 아, 그런데 나이가 좀 많은가? 윤주는 순간 휩싸이던 감정을 해림 앞에서 감췄다.

"처음 들었어요. 혹시 용건이 그거예요?"

"이강준 작가, 7년 전에 약혼녀가 살해당한 과거가 있습니다."

여유롭게 커피를 들던 윤주가 멈칫했다. 해림은 멈추지 않았다.

"범인 이름은 심인철. 사형을 선고받아 복역 중입니다."

"……."

"다섯 명을 죽였죠. 이강준 작가 약혼녀가 세 번째에 당했습니다. 그리고 마지막 범행 대상이……."

"우리 언니 부부겠네요. 나도 그 이름, 그 사건은 익히 들어 아니까."

차갑게 굳어진 윤주가 눈 한번 깜빡이지 않고 대답했다.

"이강준 작가, 아직 정신과 치료받고 있는 상태입니다. 조카분께 백 퍼센트 진심일 수 없을 겁니다."

해림은 말을 마친 다음 조용히 입을 다물었다. 팩트를 알렸고, 이제 판단할 거라 생각했다.

윤주는 팔짱을 풀지 않고 소파에 등을 기댔다. 그녀의 시선은 제 눈을 피한 채 살짝 고개를 숙인 해림을 향해 있었다.

"어떻게 알았어요?"

"조카분 동창들이 하는 대화를 들었습니다. 공방 근처에서요."

"설득력은 있네."

"죄송합니다. 이런 말씀 드려서."

말뿐인 사과에 윤주가 차갑게 웃었다. 해림의 고개가 들렸다.

"신 팀장이랑 친구라고 들었는데."

"네."

"그럼 이강준 작가와도 친구겠네요."

"……네."

"안됐네. 그 사람도."

조용한 측은지심 뒤에도 윤주는 해림을 향한 시선을 거두지 않았다. 알고 있으니 여기까지 왔겠지. 모든 사실을 안 다음, 내가 어떻게 행동할지.

단맛에 빠져 있을 조카에게 자신이 어떤 채찍을 던질지 아는 것이다.

똑똑. 그때 편집장실 문이 열렸다. 노크하고 몇 초는 텀을 줘야 하는 것 아니냐고 매번 잔소리를 해도 똑같은 명우였다.

원고를 들고 온 명우는 소파에서 독대 중인 해림과 윤주를 보고 눈을 크게 떴다. '해림이 왜 여기에?'라는 생각보다 살벌한 분위기가 주는 압도감이 더욱 컸다.

"뭐야, 분위기 왜 이래요?"

해림이 몸을 일으켰다.

"정 팀장."

가 보겠다는 일언반구도 없이 뒤돌아서는 해림을 향해 윤주가 느긋하니 입을 열었다.

"고마워요. 덕분에 조카한테 못된 이모 되겠네요."

이게 대체 무슨 말?

영문을 모르는 명우가 문 옆으로 비켜서며 둘 사이를 번갈아 봤다. 다시 뒤돌아선 해림이 윤주를 마주 봤다.

"……선택은 편집장님 몫입니다."

기가 찬 말에 윤주가 웃음을 터트렸다.

제 손으로 조카 가슴을 찢어 놓게 생겼는데, 선택? 내 몫?

서늘한 표정의 윤주는 해림의 앞으로 걸어갔다. 그녀가 가까이 다가
오는 동안 숨죽이고 있던 해림은 물러서지 않았다.

"이제는 나한테 떠넘기기까지. 끝까지 착한 척하고 싶었으면 그 입
은 다무는 게 좋았을 텐데."

윤주의 차가운 목소리가 다시 이어졌다.

"둘 사이 찢어 놓고는 싶고, 내가 하기는 싫고, 좋은 건수 있다 생각
해서 달려온 거 아닌가? 어떻게 내 앞에서, 내 언니 죽음을 들먹이지?"

서늘한 분노가 차올랐다. 윤주의 턱 끝이 미세하게 흔들렸다. 조용한
화가 덮쳐 오자 해림은 어떤 말도 꺼내지 못했다.

윤주는 화를 억누르고, 또 억눌렀다.

그럼에도 자꾸 떠오른다. 7년 전, 넋을 놓아 버린 다음의 얼굴이. 괜
찮아지기까지 우리가 얼마나 힘들었고, 아팠는지.

"세상에는 참 불쌍한 사람들이 많아. 그래서 참 엿같은데."

차가운 시선이 다시 해림을 향했다. 해림은 그 시선을 마주 봤다. 나
는 아무것도 잘못하지 않았어. 그녀의 눈은 마치 그렇게 말하는 듯했
다.

"그런 사람들 이용해 먹는 나쁜 년은 더 엿같지."

"……."

"나가서 일 봐요, 정해림 팀장."

뺨 한 대쯤은 맞을 수도 있겠다 생각했던 해림은 조용히 물러났다.
죄책감도 없어 보이는 뒷모습에 화를 참던 윤주가 실소를 터트렸다.

"편집장님. 저게 다 무슨."

가만히 윤주의 말을 듣고만 있던 명우는 해림이 나가자마자 다가와
물었다. 중간에 손을 든 윤주가 그의 말을 가로막았다.

"미팅 좀 잡아."

누구? 명우는 아닐 거라 생각하면서도 떠오르는 얼굴을 부정했다.

그러면서도 눈앞에서 벌어진 일을 맞닥뜨리고 확신했다.

"이강준 작가님. 오늘 내가 좀 뵙자고 전해."

뒤돌아선 그녀가 한 손으로 얼굴을 가렸다. 윤주가 운다. 입술을 꾹 깨물고, 겨우겨우 참고 있지만 끝내 눈물을 터트린다. 대체 무슨 일이 벌어지고 있는 건지 가늠조차 어렵다.

10화

고작, 사랑인데

오늘 초급반 마지막 수업이 끝났다. 중급반 수업은 바로 개설하지 않고 한 달의 텀을 두기로 했다. 새 커리큘럼도 완성해야 했고, 동시에 초급반 수업 신청을 받을 예정이라 스케줄 조정이 필요했다. 달력을 펼친 다음이 문득 휴대폰을 들었다. 얼마 전 뉴스에서 본 살인 사건에 대한 기사를 찾아보는 손이 느렸다.

"잡혔네. 다행이다."

더는 피해자가 없을 테니 안심한 다음이 휴대폰을 내려놨다. 동시에 다시 휴대폰이 울렸다. 윤주의 전화였다.

"웬일이야? 회사 아니야?"

―회사지. 그냥 너 뭐 하나 해서.

"공방에 있지. 수업 끝나고 농땡이 부리는 중. 이모는?"

―미팅 가는 길.

"목소리가 이상한데. 감기야?"

―그런가. 몸살 기운이 조금 있는 것 같기도 하고.

기다렸다는 듯 다음이 잔소리를 늘어놨다. 그러게 일 좀 작작하라는 말부터 시작해서 청소는 하고 사냐, 면역력이 안 좋아진 거다, 이참에 건강 검진을 하자까지. 윤주가 낮게 웃었다.

─건강 검진은 무슨.

"서른여섯이면 건강 검진 필수거든? 맨날 야근에, 철야에…… 훅 가는 거 한 방이야."

분명 소리를 꽥 지를 줄 알았는데 윤주는 웬일인지 잠잠했다. 진짜 어디가 아픈가 싶어 다음이 먼저 입을 열려는데, 윤주가 한발 빨랐다.

─너는 요즘 어때?

"나? 좋지."

─뭐가.

"뭐긴 뭐야. 그냥 다 좋지. 갑자기 왜 이렇게 센치해? 진짜 아파? 오늘 내가 갈까?"

걱정이 돼서 물었더니, 윤주는 하루 이러다 말 거라며 금방 전화를 끊었다. 싱겁기는. 전화를 끊은 다음이 소리 내 중얼거렸다.

그 순간, 계단을 내려오는 그의 소리가 들렸다. 반가운 발걸음에 다음은 곧장 공방 밖으로 나갔다. 앞치마 차림 그대로인 다음을 마주한 강준이 답지 않게 당황했다.

"뭐야. 몰래 어디 가는 거였어요?"

"아니, 그냥 이 앞에. 담당자 미팅."

여러 업체와 일하는 그는 담당자도 여럿이었다. 명우 말고 미팅을 하는 담당자가 있던가. 다음은 그러려니 고개를 끄덕였다.

"저녁 먹고 와요?"

"아니. 너랑 먹을 거야."

얼마 전까지 깍듯한 존대를 들어서일까. '너'라는 별거 아닌 호칭에 괜스레 웃음부터 지어졌다.

"왜 웃어?"

"좋아서요."

"뭐가."

방금 전 윤주가 물었던 그대로 되묻는 그를 보며 다음은 어깨를 으쓱였다.

"그냥 다. 일찍 와요."

남편을 배웅하는 아내처럼 그녀가 말했다. 강준은 옅게 웃고는 주변을 돌아봤다. 날이 더워져서 그런지 조용한 동네답게 골목에는 사람이 없었다. 확인이 끝난 강준이 두 팔로 그녀를 살짝 껴안았다.

"다녀올게."

"좋다. 나날이 발전하는 이강준."

그의 어깨에 얼굴을 기댄 다음이 속삭였다.

"늦겠어요, 얼른 가."

마른 등을 한번 쓸어내린 강준이 몸을 떨어트렸다. 다음이 손을 흔들자 강준은 그제야 아쉬운 듯 뒤돌아섰다. 그는 차에 몸을 실으며 심호흡을 내뱉었다.

"나도."

네 덕분에, 나도 요즘 내가 좋아지는 중이야.

이 말은 이따 밤에 해야겠다. 밤에, 네 얼굴 직접 보며, 만지며, 품으며 그때 하자.

안전벨트를 확인한 그가 곧장 시동을 걸었다. 한 번의 심호흡이 또다시 절실해졌다.

✦　　✦　　✦

"어디까지 얘기하실 거예요?"

지금 상태로 운전하면 큰일이다, 데려다주겠다 바득바득 우겨 같이 가겠다고 하더니 결국 저게 궁금했던 모양이다. 윤주는 굳은 얼굴로 운전석을 돌아봤다.

"어차피 알 일이야. 둘러대서 어색하게 설명하느니 다 알려 주는 게 나아."

결심한 듯 그녀에게서는 망설임이 보이지 않았다. 명우는 미팅 잡으라는 말에 대답만 하고 나와 해림을 찾아갔다.

"편집장 왜 저래. 무슨 소리 했길래 저 사람이 울어!"

"……그 여자 부모, 민정이랑 똑같아."

"뭐?"

"민정이 죽인 그 새끼가 그 여자 부모도 죽였어. 범인이 같아, 같은 새끼한테 당했다고! 내가 이걸 알았는데 어떻게 가만히 있어. 내가 다 알았는데 어떻게 모른 척을 해!"

"그게 무슨 소리야."

"말 그대로야. 심인철이 죽인 부부, 기억 나? 그 부부 딸이야, 그 여자가."

"……그게 무슨. 아니. 그래서 그걸 얘기했다고? 편집장한테? 너 그걸 다 얘기한 거야?"

"왜? 내가 없는 말이라도 지어냈어? 내가 거짓말이라도 했니? 날 왜 그렇게 봐?"

젠장, 모른 척 못 할 건 뭔데.

기가 막힌 둘의 인연에 명우는 한참을 이해하지 못했다. 어떻게 그런 일이 일어날 수가 있어. 어떻게 그게 가능해. 빌어먹을 하늘을 욕하고 기가 찰 우연을 비난했다.

명우는 속도를 늦췄다. 최대한 윤주와 강준이 늦게 만났으면 했다.

"그냥 두면 안 됩니까?"

"그럴까. 근데 정해림이 다음이 안 찾아갈 거라는 보장은 없잖아."

맞는 말이라 설득할 수도 없었다.

운전하는 내내 명우는 넋이 나간 듯한 윤주를 살폈다. 그녀는 그 시선을 모른 척했다. 남 따위 살필 여유가 제게는 없었다.

"……괜찮아요?"

창밖을 향했던 윤주의 시선이 명우를 향했다. 참 오랜만이었다. 괜찮냐는 물음, 조심스러운 걱정.

옛날도, 지금도 그녀는 자기 자신보다 다음을 우선했다. 당연했고, 그게 습관이자 버릇이 됐다.

"나는 언니가 죽었을 때 다음이보다 어른이라 괜찮았어야 했어. 그 누구보다 빨리 털고, 빨리 이겨 냈어."

"……편집장님."

"다음이는 이해할 거야. 그리고 빨리 털어 낼 거야. 나를 위해서. 우리 다음이 강해."

결국에는 자기 위로와 암시로 끝나는 말에 명우는 어떤 말도 덧붙이지 못했다. 그저 안타까운 인연을 만든 강준이가, 애틋한 사랑을 시작한 둘이 가엽고 또 가여웠다.

"거지 같네, 진짜."

"원래 세상이 그래. 거지 같고, 엿 같아."

위로되지 않는 말끝에도 윤주는 결정을 뒤집지 않았다.

"이해하기 어려운 얘기는 아닐 겁니다."

태연하려 애쓰는 말 한 마디 한 마디가 힘들었지만, 윤주는 무심하게 시선을 들었다.

"납득하기 힘들 수는 있겠네요."

커피 안의 얼음이 전부 녹았는데, 강준도 윤주도 어느 하나 상관하는 이가 없었다. 테이블 위를 적신 물기를 의미 없이 바라보던 강준은 고개를 들어 그녀와 눈을 맞췄다.

농담도, 장난도 아니다. 함부로 입에 올릴 수 있는 주제가 아닌 만큼.

그렇다면 진짜라고? 내가 지금 들은 말이, 정말이라고? 세상에 이런 말도 안 되는 우연이 일어날 수 있다고?

조금 전만 해도 좋아하는 여자에 대해 아무것도 모르고 있었다. 오래 보고 싶어 그 방법을 찾고 있었고, 결국은 좋은 사람이 되고자 했다.

그런데 내가 너에 대해 몰랐던 게 바로. 내가 너에 대해 알아야 할 것이 바로.

강준은 있는 힘을 다해 이를 악물었다. 세상 불행이 온통 제게 밀려오는 느낌이었다.

왜? 나한테 왜?

"정해림 팀장이 제게 그러더군요. 아직도 정신과를 드나드는 이 작가님은 제 조카에게 진심일 수 없다고."

"……"

"예쁘죠, 우리 다움이. 잘 웃고, 요리도 잘해요. 그 어느 누구에게 사랑받아도 이상하지 않을 아이라, 그건 믿지 않습니다. 다만."

다만. 말끝에 서린 두 글자가 강준의 심장을 요동치게 만들었다.

"저는 앞으로 이강준 작가님을 뵈면 제 언니가 떠오를 것 같아요. 아마 이 작가님도 마찬가지라 생각합니다."

"……"

"다움이한테도 말할 거예요. 거짓말도, 변명도 안 할 생각입니다. 그렇게 설득시키겠습니다."

그러니 헤어져 달라는 말.

그러니 그만, 놓아 달라는 말.

잔인했으며, 흔들림이 없었고 또한 쓸쓸하면서 결국은 해야 하는 말.

눈물을 꾹 참은 윤주가 허탈하게 웃었다.

"세상이 참 그래요. 잘못한 것도 없는 억울한 내 과거가, 꼭 그렇게 발목을 잡더라고요."

입을 열 수가 없다. 그 어떠한 말도 내뱉을 수가 없다. 아니라고 얘기해야 한다. 우리는 잘 이겨 낼 수 있다고 약속해야 한다. 하지만 입이 떨어지지 않는다. 윤주 또한 유족이며, 피해자일 테니까.

"……꼭, 말해야 합니까."

듣고만 있던 그가 처음으로 되물었다.

"다음이도 알아야죠."

싸늘하게 굳어 버린 그의 목소리는 처참했고, 외롭기 그지없었다.

그래서 다음이 네가 빠졌을까.

"자기가 사랑하는 사람과 왜 헤어져야 하는지."

결국 헤어짐이다. 어려웠던 시작만큼 단 한 번도 생각해 보지 않았던 이별. 너와 나 사이에 고작 이런 이별이라니. 고작 이런 아픔이라니.

"……제가 잘해도 안 되는 겁니까."

억울한 눈물을 꾹 주워 삼킨 말끝에 떨림이 가득했다.

"치료 잘 받겠습니다. 약 잘 먹겠습니다."

"작가님."

"그래도, 그래도 도저히 안 되는 겁니까."

흔들리지 말자, 약해지지 말자. 이건 모두를 위해 옳은 일이다.

"그게 문제가 아닌 거 아시잖아요."

윤주가 고개를 저었다.

"그놈한테 약혼녀를 잃으셨다고요. 그런데 그놈한테 부모님을 잃은 다옴이를 사랑할 수 있으세요? 생각, 안 나실까요?"

하지 못할 것 없다고 겁 없는 대답이 나오지 않았다. 분명 마음은 그러한데 입이 제멋대로 움직이지 않았다. 상상해 보지도 못한 일이기에, 경험할 수도 없는 일이기에, 두려움은 배가 됐다.

"힘들 겁니다. 저 말고 다옴이랑 작가님 또한 평생, 평생 아플 겁니다. 아팠던 사람들끼리 만나 연 쌓아 가는 거, 저는 옆에서 못 볼 것 같습니다."

돌을 맞아도 좋고, 잔인하다 욕을 들어도 좋다. 자기 때문에 헤어져야 하는 연인들의 원망 따위 기꺼이 감수할 것이다.

"제 얘기하세요. 제가 헤어지라 했다고 그렇게 말하세요. 나쁜 건 저 혼자 하겠습니다, 작가님."

윤주는 다시금 떠올렸다. 사건 이후, 넋을 놓았던 다옴의 한때를. 지금처럼 괜찮아지기까지 얼마나 많은 노력과 긴 시간이 필요했는지를.

몸을 일으킨 윤주가 90도 가까이 허리를 숙였다.

"……죄송합니다. 정말, 정말 죄송합니다."

그 이후로도 그녀는 몇 번이나 죄송하다고 말했다. 당신이 왜. 당신은 당신 입장에서 최선의 선택을 한 것일 텐데.

강준은 그저 가만히 있었다. 덜컥 와 버린 이별 앞에 문득 후회가 든다. 조금 더 빨리 네 마음에 응답할걸, 그랬다면 기억할 수 있는 추억 몇 개쯤은 더 만들었을 텐데.

대답 않는 그를 바라보던 윤주가 핸드백을 들었다. 뒷자리에 홀로 앉아 있던 명우 역시 몸을 일으켜 다가왔다.

"강준아."

믿어지지 않는 온갖 말들에 마치 삶을 도난당한 듯한 얼굴. 강우의 표정은 마치 그랬다.

윤주는 테이블 밖으로 나가 한 걸음을 뗐다. 또각, 구두 소리는 고작 한 걸음 뒤에 다시 뒤를 돌았다. 건조하지만, 그래서 더 서글픈 목소리에 힘이 실렸다.

"꼭 나으세요. 우리가 아픈 건 너무 당연하지만 또 너무 억울하니까."

서투른 위로 따위 들리지 않았다. 강준은 여전히 멍했다. 다옴의 웃는 얼굴이 동시에 아련해진다.

윤주가 돌아가고 그녀 자리에 대신 앉은 명우가 걱정스레 그를 살폈다.

"괜찮아?"

발작이라도 하지 않을까. 쓰러지지 않을까. 명우가 물어도 그는 대답이 없었다.

"심인철인지 뭔지 그 새끼 진짜 교도소 쳐들어가서 죽이든가 해야지. 미친, 뭐 이런 장난이 다 있어."

욕지거리를 내뱉은 명우가 답답한 듯 셔츠 단추를 풀었다. 아무런 의미 없는 말뿐이다. 그때 죽이지 못한 한은 모든 유족들이 평생 안고 살아가고 있다.

창밖에서는 비가 내렸다. 소나기인 듯, 빗줄기가 꽤나 거셌다. 순식간에 큰 창을 적시는 하늘을 올려다보던 강준이 멍하니 말했다.

"헤어져야 하는 거지."

마치 자기에게 하는 말처럼.

"그래야 하는 거잖아."

"……너 하고 싶은 대로 해. 그러기 싫으면 까짓것 그냥 만나. 둘이 같이 이겨 내면 되잖아. 문제 될 거 하나도 없어."

정말 그러면 쉬울 텐데.

소나기를 내리는 먹구름이 유독 잘 보이는 창가에 앉아, 강준은 다시 입을 열었다.

"다옴이 비 오는 거 좋아해."

나는 너를 다옴아, 라고 다정히 부른 적이 별로 없다.

"비 오는 날은 꼭 수제비 아니면 칼국수를 해 먹어야 하고."

나는 너에게 그 흔한 밥 한 끼 해 주지도 못했다.

우리가 서로 좋은 사람이 되어 주겠다 약속한 그날도 이렇게 비가 내렸다. 나는 이제 비가 올 때마다 한다옴 너를 떠올릴 것이고, 그 기억을 안고 살아가야 한다.

그 정도 기억뿐이다. 우리의 짧았던 만남 뒤에는. 아니, 정말 그 정도 뿐일까? 이제 나는 네가 아니면 안 되는 사람이 됐는데?

"말해 주기로 했는데."

나도 내가 좋아지기 시작했다고.

한다옴 네 덕분에, 나도 나를 아껴 주기 시작했다고.

그런데 이제는 평생 할 수 없는 말이 됐다. 사람은 누구나 후회를 한다. 그때 하지 못한 것을, 그때 하지 못한 말을.

그 역시 같은 사람이었다.

✤   ✤   ✤

"어떻게 됐어?"

넋이 나간 강준을 그대로 두고 회사로 돌아온 명우는 편집 팀 사무실 앞에서 서성거리던 해림을 만났다.

"뭐를."

"편집장. 강준이 만났어?"

무시하고 지나가려던 명우가 싸늘하게 그녀를 돌아봤다.

"헤어지라고 했어?"

"미친."

그가 작게 욕을 중얼거렸다. 태연하게 묻는 질문 속에 불안감이 가득했다. 혹시나 일이 예상과 다르게 흘러간 건 아닐까 혼자 안절부절, 전전긍긍했을 모습이 빤히 보였다.

명우는 혼자 분노를 삼켰다. 네가 사람이면 그럴 수 없지. 네가 우리 친구면 그걸 물을 수 없지.

그는 곧장 해림의 팔을 붙잡아 같은 층에 위치한 회사 정원으로 향했다. 다행히 아무도 없었고, 명우는 도착과 동시에 해림의 손목을 놨다.

"너, 다시는 우리 앞에 나타나지 마."

"……뭐? 야, 신명우."

당황한 해림이 그의 팔을 붙잡았다. 표정, 말투. 무엇 하나 명우답지 않았다.

"회사 안에서 마주치는 건 어쩔 수 없다 치자. 그런데 밖에서는 보지 말자. 나 이거 진심이야."

그가 곧바로 해림의 팔을 떨쳐 냈다. 마치 몸에 붙은 벌레가 된 기분에 해림의 얼굴이 붉어졌다.

"내, 내가 잘못한 거야? 그럼 아는데도 그대로 뒀어야 해? 알려는 줘야지. 선택은 하게 해도, 사실은 알려 줘야 할 거 아니야! 강준이 다시 아프면. 다시 힘들면! 한다움 그 여자 볼 때마다 생각날 거 아니야. 볼 때마다 괴로울 거 아니야!"

"그걸 왜 네가 판단해."

"……뭐?"

"너는 아니지. 너여서는 안 되는 거지!"

진심을 담은 분노가 뾰족하게 그녀를 찌른다. 해림이 뒷걸음질 쳤다. 소리를 지르는 명우의 모습을 처음 볼뿐더러, 진심으로 무언가를 잘못했다는 죄책감도 들지 않았다.

"그 둘한테 맡겼어야지. 친언니를 그렇게 잃은 사람한테 가서 어떻게 그런 말을 해!"

"야, 나는……."

"생각해 봤어? 그걸 또 제 입으로 전한 그 여자 심정은. 이제야 사랑하는 여자 생겨 겨우 숨통 트이게 생긴 강준이는! 또!"

"……."

"또 그 미친 살인마 새끼 때문에 사랑하는 여자 잃었어."

왜 그랬냐는 원망 대신 명우는 사실에 이른 결과로 해림을 무너뜨렸다. 일그러지던 해림의 얼굴이 불안으로, 두려움으로 떨었다.

그에게 잘못했다는 죄책감보다, 그가 저를 보지 않으려 할 수도 있다는 사실이 무서웠다.

"나는 그런 강준이가 불쌍한데."

그녀는 끝까지 이기적이었으며, 그에 지친 명우가 입을 열었다.

"너는 너만 불쌍했잖아."

명우는 한 대 세게 얻어맞은 듯한 얼굴로 위태롭게 선 해림을 차갑게 응시했다. 가소로웠다. 네가 왜? 너 따위가 왜.

"나는 이제 그런 네가 싫다. 잘 살아라."

증오와 경멸.

이제는 너를 향한 그런 감정 또한 사치스럽다. 명우는 차갑게 뒤돌아선 채 그대로 앞을 향해 걸어갔다. 그는 등 뒤로 조금의 동정도 남겨 놓지 않았다.

✤　　✤　　✤

잠깐 나간다던 사람이, 돌아오면 또 안아 주려고 했더니 오지 않자

기다리기 지루해질 참이었다. 작은 가구 몇 개를 팔고 도면을 그리고 있던 다옴의 앞으로 나타난 사람은 강준이 아닌 윤주였다.

그녀는 딱, 거기까지만 기억했다. 다른 말들은 도통 기억이 나지 않았다.

머리가 멍했다. 내가 지금 무슨 말을 듣고 있는 거지.

다옴이 멍한 얼굴로 느리게 눈을 깜빡거렸다. 눈앞의 윤주가 마치 현실이라 꼬집어 주는 듯했다.

"거짓말."

"다옴아."

"그거 거짓말이야, 이모. 그 여자 이상한 사람이거든. 자기 친구 과 거도 아무렇지 않게 헤집는 사람이 그런 거짓말은 안 하겠어?"

"······사실이야."

"말도 안 돼. 아니라니까. 이모 가. 나 약속 있어."

비가 오는 날이다. 우리가 처음 손을 맞잡은 날, 마음을 확인한 날, 결국은 진심 앞에 무릎 꿇었던 날에도 이렇게 비가 왔다.

그러니 그와 함께해야지. 앞으로 비 오는 날이면, 그를 떠올릴 거니까.

"강준 씨랑 저녁 먹기로 했어. 그러니까 이모 그만 가."

작업대를 앞에 두고 몸을 일으킨 그녀가 순식간에 비틀거렸다. 풀썩 바닥에 주저앉은 다옴이 부들부들 몸을 떨었다. 손발이 사정없이 떨렸다.

약 없이도 잘 수 있는 날이 많아지면서 그녀는 혼자 우는 법이 없었다. 혼자 불안해하는 법도 없었다.

이제 그도 그렇게 되리라 희망을 가졌다. 그런데 그 사람의 상처가 물밀듯이 밀려온다. 그 사람의 과거가 온 힘을 다해 몸부림친다.

나의 가슴에, 나의 울분에.

꿈이야. 이건 꿈일 거야. 그래, 꿈이어야만 해.

"이런 게 어디 있어."

다옴이 고개를 젓고 흔들며 온갖 부정을 마친 뒤에 제 앞에 무릎을 꿇고 앉은 윤주를 마주 봤다. 윤주의 얼굴이 말하고 있었다.

꿈이, 아니라고.

익숙한 이름을 다시 듣게 되는 끔찍한 경험. 그런데 왜 강준의 이름이 거기에 엮여 있는가. 왜 그의 상처까지 내 앞으로 걸어오는가.

"뭐가 겁나서 이러는지 모르겠지만, 합시다."

"편한 사이, 좋은 사람."

한때는 두려워했다. 당신이 우리 부모님 일을 알게 된다면 더한 나락으로 빠질까 봐. 여전히 아픈 그는 충분히 그럴 수 있어 피했었다.

하지만 결국 난 당신 마음 앞으로 걸어갔고, 우리는 이제야 사랑이라는 걸 시작했다.

그런데 그 과거가.

들추고 싶지 않고, 두렵기만 한. 그렇지만 이겨 내고 싶었던 그 과거가.

살해당했다던 그의 약혼자. 근접했던 기일.

우리는 어쩌면 처음부터 편한 사이가 될 수 없었을까.

"다옴아, 괜찮아?"

정신을 놓은 것처럼 아무 말도 않는 다옴을 향해 윤주가 물었다. 다옴이 머리를 붙잡았다. 작은 손이 머리를 사정없이 때렸다.

아니야, 이건 꿈이야, 꿈이라고 해, 어서 그렇게 얘기해.

"다옴아! 다옴아!"

윤주가 팔을 뻗어 제 머리를 내리치는 다옴의 팔을 붙들었다. 거친 숨을 몰아쉬며 그녀는 눈물이 그렁그렁 맺힌 눈을 들었다.

다음의 감정이 고스란히 비치는 눈동자에 윤주는 그대로 얼어붙었다. 충분히 예상했음에도 어려운 일이다. 오랜만에 조카의 눈물을 마주하는 건.

"거짓말이지."

"……다음아."

"거짓말이라고 해. 아니잖아. 말이 돼? 세상에 이런 법이 어디 있어. 세상이 어떻게 나한테 또 이래!"

"진정해, 다음아. 응?"

"싫어, 다 싫어, 그 사람한테 갈래. 나 그 사람 보러 갈래, 이모."

붙잡힌 팔을 다시 붙들고 다음이 애원했다. 윤주는 있는 힘을 다해 다음을 막아섰다.

"안 돼, 다음아. 그러지 마."

"왜 안 돼. 왜 안 된다고만 생각해. 반대일 수도 있잖아. 서로 힘이 될 수도 있는 거잖아."

그녀가 다급하게 항변했다. 말도 안 된다는 걸 머리로는 알아도 마음은 납득하지 못했기 때문에.

"……그렇게 생각할 수도 있겠지. 아무것도 모르는 사람들. 견뎌 보지 않은 사람들. 같은 걸 겪었으니까 서로 이해하고 만날 수 있을 거라 떠들 거야."

윤주가 낮은 목소리로 말을 이었다.

"그런데 우리는 겪었잖아, 다음아."

좋은 날을 기대했었다. 좋은 날을 약속했었다.

"이건 둘 다 괜찮아지는 길이 아니야. 둘 다 괴로운 길이지."

고작, 편한 사이.

고작, 좋은 사람.

나는 당신과 그것을 꿈꿨을 뿐인데 그게 뭐라고.

우리가 하자는 게, 고작 사랑일 뿐인데.

"그 사람, 잊고 있었어."

그녀가 허공을 향해 중얼거렸다.

"괜찮아지고 있었어. 다 잊을 수는 없는 거 내가 아니까 천천히 오라고, 내가 기다리겠다고 그랬단 말이야."

"……."

"그런데 이모 내가 여기 있으면 안 되는 거잖아. 기다리기로 했는데 이러면 안 되는 거잖아."

"……다옴아."

"얼마나 아팠겠어. 그 사람은 또 얼마나 괴로웠겠어. 나 그거 생각하면 여기가 막 찢어질 것 같아. 이모 나 어떡해. 나 어떡해, 이모."

다옴이 가슴 위를 꾹 누르며 울먹거렸다.

"그 사람은."

어쩌면 하늘을 향해. 또 어쩌면 세상 앞에.

"그 사람은 아직 아프단 말이야."

어디서부터 잘못된 걸까.

당신에게 다가간 것? 아니면 당신을 기억한 것?

아니, 우리는 아무것도 잘못하지 않았다. 7년 전 그때도 마찬가지였다.

"그 사람은 아직, 꿈꾼단 말이야."

"……."

"내가, 옆에 있어 주기로 했는데."

내가 여기 있으면 어떡해. 내가 도망치면 어떡해. 윤주를 붙들고 다옴은 한참을 목 놓아 울었다. 하늘이 무너진 것처럼.

그녀는 세상에 두 번 버려졌다는 것을 깨달았다.

그리고 이강준, 어쩌면 그 사람 곁을 떠나야 한다는 것도.

✦ ✦ ✦

—서울을 떠들썩하게 만든 연쇄 살인범, 심인철에 관한 소식입니다. 오늘 오전, 심인철의 마지막 범행에 대한 현장 검증이 있었는데요. 심인철은 이 마지막 범행에서 40대 부부를 무참하게 살해 후, 인근 CCTV에 뒷모습이 찍힌 다음 사라졌습니다. 이 부부에게는 이제 갓 대학에 입학한 스무 살 딸이 있었습니다. 다행히 딸은 귀가가 늦어 참변을 피했지만…….

7년 전 사건에 대한 뉴스 동영상을 튼 강준의 시선이 낮게 가라앉았다.

동영상 속 기자는 방금 전, 결혼을 앞둔 여자에 대해서도 약 3분여간 설명을 했었다.

몇 년 만에 나타난 연쇄 살인범에 떠들썩했던 나라답게, 그 시기의 뉴스는 온통 그놈에 대한 기사로 도배돼 있었다.

라디오를 듣는 것도, TV를 켜는 것도, 휴대폰을 보는 것도 전부 괴로웠던 나날. 강준은 표정 변화 없이 노트북 화면을 바라봤다.

—바로 여기 거실에서 부부는 칼로 난도질당한 채 발견됐습니다. 범인은 오늘 오전, 이곳에서 현장 검증을 진행하면서 범행에 대한 이유를 묻자 아무 이유가 없었다고 대답했습니다. 범인은 식칼로 시신의 배를 총 다섯 번 찌른 다음, 다른 시신의 배에도 무려 여섯 곳의 상처를 남겼습니다. 이렇다 할 원한도 없었던, 무차별적인 묻지마 연쇄 살인 사건이 발생하자 시민들은 공포에…….

뻔한 이야기가 시작되자 강준은 노트북을 거칠게 닫았다. 사건 후

처음이었다. 직접 뉴스를 찾아본 건.

그의 숨이 불안정해졌다. 두 손으로 얼굴을 감싼 채 거칠게 숨을 몰아쉬다가 강준은 책상 서랍을 마구잡이로 열었다.

첫 번째 칸에서 통이 보이지 않자 두 번째 칸을 열었다. 다급하고, 순서도 없고, 소란스러웠다. 원하는 것을 찾아낸 강준은 물도 없이 약을 삼켰다. 그럼에도 쉬이 진정되지 않았다.

시간이 지날수록 우리가 헤어질 수밖에 없다는 사실이 더욱 명확해졌다. 그것이 미치도록 괴로웠다.

너도, 이제는 알았을까.

노트북 앞에서 일어선 강준이 주방으로 향했다. 냉장고 문을 열어 술이란 술은 죄다 꺼냈다. 가끔 잠이 안 올 때 한두 잔씩 마셨던 것들.

잠에 들 자신이 없었다. 온전히 꿈을 꿀 수도 없을 것 같았다. 강준은 캔 맥주 하나를 들어 벌컥벌컥 들이켰다.

맛도, 느낌도 없다. 마시면 마실수록 속이 답답해졌다. 캔 맥주 하나를 비우고, 유리컵에 가득 독한 술을 따랐다.

그가 멈칫 행동을 멈추고 눈을 들었다. 현관문 앞 작은 인기척 하나. 고작 그 느낌 하나에 강준은 성급히 걸음을 옮겼다.

한 걸음이 무겁고, 다음 한 걸음은 처연했다. 그리고 현관문을 딱 열었을 때, 놀란 얼굴로 서 있는 다음을 마주했다.

애틋하고, 너무 애틋해서.

마치 네가 내 안의 또 다른 나인 것 같아서.

"친구분한테 물어 왔어요. 바로 알려주시더라고요."

마치 울지 않았던 척, 그러지 않았던 척 다음이 밝게 웃으며 말했다. 동시에 그의 가슴은 으스러졌다. 아마 너의 마음도 그렇겠지.

"비가 많이 와요. 그래서 작업실 안 왔어요?"

"……."

"수제비 먹어야 하는데. 내가 육수 맛있게 내서 해 주려고 했는데."

다옴은 목이 메이는 걸 감출 수 없었다. 어느새 떨어지는 눈물을 닦고 말을 이으려다가, 결국 왈칵 눈물을 터트렸다.

"……이제 어떡해요, 우리."

얼마나 울었는지, 엉망이 된 얼굴을 이제 그는 닦아 줄 수 없었다.

✦　　✦　　✦

그는 그녀의 손을 잡고 소파에 앉힌 다음, 수건을 꺼내 와 바닥에 주저앉았다. 그리고 말없이 비 때문에 젖은 그녀의 손과 발을 닦았다.

작은 발을 제 손에 들고 마른 수건으로 부드럽게 밀어내니 물기가 깨끗하게 닦였다.

이럴 수 있을까.

우리의 마음도, 이렇게 닦아 낼 수 있을까.

"비가 많이 오나 보네."

"왜 나한테 안 왔어요."

듣자마자 왔어야지, 나랑 먼저 얘기했어야지.

축 가라앉은 목소리에 그가 고개를 들었다. 눈은 퉁퉁 붓고, 목은 잠겨 잘 나오지도 않으니 얼마나 울었는지 가늠도 되지 않았다.

"많이 울었어?"

그가 대답 대신 물었다. 울 때 옆에 있어 주지 못해 미안하다는 말을 삼키고.

"그랬어요. 엄청 울었어. 나 울다 쓰러질 뻔했어요. 알아요?"

화를 내고, 투정을 부렸다. 말도 안 된다. 어떻게 이런 상황에서 내가, 당신한테.

다옴은 주방에서 풍겨 오는 술 냄새에 숨이 막혔다.

벌써부터 이러면 어쩌려고.

벌써부터 힘들면 나는 어떡하라고.

"배고프겠다. 많이 울었으면."

"……."

"수제비 해 줄게. 먹고 가."

이 상황에 수제비가 가당키나 하나. 다움은 기가 막혀 말도 제대로 나오지 않았다.

"강준 씨."

"맛이 없으려나. 그냥 시켜 먹을까?"

"이강준 씨."

"밥은 먹자, 우리."

이 상황에서 무슨 밥이냐며 말하려던 다움의 입이 다물어졌다. 웃고 있는 그의 얼굴이 슬펐다.

챙겨 주지 않으면 밥도 잘 안 먹는 사람이 왜 이럴까 싶었는데 뒤늦게야 의도를 알았다.

아, 마지막이라는 거구나. 끝이라는 거구나.

가슴이 찢어진다. 상상도 못 한 고통과 통증이 함께 온다.

우리의 이별 앞에.

"……밀가루 있어요? 멸치는. 다시마는."

어쩌면 우리가 함께할 마지막 식사 앞에.

"내가 해 줄게."

그러고 싶어. 그가 작은 목소리로 말을 이었다.

❖   ✦   ❖

수제비는 맛이 없었다. 육수에서는 쓴맛이 났고, 밀가루 반죽은 너무 두꺼워 익지도 않았다. 감자는 푹 익어 부스러지기만 했고 따로 만든 양념장에서는 이상하게 신맛이 났다.

"맛이 없다."

국물 한 술을 먹은 그가 말했다. 다옴은 고개를 푹 숙인 채 말없이 수제비를 떠먹었다.

"속 버려. 그만 먹어."

"싫어요. 다 먹을래."

"다옴아."

"그렇게 부르지 마요. 자주 불러 주지도 않았으면서."

입안에 수제비를 넣고 또 넣는 그녀를 보며 체하겠다 싶어 강준은 물을 따라 내밀었다. 그에 다옴이 울컥했다.

다정하고, 또 배려 깊은 행동 하나하나가 가슴에 박힌다.

"그러게. 좀 불러줄걸."

"……요리 못해요?"

다옴이 고개를 들었다. 이제야 얼굴을 봐 주네. 툭 건들면 기계처럼 눈물을 쏟아 낼 것 같은 눈을 보며 강준은 손을 뻗고 싶었다.

하지만 그러지 못했다. 앞으로도 그러할 것이기에.

"밥은 할 줄 알아."

"밥솥 안 쓴 지 백만 년은 된 것 같아요."

"과장 보태면, 아마."

"밥 잘해 먹어요. 김치찌개나 된장찌개는 쉬워요. 내가 알려 줄게. 아, 아니다. 인터넷에 검색만 해도 다 나오니까, 그러니까……."

눈물이 나오려는 걸 꾹꾹 참아 말을 마친 다옴이 입안으로 수제비를 밀어 넣었다.

이제는 도시락 메뉴를 고민할 일도, 저녁에 장을 보러 마트에 가는 일도, 한 시간 일찍 일어나 도시락을 싸는 일도 해서는 안 된다. 하지 말아야 한다.

그를 위해 했던 일들이 이제는 나를 위해 하지 말아야 할 일이 됐다.

강준은 대답이 없었고, 그녀 역시 말없이 맛없는 수제비를 비웠다. 그가 처음 해 준 밥이다. 남기고 싶지 않았다.

수제비를 먹는데 한 시간이 걸렸다. 둘 다 알고 있었다. 이 시간이 끝나면, 정말 마지막이 온다는 것을.

그는 느릿하게 설거지를 마치고, 또 느릿하게 커피를 내렸다. 속이 불편할 그녀에게는 따뜻한 차를 준비했다.

마지막은 기다렸다는 듯이 다가왔다. 슬프게도, 애처롭게도.

다옴은 이 순간마저도 인정하고 싶지 않았다. 이별, 끝, 헤어짐. 그런 말들의 종착지에 왔다는 것을.

큰 숨을 들이킨 다옴이 입을 열었다. 이 순간에도 그의 눈은 따뜻했고, 또 따스했다.

"나는 이모가 엄마고, 아빠고, 언니고 그래요. 이모는 지금도 나 하나만 보고 살아요. 안 그래도 되는데, 엄마 아빠 죽은 후로 줄곧 그랬어요."

"……."

"그래서 나는 이모 말 들어야 해요. 안 들으면 그건 아주 나빠. 못된 거야."

마치 자기에게 하는 말처럼 다옴은 그를 이해시키기보다 자신을 설득시켰다. 그가 고개를 끄덕였다.

"알아."

허탈감이 밀려온다. 고작 두 음절. 마치 자기가 없었을 시간 동안 이별을 준비했던 이처럼.

다옴이 울먹거리며 고개를 흔들었다.

"……아니지. 안다고 하면 안 되지. 그런 얼굴로 이해한다는 듯이 그러면 안 되지."

"다음아."

"말하려고 했어요. 곧 말하려고 했단 말이야. 우리 부모님 어떻게 돌아가신 건지 다 알려 주려고 했어요. 당신 고백, 처음에 왜 망설였냐면 이것 때문이거든요."

그녀가 두서없이 얘기를 꺼내 놓았다. 변명이고, 핑계가 덕지덕지 붙은 얘기지만 해야 한다. 해야 할 것 같았다.

마음이 가벼워지기 위해서가 아니다. 마음의 짐을 덜고 싶어서 그런 것도 아니다.

이제는 그 어떤 것도 감추고 싶지 않았다. 그를 잃게 된 상황 앞에서까지 비밀을 만들고 싶지 않았다.

"우리 부모님마저 그렇게 된 거 알면 당신 너무 힘들지 않을까. 자기 과거 다시 떠올리면서 아프지는 않을까. 나 겨우 그 정도에도 망설였는데."

그는 말없이 듣다가 서글퍼 웃었다.

그랬구나. 나는 또, 내 상처가 너한테 두려움일까 봐 그게 무서웠는데. 그게 또 불안했는데.

사랑 앞에는 강자와 약자가 존재한다.

마치 당연한 숙명처럼.

그녀를 만난 후로, 그는 어쩌면 매일이 약자였고, 불안함은 그의 몫이었다.

독서대에 값을 매겼을 때도 화난 듯한 다음의 눈치를 봤고, 그 이후로 줄곧 이상하게 그녀의 행동 하나하나에 신경이 쓰였다.

그래서 쉽게 알아챌 수 있었다. 손길 하나, 눈빛 하나, 말투 하나, 온갖 것을 신경 쓰다 보니 제 쪽으로 향해 오는 그녀의 마음을 알았다.

매일 점심시간마다 찾아오는 도시락을 기다렸고, 공방 앞에서 대학 친구들을 마주쳤을 때 무너질 것 같은 그녀의 모습을 누구보다 먼저 알아챘다.

그리고 다음에게 모든 것을 들켰을 때, 어느 날 좋은 사람이 되고 싶다 고백했을 때는 불안해 미칠 것 같았다.

표정이 슬퍼서. 눈빛이 애틋해서.

앞으로도 매일이 약자이고 싶었다. 그렇게 되리라, 바로 오늘 그녀를 안았을 때까지도 다짐했었다.

"봐, 또 웃어. 웃으면 나는 어떡하라고."

"……."

"우리 어떡해요. 우리 어떡하면 좋아."

마치 표정으로 이 순간이 마지막이라 종지부 찍는 듯한 그의 얼굴에 다음은 다시 눈물을 터트렸다.

울지 않으려고 했는데. 울면 오래오래 기억에 남으니까. 가슴 아플 거니까.

강준은 말없이 그녀의 옆으로 자리를 옮겼다. 손을 뻗어 눈물을 닦으니, 그녀가 고개를 들었다.

"밥 잘 먹고. 잠 잘 자고."

그의 부드러운 목소리가 얘기한다.

"혹시나 아프면 이모한테 가서 있고."

자신이 없을 그녀의 내일과, 또 다른 내일을.

당신은 슬프지 않아? 당신은 아프지 않아?

그렇게 웃으면서, 이렇게 아프면서, 왜 한 번도 매달리지 않아.

다음은 꾹 깨물고 있던 입술을 열었다.

"……헤어져요?"

싫어. 나는 그러고 싶지 않아.

마음만은 그렇게 얘기하고 싶었지만 다음은 끝내 말하지 못하고 물었다.

"우리, 정말 그래야 해요?"

왜 우리의 끝은 이렇게 비극이어야 할까.

"나, 진짜 좋아하는데. 이강준 진짜 좋은데."

"……이강준은 반말인데."

그가 어울리지 않게 농담을 건넸다. 반말이 뭐 어땠다고. 끝나는 마당에 반말이 무슨 죄라고.

그녀가 거칠게 눈물을 닦았다. 마지막을 우는 모습으로 장식하고 싶지는 않았다. 웃어 주지는 못할망정, 눈물 바람으로 그를 아프게 하기 싫었다.

이미 충분히 아팠던 사람.

"이모가 힘들 거래요. 우리는 다시 아플 거래요."

다시 아프게 할 수는 없으니까. 그가 다시 고개를 끄덕였다.

"이해해."

"……치료 계속 받을 거죠."

강해 보이지만 약한 사람. 이대로 그가 무너질까 다음은 제 뺨을 쓰다듬던 그의 손을 붙잡았다.

"그럴게."

"잘 자고, 밥도 안 굶을 거죠?"

"응. 약속해."

"술도 마시지 마요. 속 버려요."

"알았어. 다 버릴게."

"……아, 진짜 이게 뭐야. 이런 게 어디 있어. 뭐가 이렇게 거지 같아."

다음이 다시 울먹거렸다. 눈앞에 닥친 이별이 싫고, 끔찍했고, 부정하고 싶었다.

현실 앞에 무너진 마음이 원망스럽다. 그의 마음도 아닌, 오직 자신의 결정이었는데도.

강준은 다시금 떨어지는 눈물을 닦아 주고 그녀의 손을 잡았다. 두 눈이 서로를 마주 봤다.

"사랑해, 한다음."

"……."

"이 말은 꼭 해 주고 싶어서."

"……."

"미안해. 좋은 사람 하겠다는 말, 못 지켜서."

이렇게 보잘것없이 포기해서. 고집도 못 부리고 너를 놓아 버려서.

그녀는 말을 잇지 못했다. 아련한 그의 고백이 가슴을 파고드는데도 그랬다.

좋은 사람이 되고 싶다고 한 것도 그녀였고, 편한 사이가 되자 한 것도 그녀였다. 먼저 다가간 것도, 도시락으로 그의 환심을 산 것도 전부 그녀였다.

용감했고, 솔직했고, 그밖에 모르는 사람처럼 굴었다. 그러지 않았다면 당신은 지금쯤 조금 편했을까.

쓸데없는 생각. 부질없는 고민. 찰나와도 같았던 시간이지만, 짧았던 행복을 부정하는 잘못이다.

강준은 다 이해한다는 듯이 웃었다. 그녀는 그의 품에 안겨 엉엉 목을 놓아 울었다.

울면 안 된다는 다짐 따위 허물어지는 건 순식간이었다.

오히려 그가 그녀를 위로했고, 다음은 몇 번이나 자신을 놓아 버렸다.

그렇게, 이별이 왔다.

"이 새끼는 원고만 보내면 다네, 진짜."

시간은 흘러가는데 이게 괜찮은 일인지 아닌지 헷갈려지기 시작할 때. 강준은 원고를 보내기 시작했다. 그것도 따박따박. 전에 보낸 원고 교정과 편집이 아직 안 끝났는데 원고가 또 왔다.

마치 일중독에 걸린 놈처럼 글만 쓰고 있다는 반증이다.

명우는 한숨을 내쉬다가 담배를 챙겨 옥상 정원으로 향했다.

엘리베이터에서 마케팅 팀을 만났다. 그중에는 해림도 있었다. 데면데면 인사만 나누고 등을 돌렸다. 쏘아보는 시선이 느껴졌지만 무시했다. 앞으로도 그럴 것이다.

가만히 있어도 한숨이 그냥 흘러나오는 하루. 정원에는 아무도 없기를 바랐다. 그런데 의외의 인물이 있었다.

"……담배도 피워요?"

고요함을 깬 불청객에 윤주가 무심하게 고개를 돌렸다. 벤치에 앉아 있던 그녀는 그대로 휴대용 재떨이에 담배를 비벼 껐다.

"끊었었지. 오래 살아야 될 이유가 생겼었거든."

"다음 씨가 잔소리했어요?"

"응. 나 일찍 죽으면 자기 결혼할 때 누구 손 잡고 들어가냐고."

푸념처럼 뱉어진 말에 명우가 옆에 앉으며 웃었다.

"결혼식에 이모 손 잡고 들어가는 조카라."

"말이 되니. 나도 아직 결혼을 안 했는데."

일상 속에 박힌 이야기를 꺼내 놓는데도 불편한 감정은 지워지지 않았다. 가슴속 깊이 자리해 쉬이 편안해지지 않는다.

명우는 유독 맑은 하늘을 올려다봤다. 봄이 가고 여름이 왔다.

비 내리는 시기가 유독 잦다 싶더니 어제도 한차례 큰비가 내렸다.

비가 온 뒤에 개인 하늘은 청량 그 자체였다. 복잡한 마음과는 다르게.

"다음 씨는 괜찮아요?"

"……아니."

"어떤데요?"

"그냥 아무 생각도 안 하는 것 같아."

도로 넣으려던 담배를 다시 꺼내 입에 문 윤주가 말했다. 불은 피우지 않았다. 마치 조카와의 약속을 지키는 최소한의 양심처럼.

"안 좋은 거예요? 직장인들도 주말에 아무 생각도 안 하고 살지 않나."

명우의 시선이 정면을 보고 있는 윤주를 향했다. 그녀가 처연하게 웃었다. 마치 그랬으면 좋겠다는 듯.

"곧 죽을 애처럼 아무것도 안 해."

"……."

"그래서 요즘 내가 맨날 칼퇴근하잖아. 불안해서."

속을 터놓은 윤주는 처음이었다. 명우는 빤히 그녀를 보던 시선을 거두고 앞을 바라봤다.

윤주가 보고 있는 곳. 저 너머의 하늘이고, 또 하늘인 곳.

"강준이는 밥 먹어요. 잠도 자고."

"……다행이네."

"다음 씨가 걱정한다고 일부러 그러는 것 같아요. 눈앞에 밥상을 차려 줘도 잘 안 먹던 녀석이 먹는 것도 잘 먹고, 병원도 다니고, 글도 쓰고. 밤에 잠 못 잘까 봐 운동도 엄청 해요. 몸이 피곤해야 잠이 잘 온다면서."

명우 역시 윤주처럼 하루를 불안함으로 보냈다. 전보다 더 귀찮고, 집요하게 굴었다.

시도 때도 없이 전화를 걸어 생사를 확인하고, 메시지를 보내 밥은 잘 먹었는지 잠은 잘 잤는지 물어야 마음이 놓였다.

"그래서 더 무서워요."

"……."

"저러다 진짜 무슨 큰일이라도 낼까 봐."

강준 역시 친구의 조마조마한 심정을 아는 건지, 군소리 없이 전화하면 받고 답장을 했다. 역시나 이강준답지 않았다.

담배를 입에서 뺀 윤주가 물었다.

"둘이 만난 지 얼마 안 된 거 아니야?"

그런 주제에 뭐 이렇게 깊은 사랑들을 하는지.

속에 담긴 질문을 끄집어낸 명우가 시원하게 대답했다.

"그게 뭐 중요한가. 세상이 미쳐 돌아가면 사랑도 미쳐 돌아가는 법이지."

"명문이네. 글이나 써라, 너도."

한숨 섞인 말과 함께 윤주가 몸을 일으켰다. 쉬었다 오란 말과 함께 그녀는 출구 쪽으로 걸었다. 위태롭다. 걷는 것도, 버티는 것도. 문득 불러보고 싶어 입을 열었다.

"선배."

그녀가 돌아본다. 무덤덤하게 애써 아픔을 숨기며 버티고 있는 얼굴로.

윤주를 선배라고 불러본 지 얼마나 됐지. 기억이 나지를 않는다. 그만큼 오래된 일이다.

"괜찮아요?"

"뭐가."

가볍게 되물어 오는 목소리에 명우는 대답했다.

"선배 괜찮은 건 누가 챙기나 해서."

아무도 돌봐 주지 않는 여자. 아무도 물어 주지 않는 여자. 명우는 오늘따라 묻고 싶었다. 당신의 어제와 오늘은 괜찮은 거냐고.

"별소리를 다 한다. 회의 늦지 마."

윤주가 다시 돌아섰다. 멍하니 그 모습을 바라보다가 픽, 웃음을 터
트렸다.

"정신 놓고 다니네. 오늘 회의 없는데."

이번 여름은 다들 버티기 힘들지 싶었다.

✛　　　✛　　　✛

하루를 1년처럼, 또 하루를 더 긴 1년처럼 보내기를 2주째. 강준은
끊임없이 컨택 오는 외주 일을 받아 글을 썼다.

쓰고, 취재를 가고, 그렇게 정신없이 일하다가 하루를 보냈고 어쩌다
일이 빨리 끝나는 날이면 남은 시간 모두 운동에 매달려 몸을 혹사시켰
다.

그래도 시간이 남을 때는, 그녀를 추억한다.

함께 갔던 여수, 네가 잘 먹던 돌게장, 너와 함께했던 둘레 길, 너를
기쁘게 한 초코케이크, 잘 걸어서 예뻤고, 잘 웃어서 더 예뻤던 너.

사진을 줄걸 그랬다. 나는 네 사진을 갖고 있어 추억할 수 있는데,
너는 추억할 사진 한 장 없으니.

주기적으로 병원을 찾았다. 대기실에 앉아 차례를 기다리는데 문득
휴대폰이 울렸다. 해림이었다.

강준은 차갑게 전화를 무시하고 해림의 번호를 삭제했다. 이름이 불
릴 때까지 다옴을 생각했다.

잠시라도 그녀의 생각을 쉬면 숨이 쉬어지지 않아 그랬다.

윤지영. 오늘도 의사의 명패는 반짝거렸다.

"잘 주무시고, 운동도 열심히 하시고, 식사 시간도 규칙적으로 바꾀

셨네요. 그런데 제 숙제 내용이 많이 바뀌었어요."

하루 중 가장 즐겁거나 우울할 때. 그때마다 했던 일을 기록하기로 했다.

다옴으로 가득했던 글에서, 그녀의 이름이 사라졌다. 동시에 즐거운 일을 쓰지 못했다.

웃을 일이 없었고, 즐거울 겨를 없이 하루 내내 우울감에 젖어 있었다.

자꾸 웃게 하던 이가 없어졌다. 엄청난 상실감. 어쩌면 당연한 결과였다.

시선을 든 지영이 설명을 바랐다. 강준은 담당 의사의 눈을 마주 보다, 그녀가 다옴을 치료했던 일을 기억했다.

의사는 민정이 어떻게 죽었는지를 모른다. 얘기한 적 없었기에. 그렇게 겉으로만 치료를 받는 척 버텼었다.

괜찮아지지 않으려고 했다. 내가 낫는다면 그건 하늘에 있는 너에게 죄를 짓는 일이라 여겼다.

좋은 사람이 되고 싶었고, 오래 보고 싶은 사람을 위해 치료를 결심했다.

괜찮아지지 않아도 상관없어, 이렇게 살다 죽어도 된다 싶었던 마음은 이제 온통 그녀 뿐이었다.

"한다옴이라고 아십니까."

의사가 미간을 좁히다가 이내 불편한 미소를 그렸다.

"네. 저한테 3년 넘게 상담받던 친구예요. 아마 이강준 씨랑도 집단 심리 치료를 같이 받았었죠. 이름이 예뻐서 기억합니다."

책상 위로 두 손을 모은 채 대답하는 의사를 보며 강준은 되물었다.

"그 친구가 어쩌다 치료를 받게 됐는지도 아십니까."

"……부모님이 안 좋은 일을 당했었어요. 그런데 그건 왜."

상담 치료 때 다옴은 어렵게 부모님의 죽음을 얘기했었다. 딱 그 정도 선까지만 얘기한 의사가 다옴 말을 머뭇거렸다. 강준의 의도를 도저히 파악할 수 없었다.

"헤어졌습니다, 글 속의 그 여자와."

"……."

"그래서 쓸 게 없습니다. 행복할 이유가 없어졌거든요."

지영은 직감적으로 깨달았다. 그가 내민 글 속의 그녀가, 바로 다옴이라는 것을.

길을 잃은 사람처럼 눈빛에 아무것도 없는 강준은 언젠가 봤던 얼굴을 하고 있었다. 몇 주 전, 치료를 시작하겠다며 찾아왔던 이와 동일 인물이라고는 믿어지지 않을 만큼 괴로운 얼굴이다.

"그 사람이 제가 낫기를 원합니다."

이런 경우가 있었나.

낫겠다는 의지조차 없었던 사람이, 치료의 시작과 동기였던 여자를 잃었다.

그 후에도 강한 치료 의지를 보인다. 절망적인 얼굴로, 낫게 해 달라 호소한다.

"제가 나을 수 있습니까."

그는 다시 한번 상실을 잃고 나서야 더 단단해졌다.

"약 없이도 잘 수 있습니까."

지영은 질문 속에 깃든 의지에 부응하고 싶었다. 환자가 보이는 의지만큼, 충분히 가능하다는 것을 알려 주고 싶었다. 예전의 그는 입에 발린 말뿐이라며 이런 말들조차 힘들어했다.

"규칙적인 생활을 하려고 노력하고 계세요. 약도 잘 드시고 있고, 병원도 잘 나오시고. 충분히 가능성 있습니다. 다만."

숨을 멈추고 말을 망설이는 지영을 향해 강준이 물었다.

"뭡니까."

"······저한테 솔직하셔야 해요, 감추는 것 없이."

전에는 할 수 없었던 이야기. 버텨보자, 이 괴로움도 상실감도 그저 견디다 보면 끝나겠지. 그런 마음으로 살았던 과거.

"어떤 꿈을, 꾸세요?"

강준은 진심을 요구하는 지영의 눈을 똑바로 바라봤다.

11화

웃지 않는 여자

"공방은 언제부터 열게?"

다행히 초급반 수업이 끝난 지 얼마 안 돼 당장 급한 일은 없다고 했다. 윤주가 물으니 주방에서 찌개를 퍼 담던 다옴이 대답했다.

"글쎄, 이사부터 해야 하지 않을까."

영혼 없는 목소리에 윤주가 그녀를 살폈다. 꽤 편안한 얼굴로 저녁 상을 차리고 있었다.

그날 이후로 다옴은 윤주의 아파트에 들어와 같이 지내고 있었다. 그녀는 말없이 조카를 안아 줬다.

"천천히 생각해 보자."

"응, 그럴게. 밥 먹자."

윤주는 다옴의 맞은편에 마주 앉았다. 식탁 위는 2인분이라고 하기에는 차고 넘치는 양의 음식들이 있었다. 이걸 다 먹을 수 있냐고 묻자 다옴은 고개를 끄덕였다.

배가 불러도 계속 먹고, 또 먹었다. 이미 식사를 끝낸 윤주는 한참

동안 다옴이 먹는 모습을 지켜봤다. 배가 부른데도 미련하게 음식을 밀어 넣는 그녀의 모습이 굉장히 낯설었다.

다옴이 이상하다고 확신한 건 바로 어제부터였다.

부모님의 사진을 보고 헤실거리며 웃을 때는 그러려니 했다.

엄마, 아빠한테 웃는 얼굴이라도 보여 주고 싶은 걸까 싶었다.

실컷 웃으면 기분이 조금 나아질까 싶어 요즘 인기가 많다던 유명 예능 프로그램을 틀어 놓고 함께 맥주를 마셨다.

패널들의 재치 있는 입담에 윤주가 피식 웃음을 터트려도, 다옴은 무덤덤한 얼굴로 화면을 응시했다.

오늘 뉴스에서는 지난밤, 가스 폭발로 일가족이 사망했다는 보도가 나왔다. 소파에 앉아 함께 보고 있는데 다옴이 문득 풋 웃음을 터트렸다.

연이어 아동 학대를 당한 여자아이의 몸이 피멍으로 도배된 사진이 화면에 떴다. 요즘 화두로 떠오른 아동 학대 뉴스가 이어졌다.

다옴은 역시나 웃고 있었다.

그저 웃는 게 예뻐 보이기만 했던 네가, 대체 왜.

"이모, 전화 와."

넋을 놓고 조카를 바라보는데, 문득 다옴이 테이블에서 휴대폰을 집어 직접 건넸다. 윤주는 명우의 이름이 뜬 스마트폰 화면을 내려다보다 자리를 옮겼다.

"응, 왜."

—외근 다녀왔더니 보고 받을 사람이 없잖아요. 집에 갔어요?

그 일 후로 부쩍 자신을 챙기는 일이 많아진 명우는 퇴근 후의 전화도 잦았다.

딱히 용건도 없는 전화를 왜 할까. 하지만 지금은 그걸 궁금해할 때가 아니었다.

윤주가 작게 열린 문틈으로 거실을 확인했다. 여전히 다옴은 소파에 앉아 무릎에 턱을 기댄 채 뉴스를 보고 있었다.

"다옴이가 이상해."

─……다옴 씨가 왜요?

명우가 조심스레 되물었다. 윤주가 다급하게 문틈에서 돌아섰다. 7년 전 다옴의 모습과 현재가 겹쳐진다.

전혀 다른 모습인데도 불구하고.

"쟤가 왜 저러지."

윤주가 손을 들어 입을 틀어막았다. 무언가 잘못되고 있었다.

✦　　✦　　✦

─자기보다는 주변을 살피게 되고, 눈치를 보게 되고, 감정을 자꾸만 억누르는 거죠.

─폭식증과 상황에 맞지 않는 웃음은 억압된 감정을 상쇄시키려는 방어기제예요. 병원 데려와야 해요.

네가, 어쩌다가.

출근하자마자 윤주는 다옴의 옛 주치의에 대한 정보를 찾았다. 병원까지는 연결이 쉬웠고, 한 시간여를 기다린 다음 개인 번호로 걸려 온 전화를 받았다.

폭식증과 웃음. 지영은 갑작스레 발생한 증상이냐 물었다. 전화로 설명할 수 없는 이야기라 윤주는 침묵을 지켰다.

전화를 마치고 담배를 챙겨 옥상 정원으로 올라갔다. 아무도 없는 곳이 필요했다. 사무실에서 내내 그녀를 살피고 있던 명우는 곧장 윤주를 따라나섰다.

자꾸만 헛손질로 불을 켜지 못하는 그녀를 보다 라이터를 빼앗아 들었다.

"왜 자꾸 안 피우던 걸 피워요."

"내놔."

"알아봤어요?"

손바닥을 내미는 윤주를 본체만체, 명우는 제 주머니에 라이터를 넣으며 물었다. 윤주가 긴 한숨과 함께 대답했다.

"……병원 데려오라네."

"누가 그래요?"

"다옴이 주치의셨던 분. 상담 치료를 받았었거든."

그분이라면 지금 강준이가.

속으로만 생각한 명우가 입을 다물었다.

지금 강준의 얘기를 꺼내 봤자 고민거리를 더 얹어 주는 것밖에는 되지 않았다.

더하면 더했지, 덜하지 않을 고통을 느끼고 있는 윤주에게.

"내가 뭘 되게 잘못했나 봐."

"선배."

담배를 부러뜨리며 윤주가 바닥을 응시했다.

"난 더 아플까 봐 그런 건데."

생각보다 후회는 빨랐고, 타격은 컸다.

✢　✦　✢

SNS에 중급반 개설을 미룬다는 글을 올렸다. 빈속에 커피를 마셨고, 점심을 차려 먹었다. 그리고 또 토를 했다. 거친 숨을 내쉬며 변기 앞에 한참을 주저앉아 있었다.

며칠 전부터 먹고 토하기를 반복했다. 내가 어디 아픈가. 자연스레 열을 짚어 봤지만 미열조차 없었다.

공방 문을 닫으니 할 일이 없었다. 또 집안일로 시간을 보냈다. 청소를 마친 다음 소파에 앉아 TV를 틀었다. 아동 재단에서 기부 관련한 방송을 내보내고 있었다.

밥 먹을 돈이 없어 굶는 아이들, 주사 맞을 돈이 없어 죽는 아이들. 다옴은 자각도 하기 전에 피식 웃음을 터트렸다. 광고가 끝날 때까지 웃던 그녀의 손이 휴대폰으로 향했다.

"네. 저 광고 보고 전화 드렸는데요. 월 3만 원씩 기부하는 거, 신청하려고요."

나보다 더 불쌍하고 안타까운 아이들. 아직 아이들이라 더 불쌍한 너희들. 더 애틋한 인생들에게 고작 월 3만 원이란 돈이 도움이 될 거란 생각은 안 하지만 그 순간, 그녀는 그저 전화를 걸고 싶었다.

세상에서 내가 제일 불쌍하다는 생각 따위 안 하고 싶었다.

저녁에 퇴근한 윤주가 이상한 소리를 했다.

병원에 가 보자고, 내가 자꾸 이상하다고.

그녀의 기억에 없는 일을 윤주는 자꾸만 끄집어냈다.

다옴은 가볍게 되물었다. 마치, 별일 아니라는 표정으로.

"내가 그랬어?"

그래도 별 상관없다는 얼굴. 윤주는 불안한 속내를 감췄다.

"기억 안 나?"

"응. 내가 웃었어? 그런데 그게 병이래?"

"그냥 상담만 받아 보는 거야. 상담만."

거짓말. 그러다 약도 주고, 결국에는 내가 아프다고 말할 거면서.

그때는 기분이 이렇지 않았다. 낫겠다는 의지도 있었고, 이모와 잘 살고 싶었다.

부모님 역시 그걸 바랄 것이라 생각해 치료도 열심히 받았었다. 그런데 지금은 왜, 이런 게 다 부질없어 보일까.

어차피 똑같이 되풀이되고 마는데.

"……이모, 7년 전에도 그랬었는데."

하지만 다옴은 윤주의 말을 들을 수밖에 없었다.

밖에 나가지도, 잠을 자지도 않고 먹지도 않고, 말도 않는 그녀를 데리고 윤주는 병원을 찾았다. 지금과 반대인 듯 비슷한 상황이었다.

잘 자고, 잘 먹는데도 병원에 왔다. 왜? 다옴은 영문을 알 수 없었지만 그래도 상관없다는 듯 대신 접수를 하는 윤주를 무심히 바라봤다.

처음 병원에 왔을 때는 질문지를 받아 들고 한참을 가만히 있었다. 질문지를 작성하면 의사를 만날 수 있다고 했다. 이 종이 몇 장에 적힌 내 기분을 가지고 상담을 한다고 했다.

어처구니가 없었다. 이깟 게 어떻게 내 기분을 판단해.

그때는 군말 없이 적었던 질문지에 마음이 치졸해진다. 하루 가장 우울할 때 기분을 10점 만점에 10점을 주고는 했던 그때.

지금은 어떠한가. 다옴은 가만히 바닥을 내려다보다 제 기분에 점수를 매겼다.

만약 100점이 있다면 100점을 주고 싶은 괴로움. 그만한 상실감.

잊으면 그만인 남자를 버리지 못했다. 그래서 이곳에 왔나. 당신 때문에 내가 지금 아픈가.

다옴은 눈을 감고 강준을 떠올렸다.

책을 넘길 때마다 유독 예뻐 보였던 손을 종일 잡아 보지 않은 것이 서글프다.

낮은 중저음의 목소리가 불러 주는 노래를 듣지 못하는 것을 후회한다.

그가 직접 쓴 글을 제일 먼저 읽어 보고 웃어 주지 못한 것이 아프다.

수제비 육수 내는 법을 가르쳐 줄걸. 김치찌개 끓이는 법 정도는 알려 주고 헤어질걸.

매일매일, 사랑한다고 말해 줄걸.

뭐 얼마나 만났다고 이렇게 속수무책으로 사랑에 빠졌는지 모르겠다.

당신을 내가 얼마나 안다고, 당신의 인생을 구제할 수 있을 거라 생각했는지 모르겠다.

이렇게 도망 와 버린 주제에.

"한다옴."

감고 있던 눈을 떴다. 결국에는 잃어버린 목소리가 들렸다. 다옴이 고개를 들었다. 건조한 눈빛과 당황한 눈빛이 한곳에 모였다.

"……귀신인가."

내내 생각을 하느라, 그래서 보이는 걸까.

다옴이 낮게 중얼거렸다. 하지만 귀신도, 환영도 아니었다. 강준은 진짜였다.

"네가, 여기 왜 있어."

그는 일주일에 한 번 상담을 받고 있었다. 숱한 시간, 숱한 날들. 그와 만날 수 있을 거란 기대는 애초에 하지 않았는데.

다옴이 부드럽게 미소를 지었다. 마치 준비된 사람처럼, 그래야만 하는 사람처럼.

그와 이별한 후로 3주 만이었다.

"잘 지냈어요?"

"다옴아."

다정한 부름이지만, 그러지 않았다. 왜 내 이름이 이렇게 슬프게 들릴까. 다옴이 늘 그래 왔던 것처럼 입꼬리를 올렸다.

"……상담 잘 받았어요?"

"묻잖아. 여기 왜 왔냐고."

"약 잘 먹는구나. 다행이다."

강준은 얼어붙은 채 쉬이 되묻지 못했다. 무덤덤한 눈동자가, 가짜로 웃는 입매가, 진심이 없는 목소리가, 믿어지지 않았다.

"병원에 왜 왔겠어요, 아파서 왔지."

그녀가 손에 든 질문지를 흔들어 보였다. 네가 왜. 그렇게나 강하고, 그렇게나 잘 웃던 네가 왜.

매주 있는 상담을 마치고 진료실을 나서는 길이었다.

처음에는 잘못 본 거라 생각했다. 매일 네 사진을 들여다보고 있어 그런가, 이제는 의사한테 환영까지 보인다고 말해야 할 판이라며 생각할 때 그녀가 감고 있던 눈을 떴다.

잘못 본 게 아니었다. 그녀였다.

꿈에도 그리던 내 마음, 한다음.

산뜻하게 웃던 눈도, 늘 환하게 미소 짓던 입술도 없었다. 늘 반짝거리기만 할 것 같던 다음은 이상하게 달라 보였다.

그래서 다가갔다. 외면해야 함을 알지만 모른 척할 수 없었다.

왜 이렇게 말랐어.

묻고 싶은 것을 묻지 못한 입술이 자꾸만 타들어 갔다. 한다음이 아프다. 자신과 헤어진 후로 쭉. 그걸 몰랐었다. 그녀를 사랑하면서, 그걸 몰랐다.

"이 작가님."

강준의 고개가 자연스레 틀어졌다. 접수를 마친 윤주가 간단한 고갯짓으로 인사를 대신했다. 메마른 눈빛으로 둘을 번갈아 보던 다음이 몸을 일으키더니 윤주의 팔에 팔짱을 꼈다.

"내가 이 사람한테 병원 소개시켜 줬어. 우연히 만난 거니까 뭐라 하지 마, 이모."

"······들어가."

윤주는 진료실 쪽으로 다음의 등을 부드럽게 밀었다. 말 잘 듣는 아이처럼 고개를 끄덕인 다음이 진료실 안으로 향했다.

외면당했다. 그녀에게. 동시에 가슴이 쓰렸다. 충분히 이상적으로 행동하고 있는 그녀는 한다움답지 않게 굴었다.

너에게 무슨 일이 일어나고 있는 걸까.

걱정스레 다음을 살피던 윤주가 그를 돌아봤다. 넋이 나간 그의 앞으로 다가가며 입을 열었다.

"여기서 뵙네요. 이 병원 다니시는 줄은 몰랐는데."

"······어디가, 아픈 겁니까?"

대답을 머뭇거리며 윤주는 주변을 돌아봤다.

마음이 아파서 찾는 정신과에는 도통 웃는 환자들이 없었다. 웃음을 잃어 찾아오는 곳. 강준도 마찬가지였다.

당신도, 우리 다움이 때문에 웃음을 잃었겠지.

그녀의 후회는, 여전히 그치지 못했다.

✤　　　✤　　　✤

"심각한 건 아니에요. 잠을 좀 못 자서 온 거니까 너무 걱정은 마세요."

거짓말. 진실을 얘기하던 이의 얼굴이 아니었다. 그는 직감적으로 깨달은 뒤에 불안에 빠졌다.

아무것도 손에 잡히지 않았다. 글도, 책도. 병원에 다녀온 후로 내내 다음의 생각뿐이었다. 강한 줄만 알았던 네가 왜. 나보다 훨씬 마음이 건강했던 네가 왜.

런닝머신에서 내려온 강준이 거친 숨을 헉헉 들이켰다. 한 시간을 쉼 없이 달리고 나서야 결론을 내렸다.

내가 너를 망가뜨리고야 말았다.

너는 나를 구원하려고 했지만, 결국 그 행동이 네 삶을 갉아먹었다.

내가, 내가 그랬다.

"왜. 나 같은 놈 때문에, 왜."

무릎을 잡고 허리를 숙인 채 숨을 헐떡였다. 아무리 뱉어 내도 채워지지 않는 숨처럼, 표정에서 아무것도 읽을 수 없던 그녀의 잔상이 지워지지 않는다.

비 오듯 쏟아지는 땀이 바닥에 그대로 떨어졌다. 도어 록 비밀번호 소리가 났다. 그가 몸을 들어 크게 숨을 들이켰다.

"남자가 집으로 부르면 하나도 안 설렌다. 땀 닦아."

운동을 마친 그를 보고 혀를 한 번 찬 명우는 욕실에서 가져온 수건을 내밀었다.

그는 흘러내리는 땀을 닦아 냈다. 숨이 쉬이 진정되지를 않는 그를 보며 명우는 사 온 도시락을 소파 테이블 위에 내려놓았다.

"밥이나 먹자."

"한다옴, 뭐야."

말할 수 있는 여유가 생기자마자 그는 그녀의 이름을 담았다. 마치 금기처럼 그동안 둘 사이에 불려지지 않았던 이름. 명우는 웬일로 그 이름을 부르냐는 듯 쳐다보다 소파에 앉아 도시락을 꺼냈다.

"뭐가?"

"병원 왜 간 거냐고."

"결국 마주쳤어? 뭐야, 너희 인연은 뭐 운명이냐? 도저히 스쳐 지나갈 수가 없는?"

"신명우."

"내가 어떻게 알아. 편집장 집에서 콕 박혀 나오지도 않는다는데."

모른 척하자. 이대로 끊어 낸다면, 그것대로 또 다행인 일일 테니.

명우는 속으로 그 말을 세 번 되뇌인 다음 고개를 들었다. 자신을 노려보는 모양새가 곧 뛰쳐나가 한다옴을 만나러 갈 기세다.

아, 그냥 둘까. 미친 세상에서 미친 사랑이나 마음껏 하라고.

나무젓가락을 두 동강 낸 명우가 장어 초밥 하나를 입에 넣었다.

"배부른데도 자꾸 먹고, 또 토하고. 텔레비전에 사고나 학대 소식 나오면 웃는데. 남들은 우는 상황에서 혼자만 다른 공간에 있는 것처럼."

가슴이 갈기갈기 찢어지고.

"그리고 기억을 못 한대. 자기가 얼마나 먹었는지, 자기가 뭘 보고 웃었는지."

심장이 고통으로 욱신거린다.

"우울증, 뭐 그런 거래. 걱정하지 마. 식이 장애는 초기니까 금방 나을 거라고 편집장이 그러더라. 병원도 발견하자마자 간 거고."

한 끼를 먹을 때마다 맛있는 걸 제대로 먹어야 한다며 잘 먹던 네가 폭식과 구토를 번갈아 한단다.

내 눈길을 끌고, 내 마음을 포근하게 만들고, 삭막하고 건조했던 일상을 환하게 만들 정도로 웃음이 많았던 네가 우울증이란다.

"왜."

힘없는 물음 속에 답이 존재하지 않으리라는 건 알았다.

"한다옴이, 왜."

그러면서도 묻는다.

이미 알고 있는 답을 꺼내기 힘들어서. 비참하고, 더할 수 없이 끔찍해서.

"그만큼 네가 좋았나 보지."

초밥 하나를 입에 넣은 명우가 답했다.

"우리가 아팠던 건 그런 거잖아요."

"어딘가에 살짝 긁혀서 조금 상처가 났을 뿐인데."

"애쓰지 마요, 천천히 해요. 그러다 다치면 어쩌려고."

너를 나를 늘 위로했다. 너는 나를 웃게 했다. 너는 나를 늘 응원하고, 심지어 희망이란 글자를 가슴에 새겨줬다.

너는 나를, 이토록 구원케 했다.

차가웠던 감정이 뜨겁게 일렁인다. 정체도, 이유도 없이, 그저 한다옴 너 하나로.

"그러니까 넌 먹어. 먹고 아프지 마. 너까지 아프면 다옴 씨 더 힘들다."

터질 듯 말 듯 억누르던 감정이 또다시 스스로에게 묻는다.

왜 나는, 너를 구원하지 못하는 걸까.

✢   ✢   ✢

지영은 그녀에게 간단한 처방을 내렸다. 하루를 바쁘게 보낼 것. 일을 다시 할 것.

그녀는 구구절절 일을 할 수 없는 이유를 설명하지 않았다. 하고 싶지 않았고, 또 인정하고 싶지 않았다.

다옴은 소파에 앉자마자 윤주가 틀어 놓은 텔레비전을 껐다. 혹여나 또 웃을까 봐. 불쌍한 사람들을 보며 또 나를 위로할까 봐 무서웠다.

지영은 제게 무슨 일이 있었느냐 물었다. 다옴은 쉽게 대답하지 못했다. 7년 전과는 조금 달랐다.

부모님의 죽음은 제게 인정할 수밖에 없는 사실이었다. 그래야 마음이 편해진다며 모두가 그랬다.

지금은 어떠한가. 나는 왜 말을 못 했나. 인정하고 싶지 않아서? 내일은 다시, 당신을 만날 수 있을 것 같아서?

"공방은 어떡할래?"

주방에서 나온 윤주가 그녀 앞에 물과 약을 내려놓으며 물었다. 꽤 오래 전부터 먹지 않았던 익숙한 약을 다시 보게 된 기분이란, 말할 수 없이 씁쓸했다.

"글쎄."

꿀꺽 약을 삼킨 그녀가 힘없이 대답했다. 아무 소음도 없어 그런지 공기가 적막했다. 다음은 병원에서 강준을 만난 후로 늘 생각해 내려고 애썼던 과거의 기억 한편을 끄집어냈다.

"생각해 봤는데 그 사람 말이야. 그날 마주쳤겠네. 법원에서 재판 열린 날."

당신도 그곳에서 울었겠지. 모두가 그랬던 것처럼. 어느새 어두워진 창밖을 보며 다음이 생각에 잠겼다.

윤주는 천천히 고개를 끄덕이며 다음의 어깨를 쓰다듬었다.

"그러게."

"왜 기억이 안 나지."

"정신없었으니까."

언제였더라. 밤중에 작업실에서 원고를 쓰던 그에게 커피를 사 들고 찾아간 적이 있었다. 그의 옆에 앉아 사랑하는 이가 일하는 모습을 구경하며 문득 물었던 적이 있다.

전날 봤던 드라마에서 우연처럼 맞닥뜨린 남녀가 과거의 운명처럼 스쳐 지나갔던 장면이 새삼 떠올랐다.

"혹시 우리 예전에 우연히 스치거나, 그랬던 적 있을까요?"

"그건 갑자기 왜?"

"그냥. 나도 당신을 모르고, 당신도 나를 모를 때. 그랬던 적이 있으면 되게 운명 같을 것 같아서. 막 소름 돋을 것 같아."

"음."

"무슨 생각해요?"

"한다움이 드라마를 좋아했구나, 뭐 그런."

"아 씨, 뭐야. 난 되게 낭만적인 대답 기대했는데."

"……야식으로 치킨 먹을까?"

"와, 낭만을 치킨으로 때우시겠다? 좋아요. 1인 1닭 할까요?"

"우연이라는 거, 되게 신기하고 낭만적이라고 생각했는데."

하필 우리한테 제일 지옥 같았던 날, 당신과 스쳤다니.

다움이 새까만 어둠밖에 보여 주지 않는 밤하늘에서 시선을 떼고 돌아봤다.

"공방은 열래. 오픈한 지 얼마 안 됐는데 이사 가는 건 좀 그래."

"그럴래?"

"그 사람보고 작업실을 옮기라고 하지, 뭐. 아니다, 굳이 뭘. 원래도 작업실에서 잘 안 나오는 사람이라 마주치는 일도 없었어."

윤주가 무엇을 걱정하는지 알아 다움은 애써 웃으며 답했다. 또 저렇게 웃네. 윤주는 별말을 덧붙이지 않고 고개를 끄덕였다.

냉장고에 뭐가 없다며 저녁은 배달시켜 먹자던 윤주가 휴대폰을 찾아 앱을 켰다.

우리 이모 말랐네.

그 모습을 빤히 바라보던 다움은 문득 말했다.

"이모, 미안해."

"응?"

족발? 곱창? 메뉴를 읊던 윤주가 다움을 돌아봤다.

"이모도 힘든데, 내가 더 힘들게 해서."

"⋯⋯별소리를 다 하네. 원래 어른한테는 그래도 돼. 내가 아직은 너보다 더 어른이잖아."

결국은 족발로 메뉴를 정한 윤주가 휴대폰을 내밀었다. 맛있겠다. 이번에는 덜어 놓고 적당히 먹어야지. 처방대로 하겠다는 다옴을 보며 윤주가 요즘 들어 보기 힘들었던 드문 웃음을 보였다.

"대신 나중에 나 결혼 못 해서 요양원 가야 되면 매일 와. 그걸로 갚아."

족발 올 동안 씻겠다며 윤주는 욕실로 향했다.

"저러다 나 때문에 결혼도 못 하겠네."

비워진 옆자리가 또 허전한 듯 그녀는 다시 창문을 돌아봤다. 오늘은 별도 안 보이네. 주말에 여행이나 갈까. 다옴이 소파에 무릎을 모으고 앉았다.

그가 없는 밤. 며칠째인지 이제는 세는 것도 버거운 밤이 느리게 지나갔다.

✦　　✦　　✦

길고양이가 슬피 우는 새벽이었다. 잠을 설치던 다옴은 결국 고양이 울음소리에 깼다. 시간을 확인한 다옴이 한숨을 내쉬었다. 오늘 집으로 돌아왔고, 주말을 보낸 다음 주부터 공방 문을 다시 열기로 했다.

이모 집에 더 있을까 했지만, 제주도 출장이 잡힌 윤주 집에 있어 봤자 어차피 혼자였다.

더 잤어야 하는데.

다시 잠들기도, 일어나기에도 애매한 시간이라 다옴은 평소보다 이르게 기상을 결정했다. 욕실에서 씻고 나온 다옴은 소리가 들리는 작은 베란다로 향했다. 역시나 고양이 울음소리가 아까보다 더 크게 들렸다.

"뭐지."

휴대폰만 챙겨 나가 보니, 원룸 건물과 옆 건물 사이 좁은 틈에 고양이가 자리를 잡고 있었다. 어미 고양이인 듯했다.

방금 새끼를 낳은 건지, 채 마르지도 않은 새끼 고양이 3마리가 어미 곁에 있었다. 당황한 다옴은 서둘러 다시 방으로 향했다. 담요와 따뜻한 물을 챙겨 온 다옴은 고양이 근처에 담요를 두르고, 그릇에 따뜻한 물을 따라 앞에 놔 주었다.

사람의 손길을 피할 만한데도 어미 고양이는 그럴 여력이 없는지 물을 핥아 새끼들 입에 물려 주었다.

"계속 여기 있어도 되나."

작게 중얼거린 다옴이 주변을 돌아봤다. 새벽의 고즈넉한 시간, 골목을 오고 가는 이들이 별로 없었다.

"어떡하지."

새벽 공기가 스산해 그녀가 팔을 쓰다듬으며 골목을 살폈다. 여름인데도 비가 자주 내려서 그런지 공기가 찼다. 다옴은 서둘러 근처 24시간 동물 병원을 검색했다.

다행히 동네에서 멀지 않은 곳에 있기는 했지만 걸어갈 거리는 아니었다. 이 시간에 택시가 여기까지 와 줄까. 다시 발을 동동거리는데, 그녀의 곁으로 그림자가 드리워졌다.

강준이었다.

이 새벽에 여기는 어떻게.

먼저 그녀의 의문을 알아챈 그가 설명했다.

"산책. 이모네 있다더니."

"아, 오늘 왔어요."

원래 이쪽 길로 산책을 다녔었나. 물을 겨를도 없이 고양이가 다시 울기 시작했다. 다옴이 어색한 얼굴로 건물 사이를 손가락으로 가리켰다.

"고양이가 새끼를 낳아서요."

어둡고 좁아 인적이 드문 틈새에 자리를 잡고 길고양이가 아기를 낳는 건 이 동네에서 흔한 일이었다. 강준이 담요에 가려진 고양이를 보다가 그녀를 돌아봤다.

"어떡하게."

"24시간 동물 병원 찾고 있었어요. 너무 이른 시간이라."

"기다려. 차 가져올게."

그는 더 생각할 일이 아니라는 듯 결정한 다음 갑자기 챙겨 입은 카디건을 벗었다. 얇은 카디건이 갑자기 어깨 위로 올라오자 다옴이 한껏 몸을 움츠렸다.

"위험하니까 집에 올라가 있어."

말릴 틈도 없었다. 그는 어느새 왔던 길을 되돌아가기 시작했고, 그녀는 혼자 남았다. 다옴은 멍하니 새벽길을 뛰는 그의 뒷모습을 바라보다 고양이들 앞에 멀찍이 떨어져 주저앉았다.

새벽 공기는 찼지만, 그가 준 카디건은 따뜻했다. 그의 살 냄새, 그의 온기. 그리웠던 것들.

그는 10분도 되지 않아 차를 끌고 나타났다. 빈 상자를 챙겨 온 강준은 조심스레 고양이를 옮겼다. 다옴은 말없이 그를 지켜보다 조수석에 올라탔다.

순간 그가 자신을 돌아보는 게 느껴졌지만 눈을 마주치지는 않았다. 마치, 그래야만 할 것 같았다.

동물 병원에 데려가니 처치가 일사천리였다. 아기 고양이들에게 젖을 물리는 어미 고양이를 한참 바라보다가 병원을 나섰다. 어느새 출근 시간에 가까워져 부지런히 움직이는 사람들이 길에 많았다. 다옴은 대로변에 선 채 그를 돌아봤다.

"저는 걸어갈게요."

"꽤 멀어."

"좀 걷고 싶어요. 맑은 공기도 쐴 겸. 선생님이 외부 활동을 하라고 하더라고요."

같이 가자고 하고 싶은데, 네가 괜찮은지 옆에서 잠시만이라도 지켜보고 싶은데.

강준은 차 키를 뒤로 감췄다.

조용한 새벽, 거짓말처럼 우연히 만난 너를 이대로 보내는 게 맞나. 그가 고민을 감추고 망설였다.

우리는 헤어졌는데. 결국에는, 그러고야 말았는데.

"혼자 있어도 괜찮아?"

다옴은 괜한 걱정이라는 듯 웃어 보였다. 예전 같지 않은 미소는 그녀의 것이 아니었다.

묻고 싶었다. 왜 그렇게 웃느냐고. 너는 거짓으로 웃는 법이 없던 여자였는데.

"괜찮아야죠."

잊을 수가 없다. 네가 나로 인해 망가졌다는 사실 하나를.

"아침 먹을래?"

그는 보잘것없는 핑곗거리를 내밀었다.

"수제비가, 너무 맛이 없었잖아."

너를 붙잡을 용기도 없지만, 이렇게 우연히 만난 너를 놓칠 용기가 또 없어서 고작 이런 핑계를 대 본다.

우리의 마지막 식사가, 그렇게 맛이 없을 수는 없는 거니까.

다옴은 고민하는 듯하더니 고개를 끄덕였다. 별 볼 일 없는 제 핑계에 그녀가 답했다. 그는 안심했다.

아침을 먹을 장소가 마땅치 않았다. 24시간으로 운영되는 김밥집과 해장국집. 그는 난감했고, 다음은 따뜻하게 국물을 먹자고 제안했다. 콩나물국밥집으로 들어온 둘은 아침부터 반주를 곁들이는 아저씨들이 앉은 자리를 피하다 텔레비전이 잘 보이는 가운데 자리에 앉았다. 그의 자리 앞에 물을 따라 주고, 수저를 놓던 다음이 입을 열었다.

"이사는 안 가려고요. 단골도 꽤 생겼고, 이사 가면 돈도 많이 깨질 거고."

언젠가는 해야 할 얘기. 그가 말할 기회를 줘서 다행이라 여겼다. 제 멋대로 결정한 게 조금은 신경 쓰였지만, 그는 예상이라도 한 듯 고개를 끄덕였다. 동시에 음식이 나왔다. 민망할 정도로 빠른 속도라 그녀가 옅게 웃었다.

"엄청 빨리 나오네."

"그러게."

음식 나오는데 5분이면, 밥 먹는데 30분. 같이 있을 시간은 고작 1시간도 되지 않는다.

마치 같은 생각을 하고 있는 듯 둘은 말없이 숟가락을 들었다. 따뜻한 콩나물해장국을 한 입, 갓 지은 쌀밥을 한 입.

다음은 도통 먹지를 못 했다. 병원을 다니기 시작한 후로, 이모 외에 타인과 밥을 먹는 게 처음이었다.

물론 그와 이별한 후로 쭉 이모와 함께였지만. 병원에서는 폭식증까지 약을 써서 치료할 정도는 아니라고 했다. 일시적인 걸 수도 있고, 환자 본인이 인지하고 있다는 사실이 가장 중요하다 했다.

다음은 이상해 보이지 않으려, 아픈 것처럼 보이지 않게 노력했다.

그러나 그는 자신이 어디가 아프고, 왜 병원에 다니는지 아는 듯했다. 숟가락을 들 때마다 닿는 시선이 그렇게 느껴졌다.

텔레비전에서는 한창 아침 뉴스를 예고하는 광고가 흘러나왔다. 밥을 3분의 1쯤 비웠을까. 다음은 오로지 국밥만 바라보던 시선을 들었다. 예상했던 것처럼 그와 시선이 부딪혔다.

"금방 낫는대요. 그러니까 그만 봐요."

"……."

"봐 달라고 도시락 배달할 때는 꿈쩍도 안 하더니."

옛 얘기 따위 그립지 않은 척, 또 아무렇지 않은 척 말했다. 그의 얼굴이 잠시 무너지는 것처럼 보였다.

실수였나. 억지로 내 손을 놓은 당신한테 하면 안 될 말이었나.

다음은 웃어 보였다. 그래도 진심처럼. 그가 안심할 수 있게.

"여기 맛있다. 무슨 24시간 국밥집이 이렇게 맛있어."

그녀가 씩씩한 척, 깍두기를 들었다.

"원래 깍두기가 맛있는 해장국집이 진짜 맛집이래요. 한번 먹어……."

"다음아."

문득 그가 이름을 불렀다. 조금은 밝게 웃던 얼굴이 굳어졌다.

"나, 네가 하라는 대로 할게."

당신은 왜, 갑자기 이런 말을 할까.

"가라면 갈 거고, 있으라면 있을 거야."

흔들리고 싶게. 당신과 함께 도망치고 싶게.

다행이다. 나를 붙잡으려는 당신을 봐서. 나와 아픔을 겪어 보겠다는 당신을 만나서.

짧았던 만남을 이렇게나마 보상받는 느낌이다. 그것만으로 됐다. 미련 없이 훌훌 털어 낼 수 있을 만큼 만족스러운 답이다.

"잘 지내요."

다옴은 살며시 웃으며 큰 깍두기 조각을 잘라 그의 앞접시 위에 올려놨다.

"지금처럼 잘 자고, 잘 먹고."

"그렇게만 지내면 돼?"

그가 묻는다.

"너 없이, 그렇게만 지내면 잘 지내는 거야?"

그녀가 대답할 수 없는 아주 곤란한 질문을.

"그래서 너는 지금 그러고 있어?"

어쩌면 그는 자신보다 더 강한 사람일지도 모르겠다. 가장 의연해야 할 순간에 지옥으로 곤두박질치고 있는 건 오히려 나였다.

"괜찮아질 거래요."

"한다옴."

"그러고 있는 중이에요."

아침 일찍 일어나 하루를 시작했고, 지금도 멀쩡하게 밥을 먹고 있다. 구토감도 없으며, 약을 거르지도 않을 것이다.

나는 지금, 괜찮아지고 있으니까.

그의 표정이 아득해진다. 좋지 않은 의미로.

"동정이면, 마음이 좀 그럽니까."

"동정은 익숙해요. 도움이 낯설 뿐이지."

낯설지 않은 감정이고, 늘 받아 본 동정이잖아. 뭐가 어떻다고.

그녀가 숟가락으로 먹다 만 국밥을 휘휘 저었다. 테이블에 올려 둔 그의 휴대폰이 울렸다. 그는 받기를 망설여했지만, 다옴은 명우의 이름을 확인하고 고개를 끄덕였다. 그가 휴대폰을 들고 식당 밖으로 걸음을 옮겼다.

　다음은 먹기를 포기하고 숟가락을 내려놨다. 동시에 후식이라며 아주머니가 식혜 두 잔을 쟁반에 담아 다가왔다.

　"아가씨가 양이 적네. 신랑은 어디 갔고?"

　이른 아침부터 함께 있으니 부부처럼 보였을까. 다음은 기다, 아니다 설명하고 싶지 않아 어색한 웃음으로 대답을 대신했다.

　직접 담근 식혜라더니 맛이 아주 달았다. 그때 돌아서던 아주머니가 텔레비전을 보고 혀를 찼다.

　"아이고, 저게 뭐야."

　다음의 시선이 들렸다. 쨍그랑, 그녀가 들고 있던 컵이 소리를 내며 바닥으로 곤두박질쳤다. 유리 조각에 발목이 베여 피가 나는데도 그녀는 그저 멍했다.

　그저, 아무 소리도 들리지 않았다.

✛　　✛　　✛

　—너 어디야?

　제주도 출장을 간다던 명우는 대뜸 아침부터 전화로 제 행선지를 물어 왔다. 강준은 식당 앞을 벗어나 옆쪽 주차장으로 발길을 돌렸다.

　"밖. 왜."

　—뉴스 봤어?

　"안 봤어. 너 출장 아니야?"

　—어, 맞지. 출장 가는 길이었지.

　말끝을 흐리는 건 신명우답지 않은 말투였다. 강준은 대답하지 않고 식당 안쪽을 흘겼다. 유리창으로 트여 있어 안쪽을 볼 수 있었는데, 다음의 자리까지는 제대로 보이지 않았다.

—나 지금 공항인데, 뉴스 보고 전화하는 거야. 못 봤어?

"안 봤다니까. 뭔데."

—그럼 일단 뉴스부터 봐. 이게 뭔 난리냐, 진짜.

통화가 끝나고, 강준은 서둘러 다시 식당으로 향했다. 화장실에라도 간 걸까. 다옴의 자리는 비어 있었다.

"여기 있는 아가씨, 아까 나갔는데."

의자도 엉성하게 놓여 있는 게 뭔가 이상해 뚫어져라 바라보니 주인 아주머니가 다가와 말을 건넸다.

"예?"

"얼굴이 사색이 돼서 나가더라고. 뉴스 보더니 헐레벌떡. 컵도 깨서 여기 유리로 엉망이잖아."

아주머니가 그의 카디건을 가리키며 말했다. 강준은 의자에 걸쳐진 옷을 손에 쥐었다. 빗자루를 들고 온 아주머니가 깨진 유리 조각을 치우기 시작했다.

그때 손님들이 웅성거리는 소리와 함께 텔레비전 소리가 커졌다. 리모컨을 손에 든 어떤 남자가 욕과 함께 삿대질을 아끼지 않는 화면에서는, 믿어지지 않을 소식이 전해지고 있었다.

—방금 전, 연쇄 살인범 심인철의 탈옥 소식을 전해드렸습니다. 모친상 때문에 귀휴를 나온 심인철은 7년 전, 두 달 동안 무고한 시민 다섯 명을 무참하게 살해한 혐의로 무기 징역을 선고받아…….

손에 쥐고 있던 휴대폰이 다시 진동을 울렸다. 그는 멍하니 텔레비전에 고정한 시선을 떼지 못했다.

—장례식장을 지키던 교도관을 과도로 습격한 다음 뒷산으로 도주한 심인철의

행방은 여전히 오리무중인 상태입니다. 이에 경찰은 대규모 인력을 지원하여 적극적으로 검거에 나설 것이라 해명했습니다. 한편, 습격당한 교도관은 현재 응급 수술을 진행 중이며 정확한 상태는 파악할 수 없는 것으로…….

비워진 자리, 계속되는 뉴스 속보, 사라진 한다옴.
강준은 초점 없는 눈으로 뉴스를 지켜보다 전화를 받았다.
—뉴스 봤어?
"봤어."
—괜찮은 거야?
자신을 걱정하는 목소리에 강준은 그녀만을 떠올렸다.
"괜찮아. 지금 편집장님이랑 있어?"
걱정스러운 물음에 즉각적인 대답. 강준은 침착하려 애쓰고, 또 애썼다.
곧, 다옴의 행방을 알아야 했기에 윤주를 찾았다. 명우는 말없이 전화를 바꿨다.
—다옴이가 전화를 안 받습니다.
그는 지갑에서 돈을 꺼내 테이블 위에 내려놓고 곧 차로 향했다. 조수석 자리에 놓인 그녀의 휴대폰이 보였다.
'이모' 라는 두 글자의 이름이 액정에 선명하게 떠올랐다.
"휴대폰 저한테 있습니다."
—다, 다옴이랑 계세요? 지금도 같이 계시는 거죠, 그러면?
불안하게 떨리는 음성이 안타깝다. 강준은 차에 올라 그녀의 휴대폰을 손에 꼭 쥐었다. 빈자리가 애처로울 만큼 두려웠다.
"아니요."
—그럼…….
"제가 찾아보겠습니다."

마음이 급해 강준은 부연 설명도 없이 전화를 끊었다.

그녀가 없다. 그녀가 사라졌다.

강준이 마른 얼굴을 쓸어내리다가 다급히 대로변으로 향했다. 그녀를 잃을지도 모른다는 불안감에 그는 제대로 판단하는 것조차 어려웠다.

12화

내가, 너의 구원이 될게

"안 가 봐도 되겠어요?"

"출장은."

"이 난리에 출장이 문제예요?"

공항 한쪽에 주저앉은 윤주는 대답을 삼켰다. 1박 2일로 예정된 인터뷰 미팅이었고, 상대가 거물급 인사다 보니 직접 움직이게 됐다. 오늘 오후까지는 제주에 떨어져야 인터뷰를 진행할 수 있었는데, 다음이 없어졌다는 것을 알았다.

"직접 안 찾으러 가도 돼요?"

"……일단 이 작가님 전화 기다리자. 그게 더 빨라. 출근 시간대라 어차피 우리는 못 움직여."

얼굴이 하얗게 질렸으면서 이성적인 것처럼 굴기는.

답답한 듯 명우가 크게 한숨을 내쉬었다. 윤주는 다시 태블릿으로 뉴스를 확인했다.

아침 일찍 공항에 도착했고, 체크인을 한 다음이었다. 명우가 편의점에서 아침을 대신한 요깃거리를 사는 동안 윤주는 화장실을 찾았다. 그 때 단체로 제주 여행을 가는 관광객들이 수군거리는 소리가 들렸다.

탈옥, 연쇄 살인범. 단어 선택이 심상치 않았고, 심인철의 탈옥 소식을 알게 됐다.

"세상에, 탈옥하는 게 가능해?"
"장례식장에서 교도관을 찔렀다잖아. 얼마나 허술했으면."
"금방 잡히지 않을까? 사방에 CCTV가 쫙 깔렸는데."

화장실에 간다던 윤주는 감감무소식이었다. 직접 찾아가 보니, 이미 뉴스를 확인한 윤주가 전화기를 붙잡고 발을 동동 구르고 있었다. 다옴과 연락되지 않는다는 것이었다.

아침이니 그럴 수 있다, 아직 자는 거 아니겠냐 아무리 안심을 시켜 봐도 윤주는 제대로 정신을 차리지 못했다. 울먹거리는 모양새가 금방이라도 터질 듯싶었다.

명우는 그런 윤주의 모습을 한참이나 지켜보다가 그녀에게서 태블릿을 뺏어 들었다.

"내가 보고 있을게요. 그냥 있어요."

대체 누가 누굴 걱정하는 건지, 알 수 없었다.

✤　　✦　　✤

없어진 지 얼마 안 됐으니 당연히 근처에 있을 거라 생각했는데, 주변을 이 잡듯이 뒤져도 그녀는 나타나지 않았다.

어디 있어. 어디서 혼자 떨고 있는 거야.

땀이 비 오듯이 쏟아졌다. 강준은 다시 식당에 주차해 놓은 차로 향했다. 올라타자마자 급하게 커브를 돌았다. 공방에도 그녀는 없었다. 불 꺼진 공방과 당분간 영업을 할 수 없다는 안내문은 그대로였다. 문이 부서질 듯 공방 문을 흔들던 강준이 크게 숨을 내쉬었다.

곧장 그녀의 집으로 달려갔다. 금방 도착한 집 앞에 우두커니 서서는 언젠가 술에 취한 그녀가 눌렀던 비밀번호를 떠올렸다.

"공, 오, 공, 칠, 별."

도어 록 잠금이 풀리는 소리와 함께 현관이 열렸다. 다급히 안쪽으로 뛰어 들어갔지만 작은 원룸 안에서도 그녀는 보이지 않았다.

화장실을 확인하고 혹시 몰라 베란다 안쪽을 확인했다. 그녀는 없었다. 정말로 사라져 버린 걸까. 그렇다면 어디로?

별별 생각이 다 들기 시작한다. 전화를 나가서 받는 게 아니었는데. 아니, 아예 전화를 받지 말았어야 했는데. 무조건 너와 함께 있어야 했는데. 왜 네가 나가는 걸 못 봤을까. 왜 너를 시야에서 놓쳤을까.

"제장."

낮게 욕을 중얼거린 강준은 미련도 없이 뒤를 돌았다. 이제 어디로 가야 할까. 아는 것이 없다. 만났던 기간이 짧은 만큼, 그녀가 힘들어할 때 갈 만한 공간이 어디 있을까. 강준은 차에 다시 올라타 핸들 위를 부서져라 내리쳤다.

어디에도 없는 그녀를, 마치 세상에서 증발해 버린 것만 같은 그녀를 반드시 찾아야 하는데 자신이 없다.

"병원으로 간 건 아니겠죠?"

중간에 명우에게 전화를 걸었다. 연락을 기다리고 있던 윤주가 혹시나 하는 심정으로 얘기했다. 그는 병원으로 다시 차를 몰았다. 출근 시간대라 꽉 막힌 도로 속에서 뚫리는 도로를 찾고, 또 찾아다녔다.

"어, 막 들어가시면 안 되는데!"

어렵게 도착한 병원에서 데스크를 지나니 간호사들이 그를 말리려 들었다. 무작정 진료실로 들어가자 지영이 막 가운을 챙겨 입으며 의아한 얼굴로 그를 반겼다.

"……오늘 상담이 있었나요?"

"다음이 여기 안 왔습니까."

"안 왔어요. 아, 뉴스는 봤는데 다음 씨가 왜……."

여기도 오지 않았다. 그럼 넌 대체 어디에.

강준은 자신을 부르는 지영의 목소리에 답하지 않고 뒤돌아 뛰었다. 다시 차에 올랐다. 갈 곳이 없었다. 부모님 산소에 갔을까. 그곳은 너무 멀다. 휴대폰도, 지갑도 없이 네가 갈 수 있는 곳이 아니다.

그는 무작정 차를 몰았다. 어디로 가야 할지 모르면서도 손이 멋대로 움직였다. 결국 도착한 곳은 그의 집이었고, 혹시나 하는 심정으로 주차장에 차를 세워 집으로 올라갔다.

제발 있어 줘, 제발.

강준은 도착한 엘리베이터에서 내리며 거친 숨을 몰아쉬었다.

"하아."

숨이 턱 막히고 온몸에 힘이 쭉 빠졌다. 몸을 동그랗게 말아 집 앞에 주저앉아 있는 이는 다음이었다.

어디에도 없던 그녀가 제 집 앞에 있다. 온몸을 부르르 떨면서.

"다음아."

그가 다가갔다. 들리지 않는 걸까. 그녀는 꼼짝 않고 흐느끼고 있었다. 뭐가 불안해서. 뭐가 두려워서. 강준은 다음의 앞에 무릎을 꿇고 앉아 두 귀를 틀어막고 있는 그녀의 손을 붙잡았다.

"싫어, 싫어……."

다옴이 온몸을 흔들며 부정했다. 싫다며, 저리 가라고 애원했다. 이 찬 곳에서 얼마나 떨고 울었으면 몸이 이토록 차가울까.

"싫어, 저리 가. 가, 가라고……."

다옴은 자꾸만 그를 밀어냈다. 손으로 어깨를 떠밀고, 발버둥 치며 그의 전부를 멀리하려 노력했다.

강준은 그게 거짓임을 알았다. 그녀가 가장 괴로운 순간 찾은 곳이 바로 제 품이었음을 알았다. 그는 손을 뻗어 그녀의 머리를 껴안았다. 몸부림이 순식간에 거세졌지만, 강준은 단단히 그녀를 붙들었다.

"네 말 안 들어."

너는 나를 원해. 나도 너를 원하는 만큼.

그의 목소리가 닿은 걸까. 그녀가 저항하던 손길을 거두고 거친 숨을 내뱉었다.

"네가 가라고 해도 나 여기 있을 거고."

강준은 조금 더 힘 있게 그녀를 품에 안았다.

"그냥, 네가 가는 곳마다 내가 있을 거야."

이제는 아무 상관도 없다. 너와 나 사이에 어떤 인연이 있는지도, 너와 내가 앞으로 어떤 괴로움을 함께해야 하는지도.

그게 지금 떨어져 있는 것보다 괴로우리라 생각할 수 없다. 나는 지금 충분히 괴롭고, 너 하나를 놓지 못해 아프기 때문에.

다옴이 흐느껴 울었다. 강준은 부드러운 머리칼을 쓸고 또 쓸어내렸다.

"잘못했어. 늦어서 미안해."

나의 구원이 되어 주겠다고 했던 너. 나를 좋은 사람으로 만들던 너. 결국, 너는 나를 구원했다. 그가 낮게 속삭였다.

"괜찮아, 한다옴."

이제는 내가, 너의 구원이 될 테니까.

✤　　　✤　　　✤

심인철은 탈옥한 지 여섯 시간 만에 붙잡혔다. 야산 민가에 숨어 있던 심인철을 경찰이 곧장 체포해 다시 교도소로 호송됐다. 남은 모친의 장례 절차도 그는 참석할 수 없었다. 무심한 눈으로 뉴스를 확인한 강준은 휴대폰을 내려놓고 컵에 미지근한 물을 따라 방으로 갔다.

그녀가 제 침대 위에 누워 잠들어 있었다. 협탁 위에 컵을 둔 그가 살며시 침대에 앉았다. 인기척을 느낀 다옴이 살며시 눈을 떴다.

"깼어?"

그를 발견한 다옴이 잠시 놀란 듯 몸을 일으켜 주변을 돌아봤다. 그의 침실이다. 여기 어떻게? 강준은 그녀를 다시 눕힌 채 이불을 가슴까지 덮어 줬다.

"다시 자. 잘 자던데."

"……온 것까지는 기억이 나는데."

다옴이 말끝을 흐렸다. 도망치듯 식당에서 벗어나 골목을 내내 걷다가 그가 옆에 없음을 깨달았다. 강준이 필요했다. 그가 있는 곳으로 가야 했다. 작업실에는 그가 없었다. 그의 집까지 단숨에 뛰었다. 이리저리 오고 가는 사람들을 병적으로 피하며 도착한 곳에는 또다시 그가 없었다. 그리고 기억이 나지 않는다.

"잡혔대. 그러니까 걱정하지 말고 자."

다옴이 이불을 꼭 쥐었다. 그는 말없이 그녀의 옆에 누웠다.

강준의 부드러운 손길이 그녀의 머리칼을 쓸고 뺨을 어루만지다가 손으로 향했다. 깍지를 꼭 끼워 잡는 손길에서 다옴이 잠시 숨을 멈추었다.

"떨어지지 말자."

"……."

"진짜 하루하루가 지옥 같더라."

우리가, 그래도 될까요.

눈으로 물어 오는 두려움에 강준은 품속으로 그녀를 꼭 껴안았다.

"이렇게 있자. 아무도 우리 방해 안 할 거야."

"이모가……."

"반대하시면 내가 빌게. 잘할게."

"……."

"그냥, 내가 다 알아서 할게."

진부한 약속이라 들린다면 어쩔 수 없지만 그는 진심을 다했다. 그녀가 망설이지 않고 제게 올 수 있도록.

다옴은 말없이 그의 옷깃을 꼭 쥐었다. 그가 잡아 준 손에 다시 힘을 더했다. 말하지 않아도 느껴지는 마음이 있다는 건 좋은 일이다. 굳이 말을 건네지 않아도, 마음을 나누는 사이가 됐단 거니까. 강준은 그녀의 머리 위에 턱을 기댄 채 눈을 감았다.

"그러니까 너만 와."

많은 것을 바라지 않았다. 겨우 사랑이나 하자는 건데 그게 뭐가 어렵다고. 우리가 이 세상에 태어나 사랑 하나 마음껏 못 할까.

"나는 그거면 돼."

다옴이 스르르 눈을 감았다. 따뜻한 품에 안겨서일까. 그동안은 쉽게 들 수 없었던 잠이 쏟아졌다. 그는 그녀의 머리를 또 쓸어내렸다.

✣　　✦　　✣

다옴이 없어진 지 두 시간이 지나자 윤주는 찾으러 갈 걸 그랬다며 신경질적으로 변했고, 세 시간째가 됐을 때 다행히 강준에게 전화가 왔다.

다옴을 찾았다고.

"잔다는데요, 지금."

한시름 놓은 명우가 휴대폰을 흔들어 보였다. 윤주가 안도의 한숨을 내쉬며 자리에 주저앉았다.

예약한 비행기는 놓칠 수밖에 없었다. 오전 인터뷰는 오후로 미룬다 해도 저녁에 있을 회의는 꼭 참석해야 했기 때문에 윤주는 공항에 발이 묶였다.

그녀가 낮게 웃었다. 뜻밖이기는 하지만 전혀 예상 못 할 곳은 아니었다.

결국 이강준.

너를 괜찮게 하는 사람도, 너를 불안하지 않게 잠재우는 사람도 이제는 이강준이다.

그가 너를 찾았구나. 나는 이렇게 조바심만 내는데.

윤주는 인정해야 하는 순간임을 깨달았다. 얼마나 어리석은 편견에 사로잡혀 두 연인을 옭아맸는지도 알게 됐다.

일어나지 않은 일을 걱정하느라 그들의 사랑이 얼마나 더 진실했는지를 느끼지 못했다.

"남자 집에서 잔다니."

허탈한 듯 웃으며 윤주가 중얼거렸다. 명우는 휴대폰을 주머니에 집어넣은 채 웃지도 울지도 못하는 얼굴로 어깨를 으쓱였다.

"끌고 나와서 내가 널 그렇게 키웠냐 머리채 잡고 싶은 마음 반."

"……"

"괜한 헛짓거리했구나, 포기하고 비행기 타고 싶은 마음 반."

복잡한 갈등이 해결되는 건 참 순식간에 벌어지고, 아무것도 아닌 감정에 휩쓸린다. 모든 것이 보잘것없어진다. 저렇게 좋다는데 생각 하나 바꾸는 게 뭐 그렇게 어려울까 속에서 합리화를 시작한다.

모든 사람을 위한 방법이라 생각했다. 물론 그게 오답일 수도 있다. 그녀가 긴 한숨을 내뱉었다.

"놀랐을 텐데 긴장 좀 풀어요."

"그러게. 무슨 하루가 이렇게 길어."

"잡힐 거 알았잖아요."

"알았어도, 놀란 건 놀란 거야."

처음 뉴스를 보고 얼어붙은 것처럼 서 있던 그녀가 뇌리에서 잊히지 않는다. 명우는 하얗게 질렸던 얼굴이 차분하게 변하는 것을 보며 손에 쥐고 있던 찬 음료수를 내밀었다.

"마음 편한 쪽으로 해요. 나는 선배 편."

"너는 아주 말을 자연스레 놓는다?"

그런지가 언제부터인데 그걸 지금 따지시나. 명우가 낮게 웃으며 음료수의 뚜껑까지 따 그녀의 손에 쥐여 줬다.

"지금 그게 중요한 거면 포기해요. 다음 씨가 이모 쫓아다닐 나이예요? 사랑 쫓아갈 나이지."

"너는 왜 자꾸 사랑 타령이야."

사랑. 꽤 진부하고 의미 없다 생각했던 사랑에 당했다. 확실하게.

이른 아침을 보내니 공항에 사람들이 많아지고 있었다. 윤주가 큰 한숨과 함께 건강하게 하루를 시작하는 사람들을 돌아봤다.

"걔네, 괜찮을까."

그녀의 작은 중얼거림에 명우가 곧장 답했다. 마치 윤주의 고민은 아무런 고민도 아니라는 듯이.

"선배는 선배 인생이나 잘 살아요. 결혼을 하든가 연애를 하든가. 어?"

아, 그런데 애가 자꾸 선을 넘네.

윤주가 명우 쪽을 휙 돌아보며 노려봤다.

"쓸데없는 소리. 표나 다시 예매해."

"주말 진득하게 쉴 겸 하루 더 있다 오죠?"

1박 2일인 출장 일정을 멋대로 하루 늘리자는 말에 윤주가 눈을 동그랗게 떴다.

"아침부터 다사다난한데 바람도 쐴 겸, 기분 전환도 할 겸."

윤주가 의심의 눈빛으로 그를 바라봤다. 그가 눈을 찡긋거렸다.

"내가 부시리 사 줄게요."

"수작 부리니, 지금?"

"우리는 우리대로 즐기자는 거죠. 예매하고 올게요, 기다려요."

쟤는 뭐가 저렇게 기분이 좋아.

티켓팅을 위해 카운터 쪽으로 가는 명우의 뒷모습을 바라보던 윤주가 문득 가방에서 휴대폰을 꺼냈다. 자고 있는 다음이 바로 답장할 리는 없겠지만. 그녀가 작은 한숨과 함께 손가락을 움직였다.

〈주말 잘 보내. 이모는 부시리 먹을 거니까〉

메시지를 보내고 윤주는 한결 편해진 얼굴로 기사를 검색했다. 탈옥한 심인철의 기사는 메인에 실려 이미 많은 연관 기사들이 쏟아진 다음이었다.

제대로 치료도 받지 못하고 돌아가신 어머니에 대한 그리움이 커졌다. 나도 왜 그랬는지 모르겠다. 구구절절 후회가 섞인 심인철의 여섯 시간 남짓했던 탈옥 사건에 대한 기사를 사선으로 읽어 내린 윤주가 휴대폰을 집어넣었다.

"나도 모르겠다, 언니."

그녀는 행복하고 싶었다. 그리고 누구보다 다음의 행복을 우선으로 빌었다.

✤　　✤　　✤

괜찮은 꿈이었다. 아주 어둡고 깊은 공간에 혼자라는 느낌. 목소리가 들렸다. 괜찮아, 괜찮을 거야. 따뜻했으며 또 포근했다. 더 깊게 잠들까 싶었는데 그녀는 눈을 떴다.

희미한 기억을 더듬었다. 뉴스에서 그 사람의 얼굴을 봤고, 패닉 상태로 식당을 나섰다. 정처 없이 뛰고 걷고 또 뛰고 걷다가 다다른 그의 집 앞에서 계속 그를 기다렸다. 강준은 마치 거짓말처럼 자신을 찾아냈고, 만났고, 마치 거짓말 같은 약속 뒤에 스르르 다시 잠이 들었다.

다옴은 눈을 뜨자마자 마주한 그의 얼굴을 믿어지지 않다는 것처럼 바라봤다. 그는 마치 그녀가 깨기만을 기다렸다는 듯 손을 뻗어 부드럽게 뺨을 쓸었다.

"깼어?"

"……."

"잘 자더라. 꿈도 안 꾸고."

그럴 리 없는데. 요즘 매일 꾸는 게 꿈인데.

다옴은 그와 떨어져 있는 조금의 틈도 허전하다는 양 따스한 품 안을 비집고 들어갔다. 강준은 자연스럽게 팔을 뻗어 그녀를 안았다.

"계속 옆에 있었어요?"

"응."

"잠도 안 자고?"

"일어나면 네가 없을까 봐."

"……나도 그랬는데."

그녀가 그의 옷깃을 꼭 쥐며 말했다. 어쩌다 우리는 서로가 서로의 부재를 이토록 불안해하는 사이가 됐을까 모르겠다. 신기했다.

어떻게 우리가 만나, 또 이렇게 사랑을 할까 싶어서.

"무서웠어요. 나한테 올까 봐."

그녀가 소리 내어 고백했다. 그가 안은 팔에 힘을 풀어 옷깃을 쥔 그녀의 손을 부드럽게 감싸 잡았다.

"……내가 있는데도 그랬어?"

작게 떨고 있는 손 위에 입을 맞추며 그가 물었다. 시선을 든 다옴이 고개를 끄덕였다.

"그럴 리 없다는 거 아는데, 그 순간 왜 그렇게 무서웠는지 모르겠어요. 바보 같아."

그녀는 많은 것을 설명하지 않았고, 그는 들으려고 하지 않았다. 그저 서로가 알았다. 같은 것을 겪었고 굳이 말하지 않아도 될 것을 안다. 그래서 우리가 더 힘들 수 있다는 걱정은 기우에 지나지 않았다.

우리는 지금, 이렇게나 괜찮은걸.

"나, 7년 전에 당신 본 적 있어요."

"……."

"병원 앞이었어요. 어머님이 당신한테 살려 달라고 하는 걸 봤어요. 그리고 당신이 내내 울었어요."

부모님의 권유와 설득으로 시작했던 치료. 강준은 울먹거리는 다옴의 얼굴을 바라봤다. 그때 네가 옆에 있다는 걸 알았으면 곁이 더 따뜻했을 텐데.

"어땠어요, 우리 부모님 얘기 알았을 때."

"너는."

그가 대답을 삼킨 채 반문했다. 다옴은 입술을 꾹 깨물다가 다시 열었다. 부풀어 오르는 감정을 쏟아 내고 싶은데, 결국 그곳은 강준의 앞이었다.

"가여웠어요."

"……나도 그랬어."

"세상이 원망스러웠어. 우리한테 왜 지랄이야, 욕하고 싶었어."

"나는 많이 했는데."

시간 나면 그녀에게 욕하는 법이라도 가르쳐 줄까 싶은 마음으로 그가 위로했다. 다옴은 결국 눈물을 떨궈 냈다.

"그냥 다 무시하고 싶었는데."

"……."

"당신한테 너무 괴로운 일일까 봐."

나도 네가 가여웠고, 나도 세상을 저주했다. 그리고 또 내 사랑이 너에게 어떤 의미로든 가혹한 일이 될까 불안했다. 하지만 이제는 상관없다. 그녀가 무슨 말을 하든, 어떤 결심을 하든 어차피 헤어지지 않을 우리다.

내가 너를 결심했다.

나는 너에게, 내 전부를 다 걸기로 약속했다.

강준은 지난 시간을 토로하는 그녀의 입술 위에 키스했다. 놀란 다옴이 숨을 들이켰지만 그런 것은 상관없었다. 불안해하지 않도록 손을 잡고 그녀를 바로 눕힌 다음 팔꿈치로 몸을 지탱한 채 더 깊이 입술을 맞췄다.

성급한 입맞춤을 어색하게 받아들이던 다옴도 점점 그에게 익숙해져 갔다. 그의 어깨에 손을 올리고 그가 목과 어깨 곳곳에 키스를 뿌릴 동안 숨을 내쉬었다. 거칠어진 숨을 갈무리할 즈음, 그는 다시 진하게 입술을 맞닿아 왔다. 목을 당겨 안더니 그는 단숨에 가는 허리를 잡고 제 허벅지 위에 그녀를 앉혔다.

다옴이 붉어진 얼굴로 숨을 헐떡거렸다. 얼굴을 가리는 머리칼을 넘겨 준 그가 자잘하게 입맞춤을 내렸다.

누가 봐도 긴장한 티가 역력한 얼굴. 다옴이 거친 숨을 몰아쉬며 그의 눈을 내려다봤다.

"괜찮아?"

그가 신사처럼 묻는다. 아니라고 하면 멈출 셈인가. 우리가 이토록 많은 길을 돌아왔는데. 그녀가 고개를 저었다. 결심의 단계 따위는 어차피 무의미했다.

"상관없어요."

다시금 입술이 맞닿았다. 격렬하게 부딪치던 입술이 잠시 떨어지면 그들은 옷가지 하나씩을 벗어 냈다. 그가 티셔츠를 벗어 던지자 그녀도 따라 옷을 벗었다. 그러다가도 잠시 틈을 참지 못해서 입을 맞췄다. 어느새 알몸이 되어 서로를 마주 봤을 때 그녀의 입술은 푸릇하게 달아올라 있었다.

"내일 입술 트겠다."

그가 시트 위에 그녀를 눕혔다.

"꿈같아요."

"뭐가."

"그냥, 우리가 지금 이러고 있는 게."

"나도 그래."

그는 긴말하지 않았다. 그녀를 얻음으로 인해 세상을 향한 고마움까지 느끼게 됐다. 이거, 정상적인 감정일까. 강준은 제 아래에서 예쁘게 웃는 그녀를 가만둘 수 없었다. 다시 입술을 내려 키스하고 그녀의 온몸을 만졌다. 구석구석, 그녀가 달아오를 수 있는 곳은 어디든.

왜 몸은 발가벗고 있는데 이토록 뜨거운 걸까. 다옴이 몸 전체를 달아오르게 하는 손길에 신음했다. 그의 어깨를 쥔 다옴이 몸을 바르르 떨었다. 허리와 가슴, 아니 몸의 온 세포들이 동시에 찌릿찌릿했다. 가

슴 위를 핥고 깨물고 또 핥아 내리던 강준이 그녀의 목 언저리에 깊게
입술을 묻었다.

"하아."

몸이 떨린다. 가슴이 떨린다. 오늘 이 시간이 지나면 세상이 요동칠
것만 같다. 그의 손이 얇고 가느다란 몸 선을 따라 움직였다. 다옴은 간
헐적으로 파들대며 신음을 내뱉었다. 그가 다옴의 귓가를 핥고 간질이
듯이 깨물었다. 예뻐. 속삭이는 목소리조차 야했다.

어딘가 간지럽다고 얘기하고 싶은데 부끄럽고 민망해서 견딜 수가
없었다. 그녀가 쉴 새 없이 그와 닿는 순간마다 움찔거렸다.

그의 입술이 필요했다. 간절하게 원했다. 하지만 그는 약 올리듯이
다옴이 원하는 것을 내어 주지 않았다. 귓가를 핥고 목을 스치고 어깨
와 가슴 아래로 내려가는 입술이 원망스러울 정도였다. 다옴은 시트 위
를 바스락거리던 발로 그를 밀쳐 내고 싶은 마음까지 들었다. 양쪽 뺨
을 부여잡고 그의 얼굴을 올렸다. 그가 단숨에 그녀와 시선을 마주했
다.

"보고 싶었어."

그가 고백했다, 그녀가 없었던 시간을.

갈급한 키스가 이어졌다. 다급히 혀를 섞고 입술을 부딪쳤다. 키스는
금방 끝났다. 거친 숨을 몰아쉬는 그녀의 뺨을 부드럽게 쓰다듬으며 그
가 낮게 속삭였다.

"병원에서 너 만났을 때, 숨 쉬는 것 같았어."

아주 한순간이지만 답답한 속이 트이는 것도 같았다. 한다옴, 너를
봤기 때문에.

"아픈 너를 보니까 내가 끔찍하게 싫어졌고."

헐떡거리는 그녀의 숨결이 그대로 전해졌다. 강준이 그녀의 예쁜 입
술 위를 손가락으로 비볐다. 네가 내 앞에서 숨을 쉬는 게 믿기지 않다

는 듯.

그들은 다시 입을 맞췄다. 인내심이 끊긴 다음이 먼저 다가갔다. 촉촉한 입술 위를 야릇하게 핥아 내린 그의 혀가 깊은 곳을 찾았다. 아흣, 신음을 참지 못한 다음이 그의 아래에서 무너졌다.

강준은 그녀의 위에서 붉어진 얼굴을 감상하며 손을 내렸다. 처음 다음은 눈썹을 구겼지만 곧 찾아온 이질적인 울림에 금방 몸이 떨렸다. 부드럽고 유연하고, 너무 빠르지도 느리지도 않게 그는 조금씩 그녀를 환희에 젖어 들게 만들었다. 움찔, 그녀가 양 뺨을 붉히며 입술을 깨물었다. 이미 부르터서 엉망인 입술 위에 그가 다시 숨을 내렸다.

"깨물지 마."

"아흣."

"참지 마."

"자, 잠깐."

열린 입안으로 밀려들어 온 혀가 제멋대로 움직인다. 감정이 뜨겁게 일렁일 동안 몸도 충실하게 감정을 따라갔다.

"으흣."

처음도 아닌데, 마치 처음인 것처럼 감정이 들뜨며 요동쳤다.

다음은 그가 손으로 간질이는 비부가 간지럽고 애간장이 타서 미칠 것 같았다. 그녀가 발을 버둥거렸다. 강준은 지그시 물고 있던 사랑하는 여자의 입술을 놓아주고 그 위에 부드럽게 키스한 뒤 얼굴을 내렸다.

부드러운 어깨 위에 입술 한 번, 봉긋하게 솟아오른 가슴 위를 번갈아 두 번, 잘록한 아랫배에 다시 촉.

그녀가 큰 숨을 내쉬며 두 손으로 얼굴을 가렸다. 제지하려 했지만 그는 말을 듣지 않았다. 비부 위에 닿는 입술이, 숨결이 부끄럽다. 다음은 제 아래를 할짝거리는 소리를 견디지 못해 다시 그를 끌어 올렸다.

이성적으로 굴 수 없는 상황에서도 강준은 그녀를 만류했다.

"안 돼. 아직이야."

"싫어요. 빨리 할래."

"고집 부릴 걸 부려."

"고집은 이강준이 부리고 있어요."

"알고 있어. 나는 말 안 들을 거고."

강준은 그녀의 가슴을 움켜쥐며 말했다. 설득이 통하지 않을 테니 고집을 부릴 수밖에. 그가 입술을 다시 내렸다. 비부 위에 닿은 입술이 조금 더 대담하고 갈급하게 움직였다.

다옴이 신음과 동시에 몸을 떨자 그는 다시 그 위에서 마음껏 그녀를 누볐다. 더, 조금 더. 한입에 그녀를 삼킬 수 있다면 얼마나 좋을까. 그러지 못한 아쉬움을 담아 그는 단숨에 그녀를 몰아붙였다.

환희로, 또는 나락으로.

그녀가 바르르 몸을 떨었다. 뭐가 뭔지 도통 모르겠지만, 지금 기분이 좋다는 건 알았다. 자신이 흥분한 상태라는 것도, 그게 전부 그의 손에서 만들어졌다는 것도 알았다. 아, 저 입술 역시.

젖은 입술을 마주하는 게 민망한지 그녀가 눈을 가렸다. 하아, 큰 숨을 내쉬는 다옴의 얼굴 곳곳에 다시 키스를 뿌리며 그는 그녀의 다리 사이에 자리를 잡았다.

"한다옴."

"……하아, 왜요."

땀에 젖은 살결이, 밀착된 피부가 뜨겁게 달아올랐다. 폭발할 것만 같은 전율이 일었다. 그를 원했다. 당장 그와 무슨 짓이든 하고 싶었다. 뜨겁게 그를 바라는 제 몸이 낯설었다. 그는 들뜬 그녀의 얼굴을 내려다보며 속삭였다.

"헤어지지 말자."

서툴고, 마치 아이처럼 천진한 고백에 웃음이 스며든다. 그녀는 제 위에 올라탄 그의 얼굴을 물끄러미 바라봤다.

"응, 헤어지지 말아요."

다짐과도 같은 고백이 끝나자 그가 입술을 내리는 것과 동시에 아랫배에 묵직한 뭔가가 닿아 왔다.

움직임은 점점 더 빨라졌다. 좁았던 곳은 더 좁아지고, 뜨거웠던 곳은 점점 더 뜨거워졌다. 느렸던 움직임이 점점 빨라지기까지 오래 걸리지 않았다. 그가 빠르게 움직일수록 들뜬 신음의 박자가 거세졌다. 제 소리에 놀란 다음이 입을 막았다.

뜨겁고 격렬하고 정신이 혼미했다. 몸 안의 감각들이 전부 그에게 집중한다. 젖을수록 움츠러들었고, 거칠수록 반응했다. 고통과 희열, 쾌락과 환희 그 중간 어디 사이. 다음이 그의 어깨를 꼭 붙들었다. 이미 소리를 참기란 불가능하다는 것을 알았다. 밭은 숨을 내쉬며 그녀가 쾌감에 젖어 갔다.

그는 파정할 때까지 쉴 새 없이 사랑을 얘기했다. 흥분에 들뜬 그녀가 듣지 못하는데도 멈추지 않았다.

사랑해. 사랑하게 됐어.

서툴지만 진심인 고백을 끝으로 움직임이 멎었다. 닿을락 말락, 뜨거운 숨결만이 간헐적으로 오고 가는 입술 사이의 거리. 강준이 다시 입을 맞췄다. 부드럽고 따뜻한 감촉에 다음은 눈을 감았다. 여전히 열기는 식지 않았다.

✤   ✤   ✤

그동안 밀렸던 잠을 보상받은 사람처럼 내내 자기만 했다. 잠깐 꿈과 현실을 분간하지 못해 헷갈렸지만, 그녀는 금방 현실로 돌아왔다.

어제와는 전혀 다른 몸이 그렇게 얘기하고 있었다.

"아."

몸을 일으키니 평생 써 본 적 없는 근육들이 비명을 지르는 느낌이다. 지금껏 나를 홀대한 주제에 이렇게 갑자기 막 써 버리면 어떡하냐고 성이라도 내는 듯. 분명 지난번에는 괜찮았는데 오늘은 왜 이렇게 아픈가. 그녀는 어제 그와 어떤 밤을 보냈는지 떠올리다가 혼자 얼굴을 붉혔다.

다음은 침대 위에서 몸을 쭉 늘어뜨려 스트레칭을 했다. 팔을 교차시키고 다리를 쭉 뻗고 허리를 구부린 다음 몸을 늘어뜨렸다. 그런데도 몸은 괜찮아지지 않았다. 조금 잤다고 괜찮아질 운동량은 아니었으니 어쩌면 당연했다.

이른 오후라고 불러야 적당할 시간. 다음은 빈방을 둘러보다 침대에서 내려왔다. 주방에서 아주 기분 좋은 냄새가 났다. 설마 하는 마음에 얼른 부엌으로 가 보았다. 거기엔 그가 있었다. 넓은 어깨에 비해 손에 들린 국자가 앙증맞았다. 그녀가 눈을 비볐다. 아직도 꿈을 꾸는 건 아닐까. 뭔가 몽롱했다.

"일어났어?"

인기척을 느낀 그가 돌아봤다, 오늘 아침 일어났던 일은 마치 우리에게 당연한 일이라는 얼굴로.

다음은 부끄러워 괜히 양 볼을 만지작거렸다.

"몸은 괜찮아?"

걱정스러운 얼굴에 대놓고 그렇다고 하기도 민망했지만, 아니라고 할 수는 없는 몸이라 어색하게 웃었다.

"나쁘지 않아요."

다음이 가까이 다가가 냄비 안을 들여다봤다.

"수제비네."

"응. 육수 죽여."

맛을 보기도 전에 그녀는 웃음부터 났다. 진지한 얼굴에 전혀 어울리지 않는 말투라니.

다옴은 국물을 떠 호호 불어 주는 그를 올려다봤다.

"그만 불어요, 식겠어."

"조심해."

세 살 아이를 대하는 것처럼 구는 강준에게 국물을 받아 마신 다옴이 고개를 끄덕였다. 생각보다 맛이 있어 놀랐다.

"맛있다. 다시마 넣었어요?"

"응. 넣었다가 뺐어. 쓴맛 난다 그래서."

"반죽은?"

"했지. 지금 숙성 중."

반죽이 중력분인지 박력분인지도 몰랐을 그의 놀라운 발전에 그녀가 감탄했다.

"와, 나 없는 새에 무슨 일이 있었던 거야."

"수제비만 잘해. 이것만 연구해서."

그때 수제비는 진짜 너무 맛이 없었으니까. 그가 급하게 설명을 덧붙이며 숙성 중인 반죽을 꺼내 왔다. 빠르게 씻고 나온 다옴은 끓고 있는 멸치를 빼고 그와 함께 수제비를 만들었다. 채소를 먼저 끓이고 반죽을 잘라 넣으니 수제비는 금방 완성이 됐다. 강준이 감탄했다. 자기 혼자 할 때는 3시간도 넘게 걸렸다며.

"농담이죠?"

"진짠데."

식탁에 마주 보고 앉을 줄 알았는데 강준은 다옴의 옆자리에 앉았다. 그를 빤히 올려다보자 강준은 옆에 앉으면 안 되냐며 자기 집 자기 식탁에서 허락을 구해 왔다. 참 조심스러운 남자였다.

강준은 자리에 앉아 그녀가 먼저 먹기만을 기다렸다. 국물 한 입, 수제비 한 입.

"맛있어서 눈물 날 것 같아요."

다옴이 씨익 웃자 그는 기다렸다는 듯 김치를 그녀의 숟가락 위에 올렸다.

"같이 먹어요, 나 그만 챙기고."

"그래. 먹자."

점심이라기엔 너무 늦고 저녁이라기에는 이른 시간이었다. 그는 수제비 한 그릇을 금방 비웠다. 다옴은 그보다 느리게 딱 한 그릇만 먹었다.

"여기."

설거지를 하겠다고 한참을 아웅다웅하다 결국 자리를 뺏긴 다옴이 식탁에 앉아 그를 바라볼 때였다. 설거지를 마친 강준이 뜬금없이 그녀에게 약을 내밀었다.

"어디서 났어요?"

"너 잘 때 가져왔지."

응? 우리 집에서? 다옴이 눈을 크게 떴다. 옆에 앉은 그가 나무라듯이 그녀를 흘겼다.

"비밀번호 안 바꿨더라. 바꾸라니까."

그건 그냥 귀찮아서. 다옴은 약을 삼키곤 괜히 민망해 중얼거렸다.

"여자 혼자 사는 집에 막 들어가고."

"편집장님한테 허락받고 갔어."

강준이 샐쭉해진 다옴의 머리를 쓰다듬었다. 그냥 가면 되지 뭘 굳이 허락까지. 그러다 다옴은 문득 그는 약을 먹지 않는단 것을 깨닫고서 물었다.

"안 먹어요?"

"나 하루 한 번으로 줄였어."

다옴의 표정이 순간 멍해지며 입술이 살짝 벌어졌다. 그는 꽤 아무 것도 아니라는 양 얘기하고 있지만 실은 얼마나 대단한 일인지 알기에 더 놀라웠다.

"……와, 엄청난 발전이네. 난 퇴보했는데."

"안 그래, 너. 그리고 상관없어. 이제 안 헤어질 거니까."

참 허무맹랑한 다짐처럼 들려야 정상인데, 왜 이렇게 믿고 싶게 만 드는 걸까.

다옴이 그의 눈을 바라봤다. 고작 옆에 있는 것뿐인데 뭐가 이렇게 든든해, 뭐가 이렇게 믿음직스러워. 웃음이 났다. 오늘 아침, 불안해 미 칠 것만 같은 자신을 안아 주던 단단한 품이 또 생각났다.

"좋다, 그 말."

"어떤?"

"헤어지지 않을 거라는 말."

강준이 그녀의 손을 잡아 내렸다. 언제나 그랬던 것처럼 깍지를 끼 우자 다옴이 웃었다. 예전처럼 더할 나위 없이 예쁘게, 그가 반했던 것 처럼.

"다행이다."

다시 웃는 너를 봐서. 그런 너를 내 옆에 둘 수 있어서.

"나도요."

마치 그의 목소리를 들은 사람처럼 그녀가 고개를 끄덕였다. 다옴이 팔을 뻗어 그의 허리를 껴안았다. 자세가 구부정해지자 강준은 그녀를 단숨에 제 무릎까지 끌어와 앉혔다.

사랑이다, 사랑이야.

우리가, 드디어 사랑을 하게 됐어.

그들은 드디어 서로의 고백을 소리 내 말할 수 있게 됐다. 마음껏 고백할 수 있는 시간이었다.

✢　　✢　　✢

테라스로 나온 다음은 이내 망설이다가 윤주에게 전화를 걸었다. 거실 소파에 앉아 책을 읽던 강준과 시선이 부딪혔다. 그녀가 손을 흔들자 강준이 작게 웃었다. 마치 그 얼굴에 안심이라도 한 듯 다음이 등을 돌려 뻥 뚫린 하늘을 올려다봤다. 그 순간 연결음이 끊어졌다.

―마침 바닷가 왔는데 잘됐다. 파도 소리 들려?

마치 우리에게는 아무 일도 일어나지 않았던 것처럼 구는 능력들이 대단하다. 지금의 윤주도, 저곳의 강준도.

"뭐야. 출장 갔다더니, 놀러 갔네."

―겸사겸사 놀고 있어, 부사수를 잘못 둬서.

들려오는 경쾌한 파도 소리가 우리를 조금 봐 주면 좋을 텐데.

다음은 대답을 삼켰다. 대신 윤주가 되물었다.

―놀랐지?

"……응. 이모도 놀랐겠다."

―별 미친놈, 발악을 한다 했지.

그녀가 웃었다. 그 일에 휩쓸렸던 건 아마 자신뿐이었던 듯하지만 윤주 역시 많이 놀랐을 것이다. 혼자가 아니라 다행이라고 여겨야 할까. 다음은 나중에 윤주를 만나서 물어야겠다 다짐했다. 이모는, 어떻게 그렇게 버텨 내는 거냐고.

―괜찮아?

언제나 그랬던 것처럼 윤주가 물어 왔다. 다음은 한 번의 심호흡과 함께 대답했다.

"응, 편해. 이모는?"

―편하지는 않은데, 후련하기는 해. 체념이랄까.

"……실망한 건 아니야?"

―앞으로도 괜찮으면 상관없을 것 같아. 자신 있어?

"……내가 저 사람을 위로하고 있다 생각했는데, 아니었어."

다옴의 시선이 소파 위 강준에게 향했다. 책장을 넘기고, 또 한 장을 넘기던 그의 시선과 마주쳤다.

"저 사람이 나한테 위로였나 봐."

그래서 평생 놓지 못할 것이다. 평생의 위안을 얻었는데, 어떻게 잃을 수 있겠어.

다옴은 길게 설명을 덧붙이지 않았다. 마치 윤주도 알아들었다는 듯, 짧은 한숨과 함께 말을 이었다.

―제주도 좋아. 부시리도 맛있고. 둘이 오든가.

"벌써 여행도 막 허락해?"

―얼씨구, 내가 허락 안 하면 안 가? 그리고 네가 애니, 나한테 허락을 받게.

"부러우면 이모도 연애해. 남자랑 단둘이 출장도 갔으면서 썸도 못 타?"

―아 씨, 부정 타게 어디다 누구를 갖다 붙여.

옆에서 명우의 목소리가 들려왔다.

―부정? 설마 그거 나 말하는 거예요, 선배?

휴대폰 너머로 둘이 티격태격하는 소리가 들려왔다. 다옴은 한참을 듣다가 하루 더 머물고 온다는 윤주의 말에 눈을 동그랗게 떴다.

"원래 1박 2일 아니었어?"

―그렇게 됐어. 부사수를 잘못 둬서.

아니, 비싼 부시리 잘만 먹고 왜 또 나를 걸고넘어져. 명우의 투덜거리는 목소리가 분명했다. 윤주는 이놈의 부사수를 잘못 가르쳤다며, 다시 교육시켜야겠다며 전화를 끊었다.

테라스에서 나온 다옴이 환히 웃으며 그에게 다가갔다. 그가 팔을 뻗어 그녀의 허리를 감으며 물었다.

"통화했어?"

"네. 이모 기분 괜찮은가 봐요."

"다행이네."

"그런데 명우 씨는 여자 친구 있어요?"

강준이 갑자기 그건 왜 묻냐는 듯이 바라봤다. 어깨를 으쓱인 다옴이 그의 가슴에 얼굴을 기댔다. 아, 좋아라.

"그냥 좋은 일은 나만 있으면 좀 그러니까."

무슨 말인지는 모르지만, 그는 안겨 오는 그녀를 보듬었다. 팔이 길어 다행이다. 아니, 품에 쏙 안길 수 있게 작은 그녀가 다행일까. 강준이 작은 목소리로 물었다.

"주말에 뭐 할까."

"음, 빈둥빈둥?"

더워야 정상인 여름인데, 이상하게도 따뜻했다.

13화

매일 밤이 구원이었다

3개월 후.

"으아, 심심해."

평일 오후, 공방에는 적지 않은 손님들이 오갔지만 지루함은 참을 수 없었다. 심지어 수업도 없는 날이었다. 견딜 수 없는 심심함에 도안 스케치는 벌써 오늘 하루 다섯 장을 넘어가고 있었다.

강준은 바빴다, 아주 많이.

지난 3개월 동안 명우네 잡지사를 통해 연재한 글을 모아 책을 낸다고 했다. 규칙적으로 매주 마감해야 하는 원고들도 일주일에 세 편이 넘었다. 그런데 하필 작업실 맞은편 건물에서 공사를 시작했다. 오전마다 괴로울 지경인 공사 소음에 그는 작업실 대신 아파트를 선택했다.

다음은 절대 방해하지 않겠노라 선언했다. 대신 그는 규칙적인 수면과 식사를 약속했다. 매 식사 때마다 사진을 찍어 보내며 강준은 약속을 잘 지키고 있었다.

하지만 그것도 3일째가 되니 힘들다. 심심해 죽겠고, 보고 싶어 미치겠다. 다음은 창밖을 건너봤다. 해질녘 하늘이 참 혼자 보기 아까웠다.

"아, 보고 싶다."

분명 30분 전에 목소리를 들었는데도 직접 마주하지 않으니 미칠 지경이었다. 다음은 오랜 결심을 유지하지 못했다.

"어차피 저녁에는 손님도 없는데, 뭘."

평소보다 빨리 문을 닫고서 다음은 마트로 향했다. 순식간에 장을 보고 집에 들어가 곧장 주방을 찾았다. 그녀의 손안에서 3단 도시락이 태어나기까지 두 시간도 걸리지 않았다. 손이 많이 가는 월남쌈부터 시작해 차돌박이 숙주 볶음, 매콤한 알배추 겉절이와 유부초밥까지.

다음은 뿌듯한 얼굴로 족히 5인분은 될 것 같은 도시락을 내려다봤다.

메뉴 선정에 개인적인 취향이 조금 심하게 들어가 있기는 하지만.

"밥만 먹이고 오자, 밥만."

음식 냄새가 뱄을까 깨끗하게 샤워를 하고 원피스를 꺼내 입었다. 다음에 데이트할 때 입으려고 사 둔 새 옷이지만 그가 워낙 바쁜 관계로 이런 날이 아니면 내년 가을에나 꺼낼 듯싶었다. 거울 앞에서 옷과 머리를 갈무리한 다음이 서둘러 집을 나섰다. 그의 아파트까지는 걸어서 10분.

바람도 좋고 하늘도 좋고, 오랜만에 동네 산책에 기분도 좋았다. 무게감 있는 도시락 때문에 손목이 아파 오려던 찰나였다. 그녀의 옆으로 차 한 대가 미끄러졌다. 차창이 내려가자 다음은 얼굴을 확인하고 밝게 웃었다.

"안녕하세요."

"강준이한테 가는 길이에요?"

"네. 도시락 배달이요."

명우의 물음에 다음이 가슴팍 앞으로 들어 올리기도 힘든 도시락을 보여 줬다.

"타요, 나도 마침 가는 길이에요."

슬슬 도시락의 무게를 체감할 때쯤 나타난 명우는 마치 구세주 같았다. 다옴은 곧장 조수석에 올랐다.

"강준 씨가 불렀어요?"

"설마 그랬겠어요. 프로모션 때문에 설명할 것도 있고, 사인 받을 것도 있고 알아서 가는 거예요. 작가님한테 잘 보이러."

"아아."

"강준이 못 본 지 오래됐어요?"

아파트 주차장 입구에 들어서며 그가 물었다. 다옴은 풀이 죽은 얼굴로 대답했다.

"3일이나 됐어요."

"……아, 3일이나. 그렇구나. 우리 회사가 잘못했네."

겨우 그거 못 봤다고 지금 도시락 싸 들고 달려가는 거냐. 명우는 얼굴 위로 드러나는 표정을 과감히 감추지 못했다. 다옴은 그러거나 말거나 투정 어린 목소리로 입을 열었다.

"그러니까요. 좀 적당히 부려먹으시지."

"설마 선배한테는 이런 말 안 했죠?"

명우가 감탄과 함께 고개를 저었다. 주차한 차에서 내린 그들은 엘리베이터로 향했다.

"왜 안 했겠어요. 당연히 했죠. 내 애인한테 글 그만 뽑아 먹으라고."

다옴의 도시락을 대신 든 명우가 무게에 놀랐다가 그녀의 대답에 두 번 놀랐다.

"그래서 뭐래요, 선배가?"

"지랄하지 말래요."

"아, 역시. 속 시원해."

엘리베이터 닫힘 버튼을 누른 명우가 가슴 위를 지그시 짚었다. 다음은 가슴이 뻥 뚫린다며 과한 제스처를 하는 그를 말간 얼굴로 바라봤다. 명우의 시선이 힐긋 그녀에게 향했다.

"왜 그렇게 봐요?"

"우리 이모 뮤지컬 좋아해요."

"네?"

"삼소도 좋아해요. 아니, 환장해요."

"……삼소?"

"삼겹살에 소주."

아니, 그걸 줄인단 말이야? 대체 왜? 요즘 애들은 다 이래? 명우가 당황한 얼굴로 다음을 마주 봤다. 마침 엘리베이터가 도착했다. 다음은 어깨를 으쓱이며 '그냥 그렇다고요'라고 대답을 갈무리했다.

명우는 그녀는 뒤따라 내리며 고개를 기울였다.

"뭐지. 나 방금 인정받은 것 같은데."

명우가 피식 웃으며 밝은 얼굴로 도어 록 비밀번호를 누르는 그녀를 바라봤다. 뮤지컬에 삼소, 그는 다른 중요한 것들을 머릿속에 집어넣었다.

✢　　✢　　✢

"와, 무슨 생일도 아니고. 이게 그냥 일상이란 말이야? 너는 매일 이런 걸 먹어?"

다음이 오는 것까지는 좋았다. 출판 원고는 방금 전 탈고했고 정기 원고는 잠시 숨을 돌린 다음 다시 쓸 생각이었다. 틈이 났으니 다음을 보러 갈까, 얼굴만 보고 올까. 고민 고민을 하다 씻고 나왔는데 반가운 손님과 동시에 불청객이 있었다.

"복도 많은 새끼."

이게 다 일반인 손에서 태어날 수 있는 거야?

월남쌈을 손으로 집어 먹은 명우가 감탄과 함께 강준을 째려봤다.

"안 가냐?"

그는 3일 만에 보는 다옴을 눈에 담느라 바쁜 와중에도 친구에게 눈치를 주는 것을 잊지 않았다.

"방금 왔거든요, 작가님."

"가. 서류는 확인할 테니까."

"아니, 나 방금 왔다니까? 셋이 먹어도 넉넉할 음식을 두고 내가 왜 갑니까?"

"부정 타. 그만 먹어."

강준은 벌써 월남쌈만 세 개째 집는 손등을 탁 내려쳤다. 다옴은 그들 사이에 앉아 컵에 물을 따랐다.

"음식에 부정이 어떻게 타냐. 진짜 치사하게."

"같이 드세요. 많아요."

명우의 앞으로 컵을 내민 다옴이 말했다. 입안 가득 월남쌈을 씹던 명우는 아까 그랬던 것처럼 손으로 가슴을 짚었다.

"역시 우리 다옴 씨."

"대신 먹고 바로 가 주세요."

"……와. 한방 세게 먹었네."

친절하게 숙주 볶음을 덜어 주며 말하는 모양새를 보니 커피까지 마시고 가겠다 하면 큰일 날 기세라 명우는 마른침을 삼켰다.

"나 잘했어요?"

"응, 잘했어."

칭찬을 바라는 얼굴로 물어 오자 강준은 옅게 웃으며 머리를 쓰다듬었다. 눈꼴 시려 못 봐 줄 지경이라 명우 입에서는 한숨이 절로 나왔다.

"아, 외롭네. 외로워."

뮤지컬에 삼소를 다시 되뇐 명우는 굴하지 않고 젓가락을 들었다. 그들 사이에서 일 얘기가 계속해서 오갔다. 다음은 방해되지 않으려 조용히 있으면서 식사를 챙겼다.

"같이 먹지."

강준은 제 앞접시를 꽉꽉 채워 주는 다음을 힐긋 바라보다가 젓가락을 움직였다. 유부초밥을 들자 다음은 기다렸다는 듯 아, 입을 벌렸다.

"맛있다."

"그러게. 나 살찌겠어."

"괜찮아요. 살쪄도 멋있어."

"주말에 데이트하자."

"1박 2일?"

"여행 가고 싶어?"

"맛있는 거 먹으러 가요, 식도락 여행."

주거니 받거니, 저러다 조금 있으면 입술도 붙겠어.

명우는 제 존재를 잊은 듯한, 불이 붙기 시작하는 연인의 앞에서 긴 팔을 휘둘렀다.

"야, 나 잊은 거 아니지? 다음 씨, 제가 앞에 있어요."

"……아직 있었냐?"

"이 작가 새끼를 진짜 젓가락으로 찌를 수도 없고."

하하, 말이 웃겨. 젓가락으로 어떻게 찔러. 다음이 소리를 내며 웃었다. 그때 식탁 위에 올려놓은 그녀의 휴대폰이 울렸다. SNS 메시지였다. 젓가락을 입에 문 그녀가 메시지를 확인하고 눈을 동그랗게 떴다.

"헐."

"왜?"

그녀가 그를 돌아봤다. 명우와 강준의 시선이 모두 다음의 얼굴로 향했다.

"아뜰리에 연락이요, 내 가구 계약하고 싶대요."

다옴이 가슴 위에 휴대폰을 꼭 붙들며 얘기했다. 강준이 씨익 웃었다.

"잘됐다."

"대박. 다옴 씨 잘나가네."

어쩔 줄 몰라 하는 다옴의 머리를 쓰다듬으며 강준은 연이어 칭찬했다. 잘했어, 고생했어. 그녀가 뿌듯하게 웃었다. 그도 따라 웃었다.

그렇게, 좋고 또 좋은 날들 중 어느 하루였다.

✢　　✚　　✢

강준은 원고 마감을 마친 다음, 그녀의 계약에 대해 세부적인 것들을 하나하나 신경 썼다. 수제 가구인 점을 백 퍼센트 살릴 수 있는 문구들로 기획안 작성을 도왔다. 시간이 오래 걸린 건 아니지만 피곤한 일이기는 했다. 그녀가 직접 디자인한 도안들과 기획안을 추려 아뜰리에로 보낸 뒤 그들은 식도락 여행이 아닌 휴식을 선택했다.

샤워를 하고 나온 다옴은 자연스레 그의 드레스 룸을 뒤졌다. 편하게 입을 것을 찾다가 그가 즐겨 입는 반팔 티셔츠가 눈에 띄었다. 고민할 것도 없이 다옴은 몸에 티셔츠를 뒤집어썼다. 평균 여성 프리 사이즈를 입는 그녀에게 남자 2XL 티셔츠는 확실히 컸다.

"나 이거 줘요."

침실에서 나온 다옴이 소파 위에서 책을 읽고 있던 강준의 앞에 섰다.

"커 보이는데."

"더블 엑스 라지. 딱 마음에 들어요."

그녀가 소파 옆에 앉으며 맨다리를 들어 그의 허벅지 위에 올렸다. 얘가 일부러 이러나. 아니면 지난밤이 모자랐던 걸까.

"……내 마음에도 들어."

그가 허리를 바로 세웠다. 다리를 기댄 그녀는 등 뒤에 쿠션을 층층이 쌓아 기댔다. 그녀는 주말 내내 기분이 좋았다. 강남에서 제일 큰 대형 아뜰리에에 가구를 유통하게 되어 기대가 컸다. 그만큼 힘도 들 텐데 일단은 기분을 내기로 했단다. 강준은 마사지하듯 그녀의 종아리를 주무르다가 발바닥을 엄지손가락으로 꾹 눌렀다. 발목을 돌려 주고 또 종아리를 주무르고. 다음은 편한 듯 웃어 보였다.

"신나요. 돈 많이 벌어서 얼른 이모 돈 갚아야지."

"장하다, 우리 한 사장님."

"월세 올리고 싶으면 올려도 돼요, 건물주님."

"공방 커지면 더 큰 곳으로 이사 가야 하는 거 아니야?"

매끈한 종아리를 주무르던 그가 다시 그녀의 발바닥을 지압하며 물었다. 다음이 머리를 뒤로 넘기며 고개를 끄덕였다.

"음, 아마 그럴지도?"

이렇게 바로 긍정의 대답을 할 거라 생각은 못 했는데. 허를 찔린 듯 강준이 미간을 좁혔다.

"갈 거야?"

"가지 말까요?"

"네가 가야 되면 가는 건데……."

그가 말끝을 흐렸다, 그답지 않게. 편한 자세로 마사지를 받던 다음은 웃음을 꾹 참았다.

"쭉 눌러 있을까요, 거기에?"

그녀가 신이 난 듯 되물었다. 그는 나중에야 깨달았다, 요즘 하루하루가 즐거운 공방 사장님에게 농락당하고 있다는 것을.

"봐줬다. 월세 동결하면 내가 계약 연장할게요."

"계약이 1년 반이나 남았는데 세입자 갑질하는 거야?"

"내가 언제 이강준을 놀려 보겠어. 지금이나 놀려 먹는 거지."

"어쭈."

마사지를 하던 부드러운 손길이 은밀해지는 건 순식간이었다. 다옴이 얼굴을 붉히며 그를 돌아봤다. 그는 대담하게 손을 움직였다. 위로, 또 위로. 그녀는 벗기기 쉬운 옷을 입었고, 강준은 아까부터 그 생각에 빠져 있었다.

"뭐 하자고요?"

"네가 날 놀리니까 나도 너를 놀리고 싶네."

얼굴이 가까워질수록 그녀가 배시시 웃음을 터트렸다. 웃는 얼굴 위에 입술을 가져간 강준이 그대로 키스했다. 도톰한 입술을 한껏 물고 핥다가 살짝 깨물자 다옴은 대담하게 팔을 뻗어 와 그의 허벅지 위에 앉았다.

가슴이 울렁거렸다. 그동안 미친 듯이 익숙해진 입맞춤인데도 늘 진득한 구애와도 같은 키스는 설레기 마련이다.

진하게 부딪치던 입술을 떨어트리며 다옴이 씨익 미소를 덧그렸다. 하루하루 스킨십은 편해지고 마음은 깊어 간다. 더 좋아질 수 있을까? 의심이 들 정도로 그들은 서로에게 빠져들었다. 마치 그게 당연한 수순과도 같았다.

그는 그녀의 머리칼을 부드럽게 넘겨 줬다. 꽃처럼 어여쁘게 웃는 입술 위로 다시 숨결을 내렸다. 그는 단숨에 그녀를 안아 올렸다. 다옴은 단단하게 버틸 수 있게 그의 허리를 다리로 감았다. 침실로 걷는 동안에도 그녀는 쉴 새 없이 촉촉 입을 맞췄다.

"안 무거워요?"

"무겁다고 하면 혼낼 거야?"

어느새 침대 위에 눕게 된 다옴이 고민하는 듯 입술을 깨물었다.

"음, 이해는 하는데 앞으로 힘쓰지 말아요. 힘쓰는 건 20대가 할게요."

지금부터 힘을 써야 하는 건 정작 본인인데, 강준은 당황해 잠시 할 말을 잃었다. 나이로 공격당할 줄이야.

"……명우 기분을 알겠네."

"뭐가?"

"명치를 세게 얻어맞은 기분이야."

"그러면 안 되는데. 나이 들수록 낫는 것도 오래 걸린대요."

아직 더 놀려 먹을 게 남았는지 다옴이 킥킥거렸다. 강준은 그녀의 다리 사이로 손을 가져갔다. 이제 자신의 차례였다.

"그만 입 다물어, 그럴 시간 없어."

"우리한테 남는 게 시간……."

그녀의 입술이 막혔다. 도톰한 입술이 수없이 깨물렸다. 그들은 단 한시도 떨어지지 않으려 했다.

✢　　　✚　　　✢

"나 알죠?"

강남까지 아뜰리에 미팅을 다녀온 다옴은 공방으로 가기 전 그의 단골 카페를 찾았다. 얼마 전부터 그녀도 이곳 커피를 즐겨 마시기 시작했다. 확실히 직접 제조해 마시는 것보다는 전문가가 내린 커피가 맛이 좋았다. 다옴은 카운터 앞에 서서 메뉴를 살피다 옆을 돌아봤다. 낯선 목소리라고 생각했는데, 의외로 아는 얼굴이었다.

강준은 해림에 대해 어떤 말도 하지 않았다. 윤주를 찾아가 과거를 끄집어내 이간질한 장본인에 대한 얘기는 마치 약속이나 한 듯이 뒤로 감췄다. 필요하지 않은 얘기였고, 굳이 들춰 껄끄러울 게 있을까 싶었다.

연락도 안 하는 걸로 알고 있는데 여긴 왜 왔을까. 궁금증도 잠시 다옴은 카운터로 완전히 돌아섰다.

"알죠. 아이스 아메리카노 두 잔 주세요."

오늘은 커피 말고 다른 걸 마셔 볼까 했는데 쓸모없었다. 제일 간단하고 빨리 나오는 커피 두 잔을 들고 강준에게 가고 싶었다.

"지금 뭐 하는 거예요?"

해림이 당황해서는 앙칼진 목소리를 냈다. 커피를 제조하던 카페 사장이 살짝 눈치를 봤지만 알은체는 하지 않았다. 다음은 무심한 시선으로 그녀를 흘겼다.

"무시요. 상대 안 하고 싶거든요."

"하, 진짜 뻔뻔하네."

아무리 전화를 해도 받지 않고 작업실로 찾아가도 만나 주지 않는 강준을 우연히라도 마주칠 수 있지 않을까 싶어 주말에 찾아온 그의 단골 카페. 해림은 곧 머리를 쓸어 넘기다가 한숨을 쉬었다.

"이봐요, 강준이 좀 불러 줘요."

"직접 찾아가요."

팔짱을 낀 채 새로 나온 디저트 메뉴를 구경하던 다음이 듣는 둥 마는 둥 대답했다. 해림은 화를 꾹 억눌렀다. 그녀가 신은 하이힐 바닥이 카페 바닥을 짓누르는 듯했다.

"나 여기 있다고 전해 줘요. 할 말 있다고."

"싫어요."

안 된다, 바쁘다 돌려 말하는 법 없이 다음은 거절했다. 해림의 얼굴이 순식간에 빨개졌다. 하지만 흥분해서는 안 된다. 오늘만큼은 강준을 만나야겠다고 다짐하고 왔으니까.

순식간에 인생에서 강준과 명우 둘이 빠져나갔다. 연락도 받지 않고, 메일을 보내도 답이 없다. 셋이 함께 어울렸던 지난 시간이 송두리째 무너졌다. 한다음 때문에. 해림이 숨을 씩씩거렸다.

"나한테 악감정 있어요?"

있을 리 없다. 아무런 감정도 없으니. 다만 상대하고 싶지 않을 뿐이다.

"그분이랑도 친구였다면서요? 명우 씨랑 넷이 붙어 다녔다고."

다음이 민정에 대한 얘기를 꺼내자 해림의 표정이 순식간에 가라앉았다.

"아깝겠어요. 친구로라도 들러붙어서 얻고 싶은 마음이 있었을 텐데."

"……."

"내가 끼어들어서."

자신 있는 태도에 해림은 기가 찼다.

"알긴 아네요. 끼어든 게 그쪽이라는 거."

"괜찮아요. 어차피 당신은 아니었을 거야."

"뭐, 뭐예요?"

주문한 커피가 나왔다. 이미 얼굴을 익힌 사장님께 감사하다며 인사한 후 다음은 해림을 외면했다. 그녀는 곧장 작업실로 향했다. 공방이야 어차피 문을 안 여는 날이니 바로 그에게 향했다.

익숙한 비밀번호를 누르고 안으로 들어섰다. 강준이 그녀를 발견하고 옅게 웃었다.

다음은 뚱한 얼굴로 그의 앞에 커피를 내려놨다.

"나 그 여자 만났어요."

곧장 꽂혀 오는 말.

강준은 심상치 않은 문장과 표정에 잠시 긴장했다.

"이강준 여사친. 이모한테 우리 얘기한 여자."

"……여사친이 뭐야?"

"지금 그게 중요해요?"

다옴이 버럭 소리를 지르자 강준은 뒤늦게 자리에서 일어나 그녀를 달랬다.

"어디서 만났는데?"

"당신 단골 카페. 거기서 기다린대요, 전해 달라나 뭐라나. 나보고 뻔뻔하대요. 참나, 뻔뻔한 사람이 누군데 나한테 시비야."

그녀가 입술을 삐죽 내밀었다. 앞에서는 쿨한 척, 있어 보이는 말 몇 마디로 한 방 먹이고 왔지만 걸어오는 내내 괘씸함을 참지 못했다. 그래서 그의 앞에서 이러는 거고.

"악감정 있냐고? 그러면 없겠어? 와, 진짜 사람을 이렇게 싫어한 게 얼마 만인지."

강준은 미소를 덧그린 얼굴로 책상에 걸터앉아 그녀를 지켜봤다. 다옴은 속사포처럼 마구 말을 쏟아 내다가 이내 조용한 그를 째려봤다. 이게 내 차례인가 싶어 강준은 팔짱을 꼈다. 다옴이 물었다.

"만날 거예요?"

"아니."

"볼 일 있어요?"

"딱히."

"연락할 일 있어요?"

여기서 있다고 하면 땅에 묻힐 것 같은데.

"있어도 안 해."

강준이 고개를 바로 저었다.

"대답이 마음에 들어요. 확실해서 좋네."

만족스런 답에 기분은 좋아졌으나 바로 웃진 못하고 일부러 뾰로통

한 표정을 짓는 그녀를 향해 강준은 손을 뻗었다. 다음은 기다렸다는 듯이 그에게 안겼다. 커피가 녹고 있는데도 상관은 없었다. 지금이 너무 따뜻했으니까.

"그래도 나쁜 년."

품 안에서 빠져나온 다음이 중얼거렸다. 강준은 피식 웃으며 심장 위에 손을 올렸다.

"와, 박력."

"뭐예요, 같이 욕해 줘야지."

"그런 얼굴로 욕하면 그게 욕이야? 꼬시는 거지."

나는 한다옴이 꼬시면 응당 당해 줄 남자고.

강준은 그녀의 뒷목을 부드럽게 잡아당겨 입을 맞추었다. 한낮의 따사로운 가을볕 같은, 그런 키스였다.

✦　　✦　　✦

"SNS에서 흥한 광고 제품 위주로……."

"이미 흥했는데 우리가 또 광고를 해 줘야 하나."

어제는 조카를, 오늘은 이모를 상대하는 날인가.

해림은 숨을 크게 내뱉으며 윤주의 손안에서 구겨지는 기획안을 내려다봤다.

"이 쓸데없는 마케팅 기획안 만들겠다고 마케팅 팀 주말에 밤샜겠네요."

"편집장님."

윤주가 고개를 들었다. 책상 앞에 꼿꼿하게 서서는 세상 억울함은 다 가진 표정이 가소로웠다.

"혹시 사적인 이유로 이러시는 거라면 불합리합니다. 공과 사는 구별해 주시죠."

"……알아요, 불합리한 거. 그런데 어떡하겠어요, 내가 정해림 팀장이 만든 기획안이 마음에 안 드는 것도 사실인데."

"편집장님."

"그러니까, 내가 당신한테 부릴 수 있는 불합리함은 이런 거니까 조금만 더 견뎌요."

용건 끝났다는 듯 윤주는 모니터로 시선을 돌렸다. 해림은 이대로 돌아서 나갈까 싶었다. 하지만 억울했다. 회사 밖에서도 강준과 다음에게 무시를 당하는데, 회사 안에서도 명우와 윤주가 저를 홀대한다. 그녀가 목소리를 높였다.

"제가 뭘 잘못했습니까? 저는 아셔야 할 것을 알려 드린 것뿐인데요."

크게 잘잘못을 따지면 없다. 범법 행위를 한 것도 아니다. 그저 얄밉고 얄궂은 짓을 벌였을 뿐이라며 해명이 나올 수도 있다. 하지만 당사자들 입장에서는 들춰진 상처가, 쉽게 세상 밖으로 꺼내진 과거가 아픈 것들임을 모른다.

왜들 모를까. 왜들 물불 안 가리고 상처를 못 줘 안달일까.

정작 윤주 자신도 반대를 했었다. 아픈 사람들끼리 만나 어떻게 행복해지겠냐며 걱정했다. 기우였고 오판이었다. 조카는 인생 최고의 나날을 보내는 중이었다.

"내 조카 싫어하죠?"

윤주가 팔짱을 낀 채 물었다. 해림은 기다렸다는 듯 대답했다.

"네."

"나도 정 팀장이 싫어요. 그런데 착각은 말아야죠. 기획안이 매력 없는 걸 누굴 탓해."

"……."

"콘셉트부터 다시 짜죠. 오후에 회의 잡아요, 참석할 거니까."

지시를 내린 윤주는 할 말이 끝났다는 양 고개를 돌렸다. 억울하고 분통하고, 그렇지만 화를 낼 수는 없어 해림은 얼굴이 빨개진 채 편집 장실을 나섰다. 편집 팀 직원들이 일하는 사무실을 빠져나온 해림은 복도에서 명우를 맞닥뜨렸다. 그는 무심한 시선을 던지곤 지나치려 했다. 화가 솟구쳤다. 연락을 받지 않는 강준도, 그를 가졌다며 기세등등하게 구는 다옴도, 외면이 당연한 것 같은 명우도.

"너 나한테 언제까지 이럴 거야?"

앙칼진 목소리가 명우의 발목을 붙들었다. 늘 그녀를 무시하던 명우가 몸을 되돌렸다. 무려 3개월 만의 반응이었다.

"강준이가 전해 달래."

"……뭘."

"다옴 씨 마주치는 일 없었으면 좋겠다고."

"하."

결국 한다옴, 이번에도 한다옴이야? 내가 뭘 했다고. 나는 너를 걱정한 것뿐인데.

하지만 변명할 대상은 자신을 만나 주지 않는다. 해림은 눈물을 꾹 참고 돌아섰다.

홀로 그 뒷모습을 바라보던 명우가 한숨을 내쉬었다. 아직도 제 잘못을 모르고 혼자 다 뒤집어쓴 일이라며 억울해하고 있는 모습이 안타깝지만, 또 그대로 두고 싶기도 했다.

어르고 달래 봤자 아마 넌 평생 모르겠지. 네 사랑이 억울하고, 네 감정이 먼저였으니.

명우는 차차 시간이 해결해 주리라 생각했다. 셋이서 함께 어울리는 날을 기대하지는 않는다. 해림을 만나지 않겠다는 강준의 결정은 확고했고 자신도 그것을 바라지는 않는다. 어쩌면 그게 가장 평화로운 방법일지도 모른다.

친구는 잃었지만, 강준이 다시 다치는 것은 원하지 않는다. 미련스러운 짝사랑 따위 진즉 그만두게 했어야 하는데 그걸 못 해 후회스러울 뿐.

그는 곧장 편집장실로 향했다. 모니터를 확인하던 윤주의 시선이 움직였다.

"정해림이 내 욕 안 해?"

역시. 여기서 얻어터졌구만.

"뭐라고 하셨어요?"

"너 같은 애 싫다 그랬어."

"……아, 깜짝이야. 나 싫다는 줄."

"너도 싫어."

이제는 저 차가운 대답에도 면역이 생겼다. 명우는 들고 있던 결재판을 내려놨다.

"결재 받을 게 있었어?"

윤주가 물으며 서류를 펼쳤다. 잠시간의 정적. 윤주가 결재 판 속 뮤지컬 티켓과 그를 번갈아 봤다.

"뮤지컬 좋아하신다면서요?"

"같이 가자고?"

"네."

"왜?"

"선보실 거예요?"

동문서답이 따로 없다. 눈을 동그랗게 뜬 윤주가 황당해서 대답을 못 하는데 명우가 다시 물었다.

"아니면 뭐, 정략결혼 상대라도 있으십니까?"

"……시비 거니?"

"제가 선배 주변에서 대충 찾아봤는데, 아무래도 나만 한 남자를 못 찾겠어서."

"그걸 왜 네가 찾아?"

"선배가 안 찾으니까."

하, 기가 차고 어이가 없었다.

"말을 막 놓네?"

"나한테 존경, 뭐 그런 거 받고 싶어요?"

"나 방금 네 친구 괴롭혔어."

"잘했어요, 걘 좀 까여야 해."

"야, 너……."

"그럼 이따 퇴근하고 지하 주차장에서 봐요. 내 차로 갈 거니까."

그는 싱긋 가볍게 웃어 보이다 뒤돌아 편집장실을 나갔다. 혼자 남겨진 윤주는 미간을 좁혔다. 눈앞의 뮤지컬 티켓, 사전 예고도 없이 성큼 남자로 다가온 후배.

소리가 들렸다. 족보가 꼬이는 소리.

✣　　✣　　✣

―그래, 강준아.

몇 달을 연락 없이 지냈는데, 마치 해숙은 어제도 통화했던 아들에게 하듯 반갑게 전화를 받았다. 어두운 밤하늘과 어울리는 조용한 동네. 강준은 산짐승들의 우는 소리가 간혹 들리는 산 너머를 바라보다가 그곳에서 유독 빛나 보이는 본가를 바라봤다. 불 켜진 거실, 그 안에서 들려오는 TV 소리와 그녀의 목소리.

"잘 지내셨죠. 아버님 건강은요?"

―좋아. 왜 다들 귀농, 귀농 하는지 알겠어. 바깥양반은 얼마 전부터

호박이네 고추네 키워 보겠다고 난리다.

"⋯⋯다행이네요."

─너는, 잘 지내는 거지?

어떻게 말을 해야 할까, 수십 번을 고민했다. 지난 7년을 수절할 것처럼 살아왔으면서 어찌 이리 한순간에 변하느냐고 욕을 들어도 할 말이 없다. 그녀의 부모님 앞에서는 그랬다. 더욱이 원망의 소리 하나 없이 축복해 줄 분들이다.

강준은 말을 아끼고 또 아꼈다.

사랑이 그렇더라고.

마음이, 그렇게 기울더라고.

어떻게 말할 수 있을까.

"⋯⋯저 만나는 여자 생겼습니다."

한참을 망설이다 내뱉은 말에 해숙은 잠시 침묵을 지켰다. 해묵은 감정들이 씻겨 내리는 시간은 감당할 수 없도록 길다. 강준은 말없이 기다렸다.

─그래. 잘됐다. 정말 잘됐어.

"죄송하다는 말씀⋯⋯."

─그런 말 말아라. 여자 친구 들으면 속상해. 그게 왜 죄송할 일이야. 더없이 다행일 일이지. 네가 오랜만에 우리한테 효도 좀 하는구나. 내일 아침에 기분 좋게 일어나겠어. 한시름 놨다, 놨어.

"⋯⋯."

─잘 살아, 강준아. 싸우지 말고, 결혼도 하고, 아이도 낳아. 별거 아니겠지만 그게 다 사람 사는 행복이야. 그거 놓치지 말고 살아.

해숙은 몇 번이나 당부했다. 빛 한 자락 들지 않았던 제 삶을 구원해준 이에 대해 착하냐고, 예쁘냐고도 물었다. 강준은 옅게 웃으며 답했다. 예쁜데, 심지어 착하다고. 해숙이 소리 내어 웃었다.

전화를 끊고 강준은 그 자리에 잠시 서 있었다. 아버지가 잘 가꿔 놓은 마당 한편에서 흙냄새를 맡고, 밤 향기를 느꼈다.

그는 곧 걸음을 돌렸다. 거실에서는 유명 트로트 가수들이 대거 나오는 예능 프로그램을 틀어 놓고 부모님과 다옴이 과일을 먹고 있었다. 그는 그녀에게 산책을 권했다. 마치 기다렸다는 듯 부모님은 쌀쌀할 때 마시라며 보온병에 차를 담아 주고 담요를 건네주셨다. 곧장 집을 나와 조용한 산책로를 걷기 시작했다. 다행히 다옴은 마음에 들어 했다.

"불편하지는 않았어?"

"전혀. 너무 잘해 주셔서 황송했어요."

다옴이 부른 배를 쓰다듬었다. 잘 먹는 모습에 기뻐하는 부모님을 마주하자니 소식할 수 있는 분위기가 아니라 권하는 대로 입에 넣어서 속이 꽤 더부룩했다. 산책을 권하는 그가 마치 구세주처럼 느껴졌다.

"통화는 잘 했어요?"

"응."

"뭐라세요?"

"효도했대. 아침에 기분 좋게 일어나시겠대."

뭔가 후련해 보이는 그의 말에 다옴은 기분 좋게 웃었다.

엄청난 걸 계획하고 인사를 온 건 아니었다. 그의 본가에서 다옴에게도 직접 밭에서 키운 채소와 김치를 보내 주셨었다. 마침 부모님이 생신이라 본가에 내려간다던 말에 맛있게 먹고 있는 김치가 떠올랐다.

다옴은 따라나서겠다고 백화점에서 잘 보일 옷을 사고 선물을 골랐다. 괜찮다고 부담가지지 말라는 그에게 오랜만에 남이 해 준 밥이 먹고 싶다며 얻어먹으러 가도 되겠냐 직접 전해 달라던 그녀였다.

"이따 늦기 전에 올라가자."

"응? 아버님이 장작불에 고구마 구워 주신다고 했는데? 별 보면서 먹으라고. 나 그거 먹고 가야 돼요."

소화가 안 된다면서 산책을 나와 놓고 간식 들어갈 배는 있었는지 다옴이 말했다. 강준은 그녀의 옆에서 보폭을 맞춰 걸었다.

"아버님 소리 잘하네."

"부모님이 일찍 돌아가셔서 그런가. 일부러 더 하고 싶고 그래요."

그녀를 두고 홀로 본가를 찾았을 때 모든 것을 얘기했다. 다옴이 과거 어떤 일을 겪었는지. 두 분은 잠시 할 말을 잃었지만 쉽게 결론을 내리셨다. 너만 괜찮다면, 우리도 괜찮다는 것을.

어렵게 찾은 마음인데 다시는 놓치지 말라는 말씀도 덧붙였다. 쉽지 않은 인연을 하늘에서 묶어 준 건 분명 이유가 있을 거라며. 얘기를 듣고 다옴은 엷게 웃었다. 참 마음이 예쁜 분들이라 생각했다.

강준은 담요를 그녀의 어깨에 두르고 손을 내밀었다. 깍지를 끼워 맞잡은 다옴은 잘 다듬어진 산책로를 응시했다.

"관리가 잘됐다. 예쁜 펜션 같아."

"아버지 취미."

"음, 아까 어머님한테 들었어요. 아파트에서도 텃밭으로 고추며 상추며 다 키우셨었다고."

저녁을 먹기 전 차 없이 읍내에 나간 아버지를 모시러 강준이 잠깐 집을 비운 적이 있었다. 집에 있겠다던 다옴은 어머니와 단둘이 시간을 보냈다. 강준은 혹시나 하는 마음으로 물었다.

"어머니가 뭐 불편하게 하시진 않았어?"

"뭐, 딱히요. 아, 조언을 하나 해 주셨다."

"어떤?"

"음, 아직 어리니까 다른 남자 찾아서 결혼하래요."

"뭐?"

"무뚝뚝한 남자랑 결혼하는 거 아니래요. 살아 보니 아시겠대."

다옴은 진지한 표정으로 고개까지 끄덕거렸다.

"그래서 뭐라 그랬어?"

"저한테는 다정하다고 하면 배신감 느끼실까 봐 내가 더 잘하겠다고 했죠."

"그랬더니?"

"실은 무뚝뚝한 남자가 나이 들면 좋대요. 천성이 그래서 주변에 사람이 많이 없대. 와이프밖에 모른대요, 나중 되면."

"나랑 결혼하게?"

그의 마음은 굴뚝같지만 혹시나 싶어 물었다. 다옴이 눈을 동그랗게 뜨면서 고개를 돌렸다.

"설마."

"뭘?"

"나는 보수적인 옛날 여자예요. 연애랑 결혼을 떨어트리지 않는."

"일곱 살이나 어린 주제에."

"아, 맞다. 아저씨였지. 그럼 결혼은 다시 생각해 봐야겠다."

그녀가 해맑게 웃었다. 강준은 말없이 앞을 보며 걸었다. 그 모습에 뭘 느꼈던 걸까. 그녀는 늘 생각하고 있던 것을 입 밖으로 꺼냈다.

"나 결혼식 안 해도 돼요."

언젠가 결혼을 하게 된다면 그러리라 마음먹었던 일. 그의 옆에 서기 위해서라면 그깟 것쯤 포기해도 아무런 상관없는 일. 그의 마음에 조금이라도 생채기가 나는 것보다는 포기가 쉬웠다. 그깟 결혼식, 그를 포기하기보다야 백만 배는 간단한 일이었다.

"부를 가족도 별로 없고 결혼식에 대한 로망, 이런 것도 없어요."

그가 다옴을 돌아봤다. 잡은 손에서 힘이 느껴진다. 그녀가 말갛게 웃었다.

"그냥, 그렇다고."

"……."

"아, 공기 좋다."

빤히 닿는 시선이 민망해서일까. 다음이 말을 돌렸다. 강준은 앞서 걷는 그녀를 잡아 세웠다. 좁은 산길에 그와 그녀가 마주 보고 섰다.

강준은 어둑한 산책로의 밝은 달빛에 기대 그녀를 살폈다.

알고 있다, 선뜻 결혼식을 하지 않겠다는 그녀의 마음을.

그가 악몽에 시달려야 했던 이유를 알기에, 그녀가 먼저 포기할 수 있는 일이라 생각했겠지.

많은 것이 변했다. 너라는 사람을 만났고, 길었던 밤은 유독 짧아졌고, 악몽이 찾아오지 않는다. 지난 7년이 괴로웠는데 너를 만났던 그 짧은 시간은 미치도록 황홀했다. 물론 그건 너도 마찬가지겠지.

"무슨 생각해."

따뜻한 눈을 내려다보며 강준이 입을 열었다.

"너는 너야."

"……."

"나는 너를 그 누구와도 겹쳐 보지 않아."

천천히 잊어 보겠다던 그는 어느샌가 성큼 다가온 채였다. 알고 있었다. 하나하나 그녀가 기억할 수 있도록 마음에 새겨 주던 사람이니까.

말갛게 웃던 그녀가 발끝을 올렸다. 쪽, 하고 부딪혔다가 떨어진 입술이 아쉬우니 한 번 더.

"봐줄게요. 1년에 하루쯤은."

인심 썼다, 뭐. 그녀가 어깨를 으쓱였다.

"훌쩍 어디를 다녀와도 좋고, 작업실에 틀어박혀 있어도 좋고, 명우 씨랑 진탕 술을 마셔도 좋고."

그가 입가에 호선을 그렸다.

"후하네."

"물론 같이 있어 달라면, 있어 줄 거예요."

"……."

"내가 서글픈 날, 당신이 같이 울어 줄 거니까."

지울 수 있을까. 희미해지기는 할까.

전전긍긍하지 않기로 했다. 무뎌지는 것 또한 아픔이라지만, 그 아픔마저 받아들여야 우리가 사랑할 수 있다면 그것만으로도 축복인 삶이라 생각하기로 했다.

강준의 큰 손이 다옴의 뺨을 감쌌다.

"같이 있어."

입술이 부딪혔다. 그는 촉촉한 입술을 잠시 머금다가, 가볍고 진한 키스 뒤에 그녀를 놔주었다.

"나는 이제 너 아니면 아무것도 못 해."

다옴은 저 역시 그렇다는 말을 삼켰다. 그의 따뜻한 고백을 누리고 싶었다. 온 마음을 다해 오는 고백이란 그런 거니까.

"내가 방금 프러포즈를 받았나."

그녀가 고개를 갸웃거렸다. 장난스레 그려지는 미소 위에 강준은 다시 입을 맞췄다.

"골라 줄게, 예쁜 웨딩드레스."

몇 번이나 마주 닿았던 입술이 싱그럽게 빛났다. 그는 유독 사랑스럽게 웃는 그녀를 놓치지 않고 눈에 담았다.

그날 눈부시게 예쁠 너를 보는 건 내 평생 놓칠 수 없는 기회일 테니 마음껏 누려야지.

벌써 기대가 됐다. 앞으로 함께할 나날이 기다려지는 것만큼.

우리는 그동안 긴 시간을 아파했고, 그리워만 했다. 이제 그 나쁜 기억 위에 좋고 고운 기억을 덧그릴 차례였다.

"떨어지지 말자, 더는."

달빛 아래 서로가 서로만 보이는 밤.

그녀가 발끝을 올리며 그의 입술에 키스했다. 다옴이 눈을 감으며 그의 목에 팔을 감았다. 매달린 발끝이 힘들지 않도록 그는 단단하게 그녀를 품었다. 맞부딪힌 입술이 뜨겁게 서로를 안았다.

다옴은 부끄러운 입술을 살며시 뒤로 물렸다.

"누가 보면 어떡해요?"

"뭐, 다람쥐나 고라니 정도."

"보면 그냥 지나갈까요?"

"안 무서워. 너랑 같이 있으니까."

"좋아요. 내가 지켜 줄게요."

다시 입술이 마주 닿는다. 따뜻하고 포근한 입술 위에 다정한 키스가 흩뿌려진다.

나락에 빠진 당신 삶을 구할 수 있다고 착각했다. 하지만 당신의 사랑은 그게 착각이 아니었음을 얘기해 줬다. 마음이 한껏 부풀어 오른다. 우리가 함께할 앞날에, 마치 고통과 괴로움 따위는 삭제된 것처럼 들뜬다.

두려움도, 외로움도 없다. 작은 그리움 정도쯤 용서되는 밤하늘 아래 마주 보고 섰다.

이강준 없이는 의미 없는 밤.

한다옴 없이는 필요 없는 밤.

우리는 그렇게.

서로가 서로에게 매일 밤이 구원이었다.

에필로그 1

우리의 시간, 신혼

남자는 한참을 고민했다. 반지 자국이 역력한 왼손 네 번째 손가락. 나무를 만지는 사람답지 않게 가늘고 하얗다.

헤어졌다는 뜻이겠지, 저건 분명?

멋대로 결론을 내렸다. 손가락마저 예쁜 여자의 옆자리는 비어 있을 게 분명하다고.

지난주, 여기서 나무 도마를 샀고 그걸 빌미 삼아 일일 클래스 신청을 받고 있다는 여자의 말을 덥석 물었다.

수업이 끝나고 더 만날 핑계가 없을까 싶어 오늘은 책장이 필요하다고 말했다.

여자는 주문 제작이면 견적을 먼저 내야 한다며 그의 앞으로 샘플 도안을 몇 개 내밀었다.

필요한 용도, 사이즈, 거실에 둘 것인지 침실에 둘 것인지. 이것저것 물어 오는 여자의 목소리에도 남자는 집중하지 못했다.

고백을 할 것인가, 말 것인가.

그에게는 그것만이 중요했다.

"그리고 요즘은 편백나무가 친환경적이라 많이들 쓰시는데, 가격이 좀 부담스러우시면……."

"저기."

마주 앉아 있던 다옴이 고개를 들었다. 늘 그렇듯 엷은 미소까지 잊지 않았는데, 남자는 새삼 얼굴을 붉혔다.

"남자 친구 있으세요?"

"……네?"

"저 여기 요즘 자주 오는데. 사장님 만나고 싶어서요."

남자가 수줍게 고백했다.

"저랑 영화 안 보실래요?"

다옴은 곤란하다는 얼굴로 웃다가, 앞치마 주머니에서 반지를 꺼냈다. 생각지도 못한 일인 듯 남자의 표정이 굳어졌다.

"남자 친구는 없고 대신 남편은 있어요. 반지는 일할 때 방해가 돼서요."

"……아, 결혼하셨구나."

풀이 죽은 남자의 목소리가 점점 작아졌다. 그때 공방 문이 열리는 소리가 들려왔다. 상심한 남자의 얼굴을 보던 다옴의 고개가 돌아갔다.

"왔어요?"

자리에서 일어선 다옴이 그를 반겼다. 강준의 시선이 낯선 남자에게 향했다. 남자는 설명을 듣지 않아도 반지를 나눠 낀 상대방이라는 걸 알 수 있었다.

"먼저 가 보겠습니다."

남자는 벌떡 몸을 일으켜 공방을 나섰다. 들어올 때는 어려웠지만, 나가는 건 쏜살같았다. 손으로 턱을 괸 다옴이 안타까운 듯 고개를 저었다.

"아쉽다. 주문 들어올 수 있었는데."

"있었는데?"

장난스럽고 짓궂은 미소를 그리며 다음은 제 앞에 커피를 내려놓는 그를 올려다봤다.

"결혼을 해 버려서 놓쳤어요."

"그래서 아쉬우시다?"

그녀는 크림이 올라간 커피를 손에 들었다. 마침 달달한 게 필요했다.

"뭐, 조금."

"욕심도 많네, 잘나가는 공방 사장님이."

대형 아뜰리에와 계약 후, '다옴 우드'는 SNS에서도 꽤 유명세를 탔다. 그녀의 가구들이 아뜰리에 쇼룸에 전시되면서 직접적인 반응들이 꽤 있었다.

그 와중에 직접 만든 나무 반지 키트가 유행하면서 큰 가구들의 주문도 적지 않게 들어왔다. 넓은 공방으로 이사를 하면서 직원을 늘려갈 계획도 짰다.

그와의 결혼 후 '다옴 우드'는 가파른 상승세를 보였고, 곧 윤주가 빌려준 돈도 다 갚을 계획이었다.

"꼭 빼고 있어야 하는 거야?"

강준은 남자가 앉았던 자리를 노려보다 옆자리에 붙어 앉았다. 그녀의 손에 다시 반지를 껴 주는 것도 잊지 않았다.

"불편하기도 하고, 반지에 상처 날까 봐."

일 때문이라고는 하지만 마음에 들지는 않았다. 이런 일을 예상 못했던 것도 아니고. 강준이 못마땅하다는 투로 말했다.

"연장 만지는 와이프 두니까 이런 일이 생기네."

"기분 나빴어요?"

"그럼 좋을까."

"나는 좋은데."

그녀가 두 손으로 턱을 받치며 장난스럽게 웃었다.

"20대에 유부녀 된 거 살짝 억울했는데 조금 풀렸어요."

결혼 후 일이 잘되면서 더 예뻐진 다음을 유부녀로 보는 사람은 드물었다. 그게 강준은 답답할 뿐이고.

공방을 이사하게 되면 자리 하나 달라 그럴까. 집적거리는 놈이라도 있으면 바로 '여보' 소리부터 하게.

"그런데 나는 유부녀 맞아요. 남편 보자마자 저녁 메뉴 고민부터 되니까."

그의 음흉한 생각을 아는지 모르는지 다음이 신난 얼굴로 물었다.

"저녁 뭐 해 줄까요?"

그는, 그녀가 고팠다.

❖　　✦　　❖

짧았던 연애 기간. 한동네에서 연애를 하다 보니 동거를 겸한 연애는 자연스러웠다. 그럴 거면 결혼을 하라는 윤주의 잔소리에 어쩌다 보니 이르게 결혼을 했다.

아주 예쁜 웨딩드레스를 입었다. 그가 직접 고른 드레스였다.

결혼식에 초대한 이들이 많지는 않았다. 윤주는 결혼식 당일까지 함께 신부 입장을 하는 것을 꺼려 했지만, 다음은 고집을 부렸다. 꼭 이모 손을 잡고 들어가야겠다고.

이색적인 결혼식 풍경이었지만 그만큼 특별했고, 기억에 남았다.

결혼 전 그녀는 강준보다 더 빨리 병원 치료를 그만뒀다. 그는 그 후로도 몇 달을 병원에 더 다녔지만, 지금은 약 없이도 생활이 가능했다.

악몽은 사라졌고, 그만큼 밤은 짧아졌다.

퇴근 후 함께 장을 보는 건 이제 익숙해진 일이었다. 일주일치 장을 보니 장바구니 하나가 꽉 찼다.

그가 식탁 위에 장바구니를 올려놓자 다옴은 안에서 바로 냉장고에 넣어야 하는 채소들을 꺼냈다. 저녁 메뉴는 감바스와 청양고추를 넣은 크림파스타로 정했다.

그는 다옴이 건네주는 채소들을 냉장고에 차곡차곡 정리해 넣었다.

"대충 다 했어?"

"네. 먼저 씻어요. 나 대충 재료 준비만……."

말문이 막혔다. 뒤에서 그녀의 몸을 돌린 강준은 그대로 입술을 밀어붙이며 그녀를 식탁 위에 앉혔다. 깊게 닿은 입술이 진해진다.

그 끝도 모르고. 한껏 거칠게 다가오는 입술이 그가 꽤 질투로 골골대고 있음을 알려 줬다.

아무리 그래도 그렇지, 이건.

깊게 얽히던 혀가 잠시 떨어졌다. 숨을 고르던 다옴이 눈으로 묻자 그가 무심히 말했다.

"영역 표시."

"……이런 식으로?"

"그럼 어떤 식을 원해."

"아무래도 밥은 먹인 다음에."

"그러니까, 그 버릇은 고쳐. 아무나한테 웃어 주는 버릇."

말과 행동이 어울리지 않았다. 옷을 들추는 손이 어째서 잔소리와 어울리는가.

다옴이 씨익 웃으며 그의 목을 감싸 안았다.

"그래서 나한테 반했으면서."

강준은 잠시 잊었다. 자신의 와이프는 솔직하면서도, 참 똑똑한 여자라는 것을.

선이 고운 입술이 웃기까지 하니 더는 참을 수가 없었다.

그대로 입술을 밀어붙인 강준은 기다리기를 포기했다. 예쁜 와이프 앞에서 머뭇대는 건 예의가 아니었다.

머금은 입술은 포근하고, 또 따뜻했다. 뒤엉킨 혀가 서로를 급하게 찾았다. 그녀도 자신이 고팠을까. 내심 기분이 좋아진 강준이 옅게 웃으며 그녀의 엉덩이를 받치고 안았다.

침실로 걸어가 그녀를 눕히기까지 오래 걸리지 않았다. 맞닿아 있던 입술이 잠시 떨어졌다. 강준이 그녀의 얼굴 곳곳에 키스를 뿌렸다.

"이사 가면 나도 작업실 옮길까?"

그래 봤자 차로 5분 거리. 심지어 신혼집과는 더 가까워진다. 다옴이 풋 소리를 내며 웃었다.

어머님의 걱정과는 다르게 무뚝뚝하다던 강준은 아내 바보가 됐다. 아내 없으면 아무것도 하지 못하는 남자. 다옴은 그의 성장이 마음에 들었다.

"걱정 마요. 나도 남편밖에 모르는 바보니까."

"……너는 아닌 것 같은데."

그가 마른 어깨에 얼굴을 묻으며 말했다. 뭔가 풀이 죽은 것 같아 다옴은 그의 머리칼을 쓰다듬었다.

"왜 그렇게 생각해요?"

"명우가 내 글 분위기가 달라졌대."

"음, 그래서 더 좋대요?"

"어. 그게 네 영향이라던데."

강준이 고개를 들었다. 그의 삶 곳곳에 영향을 끼치는 건 그녀의 결혼 목표였다. 그는 몰라야 하는. 예쁘게 휘어지던 다옴의 눈이 그의 눈을 정면으로 올려다봤다.

"여자 손님만 받을 수도 없고."

재미있는 표정에 킥킥 웃다가 다옴은 그의 가슴을 밀어 넘어뜨렸다. 단단한 배 위에 올라앉은 다옴이 다시금 그에게 입술을 내렸다. 진하게 부딪히다 금세 떨어진 입술이 촉촉해졌다. 강준이 그녀의 뒷목을 부드럽게 쓰다듬었다.

"우리 말이 너무 많아요."

"그걸 이제 알았어?"

"사랑해요."

그녀는 못하는 게 없다. 가구도, 요리도, 또 이런 기습적인 고백도.

강준은 그녀를 따라 웃었다.

"나도."

감은 눈 위에 입을 맞추고, 강준은 다시 그녀의 입술을 부드럽게 삼켰다. 행복해. 더할 나위 없이. 지금 이 순간이 멈췄으면 할 만큼.

더없이 행복할, 시간이 흐르고 또 흘렀다.

에필로그 2

나 진짜 싫어요?

"뭘 그렇게 또 사요."

"이것저것 필요한 게 많다잖아."

"뭐 알고 고르는 거 맞아요? 애기들 건 친환경으로 사야 한다던데."

"아, 진짜 잔소리. 계속 그럴 거면 가든가."

이렇게 쫓아다니는 짓이라도 안 하면 시간도 안 내주면서 무슨.

명우는 툴툴거리다 못해 투정을 못 부려 안달 난 얼굴로 윤주를 따라다녔다.

백화점 출산 용품을 전부 털 작정인지 윤주는 사고, 또 끊임없이 샀다. 성과급을 다 털 생각이 분명했다.

"아니, 무슨 배냇저고리를 다섯 벌씩 사요."

"많이 있을수록 좋다 그랬어."

"그 집에 이거 둘 데도 없어요. 인터넷으로도 엄청 시켰으면서."

"다 필요하댔어. 육아 필수 템, 그런 것도 몰라?"

수유 쿠션에 젖병 소독기, 아기 침대까지. 6개월 이상은 지나야 쓸

수 있다는 물건도 수두룩했다.

명우는 지친 얼굴로 다른 신생아 용품 매장에 들어서는 윤주를 바라봤다.

지치지도 않은지, 구두를 신은 채 백화점 대리석 바닥을 두 시간째 걷고 있다.

"이모할머니 되는 게 저렇게 좋을까."

이강준 나쁜 놈. 아직 연애도 시작 못 했는데 할머니부터 만들면 어쩌자는 거야.

양손 가득 들고 있는 쇼핑백을 바라보던 명우는 푸욱 한숨을 내쉬다 윤주를 따라나섰다.

사고 긁고, 또 사고 또 긁고. 30분을 더 신나게 긁던 윤주는 한마디 했다. 저녁을 사 주겠다고.

그는 생각했다. 당연하지. 그럼 밥도 안 사 주고 보내려고? 오늘은 기필코 당신 집에서 커피까지 얻어 마시고 갈 거야, 내가.

하지만 상대는 윤주였다.

피도 눈물도 없는, 1년 가까이 구애 중인 자신도 매몰차게 밀어낼 줄 아는.

"가라."

현관문 코앞까지 쇼핑백 열 개를 들어다 줬더니 윤주는 문전박대가 마치 당연하다는 듯 말했다.

"치사하게. 짐을 이만큼 들고 왔는데."

"따라오겠다고 한 건 너거든."

"아, 좀. 여기까지 왔는데 커피도 안 줘요?"

"귀찮아. 청소 안 했어."

"그런 캐릭터 기대 안 했으니까 걱정 말아요. 결혼하면 청소, 요리는 내가 해야 된다고 다음 씨가 그랬으니까."

팔짱을 낀 윤주가 눈썹을 찌푸렸다. 대체 당사자를 놔두고 둘이 진도를 어디까지 뺀 걸까.

지난 주말, 임신 소식을 알린 다옴을 축하하러 집에 놀러 간 적이 있었다.

다옴은 잔치라도 벌일 생각인지 4인분을 14인분처럼 만들어 놓고 그녀를 기다렸다. 명우도 요 근래 자신을 쫓아다니는 데 재미가 붙어 당연히 함께였다.

다옴은 그날 분명 명우를 '이모부'라고 불렀었다. 마음에 들지 않아 하는 강준을 향해 명우는 '조카' 소리를 쉼 없이 하기도 했다. 특유의 얄미움과 능글맞음으로.

아, 역시 잘못 들은 게 아니었어.

"……너 나랑 결혼도 할 거니?"

"그럼 이 나이에 놀자고 연애 걸었을까."

"양아치 같은 말 하지 마. 없어 보여."

"그럼 있어 보이게 해요? 진지하게 만나 볼까요, 뭐 이런?"

"진지는 개뿔."

"아니, 나 정도면 괜찮지 않나? 잘생겼지, 연하지, 키 크지, 선배만은 못해도 연봉도 꽤 높은데."

실컷 연애할 시기에 조카 인생과 일에 목숨을 걸었다.

결국 그대로 나이를 먹어 들어오는 맞선도 줄어 갈 즈음부터 인생의 끝은 비혼 주의여야 행복하다는 논리를 가지고 살아왔다.

먹고살 만큼은 벌어 놨고 나중에 조카한테 기대지 않으려 실버타운에 들어갈 연금도 만들었다.

그런데 뭐? 연애? 결혼? 그것도 뺀질뺀질한 신명우 너랑?

"말년에 팔자 꼬일 일 있니. 가라."

그의 손에 들린 어마어마한 양의 쇼핑백을 빼내려고 할 때였다. 명우는 떨어져 있던 거리를 단숨에 좁혀 오더니 진지하게 물었다.

"싫어요, 나?"

"……."

"난 진짜 선배가 좋아서 이러는 건데."

진지함이라고는 약에 쓰려도 없었던 명우의 물음에 윤주는 순간 할 말을 잃었다.

아주 잠시 멍해 있었던 것 같다.

순간 풍겨 오는 머스크 향이 내 취향이라서? 30대 후반의 나이치고 는 관리가 잘된 듯한 얼굴이 오늘따라 잘생겨 보여서?

왜? 갑자기?

아니, 얘 어깨가 원래 이렇게 넓었어?

당황한 윤주가 마른침을 삼켰다. 그 모습을 놓치지 않은 명우의 입 가가 씨익 기울어졌다.

휘둘리지 말자. 사람 가지고 노는 거야 이 녀석의 특기니까.

"커피만 마시고 갈게요. 다른 거 더 욕심 안 내."

그가 가볍게 말했다. 순간 착각할 뻔했다. 여우처럼 끊임없이 추근대 던 녀석이 맞나 싶어서.

명우가 담백하게 웃으며 턱짓으로 도어 록을 가리켰다.

윤주는 얼떨결에 비밀번호를 눌렀다. 정말 찰나와도 같았다.

"좀 바꿔요. 천사가 뭐야, 천사가."

훈수 비슷한 말을 또 내뱉고 명우는 마치 제집인 양 안으로 들어섰 다.

기가 찬 듯 헛웃음을 터트린 윤주가 고개를 저었다.

"저게, 또 반말."

신발까지 벗고 현관에 오른 명우가 '와, 돼지우리가 따로 없네'라고 말하며 잔소리를 늘어놓기 시작했다.

한숨과 함께 윤주는 왜인지 오늘따라 어색한 집에 발을 들였다.

"말렸어, 말렸어."

흔들렸다, 비혼 주의를 향했던 신념이.

—fin

작가 후기

사랑이 그렇더라고.
마음이, 그렇게 기울더라고.

결국, 매일 밤이 구원이 된 이들의 이야기를
읽어 주셔서 감사드립니다.

—2021년 3월,
문수진 올림.